KB014644

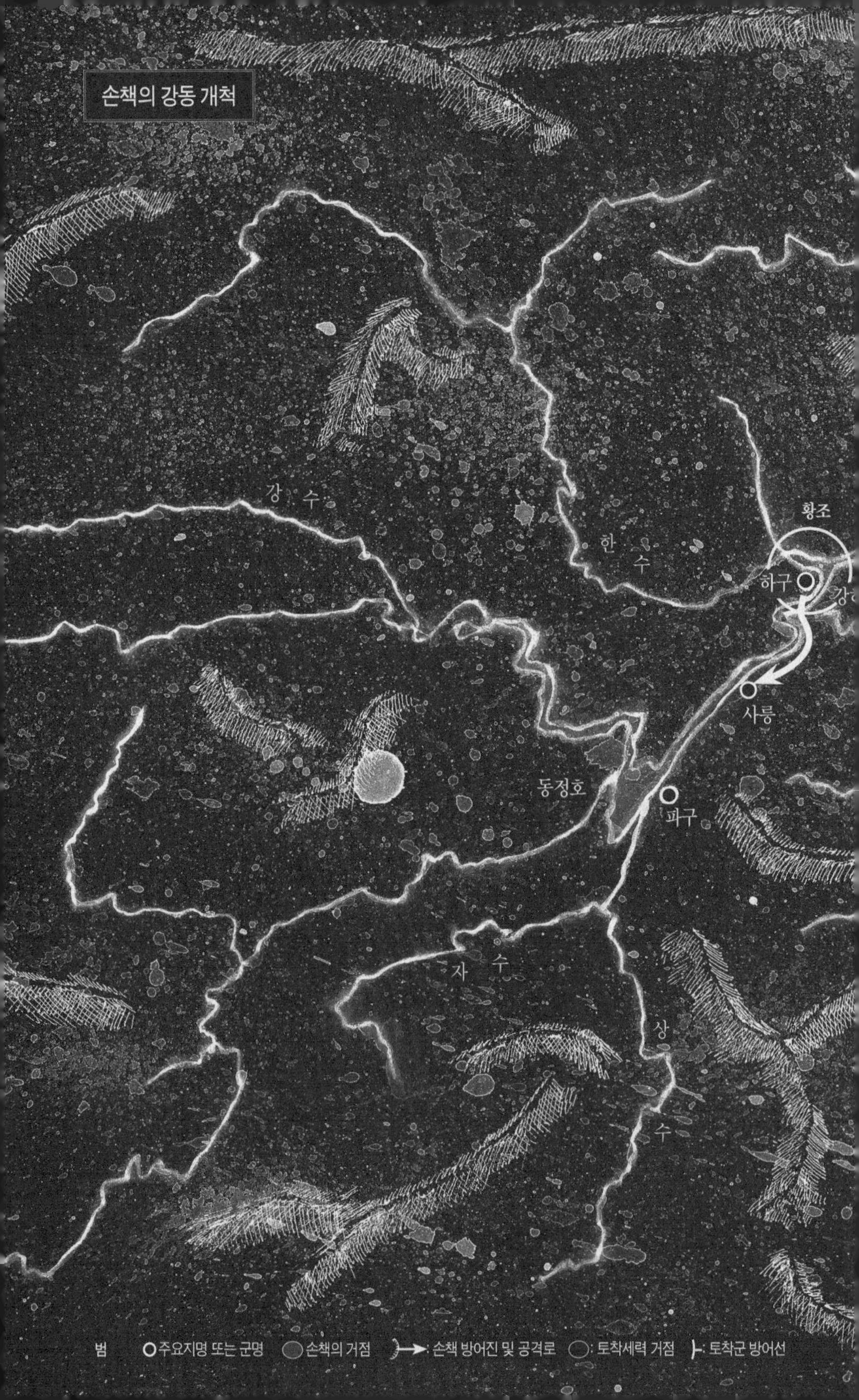
황조
하구
사릉
강수
한수
동정호
파구
자수
상수
범
주요지명 또는 군명
손책의 거점
: 손책 방어진 및 공격로
: 토착세력 거점
: 토착군 방어선
손책의 강동 개척

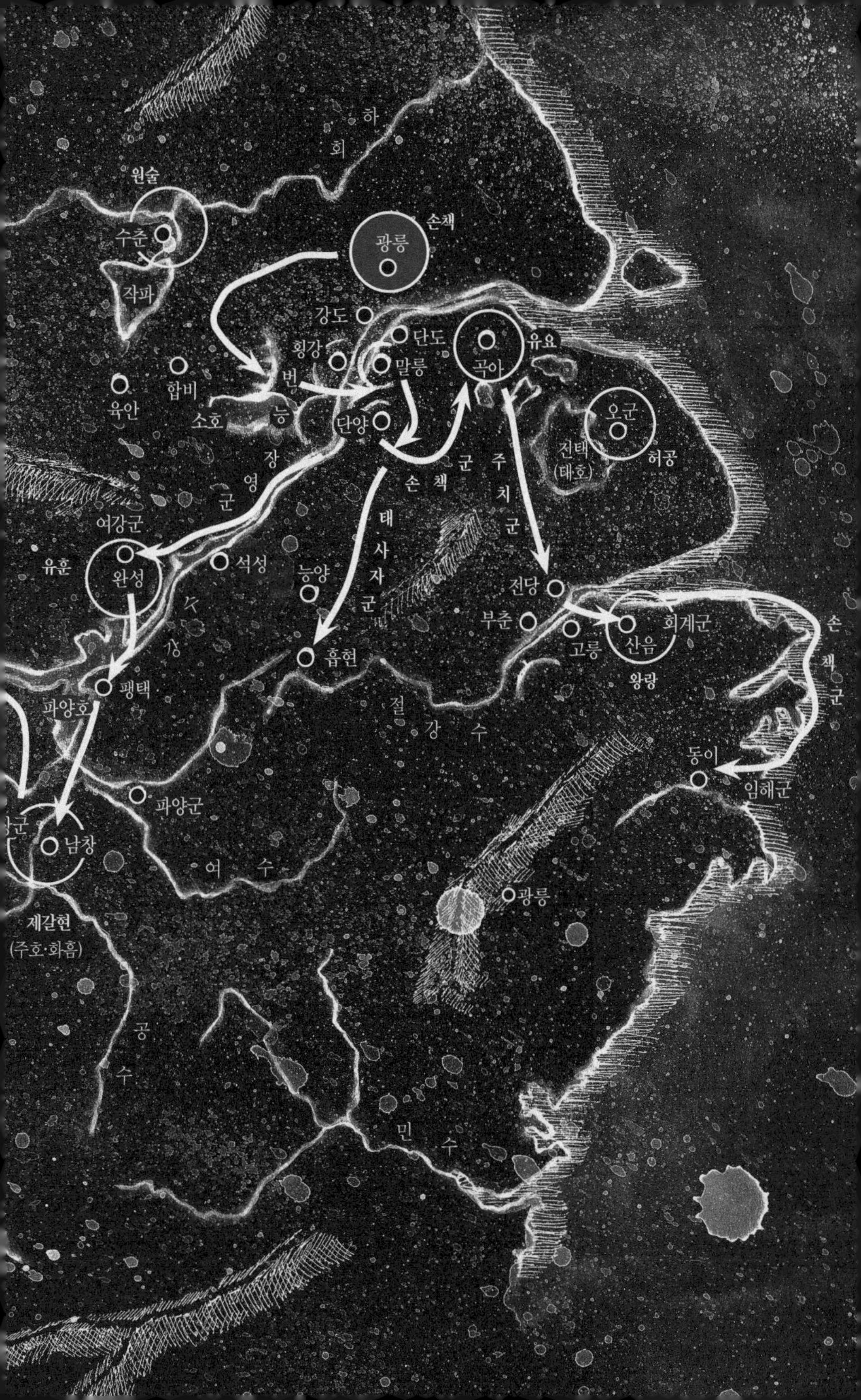

회하
원술
수춘
작파
광릉
손책
강도
단도
황강
말릉
곡아
유요
번
능
합비
육안
소호
단양
오군
전택
(태호)
허공
장영군
손 책 군
주 치 군
태 사 자 군
여강군
유훈
완성
석성
능양
전당
부춘
고릉
회계군
산음
왕랑
손
책
군
흡현
팽택
파양호
절 강 수
동이
임해군
파양군
남창
여 수
광릉
제갈현
(주호·화흠)
공
수
민 수

三國志

2

三國志

나관중 지음 · 정비석 옮김

2

풍운이 감도는 천하

은행나무

◉ 등장인물

손권孫權 (182-252년)

오(吳)의 초대 황제. 재위 222-252년. 손견의 둘째 아들. 200년에 형 손책이 죽자 그 뒤를 이었다. 손권은 남하한 조조의 대군을 촉나라의 유비와 함께 적벽에서 격파함으로써 강남에서 그의 지위를 확립했다. 그 후 형주의 귀속 문제를 둘러싸고 유비와 대립했으나, 219년 조조와 결탁하여 유비의 용장 관우를 격파하고 형주를 공략했다. 그 결과 위 · 촉 · 오 3국의 영토가 거의 확정되었다. 221년 조조가 죽고 그의 아들 조비가 황제로 즉위하자, 이에 손권도 황제위에 올랐다.

조운趙雲 (?-229년)

유비의 맹장. 자는 자룡(子龍). 처음에는 공손찬 휘하에 있다가 나중에 유비의 신하가 되어 용맹을 떨쳤다. 유비가 장판에서 조조에게 쫓겨 아들과 감 부인을 버리고 도망갔을 때 그가 단신으로 이들을 구출해냈다. 219년에 한중 공방전에서 정찰 도중 위의 주력부대를 만나 뛰어난 전술로 후퇴에 성공하였다. 221년, 유비가 손권을 공격할 때 반대를 무릅쓰고 강주 수비에 나서 공을 세웠고 228년, 제갈공명이 기산에 출전할 때도 등지와 함께 양동작전으로 기곡에 진주했다가 위의 대군을 만나 소수의 군대로 용감하게 싸웠다.

유장劉璋 (?-219년)

후한 말의 군웅의 하나. 자는 계옥(季玉). 아버지 유언의 뒤를 이어 익주목이 되었다. 그는 조조가 원정군을 이끌고 오자 구원세력으로 유비를 맞아들였다. 촉에 들어온 유비는 한중(漢中) 방위에 나서는 체하면서 군사를 동원하여 유장이 있는 성도로 진격했으며, 곧 유장의 항복을 받아냈다. 그 후 손권이 형주를 탈취한 뒤 유장은 그에 의해 다시 익주목에 임명되었다.

정욱程昱

위(魏)의 모사. 자는 중덕(仲德). 194년 조조가 두 번째 서주 공격에 나섰을 때 장막과 진궁이 배반하여 근거지인 연주를 여포에게 넘겨주게 되었다. 이때 정욱은 순욱과 함께 진성과 다른 두 현(縣)을 확보하고 조조를 맞아들였다. 그리고 196년에는 헌제(獻帝)를 맞아들이자는 조조의 제안에 대신들의 반대를 무릅쓰고 순욱과 함께 적극 찬성했으며, 유비를 경계해 그를 죽이자고 진언했다.

장수張繡

후한 말 군웅의 하나. 양주에서 반란을 일으킨 변장·한수의 군사를 무찔러 이름을 날렸다. 삼촌인 장제의 군대를 인계받아 조조에게 투항했으나 아내를 빼앗긴 원한으로 다시 반하여 완(宛)에서 조조를 무찌르고 조조의 장남 조앙을 죽였다. 그러다가 관도의 싸움 때 모사 가후의 진언에 따라 조조 휘하에 들어가 큰 공을 세웠다.

장소張昭 (156-236년)

오(吳)의 건국공신. 자는 자포(子布). 황건적의 난을 피해 강남으로 이주했다가, 197년에 손책이 강동에 발판을 마련했을 때 그의 참모가 되었다. 200년, 손책의 유촉(遺囑)을 받은 그는 비탄에 잠긴 손권을 꾸짖어 상복을 군복으로 갈아입게 했다. 그 후 주유 등과 협력하여 손권을 잘 보좌했다.

양표楊彪 (142-225년)

양수의 아버지. 자는 문선(文先). 사도 벼슬에 있으면서 동탁의 천도에 홀로 반대하다가 파면당했다. 또 조조의 미움을 받아 죽임을 당할 뻔했으나 공융의 간언으로 목숨을 건진 일도 있었다. 후에 한(漢) 황실이 종말에 가까웠다는 것을 알고 신병을 핑계로 은퇴했다.

우금于禁 (?-222년)

위(魏)의 명장. 자는 문측(文側). 원소와의 싸움에서 맹위를 떨쳐 호위장군에 임명되었다. 219년, 번성에서 관우의 군대와 싸우다 홍수를 만나 투항했다. 그 후 손권이 관우를 무찔렀을 때 위나라에 귀환했으나, 예전에 자기가 촉나라에 투항했던 모습이 조조의 무덤에 그려진 것을 보고 굴욕감을 느껴 끝내 병을 얻어 죽었다.

순유荀攸

조조의 모사. 순욱의 조카. 일찍이 황문시랑을 지냈으나 낙향해 있다가 숙부와 함께 조조의 막하에 들어갔다. 조조가 적벽대전의 보복을 계획할 때 높은 벼슬을 미끼로 서량의 마등을 불러다가 죽여 후한을 없앴다. 뒤에 조조가 위왕이 되려 하자 이에 반대하다가 그의 노여움을 사 결국 그로 인해 병을 얻어 죽었다.

미축糜竺

촉(蜀)의 중신. 자는 자중(子仲). 서주의 명문 출신. 서주목 도겸의 부관이었다가 그의 유언에 따라 유비를 서주로 맞이하는 사신이 되었다. 그 후 유비를 섬기면서 가장 큰 재정적인 후원자가 되었다. 195년, 유비가 여포에게 하비성을 빼앗기고 유랑하게 되었을 때도 그가 자금을 대고 누이동생을 그에게 출가시켰다.

유대劉岱 (?-192년)

후한 말의 군웅의 하나. 189년, 동탁에게 발탁되어 연주 자사에 임명되었으나 이듬해 임지에 도착하자 반 동탁군을 일으켜 원소 등과 연합군을 형성했다. 192년 4월, 청주의 황건적 백만이 연주에 침입했을 때, 지구전으로 싸우라는 포신의 책략에 따르지 않고 무리하게 공격하다가 전사했다.

동승董承 (?-200년)

헌제(獻帝)의 장인. 196년, 헌제를 맞이하기 위해 안읍에 온 조홍의 군사를 물리쳤다. 후에 헌제를 따라 허도에 들어가 유비 등과 함께 조조 암살을 시도했으나, 유비가 서주 정벌을 나간 사이에 계획이 발각되어 죽임을 당했다.

정보程普

오(吳)의 장수. 자는 덕모(德謀). 오나라 장수 중에서 가장 연로하고 인물 등용이 뛰어나 존경을 받았다. 손견을 따라 황건적을 무찌른 후 더욱 신임을 받았고, 그가 죽자 손책과 함께 거의 모든 전투에 참가했다. 또 손책이 죽자 그의 동생 손권을 잘 보좌했다.

진규陳珪

후한 말의 명사. 자는 한유(漢瑜). 197년 원술이 여포와 연합하려는 것을 보고 이것이 유비에게 불리하게 작용할 것을 걱정하여 여포를 설득하여 조조에게 합류하도록 했다. 그 공으로 조조의 영접을 받고 원술 군을 격퇴했다. 후에는 여포를 물리치는 데도 큰 공헌을 했다.

손건孫乾

유비의 심복. 199년, 유비가 서주에 근거하면서 조조에게 반기를 들었을 당시에 원소와 손을 잡기 위해 사절로 갔다. 또 201년에는 여남에 있던 유비가 조조의 공격을 받아 유표에게 의지하려 했을 때도 사절로서의 역할을 훌륭히 해냈다.

장요張遼 (171-221년)

위(魏)의 장수. 자는 문원(文遠). 정원, 하진, 동탁, 여포 등을 섬기다가 조조의 막하에 들어갔다. 여러 차례의 전공 가운데서도, 합비를 에워싼 손권의 군대를 8백의 돌격대로 격퇴한 무공이 가장 빛난다. 그 후에도 자주 손권의 군대를 무찔러 오나라 군사를 두렵게 했다.

조앙曹昻 (?-197년)

조조의 맏아들. 자는 자수(子修). 생모인 유 부인이 일찍 죽어 정 부인에게 양육되었다. 197년, 조조를 따라 남양의 장수(張繡) 정벌에 참가하여 항복을 받았으나, 이해 장수의 두 번째 반란 때 죽었다.

저수沮授

원소의 모사. 원소의 조조 공격을 반대하다가 진중에 감금되었다. 그러면서도 천문을 보아 적의 야습을 예견하고 대책을 건의했다. 그러나 결국 이 싸움에서 대패하게 되었고 달아나다가 끝내 붙잡혀 죽었다.

장흠蔣欽

오(吳)의 장수. 자는 공혁(公奕). 손책 · 손권을 섬긴 장수로 많은 전공을 세웠다. 여몽과 함께 학문으로 명성이 높았으나 후에 관우를 공격하다가 전사했다.

진궁陳宮 (?-198년)

여포의 참모. 198년 10월, 하비성에서 조조 군의 포위를 받고 여포에게 재삼 작전을 헌책했으나 받아들여지지 않았다. 결국 항복하여 여포와 함께 죽임을 당했다.

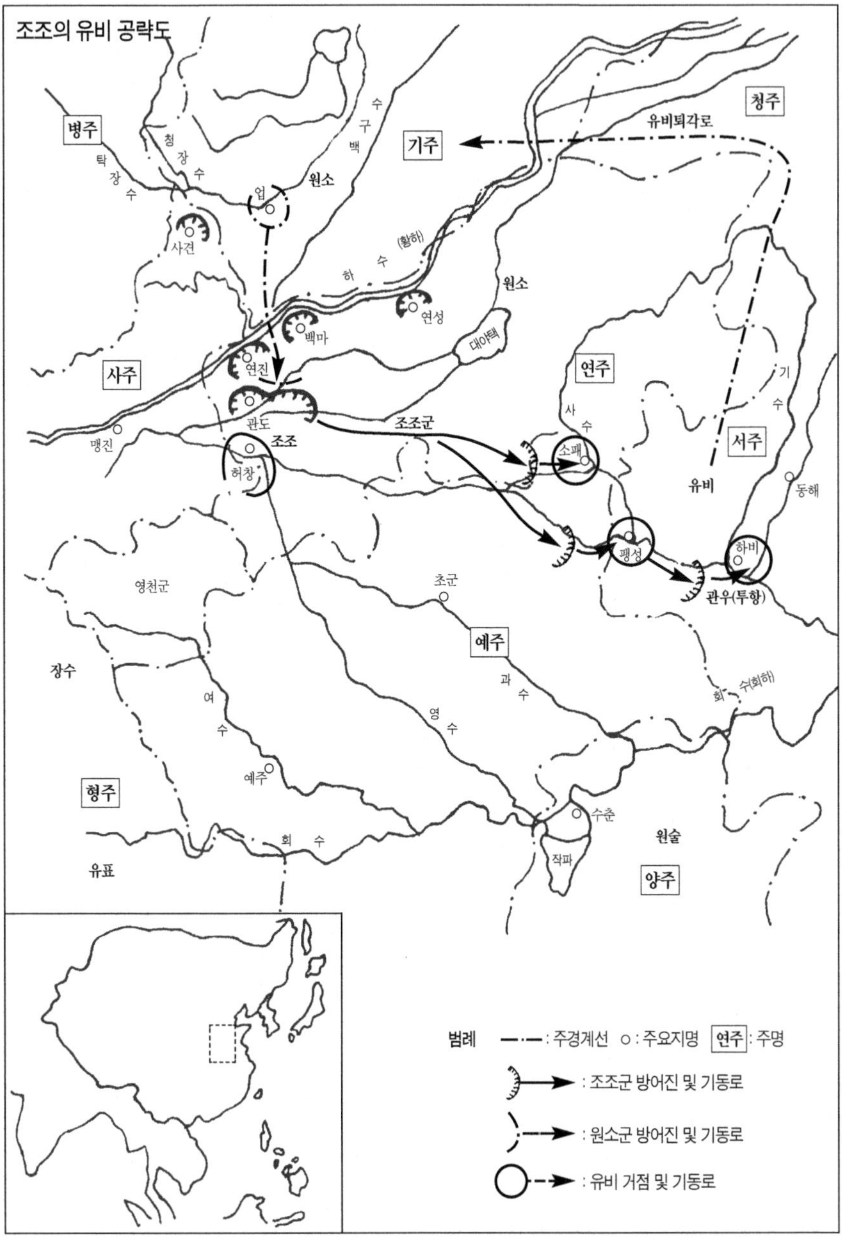

조조의 유비 공략도
병주
탁장수
청장수
업
원소
백구수
기주
청주
유비퇴각로
사견
하수(황하)
원소
연성
백마
대야택
연진
사주
관도
조조군
조조
맹진
허창
연주
사수
소패
서주
기수
유비
동해
팽성
하비
관우(투항)
영천군
초군
예주
장수
과수
회수(회하)
여수
영수
예주
형주
수춘
원술
회수
작파
양주
유표
범례
: 주경계선
: 주요지명
연주 : 주명
: 조조군 방어진 및 기동로
: 원소군 방어진 및 기동로
: 유비 거점 및 기동로

차례

| 1권 | 도원에서 의를 맺다

소년 천자 유비 · 어지러운 세상 · 가는 곳마다 황건적 · 환란은 꼬리를 물고 · 의사 장비를 만남 · 숨은 지사 관운장 · 형제의 의를 맺다 · 건군과 첫 승리 · 싸움터를 전전하며 · 황건적 섬멸 · 칙사를 때리다 · 쓸쓸한 귀향 · 황실의 내분 · 천자를 폐위시키다 · 눈물의 노래 · 맹주 원소 · 격전 또 격전 · 조조의 참패 · 군웅할거 · 손견의 죽음 · 미녀 초선 · 동탁의 멸망 · 감도는 전운 · 난세의 간웅 · 맹장 여포의 몰락

| 3권 | 적벽의 영웅들

관도 대전투 · 승기는 조조에게 · 원소의 패망 · 내분은 파멸을 부르고 · 곽가의 요절 · 주인을 구한 흉마 · 수경과 단복 · 아쉬운 작별 · 삼고초려 · 제갈공명 · 불붙는 강동 세력 · 공명의 첫 싸움 · 갈 곳 없는 유랑민 · 장판파의 두 영웅 · 강동에 이는 풍운 · 불 뿜는 설전 · 손권, 군사를 일으키다 · 주유의 책략 · 공명의 신기한 계책 · 고육지책 · 동남풍을 부르다 · 적벽대전 · 어부지리 · 주유의 헛수고 · 노장 황충 · 강동의 미인계 · 금낭삼계

| 4권 | 천하를 삼분하다

절묘한 탈출극 · 주유의 분사 · 봉추 선생과 마등 · 마초의 복수전 · 위수의 지구전 · 이간책 · 장송의 변심 · 유비, 서촉으로 진군하다 · 조조 위공이 되다 · 부수관 점령 · 위연의 실패 · 공명의 서촉행 · 낙성 공방전 · 풍운 속의 마초 · 가맹관에서 맺은 인연 · 형주 쟁탈전 · 감녕의 결사대 · 불타는 장안성 · 장비의 깊은 계책 · 노장의 큰 전공 · 칠순 노장이 하후연을 베다 · 섣부른 배수진 · 사람을 죽인 닭의 갈비 · 한중왕 유현덕 · 방덕, 관을 지고 출전하다 · 신의 화타 · 관운장의 패전 · 외로운 성에 지는 해 · 사후의 관운장 · 간웅의 죽음

| 5권 | 공명, 출사표를 올리다

한나라의 멸망 · 장비의 횡사 · 복수전 · 끝없는 원한 · 백면서생 대도독 · 화공 칠백 리 · 촉제의 승하 · 원수와 동맹을 맺다 · 공명의 이간책 · 남만 대원정 · 맹획, 세 번 사로잡히다 · 불굴의 만왕 · 난공불락의 독룡동 · 은갱동 함락 · 남만 대평정 · 모략전 · 공명의 출사표 · 하후 도독 · 봉황을 얻다 · 위수 공략전 · 사마중달의 재등장 · 공명의 패전 · 마속의 목을 울며 베다 · 육손, 위군을 격퇴하다 · 두 번째 철군 · 다시 기산으로 · 공명과 중달의 대결 · 팔진법의 위력 · 어리석은 후주

| 6권 | 영웅은 큰 뜻을 남긴다

참담한 실패 · 목우와 유마 · 일진일퇴의 전세 · 비장한 북두제 · 죽은 공명이 산 중달을 쫓다 · 위연의 반역 · 요동 정벌 · 사마중달의 속임수 · 강유의 첫 출정 · 장강에 이는 풍파 · 두 번째 북벌 · 정권은 사마씨에게 · 문앙의 용맹 · 등애와 강유의 대결 · 제갈탄의 실패 · 다섯 번째 기병 · 허망한 철군 · 위나라에 드리운 낙조 · 구사일생 · 보국안신의 묘책 · 기울어지는 대들보 · 마지막 보루 · 출기불의 · 촉한이 멸망하는 날 · 이독공독 · 업보는 수레바퀴처럼 · 강동의 폭군 · 천하통일의 결전

허수아비 천자

그 무렵, 이각과 곽사가 정권을 잡고 있는 장안의 정세는 매우 어지러웠다. 이각은 스스로 대사마(大司馬)가 되었고, 곽사 역시 스스로 대장군이 되어, 백성들이야 죽거나 말거나 일신의 영화만을 누리기 위해 애썼다.

마침 그 무렵, 조조로부터 산동(山東) 일대의 황건적을 섬멸시켰다는 표문이 올라왔다. 조정에서는 조조의 공적을 기려 그를 건덕장군(建德將軍) 비정후(費亭侯)에 봉했다.

그 이후에도 이각과 곽사의 행패가 극심해 하루는 보다 못한 태위 양표(楊彪)가 헌제를 찾아가 품했다.

"현재 산동에 있는 조조는 수하에 이십만 명의 정예 병력과 용맹하고 재능이 뛰어난 무장과 모사들을 거느리고 있어 막강한 힘을 보유하고 있습니다. 조조를 얻을 수만 있다면 간당배(奸黨輩)들을 단숨에 제거하고 나라를 바로잡을 수 있을 것입니다."

헌제는 그 소리를 듣고는 뜨거운 눈물을 흘렸다.

"이각과 곽사를 물리칠 수만 있다면 짐이 더 바랄 것이 뭐겠소. 그러나 그런 방도가 없음을 어찌하오."

"아니옵니다. 황제께서 결심만 하신다면 계책은 준비되어 있사옵니다."

"그 계책을 한번 말해 보오."

"듣자옵건대 곽사의 처는 투기가 매우 심한 여자라 하옵니다. 그 점을 이용해 이각과 곽사를 이간시키고, 조조로 하여금 두 사람을 치게 하면 반드시 거사를 성공시킬 수 있을 것입니다."

"성공만 할 수 있다면 무슨 수단이라도 써보오."

천자는 밀조를 써주며 양표에게 부탁했다.

집으로 돌아온 양표는 곧 아내를 불러 황제와 모의한 계책을 자세히 설명해 주고 나서 말했다.

"부인이 무슨 수단을 쓰든지 곽사의 부인이 맹렬한 질투심을 일으키도록 힘써줘야겠소."

"알겠습니다. 기꺼이 애써볼 테니 너무 걱정 마소서."

이튿날 양표의 부인이 곽사의 부인을 찾아가 말했다.

"요사이 떠도는 소문을 듣자하니 곽 장군께서 이 사마(李司馬) 댁 부인과 매우 가깝게 지내신다 하옵니다. 만약 이 사마께서 이 일을 아시면 큰일이 아니옵니까? 부디 부인께서는 곽 장군이 이 사마 댁에 출입하는 것을 삼가게 하시는 편이 좋을 것입니다."

그 말을 들은 곽 부인의 눈에서는 불꽃이 일었다.

"우리 집 양반이 가끔 자고 들어오기에 수상하다 했더니 그런 무서운 일이 있었군요. 부인께서 이렇게 알려주시니 얼마나 고마운지 모르겠소."

곽 부인은 그날부터 남편의 행동을 은밀히 감시하기 시작했다.

그로부터 며칠 후 공교롭게도 이각의 집에서 곽사를 초대한다는 기별이 왔다. 곽사가 옷을 갈아입고 집을 나가려는데 부인이 앞을 가로막으며 말했다.

"이 사마는 당신을 죽이고 세도를 혼자 잡으려는 야심이 있는 사람이라고 하더이다. 그 댁에 초대를 받아 갔다가 음식에 독약이라도 넣으면 어떡하시려오?"

"부인은 어디서 그런 쓸데없는 소리를 듣고 와서 걱정을 하오? 이 사마는 결코 그럴 사람이 아니오."

"어젯밤 꿈자리가 사나워 그러니 오늘만큼은 가지 마소서."

그날 곽사는 몸이 아프다는 핑계를 대고 이각의 초대에 응하지 않았다.

이튿날 이각의 집에서 어젯밤에 차렸던 음식을 보내왔다. 질투심에 불타는 곽 부인은 남몰래 음식에다 독을 섞어 남편 앞으로 들고 나왔다.

"오오, 이 사마 댁에서 보내온 음식인가? 보기만 해도 맛이 좋을 것 같구려!"

곽사가 음식을 집어먹으려 하자 곽 부인이 황급히 만류했다.

"그 댁에서 가져온 음식을 함부로 자시면 어떡하오? 우선 시험 삼아 개에게 먹여보십시다."

곽 부인이 음식 한 덩어리를 뜰에 있는 개에게 던져주었다.

개가 그 음식을 먹고 나더니 즉석에서 비명을 지르며 피를 토하고 쓰러지는 것이 아닌가. 곽사는 그 모양을 보고 크게 놀랐다.

"음, 이각이 그런 놈이었던가?"

그 일이 있은 뒤로 곽사는 사사건건 이각을 의심하게 되었다.

며칠이 지난 뒤였다. 곽사는 이각의 간청에 못 이겨, 그의 집에 끌려가 밤늦게까지 술을 마시고 집으로 돌아왔다.

"어디서 이렇게 취하셨어요?"

"이 사마와 한잔 마셨소."

"아니, 제가 그 만큼이나 주의를 시켰는데 그 댁에 또 가셨단 말씀이오?"

"오늘은 아무렇지도 않은데 왜 야단이오?"

"그때 개가 즉사하는 것을 당신 눈으로 보고도 그러세요?"

"글쎄, 괜찮다니까 그러오!"

곽사가 마누라와 시비를 하며 옷을 갈아입는데 갑자기 배가 아파 오기 시작했다.

"아, 갑자기 배가 아프오."

"그것 보세요. 그냥 내버려두었다가는 큰일 날 테니 빨리 해독약을 잡수셔야겠어요."

곽 부인은 똥물을 떠다가 약이라 속여 먹였다.

곽사는 구역질이 나서 먹었던 음식을 모조리 토했다. 그제야 속이 편해졌다.

"그것 보세요. 음식을 토하고 나니 속이 편하잖아요. 이번에도 음식 속에 정녕 독이 들어 있었던 게 틀림없어요."

"나와 더불어 대사를 도모했던 이각이 내게 이럴 줄은 몰랐구려! 그렇다면 내가 선수를 쳐서 놈을 없애버려야지."

곽사는 그 밤으로 군사를 일으켜 이각을 치려했다.

이각도 그 소식을 듣고는 크게 노하여 즉시 군사를 동원했다.

"곽사란 놈이 나를 없애고 권세를 혼자 휘둘러보고 싶은 모양이로구나. 그렇다면 내게도 생각이 있다."

이리하여 장안의 군사는 두 패로 나뉘어 거리 한복판에서 일대 혼란을 일으키게 되었다.

이각의 조카 이섬(李暹)이 말했다.

"천자를 우리 편으로 모셔와야 합니다."

이섬이 대궐로 들어가 천자와 황후를 후재문(後宰門)으로 끌고 나왔다. 그 바람에 많은 시종들이 천자를 따라 나오다가 칼에 맞아 죽고, 발에 채여 죽었다. 이섬은 모신 가후와 무장 좌령(左靈)에게 천자를 감시하게 했다.

한편, 이섬이 천자를 납치해 갔다는 소식을 들은 곽사는 크게 놀랐다.

'천자를 빼앗겨서야 내 입장이 뭐가 되겠는가. 이제라도 천자를 빼앗아 와야겠다.'

곽사가 부랴부랴 군사를 이끌고 후재문으로 달려와보니, 이각의 군사는 천자를 모시고 미오성(郿塢城)을 향하여 달려가고 있는 것이 아닌가.

"저기 간다. 저놈들을 쳐부수고 천자를 모시고 오라!"

곽사가 호통을 치며 공격을 개시한 것까지는 좋았으나 적이 맹렬한 기세로 반격을 가해 오는 바람에 무참하게 패해 퇴각하고 말았다. 싸움에 패해 절치부심하던 곽사는 화풀이로 대궐에 들어가 신하와 궁녀들을 닥치는 대로 죽이고 불을 질렀다.

한편, 헌제와 황후는 이각의 군사에게 이끌려 미오성에 무사히 도착한 것은 좋았으나 그들의 고생이란 이루 말할 수가 없었다. 아침부터 밤중까지 무지막지한 군졸들에게 무참한 학대를 받는 것은 말할 것도 없었고, 음식도 썩은 냄새가 나서 입에 댈 수 없었다.

그나마 천자를 모시고 있는 시종들에게는 썩은 음식도 제대로 주지 않아 모두가 당장 굶어 죽을 판이었다. 헌제는 그러한 참경을 보다 못해 하루는 이각에게 사람을 보내어 말했다.

"시종들이 굶어 죽을 판이니 쌀 한 자루와 쇠고기 몇 근만 보내라."

천자의 전갈을 받은 이각이 벌컥 화를 내며 떠들어댔다.

"이 난시에 끼니를 때우는 것만도 고맙게 생각할 일이지, 무슨 요구사항이 그리도 많은가?"

신하로서는 차마 못할 무엄한 언사였다.

헌제는 그 소리를 전해 듣고는 참다 못해 소리 높여 이각을 꾸짖었다.

"이런 천하의 역적 놈이 이제는 짐을 능멸하는구나!"

양표가 국궁배례를 하면서 아뢰었다.

"폐하! 이각은 워낙 성질이 횡포한 놈이니 노여움을 거두소서. 모든 것을 참고 때를 기다리셔야 할 줄로 아옵니다."

헌제는 고개를 숙인 채 다시는 말을 못하고 눈물을 지었다. 옆에 있던 시종들도 옷자락으로 눈물을 훔쳤다.

마침 그때, 성문 밖에서 요란스럽게 떠드는 소리가 들려왔다.

"저게 무슨 소리냐?"

시종이 대문 밖에 나갔다 들어오더니 천자에게 아뢰었다.

"곽사의 무리가 성문 밖에까지 몰려와 폐하를 내놓으라고 야단법석을 떨고 있습니다."

헌제는 그 소리를 듣고는 땅을 치며 한탄했다.

"아아, 앞문에는 호랑이가 있고 뒷문에는 이리가 있어 짐을 볼모로 잡고 싸우고 있으니 장차 어찌하면 좋단 말인고?"

곽사가 야단법석을 떨자 이각이 더는 못 참겠다는 듯 군사들을 거느리고 성문 밖으로 달려나왔다.

곽사가 이각을 보더니 큰소리로 외쳤다.

"이 반적(反賊) 놈아! 천자는 네 놈의 천자가 아니라 천하의 천자이거늘 어찌 납치해 갔느냐? 이 곽사가 만민을 대신해 너 같은 반적 놈을 반드시 죽이고야 말겠다."

이번에는 이각이 고래고래 소리쳤다.

"천하의 악당 곽사란 놈은 들거라. 네 놈이 반란을 일으켰기에 내가 천자를 보호하고 있는데 뭐가 그리 나쁘단 말이냐? 천자에게 활을 겨누는 네 놈이야말로 천하의 역적이로다."

"이놈아, 역적 놈 주제에 천자를 보호한다니 말문이 막히는구나! 그게 무슨 개수작이더냐. 씨도 안 먹히는 개수작일랑 당장 집어치우고 이제 너와 내가 단둘이 싸워 생사를 결정해 보자꾸나!"

"옳은 말이다. 단둘이 생사를 겨루자!"

이각과 곽사는 대검을 휘두르며 이십여 합을 싸웠다. 그러나 좀처럼 승부가 나지 않았다.

이때, 성중에서 말을 달려와 싸움을 말리는 사람이 있었다.

"두 분 장수는 싸움을 거두시라는 어명이오. 만약 이 명에 복종하지 않으면 역적이라 불려도 할 말이 없을 게요."

그렇게 외치며 싸움을 말린 사람은 양표였다. 그들로 하여금 싸우지 않을 수 없게 만들었던 장본인 또한 양표였다. 어명이라는 대의명분을 내세우는 통에 이각은 양표의 말을 아니 들을 수 없게 되었다. 사실인즉 천자를 두려워하지 않았지만 겉으로는 대의를 존중하는 듯이 보여야 했기 때문이다. 그러나 곽사는 양표의 말을 듣지 않았다.

"이놈아, 무조건 화해하라는 게 말이 되는 소리냐!"

곽사는 대노하여 양표와 그를 따라온 주전 이하의 많은 조신들을 모조리 포승줄로 묶었다.

"이건 너무 심하지 않소? 화의를 중재하려던 우리에게 포박을 지울 수 있는 거요?"

양표가 정면으로 항의했으나 곽사는 듣지 않았다.

"잔소리는 그만하라. 이각이 천자를 볼모로 잡아두고 큰소리를 치고 있으니, 나는 너희들을 볼모로 잡아둬야겠다."

"그게 무슨 말씀이오? 두 분은 조정의 양대 기둥이나 다름없는 분들이오. 그런데 한 분은 천자를 볼모로 잡아 위협하고, 한 분은 조신들을 위협하고 있으니 이래서야 나라가 어찌되겠소?"

"네 이놈, 무슨 잔소리가 그리 많은가?"

화를 참지 못한 곽사가 칼을 뽑아 양표의 목을 후려치려는 것을 중랑장 양밀(楊密)이 만류하고 나서며 말했다.

"이각을 제거하지 못하고 조정의 원로를 주살하는 것은 후일에 크게 불리한 일입니다."

곽사는 양밀의 말을 옳게 여겨 양표와 주전만은 포박을 풀어서 돌려보내고, 나머지 조신들은 모조리 옥에 가두었다. 이미 백발이 성성한 노신 주전이 밖으로 나오며 양표를 보고 눈물로 한탄했다.

"우리가 군주를 구하여 모시지 못하고 무슨 면목으로 살아가겠소."

집으로 돌아온 주전은 기둥에 머리를 들이받아 피를 토하며 분사(憤死)했다.

그 후에도 이각과 곽사는 날마다 싸움을 계속했다. 마치 싸우는 그 자체가 취미라도 되는 것처럼 날이면 날마다 싸워 거리에는 어디를 가나 시체가 여기저기에 나뒹굴었다.

이각에게 감금을 당한 헌제는 날마다 눈물과 한숨 속에서 세월을 보냈다. 어느 날 시중랑(侍中郞) 양기(楊琦)가 헌제를 찾아와 품했다.

"폐하, 신이 보옵건대 모사 가후가 비록 이각의 심복이기는 하오나 충의가 있는 사람이오니, 그와 일을 꾀하여 보심이 어떠하오리까?"

"정녕 가후를 믿어도 괜찮을까?"

"가후라면 믿어도 될 것 같습니다."

"음, 그렇다면 일을 도모해 보자."

마침 우연하게도 가후가 다른 용무로 어전에 나타났다. 헌제가 가후에게 국궁배례를 하고 나서 말했다.

"경은 짐을 도와 이 나라를 구해 주기 바라오."

가후는 헌제의 파격적인 예의에 크게 놀라며 몸 둘 바를 몰라했다.

"폐하를 괴로움에 처하게 한 죄 황공무지로소이다. 그러하오나 그것은 신의 본심이 아니오니, 폐하께서는 부디 때를 기다려주십시오."

"짐은 경만 믿으오."

헌제는 눈물로 감사를 표했다.

가후가 물러간 지 얼마 안 있어 이번에는 이각이 들이닥쳤다. 그는 허리에 칼을 찬 채 천자에 대한 최소한의 예의도 차리지 않고 곧장 어전으로 뚜벅뚜벅 걸어 들어왔다. 헌제는 이각의 방자한 태도에 그만 얼굴이 새파랗게 질렸다.

이각이 헌제를 보고 말했다.

"곽사가 역심을 품고 조신들을 감금한 뒤에 천자를 겁탈하려 하오. 내가 지켜주지 않았으면 폐하는 아마 큰 낭패를 보았을 것이오."

"모든 것이 장군의 덕택이오."

이각이 물러간 지 얼마 지나지 않아, 황보력(皇甫酈)이 어전에 나타났다. 그는 구변이 능한 데다가 이각과는 같은 고향 사람이었다.

헌제가 황보력에게 부탁조의 말을 했다.

"경은 짐의 뜻을 받아 이각과 곽사를 화해시켜주오."

황보력은 어명을 받들자 곽사를 찾아가 헌제의 뜻을 전했다. 그러자 곽사는 고개를 끄덕이며 화해의 뜻을 표했다.

"이각이 천자를 내놓으면 나도 감금하고 있는 조신들을 풀어주겠소."

황보력은 그 길로 이각을 찾아갔다.

"나는 어명을 받들고 이 장군과 곽 장군을 화해시키러 왔소이다. 곽 장군은 이미 어명에 따르겠다는 뜻을 밝혔는데, 이 장군의 생각은 어떠시오?"

이각은 그 소리를 듣자 크게 노하여 칼을 뽑아들었다.

"이놈, 천자가 뭔데 네가 나에게 욕을 보이느냐? 우선 네 놈부터 목을 베어야겠다."

기도위(騎都尉) 양봉(楊奉)이 곁에 있다가 황급히 간했다.

"천자의 칙사를 살해한다면 천하에 명분을 세우기 어렵습니다. 그렇게 되면 천하의 인심은 자연히 곽사에게 기울어지게 될 것이 아니오리까?"

이각도 그 말은 이해가 가는지 당장 칼을 거두었다.

이각과 곽사를 화해시키려다가 오히려 목숨을 잃을 뻔한 황보력은 그 길로 서량(西涼)을 향해 길을 떠났다. 그는 사람들이 모여 있는 곳이면 어디서든 이각의 대역무도에 대해 떠들어댔다.

"이각은 천자를 시해하려 했던 대역무도한 놈이오. 그 자를 따르는 사람은 후에 반드시 역적으로 몰리게 될 것이오."

이각의 군사 가운데는 서량 사람들이 많은지라 황보력이 퍼뜨리는 소문에 차츰 마음이 동요되었다.

이각이 그 소문을 듣고 크게 노하여, 곧 호분중랑장 왕창(王昌)에게 군사를 주어 황보력을 급히 잡아오게 했다. 그러나 왕창은 황보력의 충심을 평소부터 존경해 왔기에 그를 체포할 생각은 아니하고 거짓 보고만 꾸며 내놓았다.

"샅샅이 찾아보았지만 황보력이 어디로 갔는지 알 수 없었나이다."

이각의 모사 가후는 진작부터 헌제의 어명을 받들고 있었던지라 그 기회를 이용하여 이각의 군사를 내부에서부터 분열시킬 공작을 세웠다.

"천자께서 너희들의 충의와 노고를 아시고 고향에 돌아가 있으면 후에 상금을 후히 내려주시기로 했느니라."

그는 이각의 군사들을 모아놓고 그런 말을 퍼뜨리고 다녔다. 그러잖아도 오랜 싸움에 지쳤던 병사들인지라 그때부터 떼를 지어 야반도주를 하는 군사들이 꼬리를 잇게 되었다.

가후는 내부 파괴 공작을 진행하면서 헌제에게 아뢰어 이각에게 대사마 벼슬을 내릴 것을 품했다. 이각에게 환심을 사기 위해서였다. 이각은 지금껏 대사마로 행세하고 있었지만 그것은 자기 스스로 그렇게 불러왔을 뿐이지 정식으로 받은 벼슬은 아니었던 것이다.

이각은 밤마다 군사들이 도망을 치자 내심 심각한 고민에 휩싸였다. 그러던 어느 날, 미신을 믿는 마음이 강했던 이각은 무당에게 점을 치게 했다.

"군사들이 도망을 치는 것은 걱정할 일이 아닙니다. 장군에게 머지않아 큰 경사가 있을 것입니다."

마침 그때, 헌제가 이각을 대사마에 봉한다는 분부를 내렸다. 이각은 크게 기뻐하며 모든 경사가 무녀들의 덕택이라 하여, 그들에게 어마어마한 상금을 내렸다. 그럼에도 생사를 같이해 온 수하 장병들에게는 아무런 은상도 내리지 않고 탈주병이 많다는 이유로 책망만 내렸다. 장병들 간에는 불평이 분분했다.

기도위 양봉이 크게 분개하여 송과(宋果)에게 말했다.

"우리가 목숨을 걸고 싸운 공로가 무당들보다도 못하단 말인가?"

"차라리 이각을 죽여버리고 천자를 구해 내는 것이 어떻겠는가?"

"나도 진작부터 그런 생각을 품고 있었네. 지금 당장 힘을 합하여 큰일을 일으켜보세."

이리하여 두 사람은 이각을 죽일 계획을 세웠다.

그날 밤 이경(二更) 무렵, 송과가 중군 안에서 횃불을 올리면 양봉이 외부에서 군사를 거느리고 중군 안으로 쳐들어갈 계획이었다. 그러나 정작 시간이 되었는데도 중군 안에서는 횃불이 오르지 않았다. 웬일인가 싶어 사정을 알아보니 모의가 발각되어 송과는 이미 목이 달아났다는 것이 아닌가.

양봉이 크게 낭패하여 군사를 거두려는데 이각의 군사들이 중군에서 쳐나왔다. 양봉은 어쩔 수 없이 대항했으나 오래 싸우지도 못하고 어디론가 사라져버렸다. 이각은 단숨에 승리했다. 그러나 정작 승리라야 자신의 휘하에 있는 군사들을 죽인 것에 불과했다.

한편 전쟁이 길어지자 곽사의 군사도 크게 피폐하여 이제는 싸움이라는 말만 들어도 지긋지긋하게 여기고 있었다. 마침 그때 섬서지방(陝西地方)에서 장제(張濟)라는 장수가 많은 군사를 거느리고 찾아와 이각과 곽사에게 화해를 제의했다. 어느 쪽이든 화해를 받아들이지 않으면 실력으로 쳐부술 기세였다. 그러잖아도 싸움에 싫증이 나 있던 이각과 곽사는 두말 않고 장제의 요청에 응하기로 했다.

화해가 성립되자 헌제는 크게 기뻐하면서 장제에게 표기장군(驃騎將軍)의 벼슬을 내렸다.

"폐하! 지금 장안은 몹시 황폐했사오니 홍농(弘農)으로 도읍을 옮기는 것이 어떠하겠나이까?"

장제의 말에 헌제는 곧 동의했다. 홍농은 낙양에서 가까운 곳이어서 헌제도 반대하지 않았던 것이다.

가을도 저물어가는 어느 날 헌제의 봉련(鳳輦)은 군사의 호위를 받으며 원한 깊은 장안을 떠났다. 가도 가도 끝없는 광야를 서글픈 마음으로 바라보며 헌제는 길을 재촉했다. 신풍(新豊)을 지나 패릉(覇陵)에 이르니 때마침 불어오는 가을 바람에 헌제는 몹시 몸을 떨었다. 그도 그럴 것이 몸에 걸치고 있는 헌제의 용포가 너무도 남루해 바람을 막아내지 못했던 것이다.

얼마쯤 길을 가다 보니, 문득 수백 명의 군사가 함성을 지르며 다리 위로 내달아오더니 앞을 가로막았다.

"길을 가로막는 자들은 누구냐?"

시중 양기가 말을 몰아 앞질러 나오며 물었다.

"우리는 다리를 지키고 있는 곽사 장군의 군사들이오."

군사들이 말을 멈추며 대답했다.

"성가가 지나시는데 누가 무엄하게 앞길을 막느냐!"

길을 막아섰던 군사들이 깜짝 놀라며 좌우로 길을 비켜주었다. 봉련이 다리를 통과한 지 몇 시간 뒤에 곽사가 그 사실을 알고 부하들을 질책했다.

"이 죽일 놈들! 천자를 그냥 놓아보내다니 말이 되는 소리냐! 이제라도 쫓아가 천자를 붙잡아오너라!"

이튿날, 봉련이 화음현(華陰縣)을 지날 무렵, 일련의 군사들이 함성을 지르며 맹렬히 추격해 왔다. 말할 것도 없이 곽사의 군사가 황진을 일으키며 쫓아오고 있는 것이었다.

"앗! 곽사의 무리다. 이를 어쩌면 좋단 말인가."

헌제는 몸을 떨었고, 황후는 천자의 무릎에 엎드려 눈물을 지었다. 수행하는 군사로는 그들을 당해 낼 재주가 없어 겁 많은 시종들은 벌써부터 도망칠 기세를 보였다.

그 사이, 곽사의 군사는 질풍신뢰와 같이 접근해 왔다. 그야말로 절체절명의 순간이었다. 바로 그때, 돌연 난데없는 군마의 무리가 한길 가 수풀 속에서 북을 치고 함성을 지르며 봉련을 향하여 쇄도해 오고 있는 것이 아닌가.

"저들은 또 누군가?"

뜻하지 못했던 군마의 출현에 천자의 일행은 말할 것도 없고, 곽사의 무리도 다같이 놀랐다.

천여 기쯤 되어 보이는 군사들을 자세히 살펴보니 검은 구름 떼처럼 휩쓸어오는 그들의 깃발에는 '대한(大漢) 양봉(楊奉)' 이라는 글자가 씌어 있었다.

"아, 양봉?"

그 깃발에 천자 일행은 또 한번 놀랐다. 얼마 전에 이각을 치려다가 실패하여 종적을 감추어버렸던 양봉이 여기에서 나타날 줄은 아무도 몰랐던 것이다. 양봉은 그 동안 종남산(終南山) 아래 진을 치고 있다가 천자가 홍농으로 행차한다는 소리를 듣고 특별 호위를 하려고 산을 내려오던 중 공교롭게도 곽사의 무리와 마주치게 된 것이었다.

근왕병 일어나다

양봉의 군사가 별안간 휘몰아쳐오는 바람에 곽사의 군사는 크게 놀라 급히 싸울 태세를 갖추었다. 곽사의 수하 장수 최용(崔勇)이 진머리에 나서서 장창을 휘두르며 호통을 쳤다.

"이놈, 양봉아! 네 놈이 감히 어디라고 함부로 덤벼오느냐?"

"공명은 어디 있는가? 저 역적 놈을 단칼에 베어라!"

대노한 양봉이 진중을 돌아보며 고함을 지르자 젊은 장수 하나가 손에 대부(大斧)를 들고 나는 듯이 말을 달려나가더니 최용에게 덤벼들었다. 곧 두 장수의 싸움이 시작되었다. 그러나 미처 일 합도 채 끝나기 전에 최용은 젊은 장수의 도끼에 맞아 얼굴이 반쪽으로 쪼개지며 말 아래로 굴러 떨어졌다.

이에 용기백배한 양봉은 군사를 다시 휘몰아쳐 곽사의 군사들을 닥치는 대로 무찔렀다. 대패한 곽사의 군사들은 이십여 리나 도주했다. 그러나 헌제를 모시고 있던 시종들은 도망을 칠 수가 없어 몸을 벌벌 떨고 있으므로 양봉은 곧 군사를 거둔 뒤에 어전으로 나가 헌제에게 돈수재배(頓首再拜)했다.

"소신은 양봉입니다. 어전에서 신금(宸襟)을 어지럽게 하와 황공무지로소이다."

"오오, 경이 짐의 위태로움을 구해 주니 그 공이 불소하오."

헌제는 다시 말을 이었다.

"그런데 적장 최용을 단칼에 벤 장수가 누구요?"

양봉은 그 장수를 어전에 불러내어 국궁배례를 시킨 다음 헌제에게 소개의 말을 올렸다.

"이 장수는 하동(河東) 태생의 서황(徐晃)으로 자는 공명(公明)이라 합니다."

헌제는 서황의 용맹을 크게 칭찬했다.

헌제는 양봉의 호위를 받으며 도성으로 돌아오는 길에 올랐다. 그런데 그 다음날 새벽이었다. 어제 싸움에서 크게 패하여 이십여 리나 도주했던 곽사의 무리가 밤새 진용을 갖추어 역습을 가해 왔다. 서황이 곧 말을 몰아나가자 곽사가 양봉의 군사를 사면으로 에워쌌다. 군사들의 수효가 어제의 갑절보다도 더 많아 보였다.

서황은 어제와 다름없이 용감하게 싸웠으나 적의 수효가 너무 많아 도저히 감당해 낼 재주가 없었다. 막 위급한 상황으로 빠져들어가는데, 홀연 동남방으로부터 함성이 크게 일어나더니 장수 한 사람이 군사를 거느리고 말을 휘몰아쳐왔다. 그는 다른 사람이 아니라 헌제가 총애하는 궁녀의 아버지인 동승(董承)이었다.

곽사의 무리는 그 모양을 보고 앞을 다투어 도망을 갔다. 간신히 또 한 번의 위험한 고비를 넘긴 헌제는 동승과 양봉의 호위를 받으며 동도(東都)에 이르렀다.

한편, 곽사는 패군을 거느리고 도망을 치다가 우연히 이각을 만났다. 전에는 원수가 되어 서로 죽이려고 했던 사이였으나 지금은 피차 불리한 처지인지라 이전의 포한에 대해서는 함구했다.

곽사가 이각에게 말했다.

"양봉과 동승이 천자를 모시고 홍농으로 무사히 돌아가는 날에는 제후들에게 명하여 우리 두 사람을 치게 할 것이 뻔하오. 사태가 그렇게 되면 우리는 삼족이 죽음을 면치 못하게 될 것이오."

이각이 그 소리를 듣고 대답했다.

"어차피 죽을 판이니 우리가 힘을 합하여 천자를 죽이고 천하를 양분하는 게 어떻겠소?"

"그것 참 좋은 생각이오."

두 사람은 쉽사리 뜻이 맞아 군사를 모아 헌제의 뒤를 따르며 가는 곳마다 백성들의 재물을 빼앗았다.

양봉과 동승은 이각과 곽사가 추격해 오자 군사를 돌이켜 동간(東澗)에서 싸움을 벌였다. 이각과 곽사의 군사는 좌우에서 맹렬히 공격을 가해 왔다. 양봉과 동승은 용맹하게 맞서 싸웠지만 열 배도 넘는 적들을 당해 낼 재간이 없었다. 그리하여 몸에 지니고 있던 일용품도 내버린 채 헌제만 모시고 섬북(陝北)으로 달아났다.

가까스로 피신한 헌제는 성지(聖旨)를 내려 하동에 있는 한섬(韓暹), 이낙(李樂), 호재(胡才)의 군사를 불러오게 했다. 세 사람은 모두 녹림호걸(綠林豪傑)에 지나지 않았으나 워낙 사태가 위급하여 부득이 부른 것이었다. 그들은 천자가 죄를 사하고 벼슬을 내려준다는 소리를 듣고 곧 달려와 양봉, 동승과 합세해 이각, 곽사를 치기로 했다.

이각과 곽사의 무리는 가는 곳마다 백성들의 재물을 빼앗을 뿐만 아니라 튼튼한 젊은이들을 모조리 뽑아 전투 때마다 앞장을 세웠기 때문에 갈

수록 세력이 불어났다.

이낙이 위양(渭陽)에서 싸움을 걸자 곽사는 군사들에게 몸에 지니고 있는 옷과 물건들을 길에다 내버리게 했다. 녹림호걸 출신인 이낙의 군사들이 거지 떼나 다름없다는 것을 잘 알고 있었기 때문이다.

아니나 다를까. 이낙의 군사들은 길바닥에 옷과 물건들이 널려 있자 그것들을 줍느라 삽시간에 대오가 흩어졌다. 이각과 곽사가 기회를 놓치지 않고 군사를 휘몰아치니 이낙의 군사는 크게 패하여 달아났다.

양봉과 동승은 더 이상 당해 낼 힘이 없어 헌제를 모시고 북으로 달아났다. 이각과 곽사는 계속하여 헌제의 뒤를 쫓고 있었다. 이제는 시세가 위급하게 되어 양봉과 동승은 천자로 하여금 수레를 버리고 보행을 하게 했다.

얼마를 걸어오니 황하가 나왔다. 이낙의 무리가 작은 배 한 척을 얻어와 천자와 황후부터 강을 건너게 했다. 날은 춥고 강물은 거칠었다. 게다가 강 언덕이 절벽이어서 배를 타러 내려갈 수가 없었다.

헌제는 발 아래를 굽어보며 한숨을 쉬었고, 황후는 소리 없이 눈물만 짓고 있을 뿐이었다. 그들의 뒤를 쫓아오는 함성은 점점 가까워져오고 있었다. 그야말로 위급존망지추였다.

바로 그때, 황후의 오라비인 복덕(伏德)이 어디선가 비단 십여 필을 얻어왔다.

"이 비단을 이용해 절벽을 내려갑시다."

비단으로 천자와 황후의 허리를 묶어, 언덕 위에서 조금씩 놓아주며 절벽을 내려가게 했다. 만인지상의 천자 몸으로는 실로 비참하기 짝이 없는 피난길이었다.

간신히 배에 오른 사람은 천자와 황후 그리고 십여 명의 시종들뿐이었다. 남게 된 사람들도 물로 뛰어들어 배를 붙잡았다.

"놓아라! 놓지 못하겠느냐?"

이낙이 고함을 지르며 검을 휘둘러 팔을 자르고 목을 잘랐다. 그로 인해 물은 삽시간에 피바다를 이루었다. 헌제는 그 비참한 꼴을 보다 못해 눈물을 지으며 탄식했다.

"아아, 내가 환궁하거든 그대들을 위해 반드시 위령제를 지내주리라."

천자는 가까스로 강을 건넜다. 배는 다시 왕복을 하면서 남은 신하들과 군사들을 실어 날랐다.

양봉이 어디서 달구지를 구해 왔다. 헌제와 황후를 그 위에 모시고 대양(大陽)에 이르니 해는 이미 저물었다. 인가를 찾았으나 난리에 모두 피난을 가버려 어디를 가도 빈 집뿐이었다. 몸은 피로하고 배는 굶주렸는데, 그 어느 곳에서도 끼니를 구할 수가 없었다.

꼼짝없이 굶주린 채 밤을 새우려는데 노파 한 사람이 조밥 한 그릇을 들고 찾아왔다.

"이것이나마 폐하께 드시게 하옵소서."

헌제와 황후는 수저를 들었다. 그러나 난생 처음 먹어보는 조밥인지라 목에 걸려 넘어가지 않았다.

날이 밝아올 무렵, 태위 양표, 태복 한융(韓融)이 병사 몇 사람을 데리고 천자를 찾아왔다. 헌제는 그들을 보고 눈물을 지었다. 일행은 다시 피난길에 올랐다.

한융이 헌제에게 아뢰었다.

"이각과 곽사는 신의 말을 잘 듣는 편입니다. 소신이 그들을 찾아가 군사를 물리도록 권해 볼까 합니다."

"도둑의 무리가 경의 말을 들을 것 같은가?"

"어쨌든 신이 찾아가 만날 터이니, 폐하께서는 부디 몸조심하소서."

한융이 뒤로 되돌아가자 양표가 헌제에게 아뢰었다.

"여기서는 안읍현(安邑縣)이 멀지 않으니 잠시 그곳으로 가셔서 편히 머무는 것이 어떠하오리까?"

"어디든 좋으니 경들의 뜻대로 하구려."

헌제는 이미 모든 것을 체념한 듯한 말투였다. 일행은 헌제를 모시고 안읍현에 이르렀다.

시골집 한 채를 얻어 천자를 모셨으나 문도 없고 울타리도 없는 집이었다. 가시나무를 꺾어다가 울타리를 만들고 대신들은 그 안에서 천자와 함께 정사를 의논하고, 장수들은 울타리 밖에서 군사를 거느리고 천자를 호위했다.

녹림의 호걸인 이낙은 정북장군(征北將軍)이라는 어마어마한 직함을 얻어 천자를 호위했다. 그는 원래 산적과 다름없는 위인인지라 세도가 날로 커지자 대신들을 대수롭지 않게 여길 뿐만 아니라 천자조차도 소홀히 대했다. 어느 날은 무엄하게도 어전에 나타나 마치 위협이라도 하듯 큰소리로 떠들어댔다.

"나의 부하들이 폐하를 위해 몹시 고생을 치르고 있으니, 그들에게도 벼슬을 줘야 하지 않겠소. 어사(御史)든 교위(校尉)든 어서 적당히 관직을 내려주시오."

"이 장군, 이게 무슨 무엄한 언동이오?"

한 대신이 보다 못해 나무라자 이낙은 화를 벌컥 내면서 대신의 뺨을 후려갈겼다.

"잠자코 있지 못할까. 네까짓 게 뭔데 쓸데없는 잔소리야!"

어디 그뿐인가. 이낙은 누구든지 비위에 거슬리면 중신들일지언정 발로 차기도 하고, 귀를 붙잡아 어전 밖으로 끌어내기도 했다. 양봉과 동승은 이낙 같은 산적의 무리에게 응원을 요청했던 것을 크게 뉘우쳤으나 때는 이미 늦었다.

사태가 그쯤 되니 헌제는 이낙의 말이라면 싫든 좋든 무조건 들어주지 않을 수 없었다.

한편 태복 한융이 이각과 곽사를 찾아가 좋은 말로 달랜 결과 그들은 군사를 거두어버렸다. 그리하여 한융은 도적의 무리에게 포로로 잡혀 있던 많은 신하들과 군사를 데리고 돌아왔다. 이각과 곽사는 한융의 말을 듣고 싶어 들어준 것이 아니라 이태나 흉년이 든 관계로 군량이 부족해 싸울 기력이 없었던 것이다.

헌제는 이제 낙양으로 돌아가기를 원했다.

"자, 이제는 낙양으로 돌아가는 것이 어떻겠소?"

헌제가 그렇게 제안하자 이낙이 대뜸 반대하고 나섰다.

"낙양에는 무엇 하러 돌아가오?"

동승이 이낙을 보고 말했다.

"낙양은 이 나라의 도읍이 아니오? 천자께서는 도읍에 계셔야 하는 법이오."

"가고 싶으면 당신네끼리 가구려. 나는 이대로 남아 있겠소."

양봉과 동승은 마침내 이낙이 없는 사이에 헌제를 모시고 낙양으로 길을 떠났다. 그리하여 밤을 도와 환궁을 재촉했다. 이낙은 나중에 그 사실을 알고 크게 분개했다. 그리하여 수하 군사를 거느리고 헌제의 뒤를 맹렬히 추격했다.

헌제 일행이 기산(箕山)이라는 곳에 도달한 것은 이날 밤 사경이었다. 기산까지 쫓아온 이낙은 곧 군사들을 시켜 크게 외치게 했다.

"어가를 멈추라! 이각, 곽사가 여기서 기다리고 있었다."

헌제는 그 함성을 듣고 어찌할 바를 몰랐다. 양봉이 군사를 풀어 진상을 알아보고 즉시 헌제에게 아뢰었다.

"저들은 이각과 곽사가 아니라 이낙이란 놈이옵니다. 신이 곧 물리치도록 하오리다."

양봉은 어전을 물러나 서황을 불렀다.

"서 장수가 뒤에 남아 도적의 무리를 쳐부수도록 하오!"

"알겠습니다. 뒷일은 제가 맡을 테니 속히 천자를 모시고 떠나시옵소서."

마침 그때, 이낙이 큰칼을 휘두르며 달려왔다.

서황이 마주 달려나가며 외쳤다.

"이 짐승 같은 놈! 여기가 어디라고 함부로 덤비느냐?"

"뭐, 짐승이라고? 이놈아, 내 칼이나 받아라!"

"오늘은 용서하지 않을 테니 그리 알아라!"

서황은 지금까지 참아온 분노가 한꺼번에 폭발하여 이낙의 목을 번개같이 잘라버렸다.

헌제 일행은 수많은 파란곡절을 겪은 뒤에 간신히 낙양에 도착했다. 그러나 낙양은 이미 옛날의 수도가 아니었다. 호화찬란하던 궁전은 불에 타서 한줌의 재로 화해 버렸고, 성안에는 인가가 없어 눈에 보이는 것이라고는 오직 잡초가 우거진 허허벌판뿐이었다. 가을도 저물어 겨울이 가까운 폐도(廢都)에는 개 짖는 소리조차 들려오지 않았다.

양봉은 우선 급한 대로 작은 궁전 한 채를 짓고, 문무백관들에게 거기서 조하(朝賀)를 올리게 했다.

헌제는 연호를 건안(建安) 원년으로 고쳤다. 그러나 이 해도 또 흉년이 들었다. 백성들은 초근목피로 목숨을 부지해 가고 있었다. 상서랑(尙書郞) 이하의 벼슬아치들도 맨발로 걸어 다녀야 했고, 폐허를 일으켜 농사를 짓고 나무껍질을 벗겨 주린 배를 채워야 할 형편이었다.

사정이 그쯤 되고 보니 나라꼴이 말이 아닌지라 태위 양표가 생각다 못해 헌제에게 아뢰었다.

"지금 산동에 있는 조조는 많은 군사와 재물을 축적하고 있다 하옵니다. 조조를 낙양으로 불러 올려 황실을 보좌하게 하심이 어떠하오리까?"

"그러면 사람을 보내어 곧 조조를 불러오도록 합시다."

산동의 조조는 천자가 이미 낙양으로 돌아간 것을 알고 있었다. 그리하여 한실(漢室)을 구원한다는 명분을 내세워 의병을 일으킬 생각이었다. 바로 그때에 천자의 칙사가 달려온 것이었다. 조조에게는 실로 반갑기 짝이 없는 칙명이었다. 조조는 그날로 군사를 일으켜 낙양을 향해 길을 떠났다.

그 무렵, 낙양의 헌제는 예기치 못했던 소식을 접하고 초조한 시간을 보내고 있었다. 이각과 곽사의 무리가 낙양에 군비가 전연 없는 데다가 성곽이 모두 무너졌다는 소리를 듣고 대군을 이끌고 쳐들어오고 있다는 것이었다.

헌제가 양표에게 물었다.

"산동으로 보낸 사자는 아직 돌아오지도 않았는데 이각의 무리가 쳐들어온다니 이를 어찌했으면 좋겠소?"

양표가 미처 입을 열기도 전에 양봉과 한섬이 대답을 가로맡았다.

"도적의 무리를 물리치려면 죽기 살기로 싸울 수밖에 없사옵니다."

그러나 동승은 즉석에서 고개를 흔들었다.

"성곽이 튼튼하지 못한데 적과 싸워본들 무슨 소용이 있겠소. 그럴 바에야 어가를 모시고 산동으로 피난을 가는 것이 상책일 것 같소이다."

헌제는 그 말을 옳게 여겨 그날로 낙양을 떠났다. 천자를 뒤따르는 무리들은 모두 보행으로 뒤를 좇았다.

헌제가 낙양을 떠나 십 리쯤 왔을 때였다. 문득 저 멀리 들판에서 자욱이 일어나는 티끌이 해를 가리고 북소리, 징소리가 천지를 뒤흔들며 무수한 군마가 쳐들어오고 있는 것이 아닌가.

"저게 뭐냐?"

헌제가 몸이 떨려 차마 말을 못하고 있는데, 그 많은 군사 중에서 평복을 입은 일기마(一騎馬)가 나는 듯이 달려왔다.

"저 사람은 산동에 갔던 칙사가 아닌가?"

"틀림없이 그 사람이다!"

칙사는 나는 듯이 달려오더니 어전에 부복하며 아뢰었다.

"폐하, 이제야 돌아오는 길이옵니다."

"저기 보이는 대군은 어느 군사들인가?"

"조조 장군은 폐하의 부르심을 받자와 군마를 일으켜 낙양으로 오고 있던 중에 이각, 곽사의 무리가 공격해 온다는 소리를 듣게 되었사옵니다. 그리하여 하후돈 장군이 이끄는 오만 군사에게 먼저 달려가 폐하를 호위하도록 지시한 것이옵니다."

헌제와 백관들은 그 소리를 듣고는 크게 기뻐했다.

얼마 안 있어 하후돈이 허저, 전위 등의 쟁쟁한 장수들을 이끌고 와서 헌제를 알현했다.

"신 하후돈이 폐하를 호위하고자 선봉으로 달려왔사옵니다. 조 승상께서는 대군을 거느리시느라 하루 이틀 늦게 도착하실 것입니다. 신 하후돈이 먼저 도착하였사오니 폐하께서는 이제 안심하옵소서!"

"원로에 대군을 거느리고 오시느라 수고가 많았소. 짐은 이제야 마음이 놓이오."

그러자 헌제의 뒤를 쫓아오던 백관과 군사들이 일시에 만세를 높이 불렀다. 그런데 그 만세소리의 여운이 미처 사라지기도 전에 이번에는 동편에서 대군이 밀려들어오는 것이 아닌가.

"저들은 웬 군사들인가?"

하후돈이 손으로 이마를 가리며 바라보다가 아뢰었다.

"저 군사도 저희 편이옵니다. 조 장군의 영제 조홍 장군이 이전, 악진 두 부장과 더불어 삼만의 군사를 거느리고 선봉의 뒤를 따라오는 것이옵니다."

헌제는 더욱 기뻐했다.

"아, 조 장군의 군사가 삼만이나 또 온단 말이오!"

이윽고 어전에 도달한 조홍은 행군을 멈추고 헌제를 배알했다.

"신의 형은 적병이 가까이 이르렀음을 듣자옵고, 하후돈 장군을 선봉으로 보내옵고, 다시 신에게 뒤를 따르게 하였사옵니다."

"아아, 조 장군이야말로 참으로 사직지신(社稷之臣)이오."

감격한 헌제는 조조를 칭송해 마지않았다. 이리하여 멸망의 비명에 직면했던헌제는 일약 팔만의 대군을 거느리고 다시 낙양으로 향하게 되었다.

정세가 돌변한 줄을 모르는 이각과 곽사의 무리는 낙양을 점령하는 즉시 헌제의 뒤를 맹렬히 추격해 왔다. 이각, 곽사의 무리가 진격해 오자 하후돈이 조홍과 더불어 좌우에서 도적의 무리를 맞아 싸웠다. 산동군은 임전무퇴의 정예부대였다. 반면 도적의 무리는 그야말로 오합지졸인지라 승부는 더 알아볼 것도 없었다.

"이 기회에 도적 무리들의 씨도 남지 않게 사정없이 베라."

명령일하 조조의 군사는 도적의 머리를 만여 급이나 잘랐다. 이각과 곽사는 겨우 도망을 쳤지만 전장은 피바다를 이루었다.

이날 황혼 무렵 헌제는 낙양 궁전으로 다시 돌아왔고, 군사는 성 밖에 진을 치고 횃불을 밝혔다. 조조가 낙양에 도착한 것은 바로 다음날 아침이었다.

"조 장군이 드디어 낙양에 입성하신다."

백성들은 모두 거리로 쏟아져 나와 조조를 환영했다. 조조는 전각 아래서 천자를 배알하고 나서 아뢰었다.

"신이 일찍이 국은에 보답할 길을 생각하던 중에 폐하의 부름을 받고 달려오게 되어 다시없는 영광이옵니다. 이제 신이 정병 이십만으로 이각, 곽사의 무리를 모조리 베어 천하를 평정하겠사오니 폐하께옵서는 사직을 안보(安保)하옵소서."

헌제는 크게 감격하여, 조조를 극구 칭찬했다.

한편 이각과 곽사는 하후돈과 조홍에게 크게 패했으나 아직 천하를 장악하려는 야심을 버리지 못하고 있었다.

"조조라고 뭐 그리 뾰족한 수가 있겠는가? 장거리를 행군해 오느라 인마가 모두 피로해 있을 테니 이때에 치는 게 좋을 것이다."

이각과 곽사는 의견이 일치되어 또다시 군사를 일으키려 했다. 그러나 모사 가후가 나서서 두 사람을 말렸다.

"조조를 만만하게 보아서는 안 됩니다. 누가 뭐라 하든 조조는 천하의 효장(驍將)입니다. 차라리 이 기회에 깨끗이 항복해 죄를 용서받는 게 상책일 것입니다."

이각과 곽사는 그 말을 듣고 크게 노했다.

"이놈, 우리에게 항복을 권하다니 말이 되는 소리냐? 너 같은 놈은 당장 죽어야 마땅하다."

이각이 칼을 뽑아 목을 베려는 것을 수하 장수들이 나서서 간신히 말렸다. 이날 밤 가후는 필마로 진영을 빠져나가 종적을 감추어버렸다.

이튿날 이각과 곽사는 조조와 싸우려고 적진으로 접근해 갔다. 이각의 조카들 중에는 이섬과 이별(李別)이라는 자가 있었다. 힘이 장사인 그들이 말을 이끌어 조조의 앞으로 달려들었다.

"허저, 저놈들을 그냥 내버려두는가?"

조조가 뒤에 있는 허저를 돌아다보며 말했다.

"소장이 당장 나가 목을 베어오겠습니다."

허저는 박차를 가하며 비호같이 달려나가더니 이섬의 목을 한 칼에 베어 던지고 쫓겨가는 이별을 뒤따라가서 목을 비틀어 끊었다. 그 날랜 동작이 어찌나 기세가 높고 비상하던지 적병들은 도망칠 생각조차 못하고 황홀하게 구경만 하고 있었다.

허저가 이섬과 이별의 목을 들고 진영으로 돌아와 조조에게 보이며 말했다.

"주군, 두 놈의 목을 모두 잘라왔습니다."

"자네야말로 당세의 번쾌(樊噲)일세!"

조조도 크게 감탄하여 친히 허저의 등을 두드려주며 칭찬을 아끼지 않았다.

조조는 하후돈과 조인으로 하여금 이각과 곽사의 무리를 좌우에서 협공하게 하고, 자신은 중군을 거느리고 정면으로 적을 휘몰아쳤다. 오합지졸인 도적의 무리들은 조조의 정예부대를 당해 내지 못해 여기저기서 패주하기에 바빴다. 이각의 무리는 가는 곳마다 참패를 거듭해 시체로 땅을 뒤덮고, 붉은 피로 강을 이루었다. 조조는 이번 싸움으로 영명을 사해에 두루 떨쳤다.

조조가 크게 이기고 낙양성 밖에 진을 치니, 양봉과 한섬이 은근히 불만의 소리를 속삭였다.

"조조가 저렇듯이 대공을 세웠으니 앞으로 중권(重權)을 잡게 될 게 아니겠소?"

"나 역시 그게 걱정이오. 그러고 보면 지금까지 천자를 모시고 고생했던 우리는 뭐가 되오?"

"조조가 우리의 공로를 인정해 줄 리가 없지요."

"그렇다면 빨리 이곳을 떠나 달리 살 궁리를 찾아보는 게 좋을 것 같소."

"좋은 생각이오."

두 사람은 무엇인가 귓속말을 한참 주고받은 뒤에, 이날 밤 성안에 있는 군사들을 싹 쓸어가지고 어디론가 종적을 감추어버렸다.

간웅의 싹

양봉, 한섬이 대궐을 수비하던 군사를 거느리고 어디론가 종적을 감추어버린 것은 실로 놀라운 사건이었다. 헌제가 급히 사람을 시켜 알아보니, 그들은 군사를 이끌고 대량(大梁) 방면으로 갔다는 것이었다.

"그들이 조조 장군과 상의하고 떠난 길인지 곧 사람을 보내 알아보오."

천자가 명령을 내리자 곧 사자가 조조의 진영으로 출발했다.

조조는 황제의 칙사를 경건히 맞아들였다. 그런데 조조는 칙사의 얼굴을 보고 크게 놀랐다. 근년에는 흉년이 연거푸 드는 바람에 누구나 혈색이 나쁘고 인품이 야비해졌는데, 지금 눈앞에 보는 칙사는 혈색이 매우 윤택할 뿐만 아니라 인품이 놀랍도록 도저하기 때문이었다.

'아, 오랜만에 사람다운 사람을 만났구나!'

조조는 속으로 그렇게 생각하며, 그 인물에게 은근히 두려움을 느꼈다. 그런 사람이 자기편일 때에는 크게 도움이 되지만 상대편일 때에는 수월하게 다룰 자신이 없었기 때문이다. 그러나 조조는 그런 기색을 눈곱만큼도 보이지 아니하고 정중히 물었다.

"공을 처음 뵈옵는데 지금 무슨 벼슬을 하고 계시오?"

"저는 본디 원소의 수하에서 종사(從事)로 있다가 천자께서 환도하심을 듣고 낙양으로 올라와 지금은 정의랑(正議郞)으로 있는 동소(董昭)라는 사람입니다."

"신성을 들은 지 오래더니, 이제야 만나게 되니 반갑기 짝이 없소이다."

조조는 새삼스러이 반색을 하며 동소를 위해 주연을 베풀었다. 그 자리에 모사 순욱도 같이 불러 천하 대사를 환담했다. 바로 그때에 조정의 신위군(新衛軍)이라고 부르는 군대가 남하해 온다는 급보가 날아들었다.

"어느 놈이 궁중의 군대를 마음대로 움직였는지 지휘자를 곧 생포해 오라!"

조조는 그 보고를 듣자 군사를 동원하려고 했다. 그러자 동소가 팔을 내저으며 말했다.

"새삼스러이 알아보실 것도 없이 그들은 양봉과 한섬이옵니다. 양봉과 한섬은 조 장군의 명성에 불평을 품고 부질없이 난동을 부리는 것이오니 과히 염려 마시옵소서."

"이각, 곽사도 아직 살아 있으니 그들을 그냥 내버려둘 수는 없는 일이 아니오?"

"범이 발톱이 없고 새가 날개가 없는데, 제 놈들이 무슨 일을 하오리까. 오래지 않아 조 장군에게 사로잡힐 것이니 아무 근심 마십시오. 그보다는 장군께서 급히 할 일이 따로 있습니다."

"내가 할 일이 무엇인지 말해 보오."

"장군께서 세운 공로는 천자와 백성들이 한결같이 두루 알고 있는 사실입니다. 그러나 조정은 아직 구각(舊殼)을 벗어나지 못한 실정입니다. 파벌에 눈이 어두운 관료들은 지금 장군을 시기하는 눈으로 바라보고 있습니다. 게다가 낙양은 이미 국사를 다스리기에는 적당하지 못한 곳이니, 장군께서는 수도를 허창(許昌)으로 옮기시고, 모든 부문에 있어 일대 혁신을 단행할 필요가 있습니다."

조조는 동소의 제안을 듣고 크게 감탄했다.

"공의 말씀은 근래에 들어보기 어려운 탁견(卓見)이오. 금후에도 많이 도움을 주기 바라오. 만약 대업을 이루는 날에는 공에게 특별한 보답을 하오리다."

그때에 궁중에는 천문을 잘 보는 시중태사령(侍中太事令) 왕립(王立)이라는 학자가 있었다. 어느 날 밤 왕립은 천문을 보고 나서 크게 놀라며, 종정(宗正) 유애(劉艾)를 보고 말했다.

"내 천문을 눈여겨보니 지난봄부터 금성(金星)이 토성(土星)을 점점 범하고 있고, 화성(火星)이 역행하여 천관(天關)에서 금성과 만났으니 이는 실로 새로운 천자가 나실 징조입니다. 생각건대 대한(大漢)은 이미 운수가 다해 진(晋)이나 위(魏)땅이 새로 흥할 것 같소이다."

그 말을 전해 들은 조조는 왕립에게 곧 사람을 보내 단단히 주의를 시켰다.

"천도(天道)는 워낙 심원(深遠)한 것이니 공은 오해하기 십상인 말을 함부로 퍼뜨리지 말아주기 바라오."

조조는 곧 모사 순욱을 불러 왕립이 예언한 것에 대해 뜻을 물었다.

"나는 천문을 모르오. 왕립이 괴상한 예언을 하던데 그게 무슨 뜻인 것 같소?"

"저도 왕립의 예언을 들었습니다. 아마 그 말은 하느님의 뜻인지도 모를 일입니다. 한나라 종실은 화성(火性)입니다. 허창(許昌)은 토(土)에 속하는 땅이니 그리로 천도하면 반드시 흥할 것입니다."

순욱이 대답했다.

"음, 그렇다면 대궐을 허창으로 옮겨야겠소!"

조조는 마침내 뜻을 굳게 먹고, 이튿날 입궐하여 천자께 아뢰었다.

"신이 생각하옵건대 낙양은 이미 폐허가 되어 다시 부흥하기에는 적당하지 못한 곳이옵니다. 그러하여 신은 땅이 기름지고 교통이 편리한 허창으로 천도를 하려고 만반의 준비를 갖추었사오니 윤허하여주시옵소서."

헌제는 싫든 좋든 조조의 말을 따르지 않을 수 없었다. 만조백관들은 아연히 놀랐지만 감히 반대 의견을 내지 못했다.

낙양을 떠난 조조가 어가를 모시고 오 리쯤 왔을 때였다. 저 멀리서 홀연히 함성이 일어나더니 많은 군사들이 말을 달려왔다.

"이놈, 천하의 역적 조조야! 네가 어가를 모시고 어디로 가느냐?"

그들은 양봉과 한섬의 군사로 선봉에 나서서 장창을 휘두르며 외치는 장수는 서황이었다. 조조는 몸을 피하여 뒤따르는 허저를 보고 외쳤다.

"저놈들을 당장 요절내 망령된 주둥이를 함부로 놀리지 못하게 하여라!"

조조의 명령이 떨어지기 무섭게 허저가 맹수처럼 달려나갔다.

서황도 천하의 용장이지만 허저는 '당세의 번쾌'라고 불리는 맹장이었다. 허저와 서황이 창검을 번쩍이며 어울려 싸우기를 오십여 합이 되었건만 좀처럼 승부가 나지 않았다. 말은 이미 땀을 흘리며 호흡을 허덕였지만 마상의 장수들은 여전히 전의가 왕성했다. 용호상박(龍虎相搏)이라는 말이 있거니와 그야말로 황홀할 정도로 찬란한 싸움이었다.

조조는 호흡을 삼키며 싸움 구경에 도취해 있다가 별안간 소리쳤다.

"후퇴의 징을 울리라!"

장병들은 돌연한 후퇴 명령에 깜짝 놀랐다. 허저는 마지못해 싸움을 단념하고 진지로 돌아왔다.

조조는 허저를 비롯하여 막료들을 돌아보며 말했다.

"별안간 후퇴 명령을 내려서 모두들 웬일인가 싶었을 것이다. 내가 싸움을 중단시킨 것은 아무리 적일지라도 서황 같은 장수를 죽이기가 아까워서였다. 내가 보기에 서황이라는 장수는 희대의 맹장이다. 나는 그 사람을 내 편으로 삼고 싶으니, 누구 서황을 찾아가 설복시킬 사람이 없는가?"

그러자 행군종사(行軍從事) 만총(滿寵)이 앞으로 나섰다.

"제가 서황과는 교분이 있사오니 오늘밤 적진을 찾아가 사리를 밝혀 설복해 보겠나이다."

이날 밤, 만총은 변복을 하고 단신으로 적진에 잠입했다. 이때, 서황은 갑옷을 입은 채 혼자 불을 밝히고 앉아 있다가 밖에서 인기척이 나자 큰 소리로 외쳤다.

"밖에 누구냐?"

만총은 그제야 방안으로 들어서며 말했다.

"서 장군, 오래 못 뵈었소이다. 나는 만총이오."

"아, 만총이 웬일이오?"

"옛날의 우정을 생각해서 찾아왔습니다."

"옛날에는 아무리 친구였더라도 지금은 적인데 어찌 나를 찾아온 거요?"

"나는 조조 장군의 특명을 받고 서 장군을 찾아온 것입니다."

"조조의 특명?"

"우리 주공께서는 오늘 서 장군이 허 장군과 싸우시는 모습을 보고 너무나 탄복한 나머지 일부러 후퇴의 징을 울렸던 것입니다."

"아, 허저가 그래서 물러갔던가?"

"서 장군 같은 맹장이 어째서 양봉같이 어리석은 사람을 섬기려 하오. 장군은 부디 우리와 뜻을 같이하여 대업을 이루십시다."

"나도 양봉 장군의 무능을 알고 있지만 주종의 의리를 저버릴 수는 없지 않소?"

"어찌 그런 말씀을 하시오. 옛날부터 착한 새는 나무를 가려 깃들고, 어진 신하는 주인을 골라 섬긴다 하지 않았소. 공은 후회가 없도록 깊이 생각해 처신하시오."

서황은 오랫동안 침묵에 잠겨 있다가 문득 고개를 힘 있게 들며 말했다.

"그럼 나는 만총의 뜻을 따르기로 하겠소."

만총은 머리를 숙여 깊이 감사의 뜻을 표하고 나서 말했다.

"고마운 말씀이오. 이왕 떠나시는 김에 양봉과 한섬을 아예 죽여, 그들의 수급을 우리 주공에게 선물로 가져가면 어떻겠소?"

"내가 모시던 주인을 죽이는 것은 크게 의리를 저버리는 짓이니, 그것만은 못하겠소."

"서 장군은 참으로 의사(義士)이시오."

만총은 그 이상 권하지 않았다.

이날 밤, 서황은 마침내 수하 장병 수십 명을 거느리고 만총과 함께 조조의 진영으로 떠났다. 그러나 얼마 오지 못해 양봉의 군사가 뒤를 쫓아왔다.

"이놈, 서황아! 어디로 도망을 가느냐!"

양봉은 큰소리로 외치며 맹렬히 추격해 왔으나 서황은 대꾸를 아니하고 말에 채찍질을 맹렬히 가했다. 그리하여 한참 쫓고 쫓기며 산모퉁이를 돌아오는데 홀연 복병이 사면에서 일어나며 조조가 양봉을 친히 맞아 싸웠다.

"이놈, 양봉아! 우리가 여기서 너를 기다린 지 오래다."

양봉이 깜짝 놀라 군사를 물리려 했을 때에는 이미 사면이 적에게 포위되어 있었다. 그리하여 목숨이 심히 위태롭게 되었는데, 다행하게도 뒤에서 한섬의 군사가 덤벼들어 목숨만은 건져 도망을 칠 수 있었다. 그러나 싸움에서 크게 패한 양봉과 한섬은 남양(南陽)으로 원술(袁術)을 찾아가 몸을 의탁했다.

"오늘은 나에게 더없이 기쁜 날이로다."

싸움에서 승리하고 소원대로 서황까지 얻게 된 조조는 진심으로 기뻐했다.

황제의 어가를 모시고 예정대로 허창에 도착한 조조는 그날부터 궁궐을 짓고 아문(衙門)을 세우고 종묘를 모셔, 수도로서의 면모를 일신했다.

조조는 스스로를 대장군(大將軍) 무평후(武平侯)라 칭하고, 구신(舊臣)들도 모두 열후로 봉하여 벼슬을 높였다. 이때에 논공을 받은 사람의 성명과 관직은 다음과 같다.

순욱(荀彧)은 시중 상서령(侍中尙書令),

순유(荀攸)는 군사(軍師),

곽가(郭嘉)는 사마(司馬),

제주 유엽(祭酒劉曄)은 사공연(司空掾),

모개(毛玠)와 임준(任峻)은 전농 중랑장(典農中郎將),

정욱(程昱)은 동평상(東平相),

범성(范成)과 동소(董昭)는 낙양령(洛陽令),

만총은 허도령(許都令),

하후돈, 하후연, 조인, 조홍은 모두 장군이 되고,

여건(呂虔), 이전, 악진, 우금(于禁), 서황은 모두 교위(校尉)가 되고, 허저와 전위는 도위(都尉)가 되었다.

그 밖의 장병들에게도 각각 벼슬을 내리니, 사실상 조정의 대권은 이미 조조의 수중에 있는 것이나 다름이 없었다. 그리하여 뜻있는 사람들의 입에서는 탄식이 절로 나왔다.

"아아, 한 사람을 제거하면 또 한 사람이 권세를 휘두르니, 한실의 운명은 이미 서산에 기우는 해와 다를 것이 무엇인가."

대세가 정해지자 조조는 문무백관을 한자리에 모아놓고 연락을 크게 베풀었다. 그 자리에서 조조가 말했다.

"듣건대 여포가 지금 유비에게 몸을 의탁하고 있다는데, 그들이 힘을 합하여 쳐들어오면 매우 귀찮은 일이 아닐 수 없소. 그 자들의 공격을 미연에 방지할 계책이 없겠소?"

허저가 이내 우렁차게 대답했다.

"주공, 소장에게 정병 오만 명만 내려주시면 당장 유비와 여포의 머리를 베어오겠습니다."

그 소리가 떨어지자 모사 순욱이 소리 내어 웃었다.

"하하하, 장군의 용맹은 놀랍지만 어찌 그걸 계책이라고 하시오?"

"남의 말을 비웃지 말고 좋은 계책이 있거든 어서 말해 보오."

조조가 정색을 하며 묻자 순욱이 대답했다.

"계책이 없는 것은 아니옵니다. 하오나 도읍을 옮겨 인심이 안정되기도 전에 군사를 일으켜서는 안 된다고 생각합니다."

"음, 그러면 유비와 여포를 그대로 내버려두어도 무방하다는 말인가?"

"아닙니다. 우리가 직접 싸우는 것은 좋지 않으니 '이호경식지계(二虎競食之計)' 를 써야 할 줄로 아뢰오."

"이호경식지계라면?"

"가령 이 자리에 두 마리의 굶주린 호랑이가 있다고 하십시다. 그 호랑이들에게 먹기 좋은 고깃덩어리를 내던져 보십시오. 그러면 두 마리의 호랑이는 서로 고기를 차지하려고 크게 싸움을 벌이게 될 것입니다. 결국에는 한 마리가 죽고 한 마리는 승리할 것입니다. 그러나 승리한 호랑이도 만신창이가 될 것이니 호랑이 가죽 두어 장쯤 한꺼번에 얻기는 매우 용이한 일이 아닙니까?"

"과연 명안이오. 그러면 구체적으로 어떤 방법을 써야 하오?"

"현재 유현덕이 서주를 점령하고 있기는 하나 아직 정식으로 천자의 조칙을 받지 않았습니다. 차제에 칙사를 내려보내 유현덕을 정식으로 서주 태수에 봉하는 동시에 여포를 죽이라는 비밀 지령을 내리면 될 것입니다."

"음, 그럴 듯한 계책이오."

"그 계책이 뜻대로 이루어지면 우리에게 유리할 것이고, 만약 실패로 돌아가는 날에는 여포가 유현덕을 죽일 것이니 이래저래 우리에게는 득이 되는 일입니다."

조조는 그날로 천자의 윤허를 얻어 서주로 칙사를 파견하여 유비를 정동장군(征東將軍) 의성정후(宜城亭侯) 영서주목(領徐州牧)에 봉하는 동시에 따로 밀서를 보내어 여포를 죽이라는 명령을 내렸다.

유비는 예를 갖춰 칙사를 맞이한 뒤 별실로 들어가 곧 천자의 밀서를 읽어보고는 크게 놀랐다.

'나더러 여포를 죽이라고?'

유비는 몇 번이고 고개를 기울이다가 관우와 장비를 딴 방으로 불러 밀서를 내보였다.

"현제들은 이 일을 어떻게 처리했으면 좋겠는가? 여포를 죽이라는 것은 필시 조조의 생각일 것이다."

장비가 밀서를 보고 나서 말했다.

"여포는 의리를 모르는 흉악한 인물이니 죽여도 무방하다고 생각하오."

그러나 유비는 고개를 가로저었다.

"여포는 형세가 궁해 나를 믿고 찾아왔는데, 그를 죽이면 나야말로 의를 모르는 사람이 될 것이네."

"여포처럼 불의의 사내를 살려두었다가는 우리를 위해서도 결코 이롭지 못할 것이오."

"의를 모르는 사람에게는 의를 깨닫도록 인도하는 것이 옳은 일이 아닌가?"

"형님은 마음이 너무도 인자하시오. 그런 놈 하나 죽이는 것을 무얼 그리 깊이 생각하시오."

장비는 죽이기를 강경히 주장했으나 유비는 끝내 듣지 않았다.

그런 내막을 알 턱이 없는 여포는 유비가 칙사를 받아 서주목으로 제수되었다는 소식을 듣고는 축하 인사차 찾아왔다. 여포가 유비에게 축하 인사를 마치고 막 문 밖으로 나서는데, 장비가 별안간 장검을 내리치며 외쳤다.

"이놈, 여포야! 내 칼을 받아라!"

여포가 날쌔게 검을 피하며 말했다.

"장 공, 왜 이러시오?"

"너처럼 의리와 절개를 모르는 놈은 살려둘수록 나라에 해가 있을 뿐이다. 너 같은 놈은 백 번 죽어 마땅하며, 조조 또한 너를 죽이라는 밀서를 보내왔기에 내가 너를 죽이려고 기다리고 있었다."

장비가 그렇게 외치며 여포를 향하여 장검을 내리치려는 순간이었다. 별안간 유비가 등 뒤에서 장비의 팔을 움켜잡으며 큰소리로 꾸짖었다.

"장비, 이게 무슨 짓인가?"

“앗! 형님 내버려두시오. 저런 놈은 죽여야 합니다.”

“이놈, 내가 언제 너더러 여 장군을 죽이라고 하더냐? 여 장군은 나의 손님이시다. 나를 찾아온 손님을 해치는 것은 나를 해치는 것이나 다름없는 짓이다.”

“형님은 어쩌려고 저런 놈을 두둔하시오!”

장비는 화를 벌컥 내면서 마지못해 뒤로 물러섰다. 유비는 여포에게 머리를 정중히 숙여 사과했다.

“여 장군, 저의 아우 장비는 철없는 아이처럼 성격이 단순해 그러니 너그러이 용서하시오.”

“알겠소이다. 그런데 지금 장비의 말을 듣건대 조조가 유 장군더러 나를 죽이라고 했다는데, 그게 사실이오?”

유비는 여포를 다시 방안으로 맞아들였다.

“이번에 조조가 나에게 보낸 밀서에 여 장군을 도모하라는 말이 있었소이다. 자, 여기 밀서가 있으니 친히 읽어보시오.”

여포는 밀서를 읽어보고 나더니 얼굴빛이 사색이 되었다.

“그래, 유 장군은 나를 죽일 생각이오?”

“천만의 말씀입니다. 내게 그런 뜻이 있다면 어찌 장군에게 이 밀서를 보이겠소?”

여포가 유비의 손을 덥석 잡으며 말했다.

“고맙습니다. 이것은 조조란 놈이 우리 두 사람을 불화하게 만들려고 꾸며낸 간계가 분명하오.”

“여 장군, 염려 마시오. 조조가 이런 밀서를 보냈기로 불의를 감행할 내가 아니오.”

“유 공, 그게 진정으로 하시는 말씀이오?”

“내 어찌 여 장군에게 거짓말을 하오리까. 안심하고 숙소로 돌아가십시오."

유비는 여포를 정중하게 돌려보냈다.

얼마 후, 관우와 장비가 들어와 유비에게 물었다.

"형님은 어찌하여 여포를 살려보내셨소?"

"모르는 소리 마라. 조조가 여포와 나를 싸우게 하여 어부지리를 얻으려는 계책을 쓰고 있는데, 내 어찌 쉽게 넘어가겠는가?"

관우는 그 말을 듣고 비로소 깨달은 바가 있었다.

"과연 형님 말씀이 옳습니다."

그러나 장비는 여전히 불만이라는 듯 투덜거렸다.

"나는 그래도 여포를 죽여 후환을 없애는 게 좋을 것 같소."

유비는 그 소리를 듣고 넌지시 장비를 타일렀다.

"장비, 그건 대장부가 할 일이 아닐세."

유비는 그 길로 칙사를 찾아가 조조에게 보내는 답서를 전했다.

여포에 대한 내명(內命)은 잘 알았으나 일을 급히 도모하기가 어려우므로 기회를 보고 있는 중이니 그리 아소서.

한편, 조조는 칙사가 품고 온 답서를 보고 크게 실망했다. 그래서 모사 순욱을 불러 물었다.

"유현덕이 '이호경식지계'에 걸려들지 않으니 이제는 어찌했으면 좋겠소?"

"그러면 두 번째의 계책을 써보기로 하지요."

"계책이 뭔지 어서 말해 보오."

"그것은 '구호탄랑지계(驅虎呑狼之計)'올시다."

"구호탄랑지계는 또 무엇이오?"

"이번에는 원술에게 사람을 보내어, 유현덕이 남양을 침략하려 한다고 알려주는 것입니다."

"음."

"그리고 유현덕에게도 다시 칙사를 보내어, 원술이 어명에 복종하지 않으니 남양을 토벌하라는 칙명을 내리십시오. 고지식한 유현덕이니 어명을 거역할 리 만무할 것입니다."

"음."

"이 계책은 호랑이로 하여금 이리를 잡아 죽이게 하는 것입니다. 그러면 이리가 호랑이의 빈집을 노리고 덤벼들 것이 분명하니까요. 승상께서는 이리가 누구라는 것을 짐작하시지요?"

"여포란 말인가?"

"맞습니다. 이 계책은 틀림없이 성공할 것입니다."

이리하여 서주 태수 유현덕에게 두 번째 칙사가 내려오게 되었다.

유비는 황망히 성 밖까지 나가 칙사를 맞았다. 그리하여 조서를 읽어보니 군사를 일으켜 원술을 치라는 어명이 아닌가. 모사 미축이 조서를 보고 유비에게 간했다.

"이것도 역시 조조의 계책이니 절대로 속아서는 안 됩니다."

그러나 유비은 미축의 말을 듣지 않았다.

"나도 이것이 조조의 간계라는 것은 알고 있소. 그러나 조조가 앞서 보냈던 사신과는 달리 이것은 엄연한 칙명이니 내 어찌 거역하겠소."

과연 순욱이 예언한 대로 유비는 칙명이라면 죽어도 지킬 결심이었다. 실로 사태는 점점 더 복잡하게 꼬여가고 있었다.

이리를 끌어들이다

천자의 칙명이라면 비록 조조에게 속는 한이 있어도 그대로 실행하겠다는 유비의 결의를 보고 좌중은 한동안 말이 없었다.

손건이 먼저 입을 열었다.

"어명에 의하여 기어이 출병을 하실 결심이라면 뒤에 남아 성을 지킬 사람을 택해 두는 것이 좋으실 것 같소이다."

"음, 관우나 장비 두 사람 중에서 한 사람만 남아 성을 지키는 것이 어떻겠는가?"

유비가 관우와 장비를 돌아보며 물었다.

"그러면 성은 제가 지키겠소이다."

관우가 즉석에서 대답했다. 그러나 유비는 잠시 관우의 얼굴을 바라보았다.

"관우가 남아 성을 지켜주면 내 마음이야 더없이 든든할 것이오. 하지만 싸움터에서 대사를 논의하자면 아무래도 현제는 나와 함께 떠나야 할 것 같소."

"그럼 내가 남아 있으면 어떻겠소?"

이번에는 장비가 나섰다. 유비는 고개를 좌우로 저었다.

"성을 장비에게 맡기기는 어렵다. 아우는 술에 취하면 부하들을 함부로 때리는 나쁜 버릇이 있는 데다가, 남의 간언을 들으려고 하지 않으니 어찌 성을 맡길 수 있겠는가?"

이 말을 듣고 나자 장비는 주먹으로 자기 가슴을 치며 맹세했다.

"형님, 그건 염려 마시오. 내 오늘부터 절주를 하고, 군사들을 때리지도 아니하고, 매사를 남과 의논해서 행하리다."

"음, 아우가 그렇게까지 잘못을 깨닫고 맹세한다면 내 어찌 말을 믿지 않겠는가? 그러면 장비가 남아서 성을 지키도록 하라."

인정이 두터운 유비는 장비의 말을 믿고 응낙했다. 그러자 옆에서 보고 있던 미축이 빙그레 웃으며 장비를 놀렸다.

"말은 그럴듯하지만 장 공의 술버릇을 어디 믿을 수가 있어야지요."

"이 사람아, 내가 형님께 무슨 실수를 한 게 있다고 나를 못 믿겠다는 건가?"

장비는 벌컥 화를 내며 시비조로 나왔다.

유비가 빙그레 웃었다.

"아우의 말을 믿고 중책을 맡기지만 솔직히 마음을 푹 놓을 수 있는 건 아니라네."

유비가 장비에게 훈계 비슷한 말을 한마디 던지고 나서 이번에는 옆에 앉아 있는 진등(陳登)을 돌아다보며 말했다.

"내가 자리를 비우는 동안 진등은 내 아우를 도와 실수가 없도록 해야 할 것이오. 내 아우가 술만 먹지 않는다면 그리 큰 실수는 없을 것이오."

"주공은 염려 마소서. 제가 최선을 다해 보필하오리다."

유비는 그 소리에 안심하고, 삼만의 병력을 이끌고 서주를 떠나 남양으로 향했다.

한편, 남양의 영주 원술은 비밀리에 보내온 조조의 편지를 받아보고 크게 격분했다.

> 유현덕이 지금 야심을 품고 남양으로 쳐들어간다 하니 원 장군은 만반의 준비를 갖추어 실패함이 없도록 하라.

"유비란 놈이 나한테 어찌 이럴 수가 있단 말이냐? 어제까지만 해도 시골뜨기였던 놈이 서주를 점령하고 태수 행세를 하게 된 것만으로도 아니꼬운 일이거늘 감히 나를 공격해? 여봐라, 유비를 쳐부수게 당장 출전 태세를 갖추어라!"

원술은 상장 기령(紀靈)에게 십만 대군을 거느리게 하여 유비와 맞서 싸우게 했다.

기령과 유비의 군사는 우이(盱眙)에서 마주쳤다. 유비는 군사가 적으므로 산을 등지고 물가에 진을 쳤다. 기령은 산동(山東) 출신으로 삼첨도(三尖刀)를 잘 쓰는 맹장이었다. 그가 군사를 휘몰아 나오며 유비를 큰소리로 꾸짖었다.

"유비, 이 촌놈아! 네 어찌 감히 우리 경계를 침범하느냐?"

유비도 말을 달려나가며 외쳤다.

"내 황제 폐하의 칙명을 받들고 오거늘, 네 어찌 역적이 되려고 함부로 덤비느냐?"

기령이 대로하여 무섭게 칼을 휘두르며 유비를 향해 다가왔다.

"아서라, 네 놈은 이 관우가 상대해 주마!"

관우가 벽력같은 고함을 지르며 기령을 맞아 싸웠다.

들어가고 나가고, 치고 막으며 서로 어우러져 싸우기를 삼십여 합이 지나도 승부가 나지 않았다. 그러자 기령이 문득 큰소리로 외쳤다.

"순정이 나와 관우의 목을 베어라!"

그 소리가 떨어지자 부장 순정(荀正)이 관우에게 덤벼들었다.

"이놈, 너 같은 범부를 누가 상대하느냐? 기령이보고 어서 나오라고 해라!"

관우가 경멸의 말을 하자 순정은 크게 노했다.

"건방진 수작 그만하고 칼이나 받아라!"

그러나 순정이 겁 없이 다가드는 순간 관우가 청룡언월도를 번개같이 휘둘러 순정의 머리를 두 동강 내버렸다. 기령은 그 바람에 회음(淮陰)까지 패주하여 감히 공격을 가해 오지 못했다.

장비는 술을 입에 대지 않고 한동안 근실하게 성을 지켰다. 그러나 워낙 술을 좋아하는지라 참는 데도 한도가 있었다. 마침내 연석을 크게 베푼 장비는 모든 관원을 향해 말했다.

"우리 형님이 나더러 술을 금하라고 하신 것은 실수를 저지르지 않을까 염려하셨기 때문이다. 그러나 형님이 돌아오실 때까지 술을 전혀 안 먹을 수도 없는 일이니 오늘 하루만은 취하도록 마시고 싶다. 내일부터는 다시 술을 입에 대지 않겠다."

관원들이 모두들 기뻐한 것은 말할 것도 없었다.

장비는 몸소 관원들에게 술을 권했다. 그런데 술잔이 조표(曹豹) 앞에 이르렀는데도 그는 잔을 받지 않았다.

"저는 하늘에 맹세한 일이 있어 술을 마시지 않겠나이다."

"이놈, 네가 그런 소리를 한다면 어떤 일이 있어도 먹여야겠다."

장비가 명령조로 권하자 조표는 마지못해 한잔을 받아 마셨다. 이윽고 두 번째의 술잔이 돌아오자 조표가 또다시 거절했다.

"이놈아, 잔소리 말고 어서 술잔을 받아라!"

"아니올시다. 정말 하늘에 맹세코 못 받겠소이다."

"그러면 아까는 왜 받았느냐?"

"아까는 명령을 거역하지 못해 받았을 뿐입니다."

"이놈, 그게 말이 되는 소리냐! 한 잔을 받아 마셨으면 또 받아야 허물이 없을 게 아닌가."

술이 취하면 대수롭지 않은 일에도 화를 잘 내는 것이 장비의 나쁜 버릇이었다.

"이놈아, 네가 정녕 장령(將令)을 어긴단 말이렷다? 여봐라, 이놈을 당장 끌어내어 볼기를 백 대만 쳐라!"

진등이 보다 못해 한 마디 간했다.

"장군, 참으시오. 주군이 떠나실 때 뭐라고 하셨는지 그새 잊으셨습니까?"

그러나 이미 술에 취한 장비는 진등의 말도 듣지 않았다.

"듣기 싫다. 문관은 문관의 일이나 할 일이지 어찌 무장의 일을 간섭하고 나서는가? 여봐라, 저놈을 당장 끌어내 볼기를 치지 못하겠느냐!"

조표는 꼼짝 못하고 여러 사람이 보는 가운데 죄 없는 볼기를 맞았다. 그는 피가 맺힌 볼기를 이끌고 집에 돌아와 생각하니 분해서 견딜 수가 없었다. 즉시 편지 한 장을 쓴 그는 하인을 시켜 소패(小沛)에 있는 여포를 찾아가게 했다.

> 유현덕은 남방으로 원정을 떠나고 장비는 만취해 있으니 이 기회에 군사를 이끌고 와 서주를 치라.

조표는 여포의 장인이었다. 여포는 장인의 밀서를 보고, 곧 모사 진궁을 불렀다.

"그대는 이 일을 어떻게 생각하오?"

"이것이야말로 하늘이 우리에게 주신 천재일우의 기회입니다. 곧 군사를 일으켜야 합니다."

진궁이 서슴지 않고 대답했다.

"평소 나를 미워했던 장비가 수비를 게을리 할 리 없을 텐데?"

"장군께서는 무엇을 주저하십니까? 이 기회를 놓치면 우리가 언제 다시 일어날 수 있겠습니까?"

여포는 드디어 굳게 마음을 먹고 군사를 일으켰다. 소패에서 서주는 사십여 리밖에 안 되었다. 여포가 적토마를 달려 서주성에 도달한 것은 날이 새어가는 사경이었다.

이날 밤에는 달이 낮같이 밝았다. 그러나 장비의 군사들은 어찌나 취했는지 적이 성 아래 이르러도 알아보지를 못했다.

여포가 성문을 두드리며 외쳤다.

"유 장군의 급사로 온 사람이니 문을 여시오."

성 위에서 기다리던 조표의 군사가 두말없이 성문을 열어주었다.

여포가 군사들을 이끌고 노도와 같이 성안으로 밀려들었다. 여포의 군사들은 취해 쓰러진 장비의 군사들을 모조리 창으로 찔러 죽였다. 그야말로 변변한 대항조차 없는 일방적인 싸움이었다.

장비는 술에 취해 세상모르고 잠에 떨어져 있었다.

"장군, 큰일 났습니다."

부하들이 황망히 달려와 깨웠으나 여간해서는 깨어날 장비가 아니었다.

"장군, 큰일 났습니다. 여포의 군대가 성안으로 노도같이 밀려들어오고 있습니다."

장비는 취중에도 여포라는 소리에 벌떡 일어났다.

"무엇이? 여포가 쳐들어왔어?"

"여포의 군사가 성안으로 밀려들어와 난동을 치고 있습니다."

"뭐가 어째?"

"조표가 안에서 내통을 한 모양입니다."

"어이쿠, 조표 이놈이……."

장비는 이를 바드득 갈며 갑옷을 나는 듯이 추려 입고 말을 몰아 밖으로 달려나왔다. 적병들이 도처에서 고함을 지르고 있었고, 여포가 장비를 향하여 말을 달려왔다. 장비는 여포를 맞아 싸웠으나 취기가 가시지 않아 당해 낼 자신이 없었다.

"제길! 이런 때에는 도망을 칠 수밖에!"

장비는 부장 십여 기만을 거느리고 동문으로 달려나왔다. 가족들은 성안에 그대로 남아 있었으나 구출할 도리가 없었다.

"이 비겁한 장비 놈아! 지금 어디로 도망을 가느냐?"

적병이 맹렬히 추격해 오며 고함을 질렀다. 돌아다보니 앞장서서 쫓아오는 장수는 다른 사람 아닌 조표였다.

"이놈, 네 놈이 조표로구나!"

장비는 되돌아서서 백여 기를 모조리 후려갈긴 뒤에 조표를 두 동강으로 베어버렸다.

장비는 그제야 정신이 제대로 들어 도망쳐온 군사들을 모아 회남(淮南)을 향하여 면목 없는 밤길을 달렸다.

여포는 야수와 같은 기질을 드러내어 유비를 배반하고 서주를 빼앗아 버렸다. 그러나 그는 계획적으로 남을 배반할 만큼 악인은 아니었다. 일시적인 욕망에서 은인을 배반하고 서주를 빼앗았으나 속으로는 양심에 가책을 느끼는 바가 없지 않았다. 그는 서주를 점령하고 나자 이내 아래와 같은 방문을 내붙였다.

> 나는 오랫동안 유비의 은혜를 입어왔다. 내가 이제 서주를 점령했다고 해서 배은망덕한 짓을 한 것은 아니다. 다만 성중의 사투(私鬪)를 진정시키고, 적을 이롭게 하는 도배를 내쫓은 뒤에 전후의 화근을 제거했을 뿐이다. 그러하니 모든 백성들과 군인들은 속히 평소의 생업으로 돌아가 나의 치하에서 안정된 생활을 누리도록 하라.

"포로로 남아 있는 부녀자들에게 함부로 손을 대지 말라!"

여포는 부하들에게 엄명을 내렸다. 성에는 유비의 가족들이 모두 그대로 남아 있었다. 여포가 그 집을 찾아가보니 유비의 노모를 비롯하여 젊은 부인과 어린아이들이 방에 모여 앉아 근심에 싸여 있었다.

"그대들이 현덕의 가족인가?"

여포가 그들을 바라보며 물었다.

그러나 모두들 겁에 질려 아무 대답도 못했다.

"하하하."

여포가 큰소리로 웃었다.

"그대들은 안심하라. 나는 그대들과 같은 부녀자를 함부로 죽일 정도로 무자비한 인간은 아니다. 장비는 주군의 가족조차 내버리고 도망을 쳤으니 그러고서도 무슨 면목으로 현덕을 만날 수 있을 것인가? 그야말로 어리석고 못난 인간이구나."

여포는 사뭇 거만한 어조로 그렇게 말하고 나서 부장을 불러 명했다.

"병사 백 명을 데려다가 현덕의 노모와 처자를 보호하라. 어느 누구도 함부로 이 집에 드나들게 해서는 안 된다."

현덕의 노모와 부인은 마치 여포의 말을 못 들은 사람처럼 아무런 표정이 없었다.

"그만했으면 안심이 되겠소?"

여포는 생색을 내느라 거듭 말했지만 노모와 부인은 바위처럼 덤덤히 앉아 얼굴조차 숙이려들지 않았다. 더구나 기쁘다거나 고맙다는 표정보다는 원한에 사무친 시선으로 여포를 노려보기만 할 뿐이었다.

한편 유비는 서주에서 변이 일어난 줄도 모르고 우이에 진을 치고 있었다. 장비가 진지로 달려온 것은 바로 이날 아침의 일이었다.

장비를 본 관우가 깜짝 놀라 소리쳤다.

"아니, 서주를 지키고 있어야 할 아우가 여기에는 웬일인가?"

관우의 목소리에는 불길한 예감이 내포되어 있었다. 평소에는 지극히 호담하던 장비도 이때만은 비통에 잠긴 채 얼굴을 들지 못했다.

"장비, 도대체 어떻게 된 일인가?"

어깨를 두드리며 다시 물으니 장비는 그제야 떨리는 목소리로 중얼거렸다.

"형님, 나는 마땅히 죽어야 할 죄를 저질렀소. 이미 자결을 결심했지만 죽기 전에 사죄의 말씀이나 여쭈려고 형님들을 찾아온 길이오. 어서 나에게 큰형님을 뵙게 해주시오."

관우는 장비를 이끌고 유비의 막사를 찾았다. 이번에는 유비가 장비를 보고는 소스라치게 놀라며 물었다.

"아니, 장비 아우가 웬일인가?"

"형님, 저는 이제 형님을 뵈올 면목이 없소이다."

장비는 그대로 땅에 엎드리더니 눈물을 흘리며 여포에게 서주를 빼앗긴 경위를 자세히 고했다. 맹세를 어기고 술을 마셨기 때문에 성을 빼앗기게 되었다는 사실도 솔직하게 고백했다.

유비는 오랫동안 침통한 표정으로 앉아 있다가 가만히 입을 열어 말했다.

"어머님과 처자들은 어찌 되었는가? 성을 빼앗기고 나라를 빼앗기는 것은 시운이니, 운수만 좋으면 다시 되찾을 수 있으나 다만 가족들의 안부가 염려될 뿐이로다."

"왜 대답이 없는가?"

장비가 평소같지 않게 눈물을 흘리며 중얼거렸다.

"무어라 말씀을 여쭐 길이 없소이다. 제가 너무 취해서 그만 어머님과 형수님을 구출해 낼 여가를 잃었소이다."

관우가 그 소리를 듣고는 살기가 등등한 기세로 호통을 쳤다.

"그러면 어머님과 형수님 그리고 조카들을 모두 여포의 손에 내버려두고 너만 혼자 도망을 쳤단 말이냐?"

"형님, 내가 죽으려고 정신이 나갔던 모양이오. 나는 응당 죽어야 할 사람이오."

장비가 그렇게 말하고 나서 허리에서 칼을 뽑아 자결할 기세를 보이자 유비가 기겁을 하고 놀라며 만류했다.

"관우 아우, 어서 저 칼을 빼앗게."

관우가 부리나케 달려와 칼을 빼앗았다.

"장비, 어리석게 이게 무슨 짓인가?"

"관우 형님, 어서 그 칼로 내 목을 베어주시오. 내가 이제 무슨 면목으로 형님들을 대한단 말이오?"

장비는 그렇게 애원하며 어린아이처럼 목을 놓아 통곡하는 것이었다.

"장비, 사내대장부는 지나간 일을 되풀이해서 지껄이는 법이 아닐세. 옛날부터 일러오는 말에 '형제는 수족과 같고, 처자는 의복과 같다' 는 말이 있지 않은가? 의복은 해지면 다시 꿰매면 되지만 손과 발은 한번 잘라 버리면 영영 잃어버리는 것이야. 장비 아우는 도원(桃園)의 결의를 벌써 잊어버린 것인가? 우리 삼 형제가 술잔을 나누며 '동년동일(同年同日)에 나기를 구하지 않았으나 동년동일에 죽으리라' 고 했던 바로 그 맹세 말일세."

"……."

"우리 삼 형제는 저마다 결점을 가지고 있는 사람들일세. 그 결점들을 서로 도와나가다보면 참다운 수족이 될 수 있을 게 아닌가? 장비 아우는 신이 아니야. 나도 범부(凡夫)에 불과하다네. 범부인 내가 어찌 아우에게 신과 같은 만전을 바랄 수 있겠는가? 여포에게 성을 빼앗긴 것은 이미 어쩔 수 없는 일 아닌가? 아무리 야수 같은 여포라지만 설마 죄도 없는 부녀자까지 죽이지는 않았을 것이야. 너무 상심하지 말고 사후 처리에 힘을 도와주게."

"네, 알……겠……습……."

장비는 흐느껴 울며 고개를 끄덕였다. 유비의 말에 관우도 눈물짓고, 옆에 있던 장수들도 감격해 마지않았다.

이 무렵, 원술과 유비는 서로 대진한 채 크게 싸움을 벌이지 않았다. 그러나 유비가 서주성을 빼앗겼다는 소식을 듣자 원술은 재빠르게 여포에게 사람을 보내 홍정을 벌였다.

> 여포 장군, 만약 그대가 유비를 뒤에서 공격해 우리를 돕는다면 나는 전후에 그대에게 군량 오만 석과 군마 오백 필 그리고 금은 이만 냥과 비단 천 필을 보내겠소.

원술은 이상과 같은 보수를 내걸고 여포의 도움을 구했다. 잇속에 눈이 어두운 여포는 원술의 청을 즉석에서 응낙했다. 그리하여 고순(高順)에게 군사 오만을 주어 유비의 뒤를 엄습하게 했다.

유비는 그 소식을 듣자 전세가 불리하다는 것을 깨닫고 곧 광릉(廣陵)으로 퇴진했다. 고순의 군사가 도착했을 때에는 적병은커녕 강아지 한 마리 보이지 않았다.

"적들이 내가 온다는 소식을 듣고 벌써 도망을 친 것이로구나!"

고순은 그렇게 생각하고 기령에게 약속한 군량과 금은을 요구했다. 그러자 기령이 말했다.

"내가 돌아가 주공에게 그 뜻을 여쭙도록 할 테니, 공은 이만 돌아가 있으시오."

고순은 서주로 돌아와 여포에게 기령의 말을 전했다. 그러나 여포는 그 소리를 듣고 크게 노했다.

"언약한 물건을 두말없이 보낼 일이지 그게 무슨 개소리인가?"

마침 그때 원술이 편지를 보내왔다.

유비가 지금 광릉에 진을 치고 있으니 그를 빨리 쳐부수고 약속한 재물을 받아가도록 하오.

여포는 편지를 보고 대로했다.

"원술이란 놈이 나를 어떻게 알았기에 이런 무례한 편지를 써보낸단 말인가? 이럴 바에는 군사를 일으켜 원술을 쳐야겠다."

그러자 진궁이 나서며 간했다.

"지금 당장 원술과 싸우는 것은 결코 이롭지 못하오. 차라리 유비를 청해다가 소패에 두고 우리 편으로 삼은 다음, 뒷날 원술을 칠 때 선봉을 시키는 게 좋을 것이오. 원술을 물리친 연후에 원소마저 쳐부수면 천하는 장군의 것이 되는 것입니다."

여포는 그 말을 옳게 여겨 곧 유비에게 사람을 보냈다.

유비는 전세가 불리하여 매우 곤란하던 차인지라 여포의 편지를 보고는 소패로 돌아가야겠다는 생각을 했다. 그러자 관우와 장비가 반대를 하고 나섰다.

"여포는 의리가 없는 놈입니다. 어찌 그놈의 말만 믿고 소패로 가려 하십니까?"

"사람이 호의를 가지고 대해 주는데 그것을 받아들이지 않는 것은 오히려 도리가 아닐세."

유비가 고개를 흔들며 마침내 서주를 향하여 길을 재촉했다. 여포는 유비가 의심하는 마음을 품을까 두려워 도중까지 가족을 보내어 반가이 만나게 해주었다. 감부인(甘夫人)과 미부인(糜夫人)은 부군을 대하자 눈물을 흘리며 말했다.

"여포가 우리를 극진히 보호해 주었을 뿐만 아니라 생활도 알뜰하게 도와주었습니다."

유비는 관우와 장비를 돌아보고 말했다.

"내가 뭐라고 하던가? 여포가 우리 가족들을 해하지 않을 것이라고 하지 않았는가?"

유비가 성안으로 들어오니 여포가 반겨 맞으면서 말했다.

"나는 성을 빼앗으려고 그런 것이 아니었습니다. 장비가 술이 취해 사람을 함부로 죽인다기에 너무 염려스러워 현덕 공이 돌아오실 때까지만 성을 지켜주려고 왔을 뿐입니다. 너무 언짢게 생각 마시오."

"송구스러운 말씀입니다. 나는 여 장군께서 서주를 맡아주시면 좋겠다는 생각을 한 지 이미 오래입니다. 지금 다행히 성안에 들어와 계시니 그대로 머무르시면서 서주를 다스려주십시오."

유비가 고개를 숙여 사례하며 대답했다.

"여봐라, 패인을 이리 내오너라!"

"패인을 내다가 무엇을 하시려고 그러십니까?"

"이제 주인이 돌아오셨으니 맡았던 것을 돌려드리고 나는 물러갈 생각입니다."

여포로서는 실로 놀라운 아량이었다. 그러나 유비는 고개를 세차게 흔들었다.

"안 됩니다. 소패에 내 몸을 의탁하게 해주신 은공만으로도 어찌나 고마운지 모르겠습니다."

"그러지 말고 어서 이 패인을 받으십시오."

여포는 짐짓 패인을 내주었으나 유비는 끝끝내 사양하고 소패로 돌아가버렸다. 관우와 장비는 내심 불평이 이만저만이 아니었다.

"형님은 도대체 어쩌자고 매사에 사양만 하시는지 모르겠소."

그러자 유비가 두 아우를 바라보며 은근히 타일렀다.

"사람이란 몸을 굽히고, 제 분수를 지키며 천시(天時)를 기다려야 하는 법이다."

손책의 등장

원술은 유비를 물리치고 나자 수춘성(壽春城)에서 승전 축하연을 베풀었다. 술자리가 한창 무르익어가는데 시종 하나가 달려와 말했다.

"여강(廬江) 태수 육강(陸康)을 치러 갔던 손책 장군이 방금 승리를 거두고 돌아오셨습니다."

"오오, 손책이 이기고 돌아왔다는 말이지? 곧 이리로 불러들여라!"

잠시 후 갑옷을 입고, 허리에 궁전(弓箭)을 찬 홍안의 미소년 손책이 정보(程普), 황개(黃蓋), 한당(韓當) 등 백발이 성성한 노장들을 거느리고 들어와 원술과 대면했다.

"명을 받들고 나가 육강을 치고 돌아오는 길입니다."

원술은 당상에 높이 앉아 수염을 쓰다듬으며 말했다.

"그대는 이미 전공이 큰 데 또다시 새로운 공을 세웠으니 참으로 장한 일이로다. 자, 이리 올라와 나의 술잔을 받으라."

당년 이십일 세의 장군 손책은 당상으로 올라와 술잔을 받았다. 이 젊은 장군은 한때 천하를 주름잡다가 양양 현산 싸움에서 무참하게 불귀의 객이 되어버린 강동의 명장 손견(孫堅)의 맏아들이었다.

손견이 세상을 떠났을 당시만 해도 손책은 겨우 열여섯 살이었다. 어려서부터 머리가 총명하고 무예에 능통했던 손책은 부하 장병들을 독려하여 아버지의 대를 이어보려고 애썼다. 그러나 소년의 힘으로는 역부족이었던지 장사(長沙)를 빼앗기고 가족을 곡아(曲阿) 땅으로 옮긴 다음 객지를 떠돌다가 이 년 전에 원술의 휘하에서 식객 노릇을 하며 때가 오기만을 기다리고 있었다.

이날 밤, 손책은 술이 취해 숙소로 돌아왔으나 잠이 오지 않았다.

'선친께서는 천하를 호령한 불세출의 영웅이셨거늘 나는 아직도 식객 신세를 면하지 못하고 있으니 장차 내 운명이 어찌 될 것인가.'

손책은 앞날을 생각하면 가슴에서 피가 끓어오르는 것만 같았다. 이날 밤은 마침 달이 밝았다. 잠을 이룰 수 없어 뜰에 나와 달을 우러러보고 있노라니 걷잡을 수 없을 만큼 설움이 북받쳤다. 그리하여 소리 죽여 울고 있노라니 문득 어디선가 인기척이 났다.

"도련님, 울기는 왜 우십니까? 전도가 양양한 청년 장군이 우시다니요?"

그렇게 꾸짖는 사람은 선친 때부터 가신을 지낸 주치(朱治)로 자는 군리(君理)였다.

"오, 주치인가? 나는 오늘 하루를 헛되이 보낸 것이 천지에 부끄럽고 원통해 울지 않을 수 없었네. 우리는 언제쯤 고향을 찾아가게 되겠는가. 주치, 그대만은 내 이 안타까운 심정을 알아주었으면 하네."

"오오, 제가 도련님의 원대한 뜻을 어찌 모르오리까. 저 또한 강동의 가신입니다."

"내 나이 벌써 이십일 세이건만 아직 조상의 땅을 찾지 못하고 남의 식객 노릇이나 하고 있으니 사내대장부로 태어나 이처럼 면목 없는 일이 어디 있겠는가?"

주치가 그 소리를 듣고 격정어린 목소리로 말했다.

"도련님께서 정녕 뜻을 품고 계신다면 제 말대로 따르십시오. 도련님께서 불운에 처해 있는 외숙부 오경(吳環)을 구하겠다는 구실을 대면 원술은 어쩔 수 없이 군사를 빌려줄 것입니다. 도련님께서는 그 군사들을 이끌고 강동으로 돌아가 큰일을 도모하십시오."

그 소리를 들은 손책의 얼굴에 불현듯 환희의 빛이 떠올랐다.

"그것 참 좋은 생각이오!"

마침 그때 그늘에서 그들의 대화를 엿듣고 있던 사나이가 불쑥 튀어나오며 말했다.

"두 분의 계획은 나도 찬성이오. 만약 그 계획을 단행한다면 나도 수하의 정병 백여 명을 거느리고 선봉에 나서겠소."

소스라치게 놀라 거들떠보니 그는 원술의 모사인 여남(汝南) 사람 여범(呂範)으로 자는 자형(子衡)이었다. 손책은 크게 기뻐하면서 곧 그에게 자리를 권했다. 여범은 손책을 경건히 우러러보며 말했다.

"강동으로 돌아가 대업을 도모하자는 것은 진심으로 환영하오. 그러나 원술이 군사를 빌려줄지 걱정이오."

"내게 생각이 있으니 걱정 마오."

"어떤 수단이면 군사를 빌릴 수 있겠소?"

"원술이 평소에 몹시 탐내는 물건이 내게 있소. 그 물건을 담보로 주면 반드시 군사를 빌려줄 것이오."

손책은 그렇게 대답하고는 자신 있는 미소를 지었다.

"그것이 무엇이온데……."

여범과 주치가 고개를 기울이며 의아스러워하자 손책은 손으로 앞가슴을 두드려보였다.

"내게는 선친에게서 받은 전국의 옥새가 있소. 원술은 예전부터 옥새를 탐내고 있었소."

"그게 정말입니까? 그럼 전국의 옥새를 도련님이 간직해 오셨단 말씀입니까?"

"선친께서 돌아가신 뒤로는 내가 늘 가슴에 품고 간직해 왔소. 야심가 원술이 그것을 눈치 채고 탐을 내고 있소. 원술은 천자가 될 인물이 못 되는데도 제위에 올라보려는 야심에서 옥새를 몹시 탐내는 모양이오."

"아, 이제야 알겠습니다. 원술이 도련님을 친자식처럼 가까이 대해 주는 이유가 바로 거기에 있었군요. 그러나 소중한 옥새를 원술에게 내준다는 것은 다시 한번 생각해 볼 일이 아닐까요?"

"옥새가 아무리 소중하기로 물건일 뿐입니다. 옥새 때문에 큰 뜻을 버릴 수야 없는 일이오. 내 뜻은 천하를 얻는 데 있을 뿐이오."

아직 어린 손책의 높은 기개에 여범과 주치는 감탄해 마지않았다.

그로부터 며칠 뒤, 손책은 원술과 단둘이 마주 앉았다.

"제가 장군의 은총을 받아온 지도 어언 삼 년이 되었습니다. 먼저 하해와 같은 은혜를 제대로 갚지도 못했으면서 이런 말씀을 여쭙게 된 것을 대단히 송구스럽게 생각합니다. 전일 고향에서 온 친구의 말을 듣건대 저의 외숙부 오경께서 양주 자사 유요(劉繇)에게 핍박을 받아 몹시 곤경에 빠져 있다고 합니다. 곡아(曲阿)에 있는 저의 어머니와 일가친척들 또한 모두 사경에 임해 있다고 합니다."

"음, 그거 정말 안된 일이네."

"저는 비록 장군님 덕분에 안락하게 지내고 있으나 사정이 그러하니 제 가족을 구해 내고 싶은 마음이 간절할 따름입니다. 차제에 장군님께서 얼마간의 군사를 빌려주신다면 그 은혜 잊지 않겠나이다."

"음, 나에게 군사를 빌려달라는 말인가?"

원술은 암만해도 군사를 빌려줄 눈치를 보이지 않았다. 손책은 이미 짐작하고 있었던 바인지라 이번에는 품속에서 전국의 옥새를 꺼내 원술에게 내밀며 말했다.

"전국의 옥새를 담보로 드릴 테니 군사를 빌려주십시오."

"허허, 내게 옥새를 담보로 맡기겠다는 말인가?"

원술은 옥새를 보더니 얼굴빛이 확연히 달라졌다.

"그대의 소원이라면 군사 삼천과 말 오백 필을 빌려주기로 하겠다. 그리고 직위가 낮아서는 대권을 장악하기가 어려울 것이므로, 내가 그대를 절충교위(折衝校尉) 진구장군(殄寇將軍)으로 봉할 테니 곧 다녀오도록 하라."

이리하여 손책은 군사들을 거느리고 그날 당장 원정길에 오르게 되었다. 손책의 뒤를 따르는 사람은 여범, 주치를 비롯하여 선친 때부터의 가신인 정보, 황개, 한당 등의 믿음직스러운 장수들이었다.

손책 일행이 역양(歷陽)에 이르렀을 때, 저편에서 젊은 무사 한 사람이 달려오더니 말에서 뛰어내리며 소리쳤다.

"오, 손책 형님!"

자세히 살펴보니 손책과 같은 연배의 이목이 수려한 무사였다.

"오, 주군(周君)이 아닌가? 자네가 여기에 웬일인가?"

손책은 너무도 반가워 말에서 뛰어내려 주군의 손을 마주 잡았다. 그 젊은 무사는 여강 사람 주유(周瑜)로 자는 공근(公瑾)이니, 손책과는 죽마고우였다. 주유는 손책이 큰 뜻을 품고 고향으로 돌아온다기에 선뜻 찾아나선 길이었다.

"주유, 참으로 잘 와주었네. 부디 내 곁에 있으면서 나를 도와주게!"

"형님을 위해서라면 제가 무엇을 아끼겠습니까. 목숨을 걸고 도와드리리다."

두 사람은 마상에 올라 행진을 하면서 이야기를 계속했다.

"앞으로 형님께서 큰일을 도모하려면 사람이 필요합니다. 형님은 강동에 두 사람의 현인이 있는 것을 알고 계십니까?"

"강동의 두 현인? 대체 그 분들이 누구인가?"

"한 사람은 장소(張昭)이고, 또 한 사람은 장굉(張紘)이라는 분입니다."

"음, 강동에 그런 어른이 계셨던가?"

"대사를 성공적으로 이끌려면 그 분들을 반드시 찾아뵙고 힘을 빌려야 할 것입니다. 장소라는 분은 천문지리에 밝고, 장굉이라는 분은 워낙 재주가 비상해 그 분들의 말씀이면 누구나 항복을 아니할 수 없을 것입니다."

"어떻게 하면 그 분들을 만날 수 있겠는가?"

"그 분들은 권력으로 끌어올 수도 없고, 재물로 낚아올 수도 없습니다. 형님께서 직접 찾아가 예의를 갖추어야 할 것입니다."

"그렇다면 내가 직접 찾아가 뵈어야지."

손책은 강동에 도착하자 몸소 장소를 찾아가 도와줄 것을 간청하며 수없이 허리를 숙여 예를 표했다.

"아직 세상을 보는 안목이 미천한 저에게 채찍질을 가하셔서 선친의 뜻을 이어받을 수 있도록 도와주십시오."

은사(隱士) 장소는 처음에는 완강히 거부했으나 손책의 성의에 감동되어, 드디어 대사를 같이 도모하기로 약속했다. 손책은 다시 장소와 주유를 보내 장굉을 설복시키는 데도 성공했다.

손책은 장소를 장사(長史) 겸 무군중랑장(撫軍中郎將)에 봉하고, 장굉은 참모(參謀) 정의교위(定議校尉)에 봉하여 함께 유요(劉繇)를 칠 일을 논의했다. 유요는 한실의 종친인 태위 유총(劉寵)의 조카요, 연주(兗州) 자사 유대(劉岱)의 아우였다. 따라서 그의 휘하에는 수많은 맹장이 있었다.

유요는 손책이 많은 군사를 거느리고 자신을 치러 왔다는 소리를 듣고는 곧 장수들을 모아 상의했다.

부장 장영(張英)이 말했다.

"제가 일군을 거느리고 우저(牛渚)에 가서 진을 치고 있을까 합니다. 제가 나가 있으면 백만 대병이라도 침범을 못할 것입니다."

그러자 이번에는 말석에 앉아 있던 젊은 장수가 큰소리로 외쳤다.

"저를 선봉으로 보내주십시오. 제가 나가 반드시 적을 쳐부수겠습니다."

모든 사람들이 바라보니 그는 동래(東萊) 황현(黃縣) 사람 태사자(太史慈)였다. 유요는 태사자를 물끄러미 쳐다보며 한마디로 청을 묵살했다.

"자네 같은 애송이는 아직 선봉으로 나설 자격이 없네."

태사자는 얼굴을 붉히며 입을 다물었다. 만좌중에서 수모를 당한 것이 몹시 불쾌했던 것이다. 이날의 회의에서는 그와 같은 풍파를 경유하여 결국 장영이 선봉으로 결정되었다. 장영은 군사를 거느리고 우저로 나아가 군량 십만 석을 저각(邸閣)에 쌓아놓고 손책을 기다렸다.

한편, 손책은 우저를 향하여 진군했다. 양편 군사가 비로소 접촉을 시작하자 장영이 진두에 나서 손책에게 호령했다.

"손책은 듣거라. 하룻강아지 범 무서운 줄 모른다더니 감히 어린놈이 여기가 어디라고 함부로 덤벼드느냐?"

장영의 입에서 그 말이 떨어지기 무섭게 노장 황개가 창을 휘두르며 달려나왔다.

"이놈아, 푸념은 그만하고 내 칼이나 받아라!"

황개와 장영이 한창 어울려 싸우는데, 홀연 군중에서 까닭 모를 소란이 일어났다. 장영이 놀라 군사를 돌이키니 손책의 군사들은 그 기회를 놓치지 않고 맹렬히 공격을 가해 왔다. 장영이 급히 본영으로 돌아오다 보니 성안에서 난데없는 불길이 일어나 검은 연기가 하늘을 뒤덮고 있는 것이 아닌가.

"저 불은 무엇인가?"

"어떤 놈이 군량고에 불을 질렀습니다."

장영의 부하들이 불길에 쫓겨 황급히 달려나오며 대답했다. 장영은 쫓기는 부하들을 거느리고 산악 지대로 패주하는 수밖에 없었다.

"도대체 어느 놈이 우리를 배반하고 적과 내통했느냐?"

장영은 산속 깊숙이 들어와 호흡을 가다듬으며 물었다. 그러나 자세한 내막을 아는 사람이 아무도 없었다. 불을 지른 사람을 모르는 점에 있어서는 의외의 승리를 거둔 손책도 마찬가지였다.

"도대체 성안에서 불을 놓아 우리를 도와준 사람이 누구였을까?"

손책이 부하들과 더불어 그런 공론을 하고 있는데, 저 멀리 산 위에서 삼백여 기의 인마가 깃발을 날리고 진고를 울리며 이리로 행진해 오고 있는 것이 아닌가.

"우리는 손 장군 편이니 공격하지 마십시오!"

선봉에 선 군사들이 이쪽을 향하여 외쳤다.

거리가 가까워지자 대장인 듯싶은 두 사람이 앞으로 나섰다. 한 사람은 얼굴이 시커먼 데다가 수염이 몹시 사나운 장수였고, 다른 한 사람은 눈이 날카롭게 빛나는 구 척 장신이었다.

"내가 손책이오만 당신들은 뉘시오?"

그러자 검은 얼굴이 앞으로 나서며 말했다.

"우리는 구강(九江)의 호적(湖賊) 두목으로, 나는 장흠(蔣欽)이라 하고, 이 사람은 주태(周泰)라 합니다."

"허어, 호적이라?"

"호적이란 배 위에 살면서 장강을 오르내리는 배의 재물을 빼앗아 먹고 살아가는 일종의 해적을 말하오."

그 소리에 손책은 정색을 하고 꾸짖듯이 대답했다.

"나는 양민을 돕는 사람이오. 그러한 나를 당신들이 무슨 까닭으로 찾아왔소?"

"우리는 손 장군이 여기에 온다는 소리를 듣고, 이제부터 개과천선해 양민이 되려고 찾아온 것입니다."

"음."

"그렇다고 무조건 찾아와 부하로 써달라기에는 낯 뜨거운 것 같아 장영의 진영으로 잠입해 군량고에 불을 질렀습니다."

"음, 불을 놓은 사람이 바로 당신들이었구려?"

손책은 그제야 뒤에 서 있는 무사들을 돌아다보며 물었다.

"이 두 사람은 매우 솔직해 보이니 받아들이도록 합시다."

그리하여 장흠과 주태는 손책의 부하가 되었다. 손책은 병력이 사천 가까이로 불어난 데다가 군량 또한 매우 풍족하게 되었다.

한편, 철석같이 믿었던 방어선이 불과 반나절 만에 여지없이 무너졌다는 소리를 들은 유요는 장영을 불러 크게 꾸짖었다.

"네가 무슨 면목으로 살아서 내 앞으로 돌아왔느냐? 저놈을 당장 끌어내 목을 베어라."

그러나 제신들이 간곡히 간해 장영을 참형에 처하는 것만은 만류되었다. 이제는 본거지인 영릉성(零陵城)을 지키기 위해 유요 자신이 군사를 거느리고 신정산(神亭山) 남쪽 기슭에 진을 쳤다.

손책의 군사 사천 명은 이미 그 전날 밤에 신정산 북쪽에 진을 치고 있었다. 손책은 적과 대진한 채 싸우지는 아니하고, 촌락의 어른들을 불러 여러 가지를 물었다.

"이 산속에 후한(後漢) 광무제(光武帝)의 영묘(靈廟)가 있다고 들었소. 어디에 있소?"

"광무제의 영묘는 바로 신정령 고개 위에 있소이다."

손책은 좌우를 돌아보며 말했다.

"내 간밤 꿈에 광무제를 뵈었으니, 오늘은 그곳에 가서 참배라도 해야겠소."

그러나 장소가 나서며 간했다.

"신정령 남쪽에는 적이 있사오니 광무제의 묘소를 참배하는 일은 후일로 미루는 것이 좋을 듯합니다."

손책이 자신 있게 웃으며 말했다.

"신령께서 나를 도우시는데 두려울 것이 뭐가 있겠소?"

다음날 손책은 무장을 갖추고 광무제의 묘소를 참배하려고 나섰다. 그의 뒤에는 정보, 황개, 한당, 장흠, 주태 등 열세 명의 장수가 따르고 있었다. 이윽고 묘에 도착하자 손책은 묘 앞에 꿇어앉아 분향하고 축원을 올렸다.

"신령이시어! 원하옵건대 저로 하여금 망부의 유업을 계승하게 해주십시오. 만약 제가 강동을 평정하면 묘소를 재건하여 사시사철 성대한 제사를 올리도록 하겠나이다."

축원을 마치자 손책은 거침없이 남쪽 적진을 향하여 걸음을 옮겨나갔다. 그러자 여러 장수들이 깜짝 놀랐다.

"장군, 그리로 가면 적진입니다. 우리는 북으로 가야만 합니다."

"나도 알고 있소. 그러나 여기까지 왔다가 그냥 돌아가는 것은 너무도 싱거우니, 이왕 온 김에 적의 동정이나 한번 살펴보기로 합시다."

"장군, 따르는 군사도 없이 위험합니다."

"정탐은 인원이 적을수록 편한 법이오. 겁이 나거든 먼저 돌아가구려!"

대담하기 짝이 없는 말이었다. 그러나 그 모양이 적의 척후병의 눈에 띄지 않을 리 없었다.

"장군, 적장 손책이 불과 열세 명의 부하만을 데리고 우리 진지로 다가오고 있습니다."

척후병이 유요에게로 가 급히 고했다.

"뭐, 손책이 직접 나타났다는 말인가? 그것은 우리를 유인하기 위한 술책이니 섣불리 쫓아나가지 마라!"

그러나 부장이 큰소리로 외쳤다.

"장군, 이런 기회에 손책을 잡지 않으면 어느 때를 기다립니까?"

그렇게 말한 사람은 태사자였다.

태사자는 명령을 기다릴 필요도 없다는 듯 말에 뛰어오르더니 뒤를 돌아다보며 외쳤다.

"용감한 자는 나를 따르라!"

그러자 한 장수가 그의 뒤를 따라가며 소리쳤다.

"태사자야말로 천하의 맹장이다. 나도 그를 따라가리라!"

손책이 적의 진지를 살펴보고 나서 말머리를 돌려 귀로에 오르려는데 누군가 말을 달려오며 소리쳤다.

"손책은 말을 멈추어라!"

손책은 그 소리에 말머리를 다시 돌렸다.

"이 중에 손책은 누구인가?"

태사자가 가까이 다가서며 물었다.

"내가 손책이다. 그대는 누구인가?"

"나는 동래 태생 태사자다. 그대를 잡으러 왔으니 각오하라. 내가 상대해 줄 테니 열세 명이 한꺼번에 덤벼라."

그 말이 떨어지자마자 태사자는 창을 비껴들고 비호같이 덤벼들었다. 손책도 용감하게 태사자를 맞아 싸웠다. 창과 창이 서로 부딪쳐 불이 일어나는 가운데 두 사람의 장수는 서에 번쩍 동에 번쩍하며 용맹을 떨쳤다. 용호상투(龍虎相鬪)여서 오십여 합이 되어도 승부가 나지 않았다.

그러는 중에 손책의 창이 태사자의 옆구리를 스치고 대지에 내리꽂혔다. 태사자는 그제야 전세가 불리하다는 것을 깨닫고 숲속으로 쫓겨 달아났다.

'과연 태사자는 범상한 장수가 아니로다.'

손책은 말을 달려 쫓아가면서도 속으로 그렇게 생각했다.

'과연 소문에 듣던 대로 손책은 천하의 명장이로다.'

태사자 역시 쫓겨가면서도 손책의 출중한 무예에 찬탄해 마지않았다.

'저런 장수를 부하로 가졌으면 얼마나 믿음직스러우랴.'

손책은 맹렬히 추격하면서 그렇게 생각했다.

"이놈, 태사자야! 천하의 맹장으로 자처하는 놈이 비겁하게 도망을 치다니 말이 되는 소리인가? 이 자리에서 나와 자웅을 결해 보자꾸나!"

손책이 그렇게 소리치자 무작정 도망가던 태사자도 화가 동하는지 별안간 말을 돌리며 덤벼들었다.

"그래, 이제야말로 자웅을 결하자."

말이 끝나기 무섭게 태사자가 손책의 얼굴을 향해 창을 들이밀었다.

"앗!"

손책이 가까스로 창끝을 피하며 창검을 후려쳤다. 태사자도 번개같이 몸을 날려 손책의 창검을 피했다.

"이얍!"

"얍!"

창을 후려갈길 때마다 날카로운 기합소리가 숲을 울리고 하늘을 찔렀다. 싸움이 오래 지속될수록 기세는 점점 맹렬해졌다. 모두들 젊은 혈기의 맹장들이었다.

'이제는 육박전으로 싸울 수밖에 없구나!'

손책이 그렇게 생각한 순간 태사자도 똑같은 생각을 했는지 칼을 던지고 맨손으로 덤벼들었다. 손책도 말을 버리고 맨주먹으로 대들었다.

주먹이 날아가고 발길질이 나오고, 복장을 지르면 정강이를 걷어차고, 목줄기를 후리면 허리를 쥐어박는 사이 전포(戰袍)는 갈가리 찢어졌다. 손책이 재빠르게 태사자의 꽁무니에 달려 있는 단도를 빼앗으니, 태사자는 손책의 머리에 쓰고 있는 투구를 홀떡 벗겼다.

손책이 태사자에게서 빼앗은 단도로 찌르려 하자, 태사자는 손책에게서 빼앗은 투구로 공격을 막았다. 남의 물건으로 남을 치고 막으니 십상이라고도 하겠으나 자신의 물건이 또한 자신을 괴롭히니 그것은 실로 안타까운 노릇이었다. 싸움이 언제 끝날지 모를 판에 홀연 뒤에서 함성이 크게 일어나더니 유요의 수하 군사 천여 명이 달려오는 것이 아닌가.

'아차, 큰일 났구나!'

위험을 깨달은 손책은 최후의 일격으로 태사자를 찔러 죽이려 했다. 그러나 태사자는 손책의 투구를 움켜잡은 채 놓아주지 않았다. 그러는 동안 유요의 군사 천여 명이 눈앞에까지 다가오고 있었다.

바로 그때였다. 이번에는 반대편에서 말발굽소리가 요란스럽게 나더니 정보, 황개 등의 장수가 손책을 구하려고 앞을 다투어 몰려오고 있는 것이 아닌가. 그들은 손책이 돌아오지 않자 수하 군사 오백여 명을 이끌고 찾으러 나선 길이었다.

손책과 태사자는 그제야 싸우기를 단념하고 제각기 자기편으로 돌아갔다. 그러나 두 사람 다 뜨거운 전의가 잦아들 줄을 몰랐다. 마침 소나기가 심하게 퍼부어 그날의 싸움은 그것으로 중단되었다. 그러나 다음날이 되자 손책은 또다시 적진을 향해 말을 달려나갔다.

'오늘이야말로 태사자를 사로잡고 유요의 목을 베어오리라.'

손책은 어제 싸움에서 빼앗은 태사자의 단도를 깃대 꼭두머리에 꽂아 들고 적진으로 나오며 외쳤다.

"태사자는 들거라. 무인된 자로 무기를 빼앗기고 도망친 것을 수치로 생각하거든 당장 싸우러 나오라!"

그러자 이번에는 태사자가 깃대 끝에 어제 빼앗은 손책의 투구를 씌워 들고 나오며 소리쳤다.

"손책아, 이 투구는 누구의 것이기에 네가 그리도 큰소리를 친다는 말이냐? 이것은 바로 네 머리에서 벗겨진 것이 아니더냐?"

그 소리에 손책은 약이 바짝 올랐다.

"그렇다면 오늘이야말로 최후의 승부를 결하자!"

그러자 이번에는 노장 정보가 손책의 앞을 가로막으며 말했다.

"적장의 욕설에 흥분되어 경솔하게 끌려 들어갔다가는 큰일 납니다. 태사자는 제가 맡을 테니 장군은 잠깐만 기다리십시오."

정보를 본 태사자가 코웃음을 치며 말했다.

"너 따위는 상대도 아니하련다. 빨리 손책을 내보내라."

"이 철부지야, 건방진 소리는 그만하고 내 칼이나 받아라!"

정보가 대로하여 태사자에게 덤벼들었다.

드디어 두 장수는 어우러져 싸우기 시작했다. 태사자도 날래지만 백전노장 정보도 노련하게 맞서 삼십 합이 가까워도 승부가 나지 않았다.

바로 그때에 적진에서 무슨 일이 났는지 유요가 급히 군사들에게 퇴군령을 내렸다. 태사자는 정보와 싸우다 말고 영문도 모른 채 급히 말을 달려 진지로 돌아왔다.

"주군, 무슨 일로 이 판에 퇴군령을 내리셨나이까?"

태사자가 유요를 보고 물었다.

"이 사람아, 큰일일세. 방금 급보가 들어왔는데 우리가 목전의 전투에만 정신이 팔려 있는 사이 주유가 우리 본성을 습격해 왔다네. 어디 그뿐인 줄 아는가? 주유가 쳐들어오자 철석같이 믿었던 진무(陳武)가 적과 내응해 성을 곱게 내주었단 말일세. 이제 우리는 어디로 가야 한단 말인가?"

유요는 얼굴이 새파랗게 질려 떠들어댔다.

"그럼, 본성을 빼앗겼다는 말입니까?"

"이런 원통한 일이 어디 있단 말인가? 본성을 잃었으니 이제는 일시 말릉(秣陵)으로 피해 있다가 재기를 도모하는 수밖에 없겠네."

말을 마치기가 무섭게 유요는 군사를 이끌고 말릉성을 향하여 달렸다.

싸움에 있어서는 무적이지만 태사자도 대세가 기우는 것만은 어찌할 도리가 없었다. 태사자는 눈물을 머금으며 유요의 뒤를 따라 퇴각의 길에 올랐다. 그러나 후퇴하는 적을 그냥 내버려둘 손책이 아니었다.

"유요가 본성을 빼앗기는 바람에 전의를 상실했을 것이니, 오늘밤에 기습을 펼쳐 적들을 완전히 섬멸해야 합니다."

손책은 장소의 제안을 옳게 여겨, 이날 밤 군사를 다섯 길로 나누어 유요를 치기로 했다.

강동의 소패왕

손책이 군사를 휘몰아 추격해 온다는 소식을 들은 유요는 말릉으로 가려던 방향을 돌려 남은 병력으로 우저를 향해 쳐들어갔다. 손책이 추격전에 전력을 기울이고 있는 이상 우저는 상대적으로 방비가 소홀할 것이라 짐작했기 때문이었다. 그러나 손책이 그 정보를 못 듣고 그냥 지나칠 리 없었다.

"유요가 우저를 공격해 온다면 이제는 독 안에 든 쥐의 신세가 될 것이다."

손책은 그렇게 생각하며 군사를 우저로 몰아갔다.

손책이 우저에 도착하기 무섭게 적장 우미(于麋)가 결사적으로 덤벼들었다. 손책은 두세 합 싸우다가 쫓겨 달아나는 우미의 허리를 움켜잡았다. 우미의 몸이 말의 잔등을 떠나 손책의 겨드랑이 밑에 대롱대롱 매달렸다. 손책은 우미를 옆에 끼고 말머리를 돌려 유유히 진지로 돌아왔다.

그 모양을 보고 있던 유요의 부장 번능(樊能)이 크게 소리치며 말을 달려나왔다.

"이놈, 손책아! 거기 서지 못하겠느냐!"

그러나 손책이 말머리를 홀끗 돌리며 검을 후려치자 번능은 단번에 목이 달아나고 말았다. 깨닫고 보니 옆에 끼고 오던 우미도 어느새 숨이 막혀 죽어 있었다. 단칼에 적장의 목을 베고, 힘 한번에 장수 하나를 숨지게 하는 것을 본 사람들은 손책을 '소패왕(小霸王)'이라 불렀다.

이날 유요 수하의 군사 태반이 죽거나 투항을 한 데다가 뛰어난 장수들인 우미와 번능이 힘 한번 써보지 못하고 목숨을 잃었다. 유요는 얼마 남지 않은 군사를 거두어 부장 책융(笮融)과 더불어 형주(荊州)를 향해 떠났다. 이제는 형주에 있는 유표(劉表)에게 의지할 수밖에 없었기 때문이다.

손책은 곧 군사를 거두어 다시 말릉을 치러 갔다. 말릉에는 적장 설례(薛禮)를 비롯하여 장영(張英), 진횡(陳橫) 등의 장수가 남아 있었기 때문이다. 손책이 패잔병들을 소탕해 가며 말릉성에 도착하자 성 위에 있던 장영이 손책을 발견하고는 소리쳤다.

"저기에 있는 자가 바로 손책이다."

장영이 손책을 향하여 활을 쏘았다. 화살이 왼편 다리에 꽂히는 바람에 손책은 말에서 떨어졌다.

"앗, 손 장군이 적의 화살을 맞았다."

부하 장병들이 우르르 달려와 손책을 잡아 일으켰다. 그러나 손책은 일어나지 않았다. 병사들이 손책을 업고 진중으로 몸을 피했다. 그날 밤, 손책의 진중에는 조기가 높이 걸리고 군사들은 슬픔에 휩싸였다.

"손책 장군이 적의 화살에 어이없게 세상을 떠났다."

그런 소문이 널리 퍼져나가는 것과 동시에 군사들은 목을 놓아 울기까지 했다. 장영은 염탐꾼에게서 그런 사실을 보고 받고 무릎을 치며 기뻐했다.

"그러면 그렇지. 나의 화살에 살아남을 장수가 어디 있단 말이냐."

그래도 안심하지 못해 백성들에게까지 알아보니, 오늘 아침에 손책의 진중에서 어마어마한 관을 짜고 있더라고 했다.

이제는 더 이상 의심할 여지가 없었다. 때마침 염탐꾼으로부터 이삼일 후에 손책의 장례식을 거행한다는 보고가 날아들었다.

"손책은 분명히 죽었소. 이제는 우리 세상이구려."

장영과 진횡은 회심의 미소를 지으며 기뻐했다.

그로부터 이틀 뒤, 밤이 되자 손책의 상여가 부하들에게 떠메져 산중으로 올라가고 있었다. 산과 들에 숨어 있던 장영, 진횡의 군사가 일시에 상여의 행렬을 기습했다. 물론 이번에는 틀림없이 전멸시킬 수 있을 것이라는 확신이 있었다. 그러나 장례식의 행렬인 줄만 알았는데 손책의 부하들이 별안간 사방으로 흩어지며 대열을 정연하게 갖추는 것이었다.

"장영, 진횡을 붙잡아라."

곧 천지가 진동할 듯한 고함이 터져나왔다.

'앗, 속았구나!'

장영이 기겁을 하고 놀라 군사를 거두어 돌아가려고 하자 이번에는 숲속에서 손책이 달려나왔다.

"손책이 여기 있다. 장영아, 어디로 도망가려 하느냐. 깨끗이 단념하고 이 창을 받아라!"

손책의 고함소리와 동시에 장영은 몸에서 피를 뿜으며 땅에 쓰러졌다. 곧 진횡도 칼을 맞고 전사하고 말았다.

장영과 진횡은 손책의 계책에 감쪽같이 속아 넘어간 것이었다. 손책은 결국 말릉성을 완전히 점령했고, 그의 영명은 일시에 천하에 떨치게 되었다. 그러나 유요의 세력이 말끔하게 소탕된 것은 아니었다. 아직도 손책의 머리에는 적장 태사자가 인상 깊게 남아 있었다. 아무리 천하의 손책이지만 태사자가 있는 이상 안심이 되지 않았다. 더구나 태사자가 유요의 원수를 갚기 위해 이천여 명이나 되는 군사를 모았다는 보고를 접한 바 있었다.

손책은 태사자를 치려고 경현(涇縣)에 도달했으나 얼른 공격하지 않고 주유를 불러 의견을 물었다.

"태사자를 사로잡으려면 어떤 계책을 쓰는 게 좋겠소?"

"태사자를 사로잡기는 매우 어렵습니다. 그러나 오직 한 가지 방법이 있을 것 같습니다."

"어떤 방법이오?"

"용감한 장수 한 사람에게 장사 십여 명을 붙여주어 성안에 잠입시켜 불을 지르게 하면 태사자를 능히 사로잡을 수 있을 것입니다."

"경계가 저렇듯 삼엄한데 성안으로 숨어 들어갈 수 있겠소?"

"인원이 많으면 안 되지만 십여 명 정도는 가능합니다."

"성벽이 높은데 기어 넘을 수 있겠소?"

"꾀를 써서 묘안을 찾아야겠지요."

"그럼, 누구를 보내는 것이 좋겠소?"

"진무(陣武) 장군이 적임입니다."

"진무는 앞으로 크게 써야 할 사람인데 사지로 보낼 수는 없는 일이오. 그리고 내가 원하는 것은 태사자를 사로잡아 우리 편으로 만드는 것이오."

"그렇다면 이런 방법을 써보면 어떻겠습니까? 성안에서 불이 일어나는 것과 동시에 우리는 동문을 제외하고 서, 남, 북 삼문을 통해 공격해 들어가는 것입니다. 그러면 적들은 동문으로 달아날 것인즉, 성 밖 멀찌감치 복병을 매복시켜두었다가 태사자를 뒤쫓으면 능히 생포할 수 있을 것입니다."

"그것 참 묘안이오!"

손책은 무릎을 치며 찬성했다.

진무가 부하 십여 명과 함께 적병으로 가장을 하고 성안으로 들어가 불을 질렀다. 손책의 군사들은 때를 놓치지 않고 삼면에서 치열한 공격을 퍼부었다. 태사자는 군사들을 새로 불러 모았지만 아직 훈련이 부족해 전투를 치를 형편이 못 되었다. 그리하여 군사들을 이끌고 동문으로 급히 달아나기 시작했다.

손책은 군사를 이끌고 그의 뒤를 급히 추격했다. 태사자는 쫓기는 동안에 어느새 군사를 모두 잃어버리고 필마단기(匹馬單騎)로 달렸다. 밤길을 달리기를 무려 오십여 리, 몸은 피곤할 대로 피곤했고, 말 또한 지칠 대로 지쳤다.

뒤쪽에서는 여전히 손책의 군사들이 급히 추격해 오고 있었다. 태사자는 죽을힘을 다해 말을 몰아나가다가 그만 손책의 군사가 미리 파놓은 함정에 말과 함께 빠지고 말았다. 복병들이 아우성을 치며 달려들어 태사자를 사로잡았다. 태사자는 마침내 포로의 신세가 되어 손책의 앞으로 끌려 나오게 되었다.

"어서 나의 목을 자르시오."

태사자는 모든 것을 체념한 듯 눈을 무겁게 내리감고 중얼거렸다. 손책은 친히 다가와 결박을 끌러주고, 비단 옷을 입혀주며 태사자를 위로했다.

"공은 왜 부질없는 생각을 하시오?"

"손 장군, 나를 죽이지 않고 언제까지 욕보일 생각이오?"

"공은 무엇이 부끄러워 그런 소리를 하오?"

"패군지장인 나를 더 이상 욕보이지 말고 어서 죽여주오."

"공이 패군지장이라니, 그건 당치도 않은 말씀이오. 유요가 어리석어 공을 오늘날 이 꼴로 만들었을 뿐이오."

손책은 태사자의 어깨를 정답게 잡아 흔들며 다시 말했다.

"공은 오늘부터 나를 도와주오. 나는 오래 전부터 공이 내 사람이 되어 주기를 갈망하고 있었소."

태사자는 남아의 의기에 감동되었는지 별안간 얼굴이 침통해지더니 비로소 귀순 의사를 밝혔다.

"장군은 나를 수하에 거두어주시겠습니까? 그러시면 삼가 견마지로를 다하겠습니다."

태사자를 얻은 손책의 기쁨은 더할 나위 없었다. 손책은 태사자의 손을 잡고 웃으며 말했다.

"지난날 신정령에서 우리 둘이 맹렬히 싸운 일을 기억하오? 그때 만약 내가 포로가 되었다면 공은 나를 살려주었겠소?"

"아마 나는 손 장군을 죽였을 것입니다."

태사자가 솔직하게 대답했다.

손책이 태사자를 장중(帳中)으로 불러들여 친히 환영연을 열어주며 말했다.

"공의 말이라면 무엇이든 들을 테니, 이제부터 좋은 계책이 있으면 말해 보오."

그러자 태사자가 입을 열어 말했다.

"유요가 패하기는 했어도 수하의 군사들만큼은 결코 약졸들이 아닙니다. 이제 내가 돌아가 그들을 수습해 데리고 오면 손 장군께 커다란 도움이 될 것입니다. 그러나 손 장군께서 나를 믿고 보내주실지 염려스러울 따름입니다."

손책은 그 말을 듣고 태사자의 손을 힘껏 움켜잡았다.

"내가 어찌 공의 말을 의심하겠소. 그것은 내가 원하던 바이니 부디 내일이라도 떠나주시오."

"고마우신 말씀입니다. 그러면 내일 떠났다가 사흘 뒤 오정에 반드시 돌아오겠나이다."

태사자가 자리에서 일어나 손책에게 절을 하고는 물러갔다.

다음날 부하 장수들이 손책의 말을 듣고는 모두들 깜짝 놀랐다.

"태사자를 놓아 보내다니 그게 무슨 말씀입니까? 태사자는 결코 돌아오지 않을 것입니다."

그러나 손책은 빙그레 웃으며 고개를 좌우로 내저었다.

"태사자는 신의를 아는 사람이니 반드시 돌아올 것이오. 그 사람은 결코 나를 배반하지 않을 것이오. 그만한 신의도 없는 사람이라면 돌아오지 아니하기로 무엇이 아깝겠소."

장수들은 손책의 대담성에 놀라면서도 그의 말에 반신반의했다.

하루가 지나고, 이틀이 지나고, 사흘이 되었다. 태사자가 돌아오기로 약속한 바로 그날이었다.

장수들은 내기라도 하듯 영문 앞에 기다란 막대를 세워놓고, 오정이 되기를 기다렸다. 서쪽으로 길게 늘어진 그림자가 점점 짧아지더니 마침내 하나의 점으로 좁아들었다. 비로소 오정이 된 것이다. 바로 그때, 저 멀리 들판에서 태사자가 일천여 명의 군사를 거느리고 분주히 달려오고 있는 것이 아닌가. 손책이 기뻐한 것은 새삼 말할 것도 없었고, 부하 장수들도 태사자의 깊은 신의에 모두들 혀를 내둘렀다.

손책의 세력은 날이 갈수록 강대해졌다. 영명을 듣고 모여드는 군사가 날마다 꼬리를 물고 이어졌다. 또한 선정을 베푼 까닭에 백성들도 손책을 자부(慈父)처럼 우러러 모셨다. 손책은 단시일 내에 위업을 달성한 듯이 보였다. 그가 선친의 영토이던 강동을 완전히 장악한 것이다.

"이제는 곡아에서 고생하고 계시는 어머니를 모셔와야겠다."

손책은 신임하는 부하 장수를 보내어 노모를 강동의 본성인 선성(宣城)으로 모셔왔다.

"어머님, 그 동안 얼마나 고생이 많으셨습니까? 이제는 안심하시고 여생을 즐겁게 보내십시오."

백발이 성성한 노모는 장성한 아들의 손을 붙잡고 감격의 눈물을 흘리며 말했다.

"그래, 너의 선친께서 살아 계셨으면 얼마나 기뻐하셨겠느냐?"

며칠 후, 손책은 동생 손권(孫權)을 불러 말했다.

"나는 이제 곧 오군(吳郡)으로 원정을 나가야겠으니 네가 주태와 함께 성을 지키면서 어머님을 잘 모셔다오."

손권에게 모친의 안위를 부탁한 손책은 또다시 싸움의 장도에 올랐다.

그때 강동 남쪽 오군에서는 엄백호(嚴白虎)라는 자가 동오(東吳)의 덕왕(德王)을 자칭하며 기세를 떨치고 있었다. 엄백호가 오성(烏城)과 가흥(嘉興)의 두 성을 쌓아올리고 강동을 노려보고 있는 형국이었기 때문에 손책은 그를 정벌하러 길을 떠나는 것이었다.

손책은 가는 곳마다 백성들에게 선정을 베풀면서 오군으로 진군했다. 동오의 덕왕을 자칭하는 엄백호는 손책이 쳐들어온다는 소리를 듣고 아우 엄여(嚴與)를 시켜 풍교(楓橋)에서 맞아 싸우게 했다.

손책은 엄여를 업신여기고 몸소 일선에 나가 단번에 쳐부수려 했다. 그러자 모사 장굉이 나서며 손책을 말렸다.

"손 장군께서는 삼군의 목숨입니다. 장군께서 직접 나가 적을 대할 것이 아니오니 자중하소서."

"듣고 보니 내가 경솔했구려."

손책은 장굉의 말을 옳게 여겨, 한당에게 나가 싸우게 했다. 한당이 정면에서 공격하고, 진무와 장흠이 풍교로 돌아가 뒤에서 협공을 가하자 엄여는 당해 내지 못하고 군사를 거두어 오성으로 황급히 달아났다. 성문을 굳게 걸어 잠근 엄여는 다시는 나와 싸우려 하지 않았다.

나흘째 되는 날, 적장 하나가 성루 위쪽에 있는 문을 열더니 한 손으로 대들보를 짚고, 다른 한 손으로는 성 아래에 서 있는 손책에게 손가락질을 하며 욕지거리를 했다.

태사자가 눈살을 찌푸리며 즉시 활을 쏘았다. 날카로운 소리와 함께 날아간 화살은 욕지거리를 퍼붓던 장수의 손을 꿰뚫은 채 대들보에 깊숙이 박혀버렸다. 손책을 비롯하여 그 자리에 있던 사람들이 모두 경탄해 마지않았다.

성중에서 그 말을 들은 엄백호는 간담이 서늘해졌다. 그리하여 아우 엄여를 불러 의논했다.

"엄여야, 우리가 싸워서 승산이 없어 보이는데 네 생각은 어떠냐?"

"저 역시 자신이 없습니다."

"자신이 없다면 부질없이 싸우고 있을 게 아니라 차라리 화평을 제의하는 것이 현명하지 않겠느냐?"

"화평이라니요? 항복을 한다는 말씀이오?"

"항복이 아니라 강화를 맺자는 말이다. 즉, 그들에게는 명분만 세워주고 실리는 우리가 거두도록 하는 것이다. 그들은 나이가 젊어 싸움은 잘하지만 경륜이 부족한 것으로 알고 있다. 나도 생각하는 바가 따로 있다는 말이다."

"그렇다면 화평을 제의해 볼까요?"

이리하여 엄여는 손책의 진중을 찾아갔다. 손책이 엄여를 맞아 주연을 베풀면서 물었다.

"엄백호는 어떤 생각으로 그대를 나에게 보냈는가?"

"형님 생각에는 우리가 오래 싸우는 것은 부질없이 인명을 손실할 뿐이니 차제에 강화를 맺어 강동 땅을 평등하게 나누어갖는 것이 좋겠다는 말씀이었습니다."

손책은 그 소리를 듣자 노기가 충만해졌다.

"뭐, 강동 땅을 양분하자는 말인가? 그놈이 자신의 처지를 몰라도 유만부동이지, 나를 제 놈과 동격으로 본다는 말이렸다? 꼴도 보기 싫으니 썩 돌아가거라!"

엄여가 얼굴이 새파랗게 질려 돌아가려는데 손책이 허리에서 검을 뽑아들고는 그의 목을 단칼에 베어버렸다. 그런 다음 엄여를 호위하고 온 종자들을 돌아보며 말했다.

"이걸 주워가지고 돌아가거라. 나의 대답은 이것뿐이다. 돌아가거든 네 놈들의 괴수에게 보고들은 그대로를 고하란 말이다."

엄백호는 종자들에게서 보고를 받고 몸을 떨었다. 그리하여 그날 밤 오성을 버리고 회계(會稽)로 도망을 쳤다. 한때 '동오의 덕왕'으로 세도를 부리던 엄백호는 가까스로 목숨만을 남겨 회계로 삼십육계를 놓은 것이다. 그러나 손책은 그것조차 용납할 수 없다는 듯 태사자와 황개를 시켜 엄백호의 군사들을 철저하게 쳐부수도록 명령을 내렸다.

그 당시 회계 태수는 왕랑(王朗)이라는 자였다. 왕랑은 엄백호를 도와 손책을 쳐부술 생각이었다. 그러자 부하로 있는 우번(虞翻)이 반대 의견을 개진했다.

"손책은 인의(仁義)의 군사를 쓰고, 엄백호는 포악한 군사를 쓰는데, 장군은 어찌하여 포악한 무리를 도와 인의의 군사를 치려 하시나이까? 차라리 엄백호를 사로잡아 손책에게 보내는 것이 장래를 위해 이로울 것입니다."

"말 같지 않은 소리는 그만하라. 엄백호는 나의 옛 친구요, 손책은 우리 땅을 침범해 온 적이거늘 내 어찌 젖비린내 나는 놈에게 머리를 굽히겠느냐. 너처럼 어리석은 놈은 당장 내 눈앞에서 사라지도록 하라!"

우번은 한숨을 쉬며 왕랑의 앞을 물러 나왔다. 그는 그날로 괴나리봇짐 하나만을 등에 짊어지고 표연히 낙향했다.

왕랑은 그날 몸소 군사를 거느리고 손책을 치러 나섰다. 그가 손책의 진지 앞에 나와 외쳤다.

"젖비린내 나는 손책이란 놈이 거기 있거든 어서 나오너라!"

손책이 말을 마주 달려오며 대답했다.

"그래, 손책이 여기 있다. 이놈, 네가 바로 절강(浙江)의 백성들을 괴롭히는 악당이었더냐?"

손책이 그렇게 소리를 지르며 나아가 목을 베려는데 뒤에서 태사자가 나는 듯이 달려나왔다.

"돼지를 베기에는 주공의 검이 너무도 아깝습니다. 제가 나가 놈을 상대하겠습니다."

태사자가 왕랑을 맞아 한바탕 어울려 싸우는데, 적장 주흔(周昕)이 칼을 높이 들고 달려와 싸움을 도왔다. 그를 보자 이편에서는 황개가 달려나갔고, 주유와 정보가 뒤를 찔렀다.

왕랑은 사태가 위급해짐을 깨닫고 급히 군사를 몰아 후퇴했다. 가까스로 혈로를 뚫고 성으로 돌아간 왕랑은 성문을 굳게 걸어 잠그고 더 이상 싸우려 들지 않았다. 급히 추격해 온 손책은 군사를 나누어 사방에서 성을 공격했다. 형세가 다급해진 왕랑은 다시 싸우려 들었다. 그러자 엄백호가 손을 잡고 말렸다.

"지금 싸우면 불리하니 차라리 성을 굳게 지키는 편이 유리하오. 저들은 멀리서 왔기 때문에 양식이 떨어지면 돌아갈 수밖에 없소. 그때에 뒤를 따라가 치면 간단히 전멸시킬 수 있을 것이오."

왕랑은 그 말을 옳게 여겨, 회계성을 굳게 지키고 나가지 않았다. 과연 손책은 나날이 군량이 줄어드는 것이 큰 골칫거리였다. 양식이 떨어지는 날이면 모든 것을 포기하고 돌아가야 할 판이었다. 아니, 그때에는 적의 반격을 막아낼 기력조차 없어질 것이다. 그렇다고 백성들의 양식을 함부로 빼앗는다면 민심을 잃게 될 게 뻔했다.

"군량 문제를 어찌 해결하면 좋겠소?"

손책이 걱정하자 군사들을 따라왔던 숙부 손정(孫靜)이 말했다.

"여기서 수십 리를 가면 사독(渣瀆)이라는 곳에 군량고가 있소이다. 그곳을 먼저 점령하면 적은 싸우지 않을 수가 없을 것이니, 그때 치는 것이 좋겠소."

손책은 숙부의 말대로 사독을 치기로 작정했다. 그날 밤에는 횃불을 밝혀 금방이라도 성으로 쳐들어갈 듯한 기세를 보이다가 모든 군사들을 사독으로 돌렸다.

왕랑은 의병(疑兵)인 줄은 모르고 그날 밤 방비를 더욱 강화했다. 이튿날 왕랑은 사독에 있는 군량고가 적에게 점거되었다는 소식을 듣고 크게 놀라 곧 성을 달려나와 사독으로 향했다. 그러나 왕랑은 중간에 잠복해 있던 복병들의 기습을 받아 형편없이 패하고 말았고, 맹장 주흔도 무참히 전사했다.

왕랑은 간신히 목숨을 구해 바닷가로 도망을 쳤다. 그러나 엄백호는 여항(餘杭)으로 달아나던 도중 동습(童襲)이라는 자에게 목이 달아났다. 동습은 엄백호의 수급을 손책에게 바치고 별부사마(別部司馬)의 직분을 받았다. 회계성도 손책의 수중에 들어가고 나니, 결국 강동 일대는 완전히 그의 통치를 받게 된 것이나 다름없었다. 손책은 손정에게 회계성을 지키게 하고, 주치를 오군 태수로 봉했다.

한편 손책의 아우 손권은 형의 명령을 받아 대장 주태와 함께 선성을 지키고 있었다. 하루는 난데없이 산적 떼가 몰려들어 사방에서 성을 에워싸고 침범해 왔다.

주태는 심야의 기습을 막아내기 어려워 즉시 손권을 말에 태우고, 칼 한 자루만 손에 든 채 포위망을 뚫고 나왔다. 적병들이 고함을 지르며 달려든 것은 말할 것도 없었다. 주태는 칼을 들어 닥치는 대로 찌르고 베며 가까스로 포위망을 뚫고 나왔으나 적의 공세가 심했던 까닭에 무려 열두 군데나 상처를 입었다.

손책이 급보를 받고 선성에 돌아왔을 때, 주태는 이미 생명이 위태로운 상태였다.

"어떻게 하든지 주태 장군을 살려내야겠는데 누가 명의(名醫)를 아는 자 없느냐?"

손책이 안타깝게 묻자 며칠 전 엄백호를 죽이고 귀순한 동습이 나서며 말했다.

"칠 년 전, 제가 해적에게 당해 많은 상처를 입었을 때, 회계에 사는 우번이 명의를 천거해 주어 보름 만에 완치된 일이 있었습니다."

"우번이라면 우중상(虞仲翔)을 말함인가?"

"그러합니다."

손책 역시 그의 명성을 들은 지 오래였다. 그는 곧 장수에게 명하여 우번을 찾아내게 했다. 우번은 세상을 버리고 숨어살았으나 손책의 부름을 받고 선성에 나타났다. 손책은 그를 곧 공조(功曹)로 삼은 뒤에 그의 지인인 명의를 급히 불러오게 했다.

얼마 안 있어 명의가 나타났다. 손책이 이름을 물으니 화타(華佗)라고 했다. 화타는 패국(沛國) 초군(譙郡) 태생으로 자는 원화(元化)라고 하는데, 머리가 백발인 데다가 얼굴이 불그레한 것이 마치 신선과 같았다.

"존당께서 어떻게 하든 주태 장군을 살려주십시오."

손책은 화타를 상빈으로 대접하며 간곡히 부탁했다. 화타는 환자를 진찰하고 나더니 말했다.

"한 달은 걸려야 완치되겠소."

과연 주태는 화타의 치료를 받은 지 한 달 만에 깨끗이 나았다. 이에 손책은 크게 기뻐했다.

"당신은 과연 명의이십니다. 이 은혜를 무엇으로 보답하리까?"

그러자 화타는 빙그레 미소를 지으며 말했다.

"내게는 아무런 보답도 필요치 않소. 다만 나의 친구 우번을 긴하게 써주기를 바랄 뿐이오."

정략결혼

강남(江南), 강동(江東)의 팔십여 주는 이제 젊은 영웅 손책의 통치하에 들게 되었다. 땅은 기름지고, 문화는 발달한 데다가 군사력이 막강하여 손책의 위세는 날이 갈수록 위풍당당해졌다.

그는 많은 장수들로 하여금 성을 굳게 지키게 하고, 각지에 숨어 있는 현인들을 불러 모았으며, 백성들에게는 선정을 베풀었다. 그리고 조정에는 표(表)를 내어 조조와 외교관계를 맺는 동시에 일찍이 몸을 의탁했던 회남(淮南)의 원술에게 사자를 보내어 과거에 맡겨두었던 옥새를 돌려달라는 서신을 전달했다.

전일에 소생에게 군대를 빌려주신 은혜는 잊지 않고 있습니다.

그 일에 대한 충분한 대가를 보내오니, 전일에 맡겨두었던 전국의 옥새를 돌려보내주시기 바랍니다.

회남의 원술도 세력이 강대하여 내심 제왕이 되려는 야심을 품고 있던 터인지라 손책으로부터 옥새를 돌려보내라는 서신을 받아보고는 크게 노했다.

원술은 대책을 강구하고자 곧 장사(長史) 양대장(楊大將), 도독(都督) 장훈(張勳)을 비롯하여 기령, 교유(橋蕤), 뇌박(雷薄), 진란(陣蘭) 등의 대장 삼십여 명을 한자리에 불러 모았다.

"손책이 건방지게도 이제 와서 옥새를 돌려보내라고 하니, 이 일을 어찌했으면 좋겠소? 제장들의 의견을 말해 보오."

모여 앉은 장수들은 손책이 의리가 없는 자라는 둥 저마다 한마디씩 비난을 퍼부었다.

"손책 같이 배은망덕한 놈은 숫제 무력으로 물리쳐버리는 것이 상책인 줄로 아뢰옵니다."

어떤 장수는 무력으로 손책을 토벌할 것을 제의했다. 그러나 장사 양대장만은 머리를 절레절레 흔들었다.

"손책을 치려면 험한 장강을 건너야 합니다. 손책의 군사들은 잘 조련된 정예군이고, 양식 또한 넉넉하여 거사를 도모하기에 여러 가지로 어려운 점이 많을 것입니다. 제 생각으로는 유현덕을 먼저 쳐서 힘을 키운 연후에 손책에 대한 응징을 논하는 것이 상책일 것입니다."

"음, 유현덕을 먼저 친다?"

"먼저 유현덕을 치되, 한 가지 염려되는 것은 여포입니다. 전에 우리가 여포와의 약속을 어기고 금백(金帛)과 양마(糧馬)를 주지 않았던 일이 있습니다. 만약 여포가 그때의 원한으로 유현덕을 돕고 나서면 그야말로 큰일입니다. 그러하니 우선 전에 약속했던 물건을 여포에게 보내 그의 마음을 사놓은 연후에 유현덕을 치는 게 좋을 듯합니다. 유현덕을 토벌한 다음 여포마저 도모하면 서주는 우리의 장중에 들어올 것이 아닙니까?"

"음, 좋은 계책이오. 그러면 약속한 물품을 여포에게 속히 보내주도록 하시오."

이리하여 원술은 한윤(韓胤)을 시켜 여포에게 군량 이십만 곡(斛)과 금은 일만 냥, 그 밖에도 말과 비단을 실어 보냈다.

원술의 예물을 받은 여포는 내심 의아심이 적지 않았다.

"원술이 이제 와 무슨 심사로 이런 물건을 보내주었을 것 같소?"

여포가 모사 진궁을 불러 물었다.

"원술의 심중이야 뻔한 것이지요. 우리의 마음을 사놓고 나서 유현덕을 치려는 것입니다."

"허허, 어쩐지 나도 그런 것 같았소. 그러면 이 일을 어찌했으면 좋겠소?"

"원술이 유현덕을 쳐오면 우리로서는 가만히 있을 수 없는 일이지요. 유현덕이 소패를 지키고 있으니 우리는 안심할 수 있지만 만약 그곳이 원술의 손에 들어가는 날이면 서주까지 크게 위협을 받을 게 틀림없습니다."

"음, 아주 좋은 탁견(卓見)이오. 허허, 원술의 수단에 넘어갔다가는 큰일 나겠소이다."

여포는 새삼스러이 고개를 끄덕였다. 그로부터 며칠이 지난 뒤, 과연 원술은 기령을 대장으로 삼고 뇌박과 진란을 부장으로 삼아 군사 십만을 거느리고 유비를 치게 했다.

유비는 원술이 쳐들어온다는 소식을 듣고 대경실색했다. 유비의 적은 군사로는 도저히 원술의 대군을 막아낼 재간이 없었기 때문이다. 그리하여 막료들과 구수회의를 거듭한 결과, 손건의 의견에 따라 여포에게 구원병을 청했다.

여포는 진궁과 미리 상의한 일도 있어, 친히 많은 군사를 거느리고 양군(兩軍)의 중간지점으로 출진했다. 그러자 크게 놀란 쪽은 원술의 군사들이었다. 대장 기령은 여포에게 사람을 보내어 출병을 격렬하게 항의했다. 그러나 여포는 들은 체 만 체 대답도 아니하더니 기령과 유비에게 한날한시에 자기네 진중을 찾아주도록 초대의 편지를 보냈다.

편지를 읽어본 유비가 곧 여포를 방문하려고 하자 관우가 손을 붙잡으며 말렸다.

"형님, 여포가 또 무슨 흉계를 꾸미는지 알 수 없으니 함부로 몸을 움직이시면 아니 됩니다."

"오늘날까지 여 장군에게 성의를 다해 왔는데, 그가 무슨 까닭으로 나를 해하겠는가?"

그러자 이번에는 장비가 앞을 막아섰다.

"형님이 기어이 가시겠다면 나라도 따라가야겠소. 관우 형님도 같이 가십시다."

유비는 그것까지 막을 수 없어 세 사람은 함께 여포의 진지를 찾았다. 여포는 유비를 보자 반가워하면서도 댓바람에 생색부터 냈다.

"이번에는 내가 현덕 공을 위해 애를 많이 쓰고 있으니, 그 은공만은 잊지 말아주기 바라오."

관우와 장비는 그 말이 비위에 거슬려 눈발이 샐쭉해졌다. 그러나 유비는 머리를 공손히 수그리며 진심으로 감사의 뜻을 표했다.

"여 장군의 은총을 어찌 잊을 수 있겠습니까?"

마침 그때 여포의 사신이 들어왔다.

"회남의 대장 기령 장군이 오셨습니다."

"오오 그래? 곧 이리로 모셔라!"

여포는 태연하게 말했으나 유비는 적장 기령이 왔다는 소리에 크게 놀랐다.

"손님이 오셨다니 저는 이만 실례하겠습니다."

그리하여 벌떡 일어서며 자리를 피하려고 하자 여포가 손을 잡아끌며 만류했다.

"오늘은 내가 일부러 현덕 공과 기령 장군을 한자리에 모시기로 했소. 서로 상의할 일이 있으니 그냥 앉아 있으오."

바로 그때 기령이 장중으로 들어서다가 유비, 관우, 장비가 있는 것을 보고는 기겁을 하고 놀랐다.

"기령 장군, 어서 오시오."

기령이 겁에 질려 되돌아가려고 하자 여포가 얼른 달려가 그의 허리를 움켜잡고 억지로 끌었다.

기령은 힘에 겨워 끌려들어오면서 비명을 올렸다.

"여 장군은 어찌하여 나를 죽이려고 이런 계책을 꾸몄소?"

여포는 소리 내어 웃었다.

"내가 왜 기령 장군을 죽이겠소?"

"그러면 현덕을 죽일 생각으로 나를 불렀단 말이오?"

"나는 양군이 싸움을 그만두고 강화를 맺게 하려고 두 분을 한자리에 불렀을 뿐이오."

기령은 그 말을 곧이곧대로 믿을 수 없었다. 그러나 이제 와서 도망을 칠 수도 없는 일이었다.

"자, 이왕 한자리에 모였으니 우리 술이나 한잔 나눕시다."

여포는 유비를 바른편에 앉히고, 기령을 왼편에 앉히더니 술상을 벌였다. 유비와 기령은 서로 적대적인 관계인지라 술맛이 날 턱이 없었다.

"자, 쌍방이 친교를 맺는 의미에서 모두 축배를 올리기로 합시다."

여포가 그렇게 말하며 술잔을 높이 들었으나 유비와 기령은 좀처럼 손을 올리지 않았다. 기령이 참다 못해 화를 내면서 여포에게 항의했다.

"내가 주공의 명을 받아 대군을 거느리고 유현덕을 치러 왔는데, 어떻게 이대로 군사를 거두어 돌아갈 수 있겠소?"

"그건 나도 알고 있소. 그러나 나는 화해를 바랄 뿐이오."

"전쟁이 장난이 아닌 바에야 어떻게 군사를 거둘 수 있겠느냔 말씀이오? 명을 받들고 나온 이상 나는 유현덕을 사로잡거나 수급을 손에 들기 전에는 못 돌아가겠소."

유비는 그 소리를 듣고도 아무 말이 없었으나 뒤에 서 있던 관우와 장비의 얼굴이 붉으락푸르락해졌다. 장비가 마침내 분노를 참지 못하고 뚜벅뚜벅 걸어 나오며 소리쳤다.

"이놈, 기령아! 우리 형님이 잠자코 계시니까 네가 못하는 소리가 없구나. 우리가 비록 병력은 적지만 구더기만도 못한 네 놈들과는 종자가 다르다. 황건적 잔당의 오합지졸이 백만 명인들 무슨 쓸모가 있단 말이냐. 지금 한 얘기를 다시 한번 지껄여봐라. 내가 당장에 혀를 뽑아버리겠다."

장비가 금방 검을 뽑아 들고 덤벼들 것 같은 기세여서 관우가 당황하여 부둥켜안았다.

"이 사람, 장비! 여 장군이 무슨 조치가 있을 모양이니 잠깐만 더 기다려보세."

"여포든 누구든 비위에 거슬리는 놈은 누구든지 용서를 못하겠소. 기령아, 네 놈이 우리 형님의 수급이 그렇게도 탐이 나거든 이 자리에서 가져가보아라!"

형세가 그쯤 되고 보니 기령도 잠자코 있을 수가 없었다.

"이 필부야! 네까짓 놈이 뭔데 끼어드느냐?"

기령이 자리를 박차고 일어나며 허리에 찬 칼을 뽑으려 들었다. 그러자 이번에는 여포가 좌우를 노려보면서 추상같은 호령을 내렸다.

"왜들 이리 못나게들 떠들어대는가? 거기 누구 없느냐? 당장 방천화극을 가져오라."

여포를 화나게 했다가는 무슨 일을 당할지 몰라 기령도 두려움에 떨었고, 유비도 호흡을 가다듬었다. 여포는 커다란 화극을 손에 받아들고 좌우를 노려보며 다시 입을 열었다.

"나는 지금 천명을 대신해 양군에 화해를 권고하는 바이오. 그럼에도 내 말을 듣지 않는다면 하늘의 명령에 따르지 않겠다는 것이나 마찬가지라는 점을 명심하시오."

여포는 그렇게 말한 뒤에 부하를 시켜 화극을 원문(轅門) 밖으로 멀찍이 갖다 꽂게 했다.

"여기서 저 화극이 꽂혀 있는 원문까지의 거리가 백오십 보요. 내가 만약 여기서 저 화극을 활로 쏘아 맞히면 양군 모두 군사를 거두어 돌아가고, 만약에 한 번에 쏘아 맞히지 못할 때에는 양군이 싸우거나 말거나 맘대로 하오. 그런데 이 약속을 지키지 않는 사람이 있다면 내가 먼저 군사를 몰아칠 것이니 그리 아시오."

기발한 제안이었다. 도저히 쏘아 맞출 것 같지 않아 기령은 즉석에서 동의했다. 유비는 은근히 불안했지만 그 역시 동의하지 않을 수 없었다.

여포는 다시 두 사람과 술을 한잔씩 나눈 뒤에 좌우를 돌아보고 명했다.

"여봐라, 내 활을 가져오너라!"

여포는 활을 받아들고 화살을 메기더니 힘차게 활시위를 잡아당겼다. 이윽고 날카로운 소리를 일으키며 날아간 화살은 저 멀리 박혀 있는 화극의 작은 가지에 정확하게 꽂히고 말았다.

"명중이다!"

여포는 회심의 미소를 지으며 기령과 유비를 돌아다보며 일렀다.

"하늘이 시키는 일이니 양군은 속히 군사를 거두어 돌아가도록 하오."

유비는 그제야 안도의 한숨을 내쉬었으나 기령은 매우 난처해져서 한마디 했다.

"이대로 돌아가면 주공이 나를 크게 꾸짖을 테니 이 일을 어찌하면 좋겠소?"

"내가 자세한 사연을 편지로 써드릴 테니 원술 장군에게 전해 주면 될게 아니오?"

기령이 여포의 편지를 받아들고 먼저 돌아가자 여포는 유비를 보고 의기양양하게 말했다.

"내가 아니었으면 유 공은 비록 관우와 장비 같은 천하의 장수들이 있어도 크게 위태로웠을 것이오."

"그저 그 은공은 백골난망이오."

유비는 세 번 절하며 진심으로 감사했다.

기령은 어쩔 수 없이 대군을 거느리고 본진으로 돌아왔다. 원술에게 전후곡절을 낱낱이 고하고 여포의 편지를 내보이니, 원술은 크게 노했다.

"여포가 우리한테 막대한 뇌물을 받아놓고도 현덕을 두둔해 억지로 화해를 시키다니 그런 죽일 놈이 어디 있단 말인가? 그놈이 그렇게 나온다면 이제는 내가 몸소 대군을 거느리고 나가 서주와 소패를 한번에 치리라."

기령은 자신의 면목 없음을 심히 부끄러워하면서도 그것만은 말리고 나섰다.

"주공, 여포를 섣불리 건드리면 안 되옵니다. 그가 용맹하지만 미련한 장수인 줄만 알았는데, 정작 만나보니 지략도 대단한 자였습니다. 더구나 서주는 공격하기에 어렵고 지키기에는 쉬운 곳이니, 대군을 이끌고 갔다가는 패하기 십상입니다."

"그렇지만 여포가 북방에 웅크리고 있는 이상 우리는 남방이나 서방으로 진출할 수 없는 일 아닌가?"

"제게 묘책이 한 가지 있습니다. 여포의 정실(正室)인 엄씨(嚴氏) 소생에 묘령의 딸이 하나 있습니다. 여포는 무남독녀인 그 딸을 눈에 넣어도 아프지 않을 정도로 아낀다고 합니다. 만약 그 처녀를 주공께서 자부(子婦)로 삼으신다면 그때는 여포도 주공의 부탁을 거역할 수 없게 될 것이 아닙니까? 그렇게 되면 유비도 여포의 손으로 죽일 수 있을 것입니다."

"음, 그것 참 좋은 생각이로다."

기령의 말대로 편지를 쓴 원술은 한윤을 중매쟁이 삼아 여포에게 보냈다.

원래 여포에게는 이처일첩(二妻一妾)이 있었으니 첫째 부인은 엄씨(嚴氏)요, 둘째 부인은 조표(曹豹)의 딸 초선(貂蟬)이었다. 여포는 일찍이 왕윤(王允)의 양녀 초선을 무척 사랑했으나 동탁에게 빼앗겼다. 그 후에 초선은 자결을 했지만 여포는 연모의 정을 잊지 못해 애첩의 이름을 '초선'이라 고쳐 불렀다.

여포는 원술의 청혼 편지를 받아보고 내심 크게 기뻐하며 부인 엄씨에게 물었다.

"당신은 이 혼사를 어떻게 생각하오?"

"저는 흡족하게 생각합니다. 원술 장군께서는 전국의 옥새를 가지고 계시니 장차 천자가 되시리라는 소문이 떠도는데, 우리 아이가 그 분의 외아들과 혼인을 하면 장래 황후가 될 것이 아닙니까?"

"음, 당신 뱃속도 어지간하구려! 나도 역시 좋다고 생각하오!"

여포는 마침내 혼인을 허락했다. 그러고 나서 혼자 기뻐하고 있는데 모사 진궁이 황망히 달려들어왔다.

"영애의 혼사를 결정하셨다는 소문이 들리던데 그게 사실입니까?"

"원술의 자제와 혼인을 시키기로 결정했소. 공의 생각으로는 마땅하지 않은 모양이구려?"

"그런 것은 아닙니다만 혼례식은 언제 올리기로 하셨습니까?"

"아직 그것까지는 결정하지 않았소."

"자고로 약혼에서 성혼까지는 신분에 따라 일정한 기간이 있는 법입니다. 천자 집안일 경우에는 일 년, 제후 집안일 경우에는 반 년, 무사나 대부 집안일 경우에는 석 달, 서민일 경우에는 일 개월입니다."

"그건 나도 잘 알고 있소. 그럼 원술 장군이 전국의 옥새를 가지고 있으니 우리의 경우에는 일 년이라야 한다는 말이오?"

"그런 게 아닙니다."

"그러면 제후의 자격으로?"

"그런 것도 아닙니다."

"그러면 대부의 경우를 따르란 말이오?"

"그것도 아닙니다."

"그럼 어떡하는 게 좋단 말이오? 설마 나의 딸로 하여금 서민들의 관례를 따르라는 말은 아니겠지?"

여포가 약간의 불쾌한 기색을 내보이며 반문했다.

"제가 설마 그렇게 생각할 리 있겠습니까?"

"이도 아니고 저도 아니면 날더러 어떡하란 말이오?"

"천하의 영웅은 가정사를 처리하는 데 있어서도 항상 풍운을 염려해야 합니다. 천하에 둘도 없는 맹장인 장군께서 전국의 옥새를 소유하고 있는 원술 장군과 사돈의 연을 맺는다면 그것을 저주하고 질시하는 제후들이 많이 생겨날 것입니다."

"그런 걸 일일이 걱정하다가 딸 시집은 언제 보낸단 말이오?"

"그러나 기꺼운 일일수록 서둘지 말고 만전을 기해야 하는 법입니다. 지금은 천하의 제후들이 서로 자신의 세력을 키우기 위해 아귀다툼을 벌이고 있는 때입니다. 이러한 때에 결혼 날짜를 미리 공포해 놓으면 도중에 복병이라도 매복시켜두었다가 신부를 해하는 일이 없을 것이라고 어느 누가 장담할 수 있겠나이까?"

"음, 듣고 보니 일리 있는 말이오. 그럼 어떡했으면 좋겠소?"

"구태여 결혼 날짜를 관례에 의해 정할 것이 아니라 아무도 모르게 하는 것이 좋을 것입니다."

"음, 진작 그 말을 들었으면 좋았을 텐데 이미 중신아비를 보내버렸으니 이를 어떡하오?"

"그 점은 염려놓으십시오."

"어째서?"

여포는 진궁을 의아스럽게 바라보았다. 그러자 진궁이 태연한 어조로 말했다.

"제가 오늘 아침 객관으로 찾아가 중신아비인 한윤을 만나보고 왔습니다."

"뭐? 내게는 아무런 상의도 없이 중신아비를 만났단 말이오?"

"만사가 너무 걱정스러워 문차도 안 올리고 직접 한윤을 만나보았습니다."

"그래서 무슨 얘기를 나눴소?"

"한윤을 만나 제가 생각하는 점을 단도직입적으로 물어보았습니다. 즉, 원술 장군은 우리 주군과 사돈의 의를 맺어 유현덕을 처부수려고 계획하시는 모양인데, 이런 계책을 누가 생각해 냈는지 알고 싶다고 했습지요."

"음, 그랬더니 한윤이 뭐라고 대답하던가?"

"처음에는 얼굴이 새파랗게 질리며 아무런 대답도 못하더니, 나중에는 손을 힘없이 움켜쥐면서 제발 그 말씀만은 아무한테도 누설하지 말아달라고 간곡히 부탁하더이다."

"음, 그런 복선이 있었어. 그럼 내일이라도 신부를 빨리 보내버리면 어떻겠소?"

"제가 한윤에게 미리 말해 두었으니 그도 짐작하고 있을 것입니다."

"나한테는 아무 얘기가 없던걸?"

"중신아비가 정략결혼이라는 말을 할 리 없지 않습니까?"

"그러면 신부를 빨리 보내버려야지. 그러자면 이제부터는 제법 바쁘겠는걸!"

이날부터 부중에서는 결혼 준비로 바빴다. 가지가지 비단옷을 만들고, 사방에서 금은보화를 모아오고, 각지에서 아름다운 시녀들을 모집하여 단장시켰다. 마침내 여포의 딸이 시집으로 떠나는 날은 새벽부터 풍악소리가 요란했다.

이때 현덕의 모사로 있는 진등의 부친 진규(陳珪)가 병으로 집에 누워 있다가 새벽부터 들려오는 풍악소리에 놀라 측근자에게 그 연유를 물었다.

"오늘은 여포 장군의 영애가 원술의 자부로 시집을 가는 날입니다. 풍악소리는 그래서 나는 것입니다. 신부가 이미 시집으로 떠났답니다."

진규는 그 소리를 듣고는 소스라치게 놀라며 자리에서 일어났다.

"뭐, 여포와 원술이 사돈을 맺어? 그러면 현덕 공의 장래가 위태로워지는 것이 아니냐? 내가 지금 이렇게 누워 있을 때가 아니다. 빨리 나귀를 대령하라."

진규는 병중임에도 나귀를 타고 서주성 안으로 여포를 찾아 들어갔다.

"병자가 새벽같이 웬일이오? 진 공은 축하인사를 오지 않아도 괜찮은데!"

"축하인사를 하러 온 게 아니올시다. 장군의 임종이 눈앞에 보여 미리 문상을 온 것이오."

진규가 놀라운 소리를 지껄였다.

"진 공, 이 경사스러운 날에 그 무슨 불길한 소리요?"

여포가 짐짓 진규를 나무랐다. 그러나 진규는 태연자약한 어조로 할 말을 계속했다.

"사람의 운수란 별 수 없나봅니다. 여 장군이 임종을 스스로 재촉하고 계시니 하는 말입니다."

"진 공, 그대는 이 길일에 어찌 그리도 망령된 소리만 하고 있소? 대체 그 이유가 뭐요?"

"제가 보기에 여 장군에게 오늘처럼 불길한 날은 없습니다. 이 날을 길일로 생각하시다니 정말 복창이 터질 지경입니다. 장군이 음흉한 원술의 잔꾀에 넘어가 따님을 떠나보냈으니 어찌 답답하지 않으오리까. 원술은 현덕 공이 있기에 장군을 칠 수 없다는 걸 알기에 우선 따님을 인질로 붙들어두려는 술책을 부리고 있는 것입니다. 원술이 현덕 공을 없애버린 다음 장군을 칠 계책이라는 걸 어찌 그리도 모르십니까?"

"원술이 정녕 그런 계략으로 내 딸을 데려갈 생각이었던가?"

여포는 진규의 말을 듣고는 간담이 서늘해져 곧이어 추상같은 호령을 내렸다.

"내 진궁의 말만 들었다가 하마터면 큰 욕을 볼 뻔했구려. 여봐라, 곧 사람을 보내 신부를 당장 다시 불러오게 하라."

여포의 명에 의하여 장요(張遼)가 기마병 오백 기를 거느리고 신부의 행렬을 맹렬히 추적했다. 삼십여 리나 뒤쫓아간 장요가 신부 일행을 다시 성으로 데리고 돌아왔다. 그러고 나서 원술의 중신아비 한윤을 가두어버렸다.

진규 노인은 그때까지 부중에 남아 있었기에 그러한 사실을 자신의 눈으로 일일이 확인했다. 여포가 한윤을 옥에 가두는 것을 보고 나서야 진규는 비로소 안도의 숨을 내쉬고는 나귀에 올랐다.

진규가 집으로 돌아오며 중얼거렸다.

"하마터면 천하의 영웅 유현덕의 장래가 크게 위태로울 뻔했구나! 허허, 내 아들 등(登)이 이 소식을 알면 크게 기뻐하겠어!"

조조의 실책

진규는 비상수단을 써서 여포의 딸과 원술의 아들의 혼례를 막은 것에 일단 안도했다. 그러나 여포와 원술의 중간에 끼어 있는 유현덕의 운명은 여전히 위험스러워 보였다. 병상에 누운 진규는 여러 가지로 궁리하던 끝에 여포에게 다음과 같은 편지를 써보냈다.

원술의 사자 한윤을 체포하여 허도에 있는 조정으로 보내는 것이 좋으리라 생각합니다. 한윤을 허도로 보내면 조조가 여 장군의 공로를 인정할 것이고, 반역을 도모하는 원술을 유현덕과 협력하여 좌우에서 토벌할 수 있게 될 것입니다. 일이 그렇게 되면 여 장군은 싸우지 아니하고도 많은 소득을 얻을 수 있을 것입니다.

여포가 진규의 편지를 받고도 결단을 내리지 못하고 있는데, 문득 사신 한 사람이 달려와 보고했다.

"소패에 있는 유현덕이 군사를 뽑고 말을 많이 모은다니 웬일인지 모르겠습니다."

여포는 그 보고를 받고는 소리 내어 웃었다.

"하하하, 장수가 군사와 군마를 모으는 것은 당연한 일인데 뭘 그리 놀라는가?"

마침 그때, 산동 지방으로 군마를 모으러 갔던 송헌(宋憲)이 성중으로 들어와 여포에게 고했다.

"장군님의 분부로 산동 지방에서 군마 삼백여 필을 사서 돌아오는 길에 유현덕의 아우 장비에게 말을 죄다 빼앗기고 말았습니다."

여포는 그 소리를 듣고는 크게 놀랐다.

"뭐, 이런 쓸개 빠진 놈들! 군마를 빼앗기다니 말이 되는 소리인가? 네 놈들도 머저리 같지만 장비란 놈이 감히 우리 말을 빼앗다니 유현덕을 그냥 둘 수 없는 일이다. 당장 소패의 유현덕을 쳐부술 테니 출동 준비를 시켜라!"

여포는 곧 대군을 거느리고 소패로 진군했다. 그 소식을 듣고 크게 놀란 유비는 군사들을 영솔해 성 밖으로 마주 나와 여포를 향해 외쳤다.

"여 장군은 무슨 연유로 군사를 일으키시나이까?"

여포가 맞고함을 질렀다.

"이 배은망덕한 놈! 네 목숨을 살려준 사람이 누군데 네 아우 장비란 놈을 시켜 나의 군마를 빼앗아간단 말이냐?"

유비는 그 소리를 듣고 또 한번 놀랐다.

"제가 말이 부족해 각처로 사람을 보내 구한 적은 있으나 제 아우 장비가 장군의 말을 도둑질했다는 말은 처음 듣습니다."

"이놈, 네가 장비를 시켜 말 도둑질을 하고 나서, 이제는 시치미를 뗄 작정이냐?"

그 말이 채 끝나기도 전에 장비가 말을 달려나오며 큰소리로 고함을 질렀다.

"여포야, 잘 왔다. 그래, 내가 네 말을 빼앗았으니 나를 어쩌겠다는 말이냐?"

여포도 마주 덤벼들며 소리쳤다.

"이 고리눈 도둑놈아! 네가 어디라고 감히 내게 덤비느냐?"

"이놈아, 너는 말 빼앗긴 것만 생각하고 네가 우리 형님의 서주를 빼앗은 생각은 못하느냐? 너 같은 놈은 마땅히 없애버려야 한다."

여포가 크게 노하여 방천화극을 들고 적토마를 달려 돌진해 왔다. 장비도 장팔사모를 내두르며 여포를 맞아 싸웠다. 장비와 여포의 단병 접전은 실로 천하의 장관이었다. 천하에 용맹을 떨치는 두 장수가 서로 어울려 맹렬히 싸우기를 이백여 합이나 되었건만 좀처럼 승부가 나지 않았다.

여포의 방천화극과 장비의 장팔사모는 공중에서 번개 치듯 번쩍거렸고, 동에 번쩍 서에 번쩍하며 용맹하게 날뛰고 있었다. 용호상박의 접전이 계속되는 동안 어느덧 날이 저물었다. 보다 못한 유비가 제금을 쳐 장비를 불러들였다. 장비는 그래도 듣지 않고 싸움을 계속하니 관우가 친히 말을 타고 나가 소리를 질렀다.

"장비야, 형님의 명령이시다. 싸움을 중지하고 어서 돌아와라!"

장비는 유비의 명령이라는 소리를 듣고 나서야 싸움을 멈추며 여포를 노려보았다.

"여포야, 네 놈을 살려두지 않을 테니 내일 다시 한판 붙자!"

장비가 싸움을 거두고 진중으로 돌아오자 유비가 크게 꾸짖었다.

"네가 또 큰일을 저질렀구나. 도대체 빼앗아왔다는 말은 어디다 두었느냐?"

"사원(寺院)에다 맡겨놓았소."

유비는 곧 여포에게 사람을 보내 빼앗은 말을 죄다 돌려보낼 테니 화해를 하자고 청했다. 여포는 편지를 받고 고개를 끄덕였다. 그러나 모사 진궁은 난색을 표했다.

"유현덕을 지금 죽여버리지 않으면 후일에 반드시 화를 입게 됩니다. 왜냐하면 서주 백성들의 인심이 날이 갈수록 유현덕에게 기울어져가고 있기 때문입니다."

그 말을 듣고 보니 일리가 있어 여포는 다음날 유비를 치려고 다시 군사를 일으켰다. 이에 유비는 곧 미축과 손건을 불러 대책을 강구했다.

손건이 말했다.

"사태가 위급하게 되었으니 이제는 일단 성을 버리고 허도로 가 조조에게 구원을 청하는 게 좋겠습니다. 때를 기다리면 오늘의 원한을 풀 날이 반드시 찾아올 것입니다."

유비는 그 말을 따르기로 하고, 그날 밤 군사를 이동할 계획을 세웠다. 그러나 이미 철통같이 에워싼 여포의 군사들을 뚫고 나가는 것은 그리 쉬운 일이 아닐 성싶었다.

"뉘 앞서 나가 포위망을 깨뜨릴 사람이 없느냐?"

그 소리에 장비가 선뜻 나섰다.

"형님, 내가 앞장을 서겠소."

유비는 장비를 앞세우고 관우에게 뒤를 따르게 한 뒤에, 이날 밤 삼경에 달빛에 젖으며 북문으로 내달았다.

장비가 포위를 뚫고 나가려 하자 적장 송헌(宋憲), 위속(魏續) 등이 급히 몰려오며 앞을 가로막았다. 장비는 장팔사모로 앞을 막아서는 자들을 닥치는 대로 휘둘러 갈겼다. 그 덕분에 일행은 무사히 적의 포위망을 벗어났다. 그러나 성을 내놓고 심야에 유랑의 길에 오르는 유비의 심정은 매우 처량할 뿐이었다.

다음날, 허도에 이른 유비는 성 밖에 군사를 멈춰 세우고, 손건을 조조에게 보내어 찾아온 뜻을 전했다.

"음, 유현덕을 들어오게 하라."

조조는 곧 유비를 맞아들여 상빈으로 대했다. 유비가 여포에게 공격당한 사실을 낱낱이 설명하니 조조는 고개를 끄덕이며 말했다.

"여포는 워낙 의리를 모르는 사람이오. 이제 내가 유 공과 함께 여포를 치도록 하겠소."

조조는 연석을 크게 베풀어 유비를 극진히 대접했다.

이날 밤의 연석이 끝난 뒤, 모사 순욱이 조조에게 말했다.

"유현덕과 그의 용맹스런 아우들은 과연 당대의 영웅들입니다. 지금 없애버리지 않으면 뒤에 반드시 화가 있을 것입니다."

조조는 그 소리에 적이 놀라는 빛을 보였다. 그러나 입을 굳게 다문 채 아무 말이 없었다.

순욱이 물러간 뒤, 조조가 곽가를 불러 유비에 대한 의견을 물었다.

"순욱은 유현덕을 없애버리는 것이 좋겠다는데, 그대의 생각은 어떤가?"

곽가는 고개를 흔들며 대답했다.

"천만의 말씀입니다. 유현덕이 무명한 인간이라면 모르되, 이미 의리가 두텁고 덕망이 후하기로 널리 알려져 있는 지사입니다. 그런 사람을 죽였다가는 앞으로 어떤 현재(賢才)가 주공을 따르겠습니까? 유현덕 한 사람이 두려워 천하의 신망을 잃어버린다면 그처럼 어리석은 일이 어디 있겠습니까?"

"옳은 말이오."

조조는 곽가의 말을 옳게 여겨 다음날 유비를 예주목(豫州牧)으로 제수했다. 이에 정욱이 간했다.

"유현덕은 결코 남의 밑에 있을 사람이 아니니, 지금 처치해 버려야 합니다."

그러나 조조는 끝내 고개를 흔들었다.

"천하에 인재가 부족한 이때 영웅을 죽여 인심을 잃어서는 아니 되오."

지금 조조에게 두려운 자는 오직 여포뿐으로, 유비는 당장의 골칫거리는 아니라고 생각했던 것이다.

조조가 유비와 더불어 여포를 토벌할 계획을 세우고 있는 중에 허도에는 뜻하지 않은 소식이 날아들었다. 장수(張繡)라는 자가 허도를 노리고 군사를 일으키고 있다는 것이었다. 장수는 일찍이 동탁의 부하였던 장제(張濟)의 조카였다. 모사 가후를 참모로 영입한 장수는 완성(宛城)을 근거지로 삼아 동탁의 옛 부하들을 규합하고, 형주 태수 유표와 군사동맹을 맺더니 지금은 조조를 치려고 준비 중이라는 것이었다.

"장수 따위가 감히 허도를 노리다니, 하룻강아지 범 무서운 줄 모르는구나."

조조는 지금 당장 장수를 없애버리고 싶었다. 그러나 문득 생각해 보니 자신이 허도를 비운 사이 여포가 쳐들어올까봐 걱정스러웠다. 조조가 이러지도 저러지도 못하고 망설이기만 하자 모사 순욱이 나서서 말했다.

"여포는 꾀는 없고 욕심만 많은 사람입니다. 이번 기회에 여포의 벼슬을 높여주면서 유현덕과 화해를 주선하면 당분간은 딴마음을 안 먹을 것입니다."

조조는 그 말을 옳게 여겨 봉군도위(奉軍都尉) 왕칙(王則)을 서주로 보내 크게 은상을 베풀었다. 여포는 뜻밖의 은상을 받게 되자 크게 기뻐하며 모든 일을 조조의 뜻에 따라 행하겠다고 말했다.

일단 후고(後顧)의 우려를 없앤 조조는 곧 하후돈을 선봉장으로 삼아 완성으로 진군했다. 조조가 십오만 대군을 친히 거느리고 육수(淯水) 땅에 도달하니, 장수는 크게 두려워하며 가후에게 물었다.

"우리가 조조와 싸워서 승산이 있을 것 같은가?"

"조조가 전력을 기울여 공격해 오면 우리는 막아낼 방법이 없습니다."

"그러면 이 일을 어찌했으면 좋겠는가?"

"일찌감치 항복하는 것이 상책입니다."

장수는 조조의 진지로 가후를 보내어 항복의 뜻을 전하게 했다. 가후를 만나본 조조는 그의 달변에 감탄했다.

"가후 공, 그대는 장수를 버리고 나를 섬길 생각은 없는가?"

"제게는 너무나 과분한 분부이시고, 대단히 감사하게 생각할 따름입니다. 하오나 저는 이미 이각의 휘하에서 나라에 많은 죄를 지은 몸입니다. 게다가 지금은 장 장군이 제 말을 높이 받아들이고 있사온데 어찌 쉬 버릴 수 있겠습니까?"

"참으로 의로운 말이오."

조조는 가후의 말을 매우 기특하게 여겼다.

다음날 조조는 위풍도 당당하게 완성에 입성했다. 그로부터 며칠 동안 장수는 저녁마다 조조에게 연락을 베풀었다. 어느 날 밤, 술이 거나하게 취하여 침소에 돌아온 조조는 좌우를 돌아보며 가만히 물었다.

"이 성안에 혹시 기녀(妓女)가 있는가?"

침소를 경호하고 있던 조조의 조카 조안민(曹安民)이 대답했다.

"기녀는 없사오나 절세미인 한 명을 보아두었습니다."

"그 여인이 누구던고?"

"장수의 삼촌인 장제의 처라고 했습니다."

"그러면 미망인이 아닌가?"

"그렇습니다."

"그 여인을 이리로 데려오도록 하라."

조안민은 곧 오십여 명의 군사를 거느리고 가서 젊은 미망인을 데려왔다. 그 여인은 과연 절세미인이었다.

조조가 여인에게 물었다.

"그대는 성씨가 어찌 되오?"

여인은 수줍은 듯 고개를 숙인 채 대답했다.

"돌아가신 장제의 처 추씨(鄒氏)입니다."

여인은 미인일 뿐만 아니라 목소리도 아름다웠다. 조조는 만족스러운 미소를 지었다.

"그대는 내가 누군지 아오?"

"조 승상의 영명은 익히 들어왔사오나 이처럼 직접 배안하기는 처음입니다."

"오오, 나를 알고 있었구려! 오늘 이렇듯 부인을 만나보게 되니 얼마나 기쁜지 모르겠소. 이것은 하늘이 주신 인연이니 우리 이 밤을 마음껏 즐겨보십시다."

조조는 말과 더불어 추씨의 부드러운 어깨를 힘차게 껴안았다. 추씨는 모든 것을 기대한 듯이 얼굴을 붉히며 조조의 억센 가슴에 머리를 파묻었다.

조조는 그날부터 추씨에게 반하여 여러 날이 지나도록 허도로 돌아갈 생각을 아니했다. 더구나 호위의 총책임자인 전위 이외에는 아무도 숙소에 출입을 못하도록 엄명을 내렸다. 그러나 세상에 비밀은 없는 법이고, 꼬리가 길면 반드시 밟히는 법이다.

어느 날 가후는 장수를 찾아가 조조와 추씨와의 정사를 일러바쳤다. 장수는 그 사실을 알고 크게 노했다.

"조조가 제아무리 천하의 영웅이기로 우리 가문을 그렇게까지 욕보일 수는 없는 일이오. 그놈이 그렇게 나온다면 나는 패망의 고배를 마시더라도 목숨을 걸고 싸워야겠소."

"지당하신 말씀입니다. 하오나 흥분하셔서 일을 그르치게 되면 되레 우환일 뿐이니 좋은 계책을 찾아보십시다."

가후는 그렇게 말한 뒤에 장수의 귀에 입을 갖다대고 무엇인가 한동안 소곤거렸다. 장수는 수긍되는 점이 있는지 연신 고개를 끄덕였다.

이튿날 장수는 조조를 장중으로 찾아가 말했다.

"요즘 웬일인지 저희 군대에 도망병이 많아 큰일입니다."

조조는 그 소리를 듣고는 소리 내어 웃었다.

"그거야 사대문에 위병을 세워 감시를 엄하게 하면 그만 아니오?"

"저도 그렇게 생각하고 있었는데 조 승상의 허락도 없이 군대를 움직이기가 저어되어서 그러합니다."

"그런 걱정은 말고 좋도록 하시오."

조조의 허락이 떨어지자 장수는 곧 심복 부하들을 중군으로 옮겨놓고 거사를 도모할 계획을 세웠다. 그런데 단 하나 걱정스러운 것은 조조를 호위하는 전위라는 장수였다.

가후가 말했다.

"호거아(胡車兒)를 불러 전위를 처치할 계획을 세워보십시오."

편장(偏將) 호거아는 오백 근을 짊어지고 하루에 칠 백여 리를 가는 괴력의 장사였다. 호거아가 곧 불려와 가후의 설명을 듣더니 고개를 좌우로 흔들었다.

"제가 세상에서 두려하는 사람은 없지만 전위의 쌍철극(雙鐵戟)만은 당해 낼 자신이 없습니다."

"그러면 무슨 수가 없겠는가?"

"전위를 불러 술에 취하게 하십시오. 그러면 제가 조조의 중군으로 들어가 전위의 쌍철극을 빼앗아보겠습니다. 그것만 빼앗고 나면 전위도 문제가 없을 것입니다."

장수는 호거아의 말대로 전위에게 술을 먹이기로 했다.

이날 밤, 전위가 조조의 장중을 지키고 있는데 호거아가 찾아와서 말했다.

"댁이 전위 장군이시오?"

"그렇다. 한데 너는 누구냐?"

"저는 장수 장군님의 심부름을 온 사람입니다."

호거아는 그렇게 말하며 편지 한 장을 내주었다. 편지를 펼쳐보니, 내일 오후에 좋은 안주를 준비할 테니 술을 마시러 오라는 사연이었다. 전위는 술을 마신 지가 이미 오랜지라 내심 매우 고맙게 여기며 말했다.

"돌아가거든 고맙다고 이르시오. 내일 오후에는 불러주신 대로 꼭 가겠소."

다음날 전위는 장수를 찾아가 밤이 깊도록 술을 마셨다. 정신이 어질어질하고 사지를 가누기가 어렵도록 취했을 때였다.

"전위 장군, 이제 그만 마시고 돌아가십시다. 제가 숙소까지 모시고 가겠습니다."

"어허, 취한다. 자네는 누군가?"

전위가 취기로 몽롱해진 눈을 들어 바라보니 어젯밤 편지를 가지고 왔던 호거아였다.

"오오, 자네였군. 자네가 나를 숙소까지 바래다주겠는가?"

"제가 숙소까지 잘 모시겠습니다."

호거아는 전위를 조조의 중군 안으로 데리고 들어왔다. 전위는 방안에 드러눕기 무섭게 코를 골기 시작했다. 아무리 흔들어 깨워도 깨어나지 못할 지경이었다. 호거아는 그제야 안심하고, 전위의 쌍철극을 훔쳐 밖으로 달려나왔다.

그날 밤 조조는 그런 일이 일어난 줄은 까마득히 모르고 추씨와 더불어 술을 마시며 정을 나누고 있었다. 그런데 한밤중에 문득 어디선가 말발굽소리가 들려오는 것이 아닌가.

"여봐라, 웬 말발굽소리냐?"

조조의 호통에 호위병이 얼른 달려오더니 대답했다.

"장수의 군사가 도망병을 막느라고 순찰을 돌고 있는 소리입니다."

"못난 놈들 같으니라구. 이 밤중에 왜들 그 꼴인고?"

조조가 안심하고 계속 술을 마시는데, 이번에는 중군 안팎에서 요란스러운 함성이 일어났다.

"이건 또 무슨 소리냐?"

"식량고(食糧庫)에서 불이 일어나 불을 끄고 있나 봅니다."

그 말이 미처 끝나기도 전에 이번에는 밖이 더욱 소란스러워져 창문을 열고 내다보니 군사들의 움직임이 심상치 않아 보였다. 조조는 그제야 이상한 생각이 들어 자리를 박차고 일어섰다.

"전위! 전위는 어디 갔느냐?"

조조가 소리쳤으나 아무리 불러도 전위는 대답이 없었다.

전위는 한창 곯아떨어져 자다가 바깥이 너무나 소란스러워 황급히 일어나 쌍철극을 찾았다. 그러나 아무리 찾아도 쌍철극이 보이지 않았다. 밖을 내다보니 몰려온 적병들이 중문 밖에서 아우성을 치고 있었다.

전위는 보졸의 요도(腰刀)를 한 자루 빼앗아들고 달려나가 닥치는 대로 적병들을 찔러 죽였다. 앞장선 기마대는 간신히 막아내었으나 이번에는 보병 부대가 물밀듯이 덤벼들었다.

옷도 제대로 못 입은 전위는 전신이 피투성이가 되도록 죽을힘을 다해 싸웠다. 이리저리 밀려오는 적들을 맞아 고군분투하는 중에 칼이 두 동강으로 부러졌다. 그러자 이번에는 적병 두어 명을 한 손에 하나씩 휘어잡고 마구 휘둘러댔다. 그렇게 되고 보니 적병들은 함부로 덤벼들지 못하고 멀리서 에워싸더니 활을 쏘아 갈기기 시작했다.

화살이 무수히 꽂힌 전위의 몸은 마치 고슴도치처럼 보였다. 전위는 그럼에도 굴하지 않고 색문(塞門) 앞에 떡 버티고 서서 적의 침입을 막았다. 앞문은 전위가 결사적으로 지키고 있었으나 뒷문을 지키는 사람은 아무도 없었다. 장수의 부하들이 이번에는 뒷문으로 몰려 들어와 전위를 등 뒤에서 찌르니 천하의 맹장도 이때만은 버티지 못하고 장렬하게 숨을 거두고 말았다.

한편 전위가 죽기를 다하여 적병을 막아내는 동안 조조는 재빨리 뒷문으로 빠져나와 정신없이 말을 달려 도망을 쳤다. 뒤를 따르는 사람은 오직 조안민 한 사람뿐이었다. 그나마 말이 없는 조안민은 도보로 조조를 뒤따르고 있었다.

적병들이 조조를 맹렬히 추격해 오며 활을 쏘아댔다. 조안민은 얼마 못 가 적병들의 화살을 맞아 죽고, 조조의 왼편 팔꿈치에도 화살이 한 대 꽂혔다. 조조가 타고 있는 말에도 화살이 세 대나 꽂혔지만 워낙 명마여서 그대로 달리고 있었다.

조조는 정신없이 달려 가까스로 육수의 강변에까지 이르렀지만 추격해 오는 적병들의 함성은 더욱 가까워졌다. 조조는 말에 채찍을 가하여 물 속으로 뛰어들었다. 말과 사람이 일체가 되어 어두운 강을 헤엄쳐 건너기 시작했다. 적들이 쏜 화살이 수없이 날아들었다.

가까스로 강을 건넜을 때, 돌연 화살 하나가 날카로운 소리를 내며 날아오더니 조조가 타고 있는 말의 왼편 눈에 깊숙이 꽂혔다. 말은 고통스런 소리를 토하며 앞발을 번쩍 들더니 그대로 모랫바닥에 쓰러져버렸다.

강 저편에는 횃불이 휘황하게 밝은데, 젊은 장수 하나가 급히 말을 타고 강을 건너오고 있었다.

'아차, 이제는 도망을 못 치고 꼼짝없이 죽는구나!'

이미 모든 것을 체념하고 하늘을 우러러 탄식하는데, 천만뜻밖에도 강을 헤엄쳐 건넌 젊은 장수가 급히 달려오며 소리쳤다.

"아버님! 아버님!"

조조가 깜짝 놀라 쳐다보니 강을 헤엄쳐 건너온 장수는 큰아들 조앙(曹昻)이었다.

"오오, 앙이 아니냐? 네가 용하게 강을 건너왔구나!"

"아버님, 빨리 이 말을 타고 도망치십시오!"

"너는 어떡하고?"

"제 생각은 마시고 어서 몸을 피하십시오."

"그건 안 될 말이다. 갈 테면 너도 함께 타고 가자."

"시급합니다. 먼저 아버님 혼자 가십시오. 저는 걸어서 뒤따르겠습니다."

그 동안에도 화살은 수없이 쏟아지고 있었고, 적병 십여 기가 벌써 강을 헤엄쳐 건너고 있었다.

"앙아, 어서 말을 타거라!"

"아닙니다. 아버님이 타고 어서 피신하소서."

조앙의 입에서 그 말이 채 떨어지기도 전에 적이 쏜 화살이 조앙의 오른편 가슴에 깊숙이 꽂혔다. 화살을 맞은 조앙이 조조의 눈앞에서 쓰러졌다.

"앙아!"

조조가 외마디소리를 지르며 말에서 뛰어내릴 듯하다가 화살이 또다시 날아들자 말에 박차를 가하여 맹렬히 달아나기 시작했다. 어둠을 뚫고 죽기로 달려 사오십 리를 도망쳐오니 그제야 날이 훤히 밝아오기 시작했다.

이윽고 뿔뿔이 흩어졌던 수하 장수들이 한두 명씩 따라붙기 시작했다. 조조는 수하 장수들에게 나머지 군사들을 끌어 모으게 했다. 이때 장수의 군사들에게 패해 도망가던 하후돈의 부하 병사들이 민가의 재물을 마구 노략질했다. 그것을 보고 크게 노한 우금이 수하 병사들에게 지시해 노략질을 일삼는 병사들을 모조리 잡아 죽이게 했다. 노략질을 하다가 우금의 수하 병사들에게 쫓겨온 병사들이 조조에게 보고했다.

"우금 장군이 변심해 적병은 죽이지 아니하고, 하후돈 장군 휘하의 병사들을 보는 대로 잡아 죽이고 있습니다."

조조는 크게 놀라 되물었다.

"뭐, 우금이 정녕 변심을 했단 말인가?"

마침 그때 하후돈, 허저, 이전, 악진이 진중에 이르렀다.

"우금이 모반했다는 말이 사실인가?"

"우금 장군이 제 수하의 병사들을 모조리 잡아 죽인다는 보고를 받고 저 역시 크게 분개하고 있는 중입니다."

하후돈이 노여움을 참지 못하고 말하자 다른 장수들도 나서서 한마디씩 거들었다.

"소장들도 그런 소문을 들었습니다."

조조는 크게 노하여 추상같은 명령을 내렸다.

"우금이 모반했다면 군사가 모이는 대로 즉시 정돈하여 그놈을 쳐라!"

이때 우금은 조조와 많은 장수들이 모였다는 소식을 듣고, 적의 공격에 대비해 영채를 세우고 있었다. 이를 본 순욱이 고개를 갸웃거리며 물었다.

"지금 조 승상은 우 장군이 모반한 줄 알고 크게 노하셨다고 하오. 한데 우 장군은 어찌 승상을 찾아뵙고 오해를 풀 생각을 아니하오?"

우금이 대답했다.

"지금은 오해를 푸는 일보다 적을 막아내는 일이 더 큰일이오."

이때 적의 대군이 몰려들었다. 우금은 미리부터 적병들이 들이닥칠 것에 대비하고 있었는지라 용감하게 맞아 싸우니, 허를 찔린 적들은 크게 패하여 도망쳤다. 우금은 도망가는 적들을 급히 쫓아 산산이 부숴놓았다.

참패를 거듭한 장수는 얼마 남지 않은 패잔병을 거느리고 유표에게로 가 몸을 의탁했다. 우금은 그제야 조조를 찾아와 승전 소식을 아뢰며 오해를 푸는 말을 곁들였다.

"하후돈의 병사들이 백성들의 재물을 노략질하여 민심을 크게 잃기에 제가 보는 대로 죽이게 했습니다."

조조가 의아해 하며 물었다.

"그런 일이 있었으면 나를 즉시 찾아와 오해를 풀 일이지 먼저 영채부터 세운 것은 웬일이오?"

"적을 맞아 싸우는 일이 급한데 어찌 사소한 일을 급급히 보고하겠나이까? 오해를 푸는 것은 작은 일이고, 적을 막아내는 것은 큰일이기에 영채부터 세운 것입니다."

조조는 그 말에 자세를 바로잡으며 감탄했다.

"과연 우 장군은 천하의 명장이오. 남이야 비방을 하거나 말거나 패병을 거느리고 대승을 거두었으니 그 이상의 명장이 어디 있겠소."

조조는 곧 우금을 익수정후(益壽亭侯)로 봉하고, 하후돈은 부하들을 방만하게 지휘 통솔한 책임을 물어 견책을 했다. 그런 다음 전위, 조앙, 조안민의 영혼을 위무하기 위해 제사를 크게 지냈다.

조조가 제단 앞에서 눈물을 흘리며 말했다.

"내가 이번에 맏아들 앙과 조카 안민을 잃은 것도 슬프지만 그보다도 더 뼈저리게 슬픈 것은 전위를 잃은 것이오."

조조가 말을 마치고 목을 놓아 우니, 모든 무리들이 새삼 충성을 다할 것을 맹세했다.

다음날 조조는 군사를 거느리고 허도로 돌아왔다.

원술의 참패

조조가 허도로 돌아온 지 며칠 후, 여포의 사신이 포로 한 사람을 묶은 채로 데리고 조조를 찾아왔다. 여포의 사신은 진규 노인의 아들인 진등이었다. 그가 데리고 온 포로는 원술의 사신으로 여포를 찾아갔던 한윤이었다.

조조에게 보낸 여포의 서신은 다음과 같은 내용을 담고 있었다.

> 조 승상의 특별한 은공을 입어 불초소생을 평동장군(平東將軍)으로 제수해 주시니 그저 감개무량할 따름입니다. 조 승상께서 그처럼 소중한 은총을 베푸시어 저는 원술과의 혼사를 파기시킨 바 있습니다. 그 증거로 원술이 사신으로 보낸 한윤을 결박지어 보내니 그리 아소서.

조조는 여포가 원술과 혼인을 맺지 않은 사실을 알고 크게 기뻐하며 한윤을 거리에 내다 목을 베게 했다.

진등이 조조를 보고 넌지시 아뢰었다.

"여포는 승냥이 같은 자이니 너무 믿지 마시고 적당한 간격을 유지하시어 수시로 경계하는 편이 좋을 것입니다."

조조는 고개를 끄덕이며 말했다.

"여포가 믿지 못할 인물이라는 것은 나도 잘 알고 있소. 그러하니 그 점에 대해서는 과히 실책이 없을 것이오. 그대와 그대의 부친이 나를 잘 도와주시오. 나는 그대 부자만을 믿고 있겠소."

"승상께서 군사를 일으키신다면 저는 마땅히 내응할 것입니다."

"그런 고마운 일이 어디 있겠소."

조조는 크게 기뻐하며 진등을 위해 주연을 베풀었다.

조조는 진등의 아버지 진규에게는 부양미 이천 석을 보내게 하고, 진등은 광릉(廣陵) 태수로 삼았다. 이튿날 진등이 하직을 고하자 조조는 새삼스러이 손을 붙잡고 당부했다.

"서주에 관한 일체의 일은 만사 진 공에게 부탁하오."

진등은 거듭 맹세하고 서주로 돌아왔다.

그 무렵, 회남의 원술은 일찍부터 제위에 오르고 싶은 야심이 있었는지라 하루는 문무백관들을 한자리에 모아놓고 말했다.

"그 옛날 한고조(漢高祖)는 사상(泗上)의 한낱 정장(亭長)으로 몸을 일으켜 사백 년의 제업(帝業)을 창설하였소. 그러나 이제는 천운이 다해 천하를 다스릴 능력을 잃었소. 우리 가문으로 말하자면 일찍부터 사세삼공(四世三公)을 지내온 데다가 이제는 민심이 모두 돌아온 터이니 내 이제 응천순인(應天順人)하여 구오지위(九五之位)에 오르고자 하는데, 제공들의 뜻은 어떠하오?"

주부(主簿) 염상(閻象)이 그 소리를 듣고 간했다.

"생각건대 자고로 천도를 거역하고 영화로웠던 일은 없습니다. 그 옛날 주공(周公)은 후직(后稷)에서 문왕(文王)에 이르기까지 수많은 공과 덕을 쌓았으나 천하의 일부분만을 차지하고 은(殷)나라 걸왕(桀王)에게조차 신하로서의 책무를 다했습니다. 이제 장군의 가문이 아무리 훌륭하다 해도 주문왕(周文王)을 따를 수 없고, 한나라가 비록 쇠약해졌다 하나 아직 은나라의 걸왕 같은 폭군은 나타나지 않았습니다. 그러하온데 장군께서는 어찌 제왕의 지위에 오를 생각을 하십니까?"

원술은 그 소리가 비위에 몹시 거슬려 크게 분개했다.

"그러니 어쩌라는 말인가?"

염상은 아무리 간해 봐야 소용없음을 깨닫고 숫제 입을 다물어버렸다. 그러자 원술이 다시 입을 열었다.

"염상은 어리석은 소리를 그만 떠들라. 옥새가 내 손에 들어온 것은 결코 우연의 소치가 아니다. 그것이 바로 천도(天道)이니라. 만약 내가 이제 제위에 오르지 않으면, 그것은 바로 천도를 거역하는 일이 될 것이다. 너같이 썩어빠진 유생은 어서 썩 물러가거라."

원술은 염상을 내쫓은 뒤에 다시는 아무도 그런 말을 못하게 하려고 서릿발 같은 선언을 내렸다.

"오늘 이후 누구든 나의 제업(帝業)을 비방하는 자는 참형에 처하겠다."

그리하여 원술은 드디어 황제를 자처하게 되었다.

여포가 원술이 보낸 중신아비 한윤을 묶어 조조에게 보낸 것은 바로 그 무렵의 일이었다. 자칭 황제 원술이 그 소식을 듣고 크게 분개한 것은 두 말할 것도 없었다.

"그런 죽일 놈이 어디 있느냐. 예의를 다해 중신아비를 보냈는데 한윤을 조조에게 보내어 죽이다니? 이는 나에 대한 최대의 모욕이다."

원술은 즉시 이십만 대군을 일곱 부대로 나누어 여포를 치기 위해 서주로 출발했다. 원술의 칠로대군을 소개하면 대략 다음과 같았다.

제1로군 대장 장훈(大將 張勳),

제2로군 상장 교유(上將 橋표),

제3로군 상장 진기(上將 陳紀),

제4로군 부장 뇌박(副將 雷薄),

제5로군 부장 진란(副將 陳蘭),

제6로군 항장 한섬(降將 韓暹),

제7로군 항장 양봉(降將 楊奉),

이상과 같이 어마어마한 대군에 기령을 칠로도구응사(七路都救應使)로 삼고, 원술 자신은 군사 삼만을 거느리고 이풍(李豊), 양강(梁剛), 악취(樂就)로 최진사(催進使)를 삼아 칠로대군을 독려하게 했다.

여포는 원술이 쳐들어온다는 급보를 접하고 첩자를 보내 칠로군의 공격경로를 알아보았더니 제1로군은 서주로 진군하고, 제2로군은 소패로 진군하고, 제3로군은 기도(沂都)로 진군하고, 제4로군은 낭야(瑯琊)로 진군하고, 제5로군은 갈석(碣石)으로 진군하고, 제6로군은 하비(下丕)로 진군하고, 제7로군은 준산(浚山)으로 진군하기로 되어 있었다. 그들은 하루에 오십여 리씩 진군해 오고 있었는데 도처에서 마음껏 노략질을 하고 있다는 것이었다.

그뿐이 아니었다. 원술의 군사가 어떻게나 강해 보이던지 여포의 서주성은 불원간 위급한 처지에 놓이게 되었다. 여포는 사태가 위급함을 깨닫고 중신들을 모아 긴급대책을 강구했다.

"누구든 좋으니 오늘의 위급을 벗어나기 위한 좋은 대책을 말해 보라!"

모사 진궁이 말했다.

"오늘날 이와 같은 사태를 초래하게 된 것은 순전히 진규 부자 때문입니다. 그 증거로 진규 부자는 조조에게 붙어 벼슬과 재물을 받았을 뿐만 아니라 오늘 이 자리에도 참석하지 아니하였습니다."

"옳은 말씀이오. 마땅히 진규 부자를 극형에 처해야 하오."

누군가 소리 높여 찬동했다. 이어 진궁이 말을 계속했다.

"진규 부자의 목을 베어 원술에게 보내 일이 잘못된 경위를 말해 주면 원술도 얼마간 노여움을 풀 것입니다. 서주를 구하는 방도는 오직 그 길이 있을 뿐입니다."

여포는 수긍되는 바 있어, 곧 사람을 보내 진규 부자를 잡아오게 했다. 그들의 목을 베어 원술에게 보내려는 것이었다.

아들 진등과 함께 여포에게 잡혀온 진규는 별안간 간간대소를 터뜨렸다.

"허허, 여 장군께서 이렇게 겁이 많을 줄은 미처 몰랐습니다."

여포는 눈알을 부라리며 고함을 질렀다.

"이놈, 내가 겁이 많다니 그게 무슨 소리냐?"

"죄송스러운 말씀이오나 사실이 그러한 걸 어떡합니까?"

진규는 태연자약하게 대답했다.

"이놈아, 머뭇거리지 말고 빨리 말해 보라. 네가 합당한 이유를 말한다면 죽음을 면하게 해주겠다."

"장군께서 만약 이 늙은이의 말을 믿어주신다면 서주는 아무 걱정이 없을 것입니다."

"그러니까 어서 말해 보란 말이다."

성미가 조급한 여포가 큰소리로 외쳤다.

"원술이 이십만 대군을 일곱 군데로 나누어 쳐들어온다고 하나 제가 보건대 일곱 무더기의 썩은 풀들일 뿐입니다. 원술의 군사들은 오합지졸이라 우리의 정병들로 능히 지켜낼 수 있으니 너무 걱정 마십시오. 승산은 우리에게 있습니다."

"이길 수 있는 방법을 좀더 구체적으로 말해 보라!"

여포의 말투는 어느덧 느긋하게 바뀌어 있었다.

진규가 다시 입을 열었다.

"원술은 옥새를 입수한 뒤로는 오로지 제위에 오르고 싶은 야망 때문에 군사들을 수적으로 불려나가고 있습니다. 가령 제6로군의 대장을 맡은 한섬으로 말하자면 일찍이 섬서성 산중에서 노략질을 해먹던 도둑의 두목 출신이고, 제7로군의 대장인 양봉은 반적(叛賊) 이각의 부하로 있다가 갈 곳이 없어 원술에게 몸을 의탁한 인물입니다."

"음, 그래서 어떻다는 말이오?"

"우리가 본바탕이 도적 출신인 자들을 두려워할 까닭이 없지 않습니까? 한섬과 양봉을 꼬드겨 우리와 내통하게 만들고, 유현덕 공과 손을 잡고 방어를 하면 원술쯤은 문제가 없습니다. 유현덕 공은 덕이 많고 의리가 강한 분이니 여 장군께서 곤경에 처해 있는 것을 보고 그냥 외면하지는 않을 것입니다."

여포는 진규의 명쾌한 대답을 듣고 나서 내심 감탄해 마지않았다.

"내가 겁을 내서 그런 건 아니오. 다만 큰일을 당하여 중신들의 참된 의견을 듣고 싶었을 뿐이오."

여포는 그 자리에서 진규 부자의 죄를 불문에 부쳤다. 대신 적과 내응할 방법을 찾아보라는 임무를 부과하여 집으로 돌려보냈다. 여포는 허도에 사신을 보내 원술이 쳐들어오고 있다는 사실을 알리는 동시에 예주(豫州)에도 사람을 보내 유비에게 구원을 청했다.

하비는 서주에서 동쪽 산속으로 들어가는 지점이었다. 이곳으로는 한섬이 이끄는 제6로군이 진격했다. 한섬은 산중에 진을 치고, 총공격 명령이 내려지기를 기다렸다.

어느 날, 진규는 염소 한 마리를 이끌고 그 삼엄한 경계가 펼쳐지는 지역을 태연히 걸어가고 있었다. 일반인들에게는 통행금지 구역이었으나 진규는 아랑곳하지 않고 걸었다.

경비를 서던 군사들이 진규의 앞길을 막아서며 물었다.

"영감은 지금 어디로 가는 길인가?"

"한섬 장군에게 이 염소를 바치러 가는 길이오."

"영감은 어디에 사는 사람인가?"

"서주에서 왔소."

어디까지나 태연자약한 대답이었다.

"서주라면 여포의 백성인데, 영감이 무슨 일로 우리 대장을 만나려 하는가?"

"어서 한섬 장군에게 가서 서주에 사는 진규라는 늙은이가 염소를 끌고 찾아왔다고 전해 주시오."

진규라는 소리를 듣고 군사들은 크게 놀랐다. 얼마 전 진규가 조조에게서 부양미를 이천 석이나 받아낸 것을 소문으로 들어 알고 있었기 때문이다. 한섬은 부하들한테서 그 소식을 전해 듣고 크게 놀랐다.

"진규가 웬일로 나를 찾아왔을까? 여하튼 이리 불러들여라."

진규는 한섬을 만나자 끌고 온 염소를 내주었다.

"이거 변변치 않은 염소지만 선물로 가져왔소."

"당신은 여포의 신하가 분명한데 어찌하여 나를 찾아왔소?"

한섬이 궁금해서 물었다. 그러자 진규는 정색하며 말했다.

"무슨 말씀이오? 나는 조정의 신하일 뿐이지 여포의 신하는 아니오. 서주에 살고 있으니 나를 여포의 신하라고 하는 모양인데, 서주 또한 황제의 영토일 뿐이잖소?"

곧이어 달변가 진규는 천하대세를 논하고, 제주(諸州)의 영웅들을 말하던 끝에 탄식하듯 엉뚱한 소리를 내뱉었다.

"한 장군 같은 분이 오늘날과 같은 지위에서 썩기는 참으로 아까운 일이오."

한섬은 그 소리를 듣고는 희색이 만면해졌다.

"노인장은 무슨 까닭으로 나를 위해 그처럼 탄식하오?"

"그러잖아도 한 장군에게 특별히 드리고 싶은 말씀이 있어 이렇게 찾아왔으니 말을 아니할 수가 없구려. 생각해 보시오. 한 장군은 일찍이 천자께서 장안에서 이동하실 때 봉련(鳳輦)을 호위했던 충신이 아니오. 그처럼 충절이 극진하시던 장군이 오늘날에는 위제인 원술을 도와 불충불의의 이름을 천추만대에 남기게 되었으니 이 어찌 애석한 일이 아니겠소."

"……."

"그나마 원술의 운수가 대통이라면 또 모르겠소. 이제 원술의 운명은 얼마 못 갈 것이니, 그때에는 한 장군도 오명을 남긴 채 생활조차 궁색하게 될 것이오. 이 늙은이는 그래서 탄식을 하는 것이오."

"음."

듣고 보니 그렇기도 한 것 같아서 한섬은 고개를 무겁게 끄덕거렸다. 진규는 그제야 여포의 친서를 한섬에게 내보이며, 다시 말을 이었다.

"이것은 결코 나 혼자만의 생각이 아니오. 여포의 뜻도 나와 같으니 이 편지를 보아주오."

한섬은 시종 무거운 표정으로 침묵을 지키고 있다가 여포의 편지를 읽어보고 나더니 비로소 새로운 결심을 한 듯 본심을 토로했다.

"나도 조정에 귀순할 마음은 간절했으나 단지 길이 없었을 뿐이오. 이제 진 대부를 만났으니 결심을 새로이 해야겠소."

"지당하신 말씀이오. 양봉 장군도 한 장군과 뜻을 같이할 것이라 믿소."

"알겠소이다. 내 이미 뜻한 바 있으니 진 대부는 먼저 돌아가 있으시오. 내가 양 장군과 함께 군사를 돌이켜 원술을 칠 것이니 나의 진중에서 불이 일어나거든 여 장군도 군사를 몰고 나와 함께 공격하게 해주시오. 그러면 반나절이 못 가 원술의 목을 베게 될 것이오."

"그럼 틀림없으리라 믿고 돌아가겠소이다."

진규는 한섬과 작별하자 곧 말을 몰아 서주로 돌아왔다.

여포는 진규 노인의 회보를 듣고, 곧 군사를 다섯 부대로 나누었다.

고순(高順)이 거느린 1군은 소패로 나아가 교유를 대적하고,

진궁이 거느린 1군은 기도로 나아가 진기를 대적하고,

장요(長遼)와 장패(臧霸)가 거느린 1군은 낭야로 나아가 뇌박을 대적하고,

송헌과 위속이 거느린 1군은 갈석으로 나아가 진란을 대적하고,

여포 자신도 몸소 1군을 거느리고 큰길로 나아가 적의 대장 장훈을 대적하기로 했다. 다섯 부대의 병력은 각각 일만 명씩이요, 그 밖의 군사는 뒤에 남아 성을 지키게 했다.

여포가 군사를 거느리고 성 밖 삼십 리 지점으로 나왔다. 대군을 거느리고 오던 적장 장훈은 여포가 몸소 성 밖으로 나왔다는 정보를 듣고 크게 놀랐다. 그리하여 모처럼 진군해 왔던 군대를 이십 리나 뒤로 물려 진을 치게 했다. 그는 감히 여포와 대적해 싸울 용기가 나지 않아 수하의 군사들을 시켜 조금씩 집적거려보기만 할 뿐이었다.

밤이 되자 원술은 칠로군에 총공격을 개시하라는 명령을 내렸다. 이경쯤 되었을 무렵, 본격적인 싸움이 시작되었다.

여포도 몸소 일선에 나가 원술의 군대를 맞아 싸웠다. 야간의 대전인 까닭에 피아 간에 전황을 알 수 없었다. 그러나 원술의 군대는 이상하게도 점점 혼란에 빠져들더니, 얼마 후에는 자기네 군사들끼리 서로 죽이는

사태가 발생했다. 그와 동시에 놀라운 풍문이 떠돌기 시작했다.

"배반 부대가 생겼다!"

그 소문은 사실이었다. 제6로군 한섬과 제7로군 양봉의 부대가 도처에서 불을 지르며 여포와 호응하여 장훈의 주력 부대를 맹렬히 공격했던 것이다.

장훈은 그 사실을 알고는 소스라치게 놀라 영채를 버리고 달아났다. 그 기회를 놓칠 리 없는 여포가 대군을 휘몰아 맹렬한 추격을 전개했다. 여포와 장훈이 쫓고 쫓겨 날이 훤히 밝아올 무렵, 칠로도구응사(七路都救應使) 기령이 달려나와 여포 군과 응전했다.

장훈이 기령의 응원을 얻어 다시 싸워보려 할 때였다. 별안간 함성이 일어나더니 사방에서 군사들이 구름 떼처럼 공격해 왔다. 그 군사들이 바로 한섬과 양봉의 부대였다. 장훈은 다시 패하여 기령과 함께 달아났다. 여포가 무인광야를 달리듯 맹렬히 추격하며 호통을 쳤다.

"원술이란 놈은 어디 있느냐!"

그때 문득 산상에서 북소리, 징소리가 크게 울리며 산 뒤에서 홀연 많은 군사들이 개미 떼처럼 함성을 지르며 덮쳐왔다. 그들은 매복해 있던 원술의 군사였다.

"여포야, 네가 이제 죽을 곳을 찾아왔구나!"

황금도포를 입고 벽력같은 고함을 지르는 마상의 위장부가 있었으니 그가 바로 원술이었다.

"앗!"

여포가 깜짝 놀라 바라보니 용봉일월기(龍鳳日月旗)를 받들고, 황라(黃羅)의 정치(旌幟)와 금조(金爪), 은부(銀斧), 황월(黃鉞), 백모(白旄)등을 요란스럽게 나누어 들리고, 수많은 친위대를 좌우에 거느린 채 산상에 홀연히 서 있는 사람은 틀림없는 자칭 황제 원술이었다.

"주인을 배반한 여포야! 네가 감히 어디라고 덤비느냐?"

원술의 호통에 여포가 대로하여 방천화극을 비껴들고 산상으로 내달았다. 원술의 장수 이풍이 창을 꼬느며 번개같이 나와 맞았다. 서로 어울려 싸우기를 겨우 삼 합 만에 이풍은 방천화극에 팔을 찔려 창을 떨어뜨리고 급히 달아나기 시작했다.

여포가 군사를 휘몰아 그 뒤를 쫓으니 원술의 군사들은 어지럽게 쫓겨 달아났다. 양강, 악취 등의 장수가 마주 나와 싸웠으나 어이없게 쓰러질 뿐이었다. 그리하여 내친 김에 원술을 목표로 산상으로 휘몰아쳐 오르는데 홀연 좌우에서 수만 군사가 구름처럼 몰려들었다.

"여포를 죽여라. 호랑이가 함정에 빠졌다."

산상에서 원술이 고함을 질렀다.

여포도 그제야 깜짝 놀라며 꼼짝없이 궁지에 빠졌다고 생각했다. 바로 그때 한섬과 양봉의 부대가 측면에서 원술의 부대를 벼락같이 공격했다. 뜻하지 않게 돌발적인 공격을 받은 원술의 부대는 극심한 혼란에 빠져들었다.

전세가 급전직하로 역전되는 바람에 크게 당황한 원술은 산줄기를 타고 쫓기기 시작했다. 급히 이십여 리쯤 도망가는데 홀연 산등성이에서 한 사람의 대장이 수천 병력을 휘몰아쳐 오는 것이 아닌가. 준마를 비껴 탄 그는 원술을 보자 장여(丈餘)의 청룡도를 휘두르며 태산준령이 쩡쩡 울리도록 호통을 쳤다.

"나는 예주목 유현덕의 의제 관운장이다. 가형의 명령에 따라 여포를 도우러 왔노라. 감히 황제를 자칭하는 원술아, 용기가 있거든 나와 더불어 생사를 겨뤄보자."

혼비백산한 원술은 다른 장수들과 함께 정신없이 도망을 쳤다. 관우가 청룡도를 휘두르며 급히 뒤를 추격했다. 관우는 앞에 걸리는 군사들을 추풍낙엽처럼 후려갈기며 말을 몰았다.

"이놈, 원술아! 내 칼을 받아라!"

관우가 고함 일성과 함께 청룡도를 공중에서 휘둘렀다. 원술의 목이 꼼짝없이 달아나는가 싶었는데 목을 크게 움츠리는 바람에 머리에 씌어 있던 왕관이 공중으로 날아가버렸다. 원술이 기겁을 하고 놀라 필사적으로 도망을 치니 간신히 목숨만은 구할 수 있었다.

원술은 도처에서 참패를 거듭하는 바람에 마침내 패군을 거느리고 회군하는 수밖에 없었다. 그와 반대로 가는 곳마다 적들을 무찌른 여포는 잔적(殘賊)을 깨끗이 소탕하고 의기양양하게 서주로 돌아왔다.

여포의 진영에서는 대승을 거둔 개선 축하연이 벌어졌다. 밤이 깊도록 술을 마시는 자리에서 여포가 수하 장수들을 보고 말했다.

"이번 싸움에서 우리를 승리로 이끌어준 제일의 공로자는 진규 부자였소. 제이의 공로자는 우리에게 내응해 준 한섬과 양봉이오. 그리고 제삼의 공로자는 옛정을 잊지 않고 관운장을 보내 우리를 도와준 유현덕 공이오. 나는 이제 그들의 공로를 크게 치하하는 바이오. 아울러 나와 함께 싸워준 군사들에게 충심으로 감사를 드리오."

그 말이 끝나자 좌중에서는 승전의 함성이 드높이 올랐다.

조조의 지략

진규 노인의 계략 덕분에 원술을 막는 데 크게 성공한 여포는 그때부터는 모든 일을 진 노인과 상의해서 결정하게 되었다.

여포가 하루는 진 노인을 불러 물었다.

"진 대부, 한섬과 양봉을 나의 측근에 둘까 하는데 어떻게 생각하오?"

진규가 대답했다.

"그것은 옳지 않은 일입니다. 장군의 측근들 중에는 전부터 섬겨오는 유능지사(有能之士)가 많은데, 이제 새사람을 데려오면 서로 화목하기가 어려울 것입니다. 차라리 두 사람에게는 산동을 지키게 하십시오. 그리하면 일 년 이내에 산동 땅 모두가 장군의 수중에 들어오게 될 것입니다."

여포는 그 말을 옳게 여겨 한섬을 기도목(沂都牧)으로 삼고, 양봉을 낭야목(瑯琊牧)으로 삼아 멀리 보내버렸다.

진 노인의 아들 진등이 그 소식을 듣고 부친에게 물었다.

"아버님께서는 어찌하여 그 두 사람을 서주에 남겨 여포를 죽일 근본을 삼으려 하지 않고 멀리 보내셨습니까? 저 같으면 여포를 죽일 때 그 두 사람을 이용했을 것입니다."

진 노인은 고개를 가로저으며 말했다.

"그건 네가 잘못 판단하고 있는 것이다. 그 두 사람은 본디 야비한 인물들이다. 그들을 여포의 측근으로 남겨두게 되면 우리를 돕기보다는 오히려 여포와 친밀해질 가능성이 농후하다."

진등은 아버지의 고견에 탄복해 마지않았다. 진 노인은 그날부터 또다시 몸이 불편하다는 핑계로 두문불출했다.

어느덧 여름이 가고 가을이 왔다. 원술은 생각할수록 여포의 배반이 분했다.

'어떠하든지 여포란 놈을 내 손으로 없애버리겠다!'

원술은 절치부심한 끝에 강동의 손책을 떠올렸다. 손책의 힘을 빌려 여포를 쳐야겠다는 생각을 한 원술은 곧 강동으로 사람을 보냈다. 그러나 손책은 원술의 편지를 받아 보고 크게 노했다.

"너의 주인이 나의 옥새를 가지고 제위를 자칭하니, 이는 한실(漢室)의 역적이 분명하구나. 내가 바야흐로 군사를 일으켜 죄를 물으려 하는데, 도리어 나더러 죄를 도와달라 하니 말이 안 되는 소리다. 내가 언젠가는 너의 주인을 칠 테니 돌아가거든 그렇게 전하라!"

원술은 손책의 회보를 보고 격노했다.

"젖비린내 나는 놈이 그렇게도 방자스러울 수가 있는가. 그렇다면 손책이란 놈부터 없애버리게 곧 군사를 일으켜야겠다."

원술이 당장 군사를 일으키려하자 신하들이 만류하고 나섰다.

한편 손책은 원술이 군사를 일으켜 처들어올 것이라 생각하고 대강(大江)을 엄중히 경계하고 있던 중이었는데, 난데없이 조조가 보낸 사자가 도착했다. 사자는 천자의 명에 의해 손책을 회계 태수에 봉한다는 기별과 아울러 곧 기병하여 원술을 치라는 분부를 전달했다.

손책이 곧 군사를 일으키려 하자 장소가 말했다.

"원술이 비록 패했다고는 하지만 아직 군사가 많고 물자도 넉넉하여 만만히 볼 수 없는 상대입니다. 그러하니 조조에게 편지를 보내어 먼저 원술을 공격하면 우리는 후군이 되어 돕겠다고 하십시오. 그래야만 원술을 쉽게 물리칠 수 있으려니와 설령 우리가 패한다 하더라도 조조에게 도움을 요청할 수 있을 것입니다."

"참으로 기발한 계책이오."

손책은 그 말을 옳게 여겨, 곧 조조에게 사람을 보냈다.

그 무렵, 조조는 전에 없이 우울증에 빠져 있었다. 지난봄에 장수를 치러 갔다가 오히려 참패를 당했을 뿐만 아니라 심복 전위와 장남 조앙을 잃게 된 것에 마음을 다친 것이다. 조조는 전위를 위해 사당을 짓는 동시에 전위의 아들 전만(典滿)을 중랑(中郞)에 봉하여 부중(府中)에서 거두어 기르게 했다.

그처럼 슬픔에 빠져 있을 때 손책에게서 편지가 왔다.

> ……책이 후응(後應)을 하리니 승상께서는 즉시 군사를 일으켜 원술을 치기 바라옵니다.

남정(南征)을 권하는 사연이었다. 조조는 즉석에서 기병하기로 결심하고, 손책에게 그 뜻을 알리는 동시에 그날로 십칠만 대군에 출동령을 내렸다.

조조는 출발에 앞서 유비와 여포에게도 사람을 보내어, 곧 군사를 일으켜 원술을 치라고 권했다. 조조의 대군이 예주 접경에 이르니 유비가 관우, 장비와 함께 군사를 거느리고 경계선에 나와 맞아주었다.

유비는 인사가 끝나자 조조에게 수급 두 개를 내놓았다. 조조는 괴이하게 여기며 물었다.

"이게 누구의 머리요?"

"하나는 한섬의 머리이고, 다른 하나는 양봉의 머리입니다."

"이것들을 어떻게 얻으셨소?"

"여포 장군이 한섬, 양봉의 전공을 높이 사서 두 사람을 기도목과 낭야목으로 삼았더니 양민에 대한 노략질이 심하여 제가 연석을 베풀어 그들을 회유한 다음 관우와 장비에게 목을 베게 했습니다."

"음, 아주 잘한 일이오."

"그러하오나 승상의 명도 없이 이런 처사를 했으므로 승상께서는 저에게 벌을 내려주십시오."

"국가를 위해 큰 화근을 덜었거늘 내 어찌 장군을 벌할 수 있겠소. 여포에게는 내가 오해가 없도록 하겠소."

이리하여 조조와 유비가 합세하여 다시 행군을 하는데, 서주 접경에 도달하자 이번에는 여포가 군사를 거느리고 나와 일행을 맞았다.

"이번 싸움에는 여 장군의 힘을 많이 빌려야겠소. 조정에 상주하여 여 장군을 좌장군(左將軍)으로 봉할 생각이오. 인수(印綬)는 환도하는 대로 곧 발급할 테니 그리 아시오."

조조가 마중을 나와준 여포를 치하하고 나서 말했다.

여포는 그 소리를 듣고 크게 기뻐했다. 조조는 여포를 좌군(左軍)으로 삼고, 유비를 우군(右軍)으로 삼은 뒤에, 자기 자신은 중군(中軍)이 되어 하후돈, 우금을 선봉장으로 삼아 진군했다.

원술은 조조의 군사가 쳐들어온다는 소리를 듣고 대장 교유에게 군사 오만을 내주고 선봉으로 삼은 다음 하후돈을 맞아 싸우게 했다.

양군은 수춘(壽春) 경계선에서 만났다. 서로 진을 치고 나자 원술의 진중에서 교유가 말을 몰아 나왔다. 이를 본 하후돈이 곧 창을 꼬나 잡고 말을 내달았다.

두 장수가 서로 어울려 싸운 지 불과 오 합 만에 하후돈이 큰소리로 외치며 창을 휘두르니 어이없게도 적장 교유의 목이 땅으로 떨어졌다. 그 바람에 교유의 수하 군사들은 앞을 다투어 달아나기에 바빴다.

원술이 크게 노하여 몸소 나가 싸우려는데 전황을 살피러 나갔던 첩자가 달려오더니 청천벽력 같은 소식을 전했다.

"조조는 정면에서 쳐오고, 여포는 좌측에서 쳐오고, 유비는 우측에서 쳐오고, 손책은 후위에서 쳐오니 우리의 군사는 사면에서 포위 공격을 당하고 있는 형국입니다."

원술은 소스라치게 놀라 곧 문무백관을 한자리에 모아놓고 대책을 강구했다.

장사 양대장이 말했다.

"우리 고을은 한발(旱魃)의 피해를 입어 백성들이 기아에 허덕이고 있는 중에 이제 또 군사를 일으켜 민원이 자자하오니 적을 막아내기가 쉽지 않을 것입니다. 그러하니 군사들을 단속하여 성을 굳게 지켜가면서 적의 군량이 떨어지기를 기다리는 편이 좋을 것입니다."

"음."

"폐하께서 지금 수춘을 친히 지키시려는 것은 자멸행위나 다름없사옵니다. 부디 폐하께서는 호위군을 거느리고 일시 회수(淮水)를 건너 몸을 피하셨다가 대세의 추이를 보아 권토중래(捲土重來)의 기회를 기다리시는 편이 상책일 것입니다."

원술은 그의 말을 옳게 여겨 이풍, 악취, 양강, 진기 등의 장수들에게 군사 십만을 주어 수춘성을 굳게 지키게 하고, 자신은 평소 소유하고 있던 많은 보물을 모조리 거두어 회수를 건넜다.

조조의 군사가 수춘성에 도달한 것은 원술이 회수를 건넌 바로 그 직후의 일이었다. 실은 조조도 공격을 해오기는 하면서도 내심 은근히 걱정이 많았다. 군사가 십칠만이나 되어 양식이 모자라는 데다가 가는 곳마다 한발이 심해 양식을 대기가 매우 어려웠기 때문이다. 그리하여 군사를 재촉하여 급히 싸우게 했으나 적은 성을 굳게 지키기만 할 뿐 도무지 상대를 안 하는 것이 아닌가.

성을 에워싸고 있기를 한 달여 만에 양식은 바닥을 드러내기 시작했다. 조조는 손책에게 사람을 보내 십만 곡(斛)을 얻어왔다. 그러나 그것도 오래 갈 턱이 없었다.

관량관(管糧官) 임준과 창관(倉官) 왕후가 조조를 찾아와 말했다.

"군사는 많고 양식은 적으니 어찌하오리까?"

"양식을 절반으로 줄여 지급하여 일시적으로 급한 목을 면하도록 하라!"

왕후는 그 소리를 듣고 적이 놀랐다.

"양식을 반으로 줄이면 군사들의 원망은 어찌합니까?"

"군소리 말고 내가 시키는 대로 따르라."

왕후는 조조의 분부대로 부대에 나누어주는 쌀을 절반으로 줄였다. 조조가 사람을 시켜 알아본 결과 군사들의 불만이 이만저만이 아니었다.

"승상께서 말[斗]을 속여 우리의 배를 곯게 하고 있다."

조조는 그 소리에 고개를 끄덕이며 왕후를 가만히 불러들였다.

"군사들이 지금 밥이 적어 배가 고프다고 불평이 대단한 모양인데 너는 그 사실을 아는가?"

"네, 잘 알고 있습니다."

"군사들의 불평을 무마하기 위해서는 꼭 빌려야 할 물건이 한 가지 있다. 너는 내 말을 들어주겠느냐?"

"승상께서 말씀하시는데 제가 무엇을 아끼겠습니까?"

"내가 필요한 것은 네 머리다."

왕후는 그 소리를 듣고 소스라치게 놀랐다.

"소인은 승상의 분부대로 거행했을 뿐인데 무슨 죄가 있다고 그러십니까?"

"너에게 죄가 있어서 그러는 것이 아니다. 십칠만 대군의 불평을 무마시키기 위해서는 네 머리가 필요할 따름이다. 너를 죽인 뒤에 네 처자식들은 잘 보살펴줄 테니 네 머리만은 당장 내놔야겠다."

조조는 말을 끝내기 무섭게 측근에게 명하여 왕후의 목을 베게 했다. 그리하여 왕후의 수급을 대로상에 높이 매달아놓고, 다음과 같은 방문을 내붙였다.

왕후가 사복을 채우기 위해 함부로 작은 말[斗]을 써서 군사들의 배를 주리게 했으니 군법으로 다스리노라!

그 방문을 본 군사들은 조조에 대한 원한이 일시에 풀리는 동시에 사기가 다시 왕성해졌다. 조조는 그날로 적을 총공격하라는 대군령을 내렸다.

"만약 삼일 이내에 적의 성을 함락시키지 못하면 모두 참형에 처하리라."

그런 다음 조조는 친히 진두에 나서서 군사들과 함께 돌을 나르고 흙을 날라 성의 둘레에 있는 늪을 메웠다.

적들도 가만히 앉아 있을 리 없었다. 그러나 성 위에서 화살과 돌이 빗발치듯 쏟아지는 속에서도 조조는 끝끝내 군사들을 진두지휘했다.

"이 비겁한 놈들아, 어디를 물러가느냐!"

조조의 곁에 있던 비장(裨將) 두 사람이 어지럽게 날아드는 화살을 피하려고 뒤로 물러서자 조조가 벽력같은 호령을 지르며 즉석에서 칼을 빼어들고 목을 잘랐다.

이를 보고 장병들이 모두 앞을 다투어 나섰다. 군령의 위엄이 크게 떨쳐지자 늪은 삽시간에 메워졌다.

"이제는 성을 타고 넘어라!"

명령일하 군사들은 노도와 같이 밀려나와 성으로 기어올랐다. 성을 지키던 무리들이 그 기세를 막을 길이 없어 제각기 자리를 버리고 도망치기 시작했다.

성벽을 타고 넘은 군사들이 즉시 성문을 활짝 열어놓자 밖에 있던 군사들이 성안으로 몰려 들어가 닥치는 대로 적들을 공격했다. 그 바람에 적장 이풍, 진기, 악취, 양강 등은 모두들 죽거나 사로잡혔고 부하 병사들은 모두들 항복했다.

수춘성에서 승리의 개가를 올린 조조는 즉시 회수를 건너 원술을 뒤쫓으려 했다. 마침 그때, 첩자가 달려와 조조에게 급히 아뢰었다.

"형주의 유표가 장수와 결탁해 허도를 칠 생각으로 기병을 하고 있다 하옵니다."

"뭐, 유표가 허도를 노리고 기병을 해?"

크게 놀란 조조는 허도로 회군을 결정했다. 그는 회군에 앞서 손책에게 사람을 보내 천자의 지령을 전했다.

'손책은 강을 건너 포진하여 형주의 유표를 공격할 기세를 보이라!'

조조는 또 유비와 여포를 한자리에 불러놓고 짐짓 화해를 주선했다.

"두 사람은 옛날의 의리를 생각해 각각 소패와 서주로 돌아가 각자의 영토를 지키도록 하오!"

여포가 군사를 거두어 서주로 돌아가자 조조가 유비를 보고 말했다.

"유 공을 소패에 돌아가게 하는 것은 여포라는 호랑이를 함정에 몰아넣기 위해서요. 공은 진규 부자와 상의해 여포를 쫓아낼 방도를 모색해 보오. 그러면 내가 군사를 내어 공을 도우리다."

유비가 소패로 돌아가자 조조도 허도를 향하여 떠났다. 이제는 장수를 쳐 없애야겠다고 생각했다.

해가 바뀌어 건안(建安) 삼년(三年)이 되었다. 이 해 정초에 나라에는 큰 경사가 있었다. 조정의 가장 큰 골칫거리였던 도둑의 괴수 이각과 곽사가 각기 단외(段煨), 오습(伍習)의 손에 죽은 일이었다. 헌제는 크게 기뻐하며 단외에게는 탕구장군(盪寇將軍)의 벼슬을 내리고, 오습에게는 진로장군(殄虜將軍)의 벼슬을 내렸다.

조조는 예정대로 장수를 치기 위해 다시 군사를 일으켰다. 마침 보리 수확기였는데, 조조가 군사를 거느리고 행군을 하다보니 밭에서 일하는 농부들이 한 사람도 눈에 띄지 않았다.

"들에 농부들이 보이지 않으니 웬일인가?"

조조가 이상하게 여겨 측근에게 물었다.

"군사들이 행군하는 것이 무서워 모두 피신을 했다 하옵니다."

그 소리를 들은 조조는 급히 사람을 풀어 각 부락의 부로(父老)들과 지방 관리들을 한자리에 모아놓고 타일렀다.

"우리가 부득이한 사정으로 군사를 일으키기는 했지만 백성들이나 농작물에는 조금도 피해가 가지 않도록 힘쓸 터이니 안심하고 밭에 나와 일을 하시오. 만약 농작물에 조금이라도 해를 입히는 장졸이 있으면 계급의 고하를 막론하고 군법에 의하여 엄중히 다스리겠소."

그 말을 들은 백성들은 크게 기뻐하며 모두들 안심하고 밭에 나와 일을 하기 시작했다.

조조의 명령이 지엄해 병사들은 보리밭 머리를 지나갈 때면 보리 이삭 하나라도 다칠까봐 조심했다. 물론 조조 자신도 그 점에는 특히 유의했다. 그런데 조조가 보리밭 머리를 지나가던 도중 발밑에서 메추리 한 마리가 별안간 날아가는 바람에 깜짝 놀란 말이 밭으로 뛰어들었다. 그리하여 보리를 어지러이 짓밟아버렸다.

조조는 그 즉시 행군주부(行軍主簿)를 불러, 전군에 행군 중지의 명령을 내렸다. 그러고 나서 여러 대장들 앞에서 말했다.

"나는 조금 전에 보리를 밟은 사람을 엄벌에 처하겠다는 법령을 내렸소. 그런데 지금 내 자신이 그 법령을 어겨버렸소. 그래서 나의 목을 내 스스로 베어버려야겠으니 제장들은 그리 알고 내가 없더라도 부디 잘 싸워주오."

그 소리에 장수들은 크게 놀랐다.

"승상께서는 그게 무슨 말씀이십니까?"

"아니오! 내가 내린 법령을 스스로 지키지 못한다면 어느 누구를 다스릴 수 있겠소."

조조가 말을 마치자마자 허리에서 칼을 뽑아 자신의 목을 찌르려 했다. 좌우가 급히 달려들어 조조의 칼을 빼앗았다.

곽가가 조조에게 말했다.

"승상, 춘추(春秋)에 '법은 존귀한 분에게는 적용되지 않는다' 는 말이 있습니다. 대군을 통솔하시는 승상의 생사는 곧 전군의 생사를 의미하는 것입니다. 결국 승상에 대한 처벌은 옳지 않습니다."

"음, 춘추에 그런 말이 있었던가? 그러나 내가 법을 어긴 것만은 사실이니 내 목을 베는 대신 부모에게서 물려받은 내 머리칼이라도 베어야겠소."

조조는 그렇게 말하기 무섭게 머리칼을 뭉텅 잘라 땅으로 내던졌다. 그 광경을 직접 목격한 부하들은 물론이요, 후에 그 소리를 전해 들은 부하들도 모두 감격했다. 그 후 조조의 군사는 더욱 더 기강이 엄격해졌고, 사기가 한층 더 왕성해졌다.

그로부터 행군은 다시 시작되었다. 오뉴월 염천의 끝없는 행군인지라 군사들은 모두 목이 말랐다. 그러나 첩첩산중 시내에는 물이 바짝 말라 있었다.

"물 좀 없소?"

"물을 주시오!"

병정들은 타는 듯한 갈증을 느끼며 제각기 외쳐댔다. 조조가 마상에서 채찍을 들어 산 너머를 가리키며 말했다.

"조금만 더 참고 저 산을 넘어라! 저 산을 넘으면 매화나무 밭이 있다. 나무에 매실이 잔뜩 열려 있을 것이니 산을 넘거든 맘대로 따먹을 수 있을 것이다."

목이 말라 아우성을 치던 병사들이 매실에 대한 얘기를 듣는 바람에 제각기 입에 신물이 돌아 목을 축일 수 있었다.

조조는 일찍이 고서에서 읽은 '매산의갈(梅酸醫渴)'이라는 글을 이용해 군사들의 갈증을 일시나마 참게 할 수 있었던 것이다.

장수는 조조가 대군을 거느리고 진격해 온다는 소식을 듣고 유표에게 급히 사람을 보내 응원을 구하는 동시에 자기는 뇌서(雷敘), 장선(張先) 두 장수를 거느리고 성을 나왔다. 유월 염천에 멀리 행군해 온 군사를 무찌르기는 극히 쉬운 일이라고 생각했던 것이다. 그러나 선봉장 장선이 허저와 맞붙어 싸운 지 채 오 합을 넘기지 못하고 머리가 땅에 떨어졌다. 그 바람에 장수는 크게 겁을 집어먹고 성안으로 달아나 성문을 굳게 닫아버렸다.

군사를 휘몰아 성에 육박한 조조는 사대문을 모조리 포위했다. 그러나 성을 둘러싸고 있는 늪이 있어 더 이상 공격할 수 없었다.

"흙과 돌을 날라다 늪을 메우라!"

명령일하 군사들은 늪을 메우는 작업에 돌입했다. 이 공사는 조조 자신이 직접 진두에 나서서 지휘했다. 성안에서 돌과 무쇠가 연신 날아왔다. 그러나 조조는 끄떡도 하지 않고 공사를 계속했다. 조조의 병사들은 밤낮으로 작업을 계속하여 사흘 만에 늪을 메웠다.

장수는 크게 당황하여 군사 가후에게 물었다.

"이 일을 어찌했으면 좋겠소?"

"조금도 염려하실 게 없습니다. 이번 싸움에서 조조를 사로잡도록 하십시다."

"조조를 사로잡다니, 어떻게 말이오?"

"조조는 그 동안 사흘을 두고 성을 돌아본 결과 동남쪽이 가장 무너뜨리기 쉽다는 결론을 얻었으니 그리로 공격해 올 계획을 세우고 있을 것입니다. 지금은 서문 쪽에 군사를 집결시키고 있지만 그것은 위장전술일 뿐입니다."

"음, 그러면 그대는 어떤 방비책을 세워놓고 있는가?"

"염려 마십시오. 저의 계략은 이미 완벽하게 수립되어 있습니다."

가후는 그렇게 대답하고 나서 즉시 모든 군사들을 서쪽으로 집중시키고는 문을 굳게 지키게 했다.

조조가 첩자를 시켜 성안의 정세를 알아보니 성안의 군사들이 모두 서쪽 문을 굳게 지키고 있다는 보고가 들어왔다.

'그러면 그렇지. 너희들이 이제야 나의 계교에 속아 넘어가는구나!'

조조는 회심의 미소를 지으며, 초저녁에는 서문으로 공격을 집중시키는 듯이 보이다가 밤이 깊어지자 별안간 남쪽 문을 향해 총공격을 가했다.

급기야 조조가 성문을 부수고 안으로 들어갔더니 성안은 온통 괴괴할 뿐 아무런 반격도 없었다.

"모두들 성안으로 진격하라!"

조조의 명령에 의해 군사들은 일제히 성을 넘어 들어가기 시작했다. 그러나 비밀리에 잠복해 있던 복병들이 일시에 아우성을 치며 일어나더니 조조의 군사들을 향해 돌과 화살을 비오듯이 쏟아 붓기 시작했다.

"아차, 허유엄살계(虛誘掩殺計)에 속았구나. 모두들 뒤로 물러나라."

조조가 급히 명령하여 군사를 다시 밖으로 물러나게 하자 등 뒤에서는 장수가 직접 날랜 부하들을 이끌고 맹렬히 휘몰아쳐 왔다. 그와 때를 같이하여 동서남북 사방에서도 장수의 군사들이 노도와 같이 공격을 가해 오기 시작했다.

"조조를 사로잡아라!"

조조는 기겁을 하고 놀라 단신으로 도망을 쳤으나 이날 밤의 병력 손실은 오만여 명이나 되었다. 빼앗긴 치중양초(輜重糧草)는 그 수를 헤아리지 못할 지경이었으며, 여건과 우금 등의 두 장수가 이날 밤 싸움에서 큰 상처를 입었다. 또 하나의 놀라운 소식은 형주의 유표가 장수를 돕기 위해 대군을 거느리고 허도로 진격해 오고 있다는 것이었다.

"두고 보자! 네 놈들이 언젠가는 내게 굴복할 날이 있을 것이다."

조조가 절치부심하며 남은 군사를 수습해 급히 허도로 돌아가려는데, 새로운 정보가 날아들었다.

"손책이 강동에서 군사를 움직이는 바람에 유표가 겁이나 허도로 진격하려던 계획을 포기했다고 합니다."

조조는 그제야 겨우 안도의 한숨을 내쉬었다. 그러나 장수는 유표가 군사를 일으킨 줄만 알고 가후와 함께 조조의 뒤를 계속 추격하기로 했다.

조조가 허도로 돌아오는 도중에 양성(襄城)을 지나 육수의 강변에 도달했을 때의 일이었다. 조조는 강변에서 말을 멈추더니 유유히 흐르는 강물을 굽어보다가 문득 목을 놓아 통곡하기 시작했다.

"승상은 무슨 연유로 그처럼 슬피 우십니까?"

좌우가 놀라 까닭을 묻자 조조는 울면서 대답했다.

"내 지난해에 장수를 치러 왔다가 바로 이곳에서 전위를 잃었소. 이제 이곳에 와 그를 생각하니 눈물이 절로 나는구려."

조조는 그렇게 대답한 뒤 언덕 위에 전위의 무덤을 새로 만들고 제사를 지내주었다. 그러고 나서 무덤 앞에 엎드린 조조는 목을 놓아 슬피 울며 언제까지 일어설 줄을 몰랐다.

부하 장수들도 그 광경을 보고 크게 감동되어 앞을 다투어 전위의 묘전에 참배를 했다. 모든 군사들의 울음소리가 그칠 줄을 몰랐다. 전위의 제사가 끝나자 이번에는 조카 조안민과 맏아들 조앙의 제사를 지내고, 그곳에서 전사한 모든 군사들의 영령을 위로하는 제사를 지내주었다.

이튿날, 다시 행군을 시작하려는데 허도를 지키고 있던 순욱에게서 급보가 날아들었다.

유표가 장수를 도와 안중(安衆)에 진을 치고, 승상이 돌아오시는 기회를 노리고 있습니다. 조심하소서.

이미 조조는 심중에 계획을 세워놓은 듯 고개를 끄덕이며 군사들의 행군을 재촉했다. 안중현의 경계에 이르니 과연 유표의 군사가 요처에 진을 치고 기다리고 있었고, 장수의 군사는 뒤에서 추격을 멈추지 않고 있었다.

상황 파악을 끝낸 조조는 야음을 이용하여 기병들을 산속에 배치해 두었다. 그런 다음 표면적으로는 지극히 적은 군사로 적과 대진하고 있는 듯이 보이게 했다.

"조조의 군사가 저리도 적었던가?"

유표 진영의 어느 장수가 묻자 다른 장수가 대답했다.

"그럴 수밖에 없지 않습니까? 이미 전말 싸움에서 오만여 명이 죽은 데다가 패전하여 쫓기다보니 도망하는 군사가 많이 생길 수밖에요."

유표와 장수는 크게 용기를 얻어 조조를 급히 치려 했다. 많은 군사들이 산골짜기로 몰려오자 미리 숨겨놓은 조조의 복병들이 일시에 함성을 올리며 반격을 개시하여 우왕좌왕하는 적들을 무찌르기 시작했다.

"아아, 조조의 간계에 속았다!"

유표가 탄식을 하자 장수도 한숨을 쉬며 말했다.

"그러나 아직도 기회는 있으니 조조의 동정을 조금만 더 살펴보십시다."

이때 조조 진영으로 또다시 급보가 날아들었다.

원소가 군사를 일으켜 허도를 침범하려는 기색이 보이니, 승상은 급히 돌아오소서.

조조는 크게 놀라 곧 군사를 거느리고 급히 허도로 돌아가기로 결정했다. 장수와 유표가 조조의 당황하는 빛을 보고 뒤를 추격하려 했다.

"지금 추격하면 반드시 패합니다."

모사 가후가 강력하게 반대하고 나섰다. 그러나 장수와 유표는 가후의 말을 듣지 아니하고 군사를 휘몰아 조조의 뒤를 급습했다. 조조의 군사들은 쫓겨가다 말고 반격을 가해 오는데, 그 세력이 매우 강대하여 장수의 군사는 형편없이 패하고 말았다.

장수가 가후를 보고 뉘우치며 말했다.

"내가 공의 말을 듣지 않았다가 이처럼 낭패를 보았구려."

가후가 말했다.

"지나간 일이니 이미 어쩔 수 없는 일입니다. 군사를 급히 정비하여 다시 한번 추격해 보십시다. 지금이야말로 승리를 거둘 수 있는 절호의 기회입니다."

"지금 막 패하고 돌아오는 길인데, 또 공격하기로 무슨 승리를 기할 수 있겠소."

"아니올시다. 이번에는 반드시 승리할 것입니다. 제가 목숨을 걸고 맹세하겠습니다."

가후가 하도 자신만만하게 권하므로 장수는 다시 군사를 정비하여 조조의 뒤를 따르기로 작정했다. 그런데 가후의 말대로 조조의 군사가 크게 당황하여 쫓기는 바람에 장수와 유표는 예기하지 못했던 커다란 승리를 거두게 되었다.

장수와 유표는 진심으로 감탄하며 가후에게 물었다.

"공은 어떻게 승패의 결과를 미리 알고 있었소?"

가후가 대답했다.

"그것은 조금도 어려운 일이 아닙니다. 처음에 추격했을 때에는 적들도 추격이 있을 것을 각오하고 정병(精兵)으로 하여금 후방을 지키게 했기 때문에 우리가 패한 것입니다. 그러나 한번 승리한 적은 다시는 추격이 없으리라 믿고 정병을 앞세우고 약병을 뒤로 돌렸기에 우리가 승리할 수 있게 된 것입니다."

장수와 유표는 가후의 말에 크게 탄복하며, 각각 자기의 본거지로 돌아갔다.

함락된 소패성

조조는 허도에 돌아오자 귀환한 군사들을 한자리에 모아놓고 물었다.

"며칠 전, 우리가 안중(安衆)에서 장수와 싸울 때에, 내가 전에 보지 못하던 용장 한 사람이 나를 크게 도와준 일이 있는데, 그 사람이 누구였는지 이리 나와보라!"

그러자 저 멀리 후열에서 체격이 늠름한 장사 한 사람이 조조 앞에 나와 머리를 조아렸다.

"승상을 도와드린 사람은 바로 저였습니다."

"음, 틀림없는 그대로구나. 그대는 어디서 온 장사인가?"

"승상께서는 아마 기억을 못하실 것입니다. 소장은 전에 황건적을 토벌할 때 다소의 공로가 있어 진위중랑장(鎭威中郎將)을 지낸 바 있는 이통(李通)이라고 합니다."

"으음, 그 말을 듣고 보니 생각이 나는군. 그대는 그 동안 어디서 무엇을 하며 지냈던고?"

"그간 생각하는 바가 있어 고향인 여남(汝南)에 내려가 병사들을 기르고 있던 바 승상께서 유표, 장수에게 몹시 곤란을 받고 계신다는 소식을 듣고 급히 달려왔습니다."

"실로 고맙기 짝이 없는 일이오."

조조는 내심 크게 감동되어 이통을 건공후(建功侯)로 봉하고 여남을 지키게 하여 유표와 장수를 견제했다.

그날 밤의 일이었다. 환도 축하의 연락이 끝날 무렵, 모사 순욱이 조조를 보고 물었다.

"전일, 승상께서는 귀환 도중 유표와 장수가 공격해 올 것이라는 글월을 받으시고 반드시 이겨낼 테니 염려 말라는 회신을 주셨는데 어찌 그리도 자신을 가질 수 있으셨습니까?"

거기에 대해 조조가 웃으면서 대답했다.

"아, 그때 그 얘기 말이오? 그 당시 우리 군사들은 몹시 피로했는데, 적의 무리는 필살의 기세로 우리를 기다리고 있었소. 그러하니 우리 역시 살기 위해서는 필사적으로 싸울 수밖에 없다고 생각했소. 사람의 역경이 극도에 달하면 오히려 활로가 생기는 법이기에 나는 우리의 승리를 확신할 수 있었던 것이오."

순욱이 그 소리를 듣고 감탄해 마지않는데, 곽가가 들어왔다.

"곽 공은 왜 이리 늦었소?"

"기주의 원소가 사람을 보내와 만나고 들어오는 길입니다."

"원소가 왜 사람을 보냈소?"

"원소가 군사를 일으켜 공손찬을 치고 싶으니, 승상께서 군량과 군사를 빌려주시면 고맙겠다는 글월을 보내왔습니다."

곽가가 그렇게 말하며 원소의 편지를 조조에게 내밀어 보였다.

"내가 없는 사이에 허도를 치려던 원소가 이제는 나의 힘을 빌리려 들다니 말이 되는 소리인가?"

조조가 냉소를 지으며 편지를 펼쳐보니, 편지 문구가 교만하기 짝이 없었다. 이에 조조는 크게 분개하여 곽가를 보고 물었다.

"원소가 이렇듯 방자스러우니 마땅히 쳐 없애야겠는데, 내가 힘이 부족하니 어찌하면 좋겠소?"

곽가가 조조에게 말했다.

"승상, 그 옛날 한고조가 항우를 정복한 예를 보더라도 세상만사가 반드시 힘으로만 되는 것은 아닙니다. 한고조께서는 힘은 약했으나 지략을 존중했기 때문에 이겼고, 항우는 힘은 세었으나 지략을 경시했기 때문에 패한 것입니다. 이제 원소에게는 십패가 있고, 승상께는 십승이 있을 따름이오니 조금도 두려워할 일이 없을 것입니다."

"어디에 근거를 두고 그런 말을 하오?"

"이제 그 연유를 아뢰겠습니다. 첫째, 원소는 시세를 모르는데, 주공께서는 천지의 섭리에 따라 일을 도모하시니 이는 도(道)로 이기신 것입니다. 둘째, 원소는 예의가 번다한데, 주공께서는 매사를 민첩하게 처리하시니 이는 의(義)로 이기신 것입니다. 셋째, 원소는 관용만이 인정(仁政)이라고 생각하는데, 주공께서는 신상필벌(信賞必罰)이 준엄하시니 이는 치(治)로 이기신 것입니다. 넷째, 원소는 겉으로는 관대한 듯하나 실은 몹시 소심하여 일가친척을 지나치게 중용하는데, 주공께서는 능력과 공로에 따라 사람을 공평히 쓰시니 이는 도(度)로 이기신 것입니다. 다섯째, 원소는 모사를 좋아하면서도 결단력이 부족한데, 주공께서는 임기응변하는 변화가 무쌍하시니 이는 모(謀)로 이기신 것입니다. 여섯째, 원소는 자기 자신이 명문 출신인 까닭에 허명을 소중히 여기는데, 주공께서는 지성으로 인재를 애용하시니 이는 덕(德)으로 이기신 것입니다. 일곱째, 원소는 가까운 것을 근심하고 먼 것은 소홀히 하는데, 주공께서는 생각이

미치지 않는 곳이 없으니 이는 지(智)로 이기신 것입니다. 여덟째, 원소는 참소하는 말에 혹란(惑亂)하기가 보통인데, 주공께서는 허와 실을 명백히 분간하시니 이는 명(明)으로 이기신 것입니다. 아홉째, 원소는 시와 비에 밝지 못한데, 주공께서는 법도가 엄명(嚴明)하시니 이는 문(文)으로 이기신 것입니다. 열째, 원소는 허세만 좋아하고 병요(兵要)를 모르는데, 주공께서는 용병(用兵)이 여신(如神)하시니 이는 무(武)로 이기신 것입니다. 십승과 십패가 이렇듯 명백하니 원소 따위가 무엇이 두렵겠나이까?"

이 말을 듣고 난 조조는 웃으며 말했다.

"너무 과분한 칭찬이오. 그런 얘기를 듣고 좋아하다가는 나 자신도 원소처럼 되어버릴지 모르겠소, 하하하."

옆에 앉아 있던 순욱이 말했다.

"곽 공의 십승십패설(十勝十敗說)에는 이 사람도 전적으로 찬동합니다. 원소는 군사가 많으나 조금도 두려울 바가 없는 인물입니다."

곽가가 다시 말했다.

"원소는 두려울 것이 없어도, 서주의 여포야말로 심복대환(心腹大患)입니다. 원소는 당분간 비위를 맞추어주면서 그냥 내버려두더라도 여포는 먼저 치는 것이 좋습니다."

"여포를 도모하려면 어찌하는 것이 좋겠소?"

"여포를 도모하려면 유현덕과 사전 결탁을 해야 할 것입니다."

순욱도 그 말을 옳게 여기는지라 조조는 유비에게 사람을 보내어 여포를 도모할 계획을 세우는 동시에 원소에게는 대장군 태위(大將軍 太尉)의 벼슬을 내려 기주(冀州), 청주(青州), 유주(幽州), 병주(幷州)를 도독(都督)하게 했다. 그런 다음 밀서를 내려 공손찬을 치면 군사를 일으켜 돕겠다는 사연을 전했다.

원소는 그 편지를 받아보고 크게 기뻐하며, 곧 공손찬을 치려고 군사를 일으켰다.

그러면 여포는 그 후 어떻게 되었던가. 시운을 얻어 불운에서 벗어난 여포는 날마다 빈객들과 더불어 연락만을 즐기고 있었다. 간악한 무리들이 술잔이나 얻어먹으려고 아첨하는 소리를 곧이들은 여포가 넋을 놓고 기뻐하는 모양을 볼 때마다 진궁은 내심 불안한 마음을 거둘 수 없었다. 더구나 진규 부자가 흑심을 품고 있는데도 여포가 그들을 철석같이 믿고 있는 것을 보면 참으로 기가 막힐 노릇이었다.

어느 날 진궁이 참다 못해 여포에게 간했다.

"진규 부자가 속으로 딴마음을 품고 있으니 주공께서는 각별히 주의하십시오."

"그대는 왜 죄도 없는 진규 부자를 까닭 없이 비방하는 게요? 나를 그렇게도 어리석게 생각하오?"

너무나 기가 찬 진궁은 한숨을 쉬며 그 자리를 물러나왔다.

'형세가 이쯤 되었으니 여포를 버리고 새로운 현군을 찾아 섬길까. 그러나 이제 와서 주인을 바꾼다는 것도 남의 비웃음을 살 일이 아닌가.'

진궁은 한동안 두문불출하며 지내다가 하루는 너무도 갑갑하여 종자 두어 사람을 데리고 사냥을 떠났다. 산과 들로 한참 사냥을 다니다보니 바로 저 산 아래 큰길로 일기역마(一騎驛馬)가 나는 듯이 달려가는 것이 눈에 띄었다.

"웬 역마일까?"

적이 수상스러워진 진궁은 말을 달려 역마의 뒤를 쫓아갔다. 결국 진궁이 역마를 탄 사람을 붙잡아 물었다.

"너는 무슨 사명을 띠고 어디로 가는 놈이냐?"

그 사내는 매우 당황해 하는 빛을 보이며 대답을 하지 않았다.

"여봐라! 이놈의 몸을 샅샅이 뒤져보아라."

종자를 시켜 몸수색을 해보니, 그의 품속에서는 뜻밖에도 조조에게 보내는 유비의 밀서가 들어 있었다. 진궁은 크게 놀라며 그 사람을 여포에게로 끌고 왔다. 수상한 사나이는 여포의 준열한 문초를 받고 나더니 말했다.

"조 승상의 분부로 유비에게 글을 가지고 왔다가 회신을 받아 돌아가는 길입니다."

여포가 회신을 즉석에서 뜯어보니 대략 다음과 같은 내용이었다.

> 여포를 도모할 뜻은 진작부터 품고 있사오나 힘이 부족하여 뜻을 못 이루고 있으니 승상께서 대군을 일으키신다면 비는 전력을 기울여 싸우리다.

여포는 유비가 쓴 회신을 읽어보고 크게 노했다.

"유비란 놈이 나한테 이럴 수 있단 말이냐? 조조란 놈도 그냥 둘 수 없지만 우선 유비부터 요절을 내야겠다."

여포는 그 자리에서 역마수의 목을 베게 한 뒤에 진궁과 장패로 하여금 도둑의 괴수인 손관(孫觀), 오돈(吳敦), 윤례(尹禮), 창희(昌豨) 등을 거느리고 나가 산동의 연주를 치게 했다. 고순, 장요에게는 패성(沛城)의 유비를 치게 하고, 송헌과 위속은 여남과 영주(潁州)를 치게 했다. 여포 자신은 중군을 거느리고 정면으로 소패로 쳐들어가기로 했다.

청천에 벼락을 맞은 듯이 놀란 사람은 유비였다.

"조조에게 보내는 밀서가 여포의 손에 들어간 모양이구나!"

유비가 막료들을 급히 모아 상의한 결과 조조에게 사람을 보내 구원을 긴급히 청하기로 했다. 그런 다음 관우에게는 서문, 장비에게는 동문을 지키게 하고, 손건에게는 북문을 지키게 했다. 그리고 유비 자신은 남문을 맡기로 했다. 유비의 둘째 부인의 오빠인 미축에게는 중군에 남아 가족들을 보호하게 했다. 될 수 있으면 싸움을 피하고 성을 지키자는 작전이었다.

적장 고순이 맨 먼저 남문으로 유비를 공격해 왔다. 그러나 유비가 성문을 굳게 걸어 잠근 채 응전을 아니하니 고순은 싸우려 해도 싸울 수가 없었다.

다음날은 적장 장요가 군사를 거느리고 와서 서문을 쳤다. 관우가 성 위에 서서 장요를 내려다보며 말했다.

"장 장군은 의표(儀表)에 밝은 분인데, 어찌 여포와 같은 도적을 따르시오?"

장요는 고개를 숙인 채 말이 없었다. 관우는 그에게 충의를 숭상하는 마음이 있음을 알고 내심 존경심을 느껴 마주 싸우지 않았다. 장요가 관우를 피하여 동문을 치러 가자 장비가 곧 내달아 싸우려 했다. 관우가 그 소식을 듣고 급히 동문으로 달려가 장비를 막았다.

"형님은 어쩌자고 싸움을 못하게 하오?"

장비가 버럭 화를 냈다.

"장요는 의표가 분명한 사람이어서 싸우지 않더라도 그냥 돌아갈 것이니 두고 보아라."

잠시 후 성 밖을 살펴보니 과연 장요는 싸울 생각을 아니하고 군사를 거두어 돌아가고 있었다.

한편 유비의 사자 간옹(簡雍)이 소패의 급보를 조조에게 전했다. 그러자 조조는 크게 놀라며 모사들을 한자리에 불러 모았다.

"내가 직접 출전해 여포를 치고 싶으나 허도를 비우게 되면 원소도 두렵거니와 유표와 장수도 기회를 놓치지 않으려 들 터이니 이를 어찌했으면 좋겠는가?"

그 말에 순유가 나서서 말했다.

"유표와 장수는 앞서 크게 패한 적이 있어 경솔하게 덤벼들지는 않을 것이나 만약 여포가 원소와 힘을 합쳐 쳐들어오면 수월하게 이기기는 어려울 것입니다."

이번에는 곽가가 나서서 말했다.

"그러하니 원소와 손을 잡기 전에 우선 여포를 치는 것이 순서일 것입니다."

조조는 모사들의 말을 따라 즉시 하후돈, 하후연, 여건, 이전 등의 장수에게 군사 오만을 주어 먼저 떠나보내고, 자신은 대군을 거느리고 뒤를 따르기로 했다.

여포는 조조가 쳐들어온다는 소리를 듣고 크게 놀랐다. 그러나 이제 와서 뒤로 물러설 수도 없는 일이었다. 그리하여 후성(侯成), 학맹(郝萌), 조성(曹性) 등을 먼저 보내어 고순을 도와 싸우게 했다. 소패성을 에워싸고 있던 고순의 군사가 응원군을 맞아 대열을 정돈하기 위해 삼십 리쯤 후퇴했다. 유비는 허도에서 조조의 군사가 쳐오기 때문에 적이 후퇴한 것을 알고 관우와 장비 등을 거느리고 나와 적극적으로 싸움을 전개해 나갔다.

이날 싸움에서 조조의 휘하 장수인 하후돈과 여포의 대장인 고순이 맞붙었다. 두 장수는 오십여 합을 싸우도록 승부를 내지 못하더니 마침내 고순이 쫓겨 달아나기 시작했다. 하후돈이 급히 뒤쫓아가던 중에 고순과 한패인 조성이 활을 쏘았다. 화살은 하후돈의 왼쪽 눈에 정확하게 꽂히고 말았다.

"앗!"

외마디 비명을 지른 하후돈이 눈에 박힌 화살을 뽑으니 화살 끝에 눈알이 붙어 나왔다.

"눈은 부모에게서 물려받은 정혈(精血)이니 내 어찌 함부로 버릴 수 있겠는가?"

하후돈은 선혈이 뚝뚝 흐르는 눈알을 바라보며 큰소리로 외치더니 그대로 삼켜버렸다. 그러고 나서 일성대호하며 조성에게 덤벼들어 단칼에 목을 날렸다. 그러나 눈알을 잃은 하후돈이 제대로 싸울 턱이 없었다.

"이 기회에 적을 완전히 섬멸시켜버려라!"

여포가 엄명을 내리고 전군이 맹렬한 기세로 공격해 오는 바람에 조조의 군사는 크게 패하고 말았다.

조조의 응원군을 물리친 여포의 군사들은 또다시 소패성으로 육박해 오고 있었다. 관우와 장비가 여포군과 맞서 싸우기 시작했다. 이번에는 여포 자신이 몸소 유비의 군사를 공격해 왔다.

장비는 고순과 장요를 맡아 싸우고, 관우는 여포를 맡기로 했다. 싸움은 치열하게 전개되었다. 뿌옇게 일어나는 전진(戰塵) 속에서 화살이 빗발치듯 날아다녔고, 수없이 번쩍이는 창검 속에서 터져 나온 비명은 천지를 진동했다. 그러나 유비의 군사가 아무리 정강(精强)해도 여포의 군사를 수적으로 당해 낼 수는 없었다.

관우와 장비는 악전고투하다 못해 성안으로 쫓겨 들어갔다. 그 뒤를 따라 적들도 급히 달려들어왔다. 어찌나 급했던지 유비가 성안으로 들어서기도 전에 성문이 닫혀버렸다.

"내가 못 들어갔으니 문을 열어라!"

부하들이 그 소리에 놀라 성문을 열어주었는데 유비가 성안으로 들어서기 무섭게 여포도 따라 들어왔다. 여포가 뒤를 돌아보며 진격명령을 내리자 군사들이 조수처럼 성안으로 밀려들었다.

유비는 형세가 너무도 다급하여 미처 싸워볼 겨를도 없이 말을 달려 서문으로 도망을 쳤다. 이리하여 소패성은 여포의 수중으로 떨어지고 말았다. 유비의 가족들을 보호하고 있던 미축이 여포에게 말했다.

"자고로 대장부는 남의 처자를 해치지 않는다고 합니다. 장군과 더불어 천하를 다투는 자는 오직 조조입니다. 현덕 공은 부득이한 사정으로 조조를 도와 싸웠지만 이제는 그와 절연된 셈이니 가족들만은 살려주소서."

여포는 그 소리를 듣고 고개를 끄덕였다.

"현덕은 나의 옛 친구인데 내 어찌 그의 처자들을 해치겠는가. 그들을 서주로 옮겨 편히 살게 하라."

여포는 그렇게 말한 뒤에 군사를 거느리고 산동으로 이동했다. 소패성은 고순과 장요에게 지키게 했다.

유비는 필마단기(匹馬單騎)로 성을 빠져나와 간신히 목숨을 건졌으나 처량하기 짝이 없는 심사였다.

'동생동사(同生同死)를 맹세했던 관우와 장비는 어찌 되었으며, 내 처자들은 어찌 되었을까?'

목숨을 건졌다는 기쁨보다는 낙백(落魄)과 고독에서 오는 비애가 훨씬 더 컸다. 유비가 눈물을 지으면서 일마단신(一馬單身)으로 허도를 향하여 산중을 달리는데 문득 뒤에서 말을 급히 달려오며 외치는 사람이 있었다.

"주공, 주공!"

깜짝 놀라며 돌아보니 손건이 수십 기의 부하를 거느리고 달려오고 있었다.

"아아, 주공께서 무사하셔서 천만다행입니다."

손건은 유비를 보자 크게 소리 내어 울음을 터뜨렸다.

"손 공, 지금 이렇게 울고 있을 때가 아니오. 빨리 허도로 가서 새로운 계획을 세워야 하지 않겠소."

두 사람이 초라한 행색으로 허도를 바라보고 길을 재촉하던 중에, 날이 저물어 어떤 산촌(山村)에 도착했다. 그러자 누가 알렸는지는 몰라도 마을 사람들이 유비의 패전을 진심으로 애석해 하며 그가 머물고 있는 처소로 모여들었다.

"소패의 유현덕 장군이 싸움에 패하여 우리 마을에 오셨다 하오."

"아아, 그리도 인자한 어른이 혼자서 몸을 피하시게 되었다니 가엾기도 하여라."

어떤 사람은 음식을 가져오기도 하고, 어떤 사람은 가까이 다가와 눈물을 지으며 유비의 옷에서 먼지를 털어주기도 했다. 비록 무지몽매한 산골 백성들이지만 그들이야말로 진정 참된 의인을 알아보는 지혜와 총명이 있었던 것이다.

그날 밤 유비는 유안(劉安)이라고 하는 사냥꾼의 집에서 묵게 되었다. 유안은 유비와 같이 훌륭한 사람이 자기 집에 유숙하게 된 것을 진심으로 기쁘게 생각했다. 이에 그는 저녁상에 고기를 끓여 내왔다.

"이것이 무슨 고기요?"

유비가 고기를 맛나게 먹으며 물으니 유안이 주저하는 빛을 보이다가 대답했다.

"이리 고기올시다."

다음날 아침이었다. 유비가 길을 떠나려고 마구간에 들어가 말을 끌어내다가 한편 구석에 여인의 시체가 있는 것을 보았다. 군데군데 살을 도려낸 흔적이 있어 유비가 내심 괴이쩍게 여기며 물었다.

"웬 시체요?"

유안은 소리 내어 울면서 놀라운 사실을 고백했다.

"그 사람은 바로 제 마누라올시다. 실은 제가 몹시 가난하여 아무것도 대접할 것이 없기에 어제 저녁에 마누라의 살을 베어 대접한 것입니다."

유비는 그 소리를 듣고 감격과 상심해 마지않았다. 그리하여 유안의 손을 붙잡고 눈물을 짓다가 물었다.

"이왕 이렇게 되었으니 이제는 나를 따라가 벼슬이라도 하는 것이 어떻겠소?"

"장군님을 따라가고 싶은 마음은 간절하오나 집에 노모가 계셔서 못 떠나옵니다. 부디 안녕히 돌아가소서."

유비는 유안과 눈물로 작별하고 다시 길을 떠났다. 양성(梁城) 부근에 도달했을 때 많은 군사들이 행군을 해오고 있었는데, 자세히 살펴보니 조조의 군사였다. 조조 자신이 정예부대를 직접 지휘해 유비를 도우러 오고 있었던 것이다. 유비는 조조의 손을 붙잡고 눈물을 흘렸다. 그러고 나서 그간의 경위를 자세히 설명한 뒤에 어젯밤에 유안의 집에 머물며 겪었던 이야기를 했다. 조조도 크게 감동해 마지않으며 황금 백 냥을 유안에게 보내주어 노모를 잘 봉양하게 했다.

조조를 만난 유비는 응원군과 더불어 여포를 치기 위해 되돌아섰다. 유비는 조조의 대군과 함께 행군하면서도 마음속에는 근심과 슬픔이 가득했다.

'아아, 관우와 장비는 어찌 되었으며, 여포의 손에 붙잡힌 가족들의 생사는 어찌 되었을까?'

그 일을 생각하면 간장이 녹아나는 것만 같아 유비는 흐르는 눈물로 눈앞이 제대로 보이지 않을 지경이었다.

진규 부자

조조의 대군이 제북(濟北)에 도착하니, 선봉장 하후돈이 한쪽 눈에 안대를 감은 얼굴로 나와 맞아주었다.

"그 눈은 웬일이오?"

조조가 하후돈을 보고 물었다.

"눈에 화살을 맞았기에 그 눈알을 먹어버렸습니다."

하후돈이 자기 눈알을 먹어버린 연유를 설명하자 조조는 감격해 마지않으며 크게 웃었다.

"하하하, 자기 눈을 먹은 사람은 아마 하후돈 장군이 처음일 게요. 한 눈을 잃어 몹시 피로할 테니 허도에 돌아가 속히 눈을 치료하도록 하오."

그러고 나서 조조는 다른 장수들을 돌아다보며 물었다.

"지금 여포는 무얼 하고 있소?"

한 장수가 대답했다.

"여포는 지금 세력을 확장하려고 무척이나 서두르고 있습니다. 그래서 도둑의 무리든 산적의 무리든 가리지 않고 부하로 받아들이고 있습니다. 그런 까닭에 수효는 대단하지만 모두 오합지졸들이라 조금도 두려울 게 없습니다."

"소패성은 지금 누가 지키고 있소?"

"장요와 고순이 지키고 있습니다."

"그러면 먼저 여기 계신 유현덕 장군의 원한을 풀어드리게 소패성부터 탈환해야겠소."

조조는 조인을 시켜 소패성을 치게 하고, 자기는 유비와 함께 몸소 여포와 싸우러 산동 방면으로 나갔다.

소관(蕭觀) 가까이 이르자 여포와 통하는 손관, 오돈, 윤례, 창희 등 산적의 무리가 삼만의 부하를 거느리고 나와 길을 막았다. 비록 산적이기는 해도 산악전에 능한 무리인지라 가볍게 보아 넘길 일이 아니었다.

"허저가 나가 놈들의 목을 베어오라!"

허저가 명을 받고 앞으로 달려나가자 손관과 오돈의 무리가 덤벼들었으나 허저를 당해 내기에는 역부족이었다. 많은 부하를 잃은 손관과 오돈이 소관으로 쫓겨가는 모양을 본 조조가 몸소 말을 달려나가며 추상같은 호령을 내렸다.

"기회를 놓치지 말라! 철저히 추격하여 여지없이 적들을 엄살(掩殺)하라!"

삽시간에 적병은 추풍낙엽처럼 쓰러져 산골짜기는 시체로 뒤덮였고, 흘러내리는 피는 시내를 이루었다.

이때 소관은 진궁이 지키고 있었고, 여포는 서주로 돌아가 있었다. 서주에 있는 여포에게 소패와 소관이 위급하게 되었다는 급보가 날아들었다.

'소패는 서주의 요충지다. 무슨 일이 있어도 잃어서는 안 된다.'

그렇게 생각한 여포는 곧 진규 부자를 불러 대책을 논의했다. 그 결과 진규 노인이 남아 서주를 지키고, 여포 자신은 진등을 데리고 소패를 향해 떠나기로 했다.

진등이 길을 떠나기 전에 부친을 찾아와 말했다.

"아버님, 여포가 망할 날이 이제 눈앞에 닥쳤는가 봅니다."

"기어코 우리 부자가 기다리던 날이 온 것 같다. 나는 서주에서 일을 도모할 테니, 너는 여포와 함께 소패에 가서 일을 꾸미거라."

"제 생각대로라면 여포는 반드시 패해 돌아올 것입니다. 부친께서는 미축과 함께 성문을 굳게 지키고 계시다가 여포를 결코 성안으로 들이지 마십시오."

"나도 그럴 생각이지만 여포의 심복 부하들이 문을 열어줄까봐 걱정이구나."

"저에게 좋은 계책이 있습니다. 그 점은 제게 맡기십시오."

부자지간에 밀모(密謀)가 끝나자 진등은 곧 여포에게 달려가 이렇게 말했다.

"조조의 대군이 지금 서주성을 사면으로 포위하고 있습니다. 그러하니 만에 하나라도 패했을 경우를 대비해 장군 댁 일가족과 전량(錢糧)은 하비성으로 피난시켜두는 것이 좋을 듯합니다. 그리하면 서주성이 일시적으로 함락되는 일이 있다 하더라도 나중에 다시 구해 낼 수 있지 않겠나이까?"

"듣고 보니 좋은 계책이오."

여포는 곧 송헌, 위속 등을 불러 자신의 가족들과 재물을 하비성으로 피난시키라는 명령을 내렸다. 그러고 나서 진등과 함께 소패성으로 말을 몰아갔다. 그러자 이번에는 소패보다는 소관의 정세가 더욱 위급해졌다는 급보가 날아들었다.

"그러면 소관부터 먼저 구해야겠다."

중로에서 진등이 여포에게 말했다.

"제가 먼저 나아가 아군의 정세를 살펴보고 오겠습니다. 장군께서는 제가 돌아올 때까지 여기서 기다리시는 편이 좋을 것 같습니다."

"아군을 만나는데 무엇이 두려워 정세를 살핀단 말이오?"

"아닙니다. 지금 소관을 통솔하고 있는 주장(主將)은 진궁과 장패입니다. 그들의 휘하에는 손관, 오돈 같은 산적 출신들이 있어 항상 경계가 필요합니다. 계략에 능한 조조가 그들과 내통해 장군의 목숨을 노리지 않을 것이라고 어느 누가 장담할 수 있겠나이까?"

"음, 나를 진심으로 아껴주는 사람은 그대밖에 없구려. 그러면 빨리 다녀오오."

여포는 진심으로 감동하여 허락을 내렸다.

진등이 소관 성내로 들어와 진궁, 장패 등을 만나 말했다.

"공들이 목숨이 아까워 싸우지 아니하고 성을 지키고 있기만 한다고 여 장군께서 매우 노여워하셨소. 지금 여 장군께선 공들을 견책하러 오시는 길이오."

진궁은 그 소리를 듣고 매우 노여워했다.

"얼마 안 되는 군사로 조조의 대군과 싸워본들 무슨 보람이 있겠소? 우리는 성을 굳게 지키고 있을 테니 주공께서는 빨리 돌아가셔서 소패를 먼저 취하라 권하시오."

"옳은 말이오."

진등은 두말없이 고개를 끄덕였다.

이날 밤의 일이었다. 진등이 아무도 모르게 관문 위에 올라와보니 조조의 군사가 바로 성 밖에까지 와 있었다. 진등은 봉서(封書) 세 통을 화살에 비끄러매어, 조조의 진지로 쏘아 보냈다. 그러고 나서 이튿날 아침 진궁과 작별하고 여포에게로 돌아왔다.

여포가 진등을 보기 무섭게 물었다.

"소관의 정세는 어떠하오?"

"예측했던 대로 매우 우려할 만했습니다. 진궁이 조조의 군세가 대단한 것을 보고 그대로 항복해 버리려는 것을 제가 가까스로 만류하고 돌아오는 길입니다."

"진궁이 이즈음 자기 말을 잘 들어주지 않는다고 불평이더니, 기어코 이심(異心)을 먹었던 모양이구려. 공이 아니었더라면 큰일 날 뻔했소."

여포가 진등의 공로를 크게 칭찬하고 나서 말했다.

"한번 마음을 달리 먹었던 자를 그냥 살려둘 수는 없으니 이제는 진궁의 목숨을 내 손으로 취해야겠소. 공은 소관으로 다시 가서 진궁과 더불어 술을 마시도록 하오. 그래서 그 자가 취하거든 성문을 열어놓고 성 위에다 횃불을 밝히시오. 그러면 내가 쳐들어가 그 자의 목숨을 취하겠소."

"분부대로 하겠습니다."

진등은 내심 회심의 미소를 지으며 소관으로 가서 진궁에게 말했다.

"큰일 났소이다. 조조의 군사가 방향을 바꾸어 서주로 쳐들어간다는 급보가 왔습니다. 급히 군사를 거두어 서주를 구하라는 명령이오."

"옛?"

진궁이 미처 대답도 하기 전에 진등은 즉시 말머리를 돌려 어둠 속으로 사라져버렸다. 진궁은 어쩔 수 없이 군사를 급히 거두어 출동준비를 갖추었다. 진궁이 군사들을 거느리고 성을 나서자 소관성은 완전히 텅 비어버렸다. 그때 어딘가에 숨어 있던 진등이 관문 위에 올라서더니 다섯 개의 횃불을 들고 군호를 쳤다.

이때 군사를 거느리고 진궁을 죽이러 오던 여포는 멀리에서 횃불 신호를 발견하고는 성을 향하여 진군해 왔다. 마침 서주로 가기 위해 소관성을 나섰던 진궁의 군사들이 조조의 군사들이 밀어닥치는 줄 알고 여포의 군사들을 향해 마구 공격을 퍼부었다.

여포의 군사들도 진궁의 군사를 적군으로 잘못 알고 대항을 하기 시작했다. 이를테면, 여포와 진궁의 군사는 어둠 속에서 저희들끼리 치고, 찌르고 하여 일대격전을 벌인 것이었다.

사전에 진등과 내통해 그런 사태가 벌어질 것을 미리 알고 있었던 조조는 후방에 미리 잠복시켜두었던 군사로 여포의 군사를 사방에서 여지없이 무찔러버렸다.

참패한 여포의 군사들은 달아나기에 바빴다. 여포는 날이 밝아서야 참패한 사실을 알았으나 기왕지사 벌어진 일이니 어찌하는 수가 없었다. 여포가 얼마 남아 있지 않은 양군을 가까스로 수습해 서주로 돌아와 성문 앞에 서서 외쳤다.

"적의 추격이 자심하니 빨리 성문을 열어라!"

그러자 성문 위에서 화살이 빗발치듯 쏟아졌다. 심복 부하인 줄 알았던 미축이 성루에 올라가 여포를 굽어보며 고함을 질렀다.

"여포는 듣거라! 이 서주성으로 말하자면 본디 나의 구주(舊主)이신 유현덕 장군의 소유였던 것을 네가 속여서 빼앗은 것이다. 이제 다시 현덕 장군에게로 돌려드리기로 했으니 너는 행여 성안으로 들어올 생각을 말아라!"

여포가 크게 노하여 소리쳤다.

"네 이놈, 주둥아리를 닥치지 못하겠느냐! 진 대부는 어디 갔소? 진 대부, 진 대부!"

여포는 서주성을 진규에게 맡기고 떠났던 만큼 큰소리로 진규를 외쳐 불렀다. 그러나 진규는 대답이 없었고, 미축이 다시 소리쳤다.

"하하하, 어리석은 놈! 진 노인은 지금 본부에서 승리의 축배를 올리고 계신다. 너는 아직도 정녕 속은 줄을 모르는 것이냐?"

여포는 그제야 진규 부자에게 속은 것을 깨닫고 이를 갈았으나 때는 이미 늦어 있었다. 진궁은 너무나 어이가 없어 여포를 보고 탄식했다.

"장군은 이제껏 꿈속에서만 사셨구려. 이제는 뉘우쳐도 소용없으니 빨리 소패로 돌아가 군사를 다시 정돈한 다음 조조를 쳐부술 계획을 세우십시다."

여포는 진궁의 말을 옳게 여겨 남은 군사를 거느리고 소패로 향했다. 그러나 미처 절반도 못 가 저편에서 한 떼의 군사가 휘몰아쳐 오기에 보았더니 그들은 소패를 지키고 있어야 마땅할 장요와 고순의 군사들이 아닌가. 여포는 크게 놀라 두 장수에게 물었다.

"소패는 누구에게 맡기고 어디로 가는 길인가?"

고순이 대답했다.

"서주성이 위급하다 하여 구원하러 가는 길입니다."

"누가 그런 소리를 하던가?"

"조금 전에 진등이 달려와 서주로 출동하라는 명령을 전하고 갔습니다."

여포는 그 소리를 듣고는 주먹으로 가슴을 치며 원통해 했다.

"진규 부자 놈들을 어떡하든 내 손으로 죽여 간장을 씹어 먹을 것이다. 진등이란 놈이 지금 소패에 있는 모양이니 어서 그리로 가자."

여포는 말을 몰아 쏜살같이 소패로 달렸다. 그러나 소패에 다다라 보니 이미 성문 위에는 조조의 군기가 바람에 펄럭이고 있었다.

여포는 손을 들어 성문 위를 가리키며 외쳤다.

"진등이란 놈이 거기에 있느냐?"

그러자 진등이 성 위에 나타났다. 여포는 그를 보자 목이 터져라 소리쳤다.

"결단코 네 놈을 내 손으로 잡아 죽일 것이다."

그러자 진등도 성 위에서 손을 들어 여포를 가리키며 큰소리로 꾸짖었다.

"여포는 듣거라. 너는 군주를 배반한 대한(大漢)의 역신이 아니냐? 내가 네 놈 같은 반적을 섬길 리 있겠느냐!"

"내가 네 놈의 목을 베기 전에는 이 자리에서 촌보도 물러서지 않겠다."

여포가 방천화극을 꼬나 잡으며 호통을 치는데, 저편으로부터 일대의 인마가 질풍신뢰와 같이 달려오고 있었다. 소스라치게 놀라 살펴보니 선봉으로 달려오는 장수는 관우와 장비였다.

두 장수를 본 여포의 군사들은 새파랗게 질렸다. 여포가 진궁과 고순을 거느리고 그들을 맞아 싸우려 했으나 군사들은 싸우기는커녕 도망치기에 바빴다. 여포는 어쩔 수 없이 적토마에 채찍을 가하여 하비성으로 달렸다. 하비성은 여포의 심복 부하인 후성(侯成)이 지키고 있었다.

여포는 그곳밖에는 몸을 의탁할 데가 없게 되었다. 여포가 도망을 쳐버리자 관우와 장비는 서로 마주 보며 한숨을 쉬었다.

"관우 형님, 우리는 이렇게 무사하지만 큰형님 소식을 몰라 걱정이오."

"그러게 말이다. 어쩌면 큰형님은 조조와 같이 행동하고 있을지도 모른다. 어서 조조를 찾아가보자."

관우와 장비는 소패성을 빼앗기는 바람에 유비와 헤어진 지 이미 오래여서 그 즉시 조조의 진지를 찾았다.

조조의 진중에서 다시 만난 유, 관, 장 삼 형제는 서로 얼싸안고 눈물을 흘리며 기뻐했다.

"그래, 아우들은 소패성이 함락된 이후에 어디에 몸을 숨기고 있었는가?"

유비가 두 아우들을 돌아보며 묻자 관우가 대답했다.

"나는 해주(海州) 산속에 숨어 있었습니다."

"나는 망탕산(芒碭山)에 들어가 산돼지 사냥을 하고 있었소."

장비가 대답했다.

유비는 두 아우를 만나 진심으로 기뻤지만 서주에 남아 있는 가족들의 소식을 몰라 마음 한쪽이 무겁기만 했다.

그로부터 이삼 일 뒤 유비는 조조와 더불어 서주성을 찾아가니 미축이 반가이 맞아주며 가족들은 모두 무고하다고 전해 주었다. 유비는 그제야 비로소 한시름을 놓았다. 조조는 서주에 입성하자 승리의 기쁨을 나누기 위해 성대한 연락을 베풀었다. 그 자리에서 조조는 유비를 자신의 왼편 자리에 앉히고, 오른편 자리를 공석으로 비워두었다. 그러고 나서 문무 백관들을 굽어보며 말했다.

"이번 싸움에서 최고의 공로를 세운 사람은 여기 있는 진규 노인과 그의 아들 진등이오. 그러하니 나의 오른편 자리에는 마땅히 진 대부께서 앉아야겠소."

진규는 만당의 우레와 같은 박수를 받으며 상좌에 올라와 앉았다. 조조는 진규 부자의 공로를 진심으로 치하하며 진규에게는 십현(十縣)의 녹(祿)을 주게 하고, 아들 진등은 복파장군(伏波將軍)에 봉했다.

밤이 깊어 연락이 파하고 나서 조조는 여포를 완전히 멸망시킬 방법을 논의했다. 그 석상에서 모사 정욱이 말했다.

"여포에게 지금 남아 있는 성은 단지 하비성 하나가 있을 뿐입니다. 우리가 당장 쳐들어가면 여포는 반드시 원술에게 응원을 구하게 될 것입니다. 그러하니 당분간은 원술과 교류하지 못하도록 후방만 차단하고 그냥 내버려두는 것이 좋겠습니다."

여건도 정욱의 의견에 찬동하며 말했다.

"저 역시 그 방법이 현명하다고 봅니다. 여포의 부하인 장패와 손관 등이 아직도 산동(山東)에 남아 있어 우리는 그들에 대한 방비도 해야 합니다. 여포를 소홀히 공격했다가는 도리어 패를 보기 쉬울 것입니다."

조조는 두 사람의 말을 듣고 고개를 끄덕였다.

"나 역시 공들의 의견이 현명하다고 생각하오. 그러면 나는 이제부터 산동 방면을 맡을 테니, 현덕 공은 회남 방면을 맡아주오."

"승상의 장명(將命)을 어찌 소홀히 하오리까."

유비는 즉석에서 응낙하고는 다음날 미축, 간옹 등의 장수만을 서주에 남아 있게 한 뒤 자신은 관우, 장비, 손건 등을 거느리고 회남으로 향했다.

하비성은 양식이 넉넉하고 또 사수(泗水)가 앞을 가로막고 있어 공격은 대단히 어려웠지만 지키기에는 쉬운 지리적 여건을 갖추고 있었다. 여포는 서주와 소패 싸움에서 된서리를 맞았는지라 일단 하비성에서 농성하게 되자 성문을 굳게 걸어 잠그고 반격을 도모하려 하지 않았다.

진궁이 그 모양을 보고 말했다.

"조조의 군사는 먼 길을 왔을 뿐만 아니라 아직 진영도 제대로 정돈하지 못했으니 지금 반격하면 반드시 승리할 수 있을 것입니다."

그러나 여포는 고개를 흔들었다.

"아직 우리 병사들의 사기가 회복되지 못했으니 은인자중하면서 때를 기다립시다. 그러다가 저들이 공격해 오거든 일시에 반격을 가하여 적군을 송두리째 사수에 장사지내면 그만 아니오?"

"수비는 불여공격(不如攻擊)입니다. 우리가 공격해야만 유리합니다."

진궁은 재삼 제안했으나 여포는 끝내 듣지 않았다. 그로부터 수일이 지나자 그 사이에 군사를 정비한 조조가 하비성 밖에 와서 큰소리로 외쳤다.

"내가 여 장군을 만나러 왔다. 여 장군은 당장 앞으로 나오라."

"조조가 무슨 일로 나를 만나려느냐?"

여포가 성 위에 올라 조조를 굽어보며 물었다. 이에 조조가 여포에게 말했다.

"나는 여 장군이 원술과 혼인하려 한다는 소문을 듣고 몸소 군사들을 거느리고 왔소. 원술은 황제를 참칭하는 천하의 역적이오. 여 장군은 어찌하여 그런 역적과 사돈을 맺으려 하오?"

"……."

"나는 여 장군의 탁월한 무예와 전술을 굳게 믿는 사람이오. 여 장군이 이제라도 원술 같은 역적과 손을 깨끗이 끊고 나를 따른다면 황제께 품하여 장군을 무겁게 쓰도록 하겠소."

"……."

"만약 그렇지 아니하고 국가에 반기를 든다면, 나는 여 장군을 철두철미하게 때려 부숴 일가의 씨를 말릴 테니 깊이 생각해 후회가 없도록 하오."

여포가 오랫동안 침묵을 지키고 있다가 문득 입을 열어 대답했다.

"승상은 잠시 물러가 계시오. 내 상의해 대답하리다."

옆에 있던 진궁이 그 소리를 듣고 깜짝 놀라 조조를 향해 외쳤다.

"천하의 간적(奸賊) 조조야, 너는 어려서부터 주둥아리로 남을 속이기로 유명하지만 이 진궁만은 속지 않을 것이다. 내가 반드시 네 놈의 혓바닥을 끊어버리리라!"

말이 끝나기 무섭게 진궁이 활을 쏘아 갈겼다. 그러나 활은 조조의 투구를 맞혔을 뿐이었다.

조조는 크게 노했다.

"망령된 주둥이를 함부로 놀리는 진궁은 듣거라. 내 맹세코 너를 내 손으로 죽이고 말리라."

조조가 곧 진지로 돌아와 군사를 나누어 하비성을 치게 했다.

진궁이 여포에게 말했다.

"조조가 멀리 온 까닭에 형세가 그리 오래가지는 못할 것입니다. 장군은 보병과 기병을 거느리고 밖에 나가 진을 치고 계십시오. 저는 안에서 성을 지키고 있겠습니다. 그랬다가 만약 조조가 장군을 공격해 오면 제가 뛰쳐나가 뒤에서 협공을 하겠습니다. 만약 조조가 저를 공격하여 성 안으로 쳐들어오면 장군께서는 후방에서 조조를 공격하십시오. 그런 식으로 전쟁을 계속하게 되면 조조는 열흘이 못 가 양식이 떨어져 손을 들게 될 것입니다. 그런 수법을 병법상으로 의각지세(犄角之勢)라 하는 것입니다."

"음, 듣고 보니 참으로 좋은 전술이오."

여포는 크게 감탄하여 곧 휘하 장병들에게 무장을 갖추라는 명령을 내렸다. 엄동설한인지라 군사들은 속옷을 갈아입었다.

여포도 집에 돌아와 털옷을 찾으니 부인 엄씨(嚴氏)가 물었다.

"장군은 어디로 가려고 그러십니까?"

여포가 진궁에게서 들은 작전 계획을 일러주니, 엄씨는 깜짝 놀라며 남편 팔을 붙잡고 놓아주지 않았다.

"진궁에게 성을 내맡기고 장군이 직접 성 밖으로 나가 싸우다니 그게 말이 되는 소리입니까? 만약 진궁이 배신하는 날이면 그때는 어찌할 생각이십니까? 진궁은 원래 조조와 가깝게 지낸 사람입니다. 장군은 조조와 싸우면서 어찌 진궁에게 성을 맡기려 하십니까?"

"음."

부인이 울면서 호소하는 바람에 여포는 마음이 크게 흔들렸다. 그리하여 다시 진궁을 불러 말했다.

"이삼 일 더 생각해 보고 결정합시다."

여포가 이삼 일이 지나도 싸우러 나갈 생각을 아니하자 진궁이 다시 말했다.

"조조가 군사를 나누어 사면으로 성을 둘러싸고 있습니다. 어서 나가 싸우는 편이 유리할 것입니다."

"음, 멀리 나가 싸우기보다는 성안에서 지키고 있는 편이 유리하지 않을까 생각하오."

"안 됩니다. 조조는 양식이 떨어져 지금 허도에서 군량을 운반해 오고 있는 중입니다. 장군께서 정병을 거느리고 나가시면 절로 수송로가 차단되어 싸우지도 않고 이길 수 있을 것입니다."

"그래요? 그렇다면 속히 출동해야지!"

여포는 다시 집안으로 들어가 떠날 채비를 했다. 그러자 다시 부인 엄씨가 소맷귀를 붙잡고 늘어지며 눈물로 호소했다.

"장군, 성 밖으로 출정을 나가시려거든 차라리 소첩의 목을 베고 가십시오. 이왕 죽을 바에는 차라리 장군 손에 죽는 것이 소원입니다."

애첩 초선도 목을 놓아 울며 말했다.

"장군은 어찌하여 진궁의 간계에 속아 소첩을 버리고 사지로 나가시려 합니까?"

초선의 애끓는 호소에 여포는 기어코 마음이 기울고 말았다.

"네가 그토록 애원이니 나는 성을 지키고 있겠노라!"

여포가 다음날 진궁을 보고 말했다.

"조조가 허도에서 군량을 실어온다는 것은 우리를 속이기 위한 기계(欺計)가 분명하니 섣불리 성 밖으로 나갔다가는 오히려 상황이 불리해질 것이오."

진궁은 입이 닳도록 설득했으나 여포는 끝내 듣지 않았다. 진궁은 마지못해 여포 앞을 물러나와 하늘을 우러러 탄식했다.

"아아, 이제는 죽어도 몸 둘 곳이 없게 되었구나!"

여포의 패망

여포는 그날부터 마음이 불안하여 초선을 상대로 밤낮을 가리지 않고 술만 마셨다. 모사 허사(許汜)와 왕해(王楷)가 그 모양을 참고 보다 못해 하루는 여포를 찾아와 말했다.

"회남의 원술은 지금도 성세(聲勢)가 대단합니다. 장군은 전에 원술과 사돈을 맺을 언약까지 한 적이 있는데 어찌하여 그에게 구원을 청하지 않으십니까? 원술의 군사가 우리와 협력하여 내외로 협공하면 조조를 물리치기는 지극히 쉬운 일이 아닙니까?"

"그것 참 좋은 생각일세. 그러면 원술에게 편지를 써줄 터이니 자네가 다녀오도록 하게."

여포는 즉석에서 원술에게 구원을 청하는 편지를 써 허사에게 주었다.

"지금 곧 다녀오게."

"곧 떠나도록 하겠습니다. 그러나 성 밖에는 이미 조조의 군사가 겹겹이 포위하고 있으니 군사를 동원하여 통로를 뚫어주셔야겠습니다."

"그러기로 하지."

여포는 장요와 학맹에게 각각 군사 오백 명씩을 주어 적의 포위망을 뚫고 나가게 했다. 특히 학맹은 사신들과 수춘(壽春)까지 함께 갔다 오게 했다.

이날 밤 삼경에 허사와 학맹 일행은 조조의 경계망을 교묘히 피하여 위험선을 무사히 넘었다. 그러나 그 다음에는 유비의 진지를 통과해야 할 차례였다. 워낙 경계가 소홀해지기 쉬운 심야인지라 일행은 유비의 진지도 무사히 지나갔다.

"아아, 이제는 무사통과다!"

일동은 회남의 경계선에 도착하자 쾌재를 불렀다. 여기서 학맹은 군사를 거느리고 사신들과 함께 수춘으로 향하고, 장요는 자기 군사를 이끌고 하비성으로 다시 돌아오는데, 문득 한 패의 적군이 앞길을 가로막았다.

자세히 보니 삼각 수염에 청룡도를 비껴들고 이리로 달려오는 적장은 일찍이 소패 싸움에서 귀순을 권유했던 관우가 분명했다. 장요가 겁에 질려 싸우지를 못하고 있는데 마침 고순, 후성의 군사가 응원을 와주어 하비성까지는 무사히 돌아올 수 있었다.

한편, 허사와 왕해는 목적지에 무사히 도착하여 원술을 만났다. 원술은 여포의 편지를 보고 나더니 노여운 기색으로 말했다.

"여포는 신의가 없는 사람이라 이 글월을 믿기 어렵소. 지금이라도 전에 언약한 대로 딸을 나의 며느리로 보내주면 군사를 보내 여포를 구해 주겠소."

"지당하신 말씀이십니다. 그러면 저희들이 곧 돌아가 주공께 품하여 영애를 모셔오겠습니다."

허사와 학맹은 크게 용기를 얻어 즉시 회로에 올랐다. 그러나 돌아오는 길은 갈 때처럼 순탄하지가 않았다. 야반삼경에 유비의 진지를 통과하려는데 별안간 앞에서 호령을 지르는 사람이 있었다.

"이 밤중에 말을 타고 오는 놈이 누구냐?"

장비였다. 허사와 왕해는 얼른 뒤로 피해 버리고, 호위대장 학맹이 앞으로 나와 장비를 맞아 싸웠다. 그러나 학맹은 변변히 싸워보지도 못하고 장비에게 사로잡히고 말았다. 학맹은 유비 앞에 끌려나와 문초를 받게 되었다. 그 사이에 밀사로 나갔던 허사와 왕해는 교묘하게 피하여 하비성으로 돌아왔다.

학맹은 처음에는 좀처럼 입을 열려고 하지 않았다. 그러나 장비가 워낙 엄포를 놓으며 고문을 가하는 바람에 모든 사실을 아는 대로 말해 버렸다. 유비는 학맹을 취조한 결과를 조조에게 보고했다.

조조가 크게 놀라며 새로운 군령을 내렸다.

"학맹은 당장 참형에 처하오. 그리고 이제부터는 여포의 사자가 회남 땅을 넘나들지 못하도록 엄중 경계해야 할 것이오. 만약 영을 어기는 자가 있으면 엄벌에 처하시오."

조조의 군령을 받은 유비가 그의 휘하 장병들에게 경고했다.

"우리가 바로 회남의 요충지를 맡고 있으니 그대들은 각별히 조심하여 군령을 범하는 일이 없도록 하라."

장비가 그 말을 듣고 매우 노여워했다.

"조조는 학맹을 사로잡은 나에게 상은 내릴 줄 모르고, 어찌하여 엄중한 군령만 내리오?"

유비는 그 소리를 듣고 웃으면서 대답했다.

"아우는 불평을 그만두게! 조 승상이 워낙 많은 군대를 영솔하는 까닭에 군령이 아니면 무엇으로 많은 군사를 복종시키겠는가? 아우는 그리 알고 법을 소중히 여기게!"

"알겠소!"

장비가 고개를 끄떡해 보이자 옆에 서 있던 관우가 웃으면서 말했다.

"형님께서는 아무 염려 마십시오."

유비의 진중에서 그와 같은 일이 벌어지고 있을 때, 허사와 왕해는 하비성으로 돌아와 여포를 만났다.

"원술이 신부를 보내면 곧 군사를 일으켜 도와주겠답니다. 이 난국을 타개하려면 한시바삐 따님을 원술 공에게 보내셔야겠습니다."

여포는 그 소리를 듣고 눈살을 찌푸렸다.

"적의 포위가 삼엄한 이 판국에 딸을 어떻게 보낸단 말인가?"

"학맹이 생포되었으니 조조는 이미 우리의 계획을 모두 알고 있을 것입니다. 장군께서 몸소 따님을 데리고 떠나시기 전에는 아무도 철통같은 포위를 뚫고 나갈 사람이 없을 것입니다."

"좋다. 그러면 내가 친히 데리고 가겠다. 지금 곧 길을 떠날 채비를 차리게 하라."

"오늘은 흉신일(凶神日)이니 내일 떠나시는 게 좋을 것 같습니다. 내일 밤 술시(戌時)에 떠나시도록 만반의 준비를 갖추겠습니다."

"장요와 후성에게 군사 삼천을 주어 나와 같이 가게 하라. 나는 회남의 경계선까지만 넘겨주고 돌아올 것이다."

여포가 드디어 결심한 듯 말했다.

다음날 밤이었다. 삼천여 명의 군사가 한 채의 가마를 호위하며 조심스럽게 행진했다. 말할 것도 없이 여포와 그의 딸이었다. 그러나 정작 가마는 비우고, 신부는 여포 자신의 등에 업혀 있었다.

일행은 유비의 진지 가까이 다가왔다. 앞서가는 척후병이 연신 적정을 알려왔다. 그야말로 살얼음을 밟고 강을 건너는 듯한 긴장의 연속이었다.

"적의 보초들은 너무나 추워 모두 막사에 들어가 잠을 자고 있는 모양입니다.”

척후병의 보고에 적토마를 탄 여포는 무릎을 칠 듯이 기뻐하며 등에 업힌 딸을 향해 말했다.

“모두가 하늘이 도와주신 덕택이로다. 얘야, 네가 수성에 도착하는 날에는 원술 황제의 태자비가 되는 판이다. 너는 머지않아 황후가 될 것이란 말이다.”

그러나 이제 겨우 열네 살밖에 안 되는 딸은 밤길이 무섭기만 한지 아버지의 등에 가만히 업힌 채 말이 없었다.

일행이 유비의 영지를 백 리쯤 통과했을 때의 일이었다. 별안간 어둠 속에서 북소리, 징소리가 요란스럽게 울리며 수천 수만으로 보이는 대군이 광풍과 같이 덤벼오는 것이 아닌가.

“앗, 관우다!”

앞서 가던 장요가 기겁을 하고 놀라 뒤를 돌아다보았다.

“싸울 태세를 갖추라!”

그러자 이번에는 유비가 지휘하는 다른 군사도 반대편에서 휘몰아쳐 오는 것이 아닌가.

어쩔 수 없이 싸움이 벌어졌다. 여포는 방천화극을 꼬나 잡고 싸우러 나섰다. 그러나 여포가 제아무리 용맹스러워도 사람 하나를 업고 싸우자니 행동이 임의롭지 못했다. 적을 무찌르랴, 딸을 보호하랴, 신경을 쓰려니 몸을 날래게 움직이기 어려웠다.

이때 허저가 달려나오며 고함을 쳤다.

“여포를 놓치지 마라!”

여포는 도저히 앞을 뚫고 나갈 수 없다는 걸 깨닫고는 다시 성으로 돌아가려고 말머리를 돌려 박차를 가했다. 적토마는 나는 듯이 달렸다. 뒤에서 추격하는 군사가 많았으나 도저히 적토마를 따를 말이 없었다.

여포는 적토마의 덕택으로 하비성까지 무사히 돌아왔다. 딸도 무사했다. 그러나 최후의 회생책이었던 원술의 구원병을 끝내 얻지 못하게 되고 말았다. 하비성으로 돌아온 여포는 그날부터 심사가 울적하여 날마다 술만 마셨다.

한편, 하비성을 두 달 가까이 포위하고 있는 조조는 내심 초조하기 짝이 없었다. 군사를 일으켜 여러 차례 공격을 시도해 보았으나 하비성은 워낙 난공불락의 성이라 아무런 성과가 없었다.

'이런 때에 후방에서 누가 우리를 공격해 오면 무엇으로 막아낼 것인가?'

날이 갈수록 걱정이 태산 같은데, 때마침 뜻하지 않았던 사건이 발생했다.

"하내(河內) 태수 장양(張楊)이 군사를 이끌고 여포를 구하러오다가 부장 양추(楊醜)라는 자의 손에 죽었고, 양추가 장양의 수급을 가지고 승상을 찾아오는 도중에 장양의 심복인 휴고(眭固)의 손에 죽었는데, 그 휴고는 군졸을 이끌고 대성(大城)으로 갔습니다."

조조는 첩자의 보고를 받고는 옆에 있는 대장 사환(史渙)에게 명했다.

"휴고란 자를 그냥 내버려둘 수 없으니 그대가 군사를 급히 몰고 가 견산(犬山)에서 그 자를 취하도록 하오."

사환은 즉시 출동하여 휴고를 어렵지 않게 죽였다. 그러나 그 사건은 조조의 심사를 더욱 초조하게 만들었다.

'동에는 유표, 서에는 장수, 그밖에 원소, 원술 등등……. 나를 노리는 영웅들이 한두 명이 아닌데, 그들이 내가 이처럼 하비성 포위에 전력을 소모하고 있는 줄을 알면 어떻게 나올지 모르는 일이 아닌가?'

생각이 거기에 미친 조조는 대장들을 한자리에 모아놓고 자신이 우려하고 있는 점을 솔직히 고백하고 나서 물었다.

"이제라도 하비성을 포기하고 허도로 돌아가는 것이 어떻겠소?"

그 소리가 끝나자 순욱의 조카 순유가 대뜸 반대하고 나섰다.

"그것은 천만부당한 말씀입니다. 적을 포위하고 있는 우리도 괴롭지만 포위망 속에 갇혀 있는 적들은 더욱 괴로울 것입니다. 여포는 지금 여러 번 패하여 사기가 땅으로 떨어졌고, 진궁의 계책도 이제는 소용없게 되었습니다. 그러므로 이 기회에 여포를 무난히 생포할 수 있을 것입니다."

"공의 말이 옳기는 하지만 하비성의 지리적인 이점을 무엇으로 당해내겠소?"

그러자 이번에는 곽가가 말했다.

"우리가 하비성을 함락시키지 못하는 원인은 사수(泗水)와 기수(沂水) 때문입니다. 그 두 강물을 잘만 이용하면 적을 무난히 전멸시킬 수 있을 것입니다."

"어떻게 이용하면 되오?"

"사수와 기수를 터놓으면 하비성은 물바다가 될 것입니다."

조조는 그 소리를 듣고는 무릎을 치며 감탄했다.

"그야말로 경천동지할 계획이오. 즉시 그 공사에 착수합시다."

이날부터 날마다 이만여 명의 군사를 동원하여 사수와 기수를 개통시키는 토목공사를 시작했다.

여포의 부하 하나가 그런 사실을 알고는 급히 달려와 고했다.

"장군, 성이 물에 잠기면 큰일이니 빨리 피하시는 게 좋겠나이다."

"걱정 말게. 나의 애마 적토마는 마치 바다도 육지 달리듯이 하는데 무슨 걱정인가?"

여포는 그렇게 말하며 초선과 더불어 술만 마실 뿐이었다.

그러던 어느 날 여포는 우연히 거울을 들여다보다가 깜짝 놀라 소리쳤다.

'아아, 내가 어느새 이리 늙었던가? 모두가 술 때문이로다.'

여포는 그날부터 성내에 금주령을 내렸다.

'앞으로 술을 마시는 자는 수하를 막론하고 참형에 처한다.'

금주령을 내린 며칠 후, 여포의 수하 대장인 후성 장군에게 공교롭게도 술을 먹어야 할 일이 생겼다. 유난히 말을 좋아했던 후성은 진중에서 열다섯 필이나 되는 말을 기르고 있었다. 그런데 수하 병사 몇이 말을 훔쳐 유비에게 바치려는 것을 발견하고는 모조리 죽인 다음 말을 다시 빼앗았다.

마침 송헌, 위속 등의 장수들이 그 사실을 알고 일부러 찾아와 축하해 주었다. 후성은 그들의 우정을 고맙게 여겨 이날 밤 주연을 베풀게 되었다. 그러나 며칠 전에 내린 금주령이 하도 엄격해 술 다섯 병을 사환에게 들려 부중으로 들어가 여포를 만났다. 후성이 말을 잃었다가 다시 찾게 된 경위를 자세히 설명한 뒤에 말했다.

"장군의 호위(虎威)로 잃었던 말을 다시 찾았더니 친구들이 축하를 해주러 왔기에 술을 좀 구했습니다. 그러하오나 소생들만 먹을 수가 없기에 장군님께 몇 병 가져왔나이다."

여포는 그 소리를 듣더니 노발대발했다.

"내 이미 금주령을 내렸거늘 이제 네가 대장의 신분으로 군령을 어기다니 말이 되는 소리인가? 여봐라, 이 자를 당장 참형에 처하라."

너무도 의외의 명령에 후성도 놀랐지만 그 말을 전해 들은 송헌과 위속 등도 부리나케 부중으로 달려왔다.

"장군, 후성 같은 맹장을 참형에 처하다니 그게 어인 말씀입니까? 만약 적이 이 일을 안다면 얼마나 기뻐하겠습니까?"

"사실입니다. 후성 장군을 참형에 처하는 것은 백만대군을 자멸시키는 것과 다름없는 일입니다. 이번만은 깊이 재고하시기를 바라옵니다."

처음에는 고집을 굽히지 않던 여포도 수하의 대장들이 모두 나서 애원하자 마침내 이렇게 말했다.

"제공들이 그렇게까지 간청한다면 목숨만은 살려주리다. 그러나 금주령을 범한 죄를 불문에 붙일 수는 없으니 볼기 백장(百杖)을 쳐야겠소."

"장군, 한 번만 더 고려하십시오. 대장의 볼기를 치면 병졸들에게 위신이 서지 않을 것입니다."

"그래야만 병졸들도 금주령을 엄수할 게 아니오. 그러면 볼기 오십 장으로 감형을 하리다."

후성은 대장의 몸으로 형리들의 손에 볼기 오십 장을 맞고 울면서 집으로 돌아왔다.

"후성 장군, 울지 마오. 이것도 시운인가 보오."

송헌과 위속이 집에까지 따라와 위로했다.

"나는 볼기 맞은 것이 아파 우는 게 아니오. 이 난시에 여포는 자기 처자만 알고 무장이 귀한 줄을 모르니 이런 슬픈 일이 어디 있겠소."

그러자 이번에는 송헌이 말했다.

"여포가 사람이 우둔하고 신의가 없으니 이제라도 달아나는 것이 어떻겠소?"

그러자 위속이 대답했다.

"이왕이면 여포를 우리 손으로 사로잡아 조 승상에게 바치는 것이 어떻겠소."

후성이 그 말을 듣고 고개를 끄덕였다.

"여포가 급할 때 믿는 것이라고는 적토마뿐이오. 그럼 먼저 적토마를 훔쳐 조 승상에게 바치는 게 좋을 것 같소."

"그것 참 좋은 생각이오. 그러면 후 공이 오늘밤 적토마를 훔쳐 타고 조 승상을 찾아가 우리가 다함께 귀순할 수 있는 길을 타진해 주오."

세 사람의 의사가 합치되자 이날 밤 후성은 여포가 목숨처럼 아끼는 적토마를 타고 조조의 진지로 도망갔다.

후성이 조조를 만나 적토마를 헌납하며 말했다.

"하비성에 남아 있는 송헌과 위속이 백기를 신호삼아 하비성을 조 승상에게 인도할 준비를 갖추고 있습니다."

조조는 후성에게서 자세한 내막을 듣고는 크게 기뻐하며 방문 수십 장을 써 화살에 매달아 하비성 안으로 쏘아 넘기게 했다. 그 방문의 내용은 이러했다.

> 이제 대장군(大將軍) 조(曹)는 황제의 칙명을 받들어 여포를 정벌할지니, 나에게 항거하는 자는 반드시 주살할 것이다. 만약 여포를 생포해 오는 자가 있거든 지위의 고하를 막론하고 후히 상을 주어 무겁게 등용하리라.
>
> 대장군 조조

여포는 자기 진중으로 그와 같은 방문이 날아온 줄도 모르고 아침 일찍 마방에 나왔더니 마부가 몸을 벌벌 떨고 있었다.

"장군, 간밤에 적토마가 없어졌습니다."

"적토마가 없어지다니 그게 무슨 소리냐? 고삐가 끊어져 풀밭에 나갔을지 모르니 어서 찾아보거라!"

마침 그때 성 밖에서 함성이 일어나며 조조의 군사가 쳐들어오는 기색이 엿보였다. 그런데 성 위에는 난데없는 백기가 꽂혀 있는 것이 아닌가.

"저게 웬 깃발이냐?"

여포는 몸소 성 위로 올라가 조조의 군사와 한바탕 싸웠다. 아침부터 싸워 해가 저물게 되자 조조의 군사는 물러가고 성 밖은 다시 조용해졌다.

부중으로 돌아온 여포는 몸이 고단하여 교의에 앉은 채 깜빡 잠이 들었다. 그때까지 기회를 노리고 있던 송헌이 얼른 방천화극을 감추고 위속과 힘을 합하여 여포를 결박했다.

여포는 잠이 깨어 길길이 날뛰었다.

"이놈들아, 게 누구 없느냐? 이놈을 잡아라!"

여포는 몸부림을 치며 고래고래 소리를 질렀으나 도우러 오는 사람은 아무도 없었다. 여포를 사로잡은 송헌과 위속은 성 위에 올라가 백기를 휘두르며 성문을 활짝 열었다. 때를 기다렸던 조조의 군사가 노도와 같이 성안으로 밀려들었다.

고순과 장요는 대세가 틀린 것을 깨닫고 후문으로 도망치려 했다. 그러나 후문에도 이미 적들이 대기하고 있어 그들 역시 사로잡히고 말았다. 남문을 지키고 있던 진궁은 최후까지 싸우려 했으나 그 역시 적장 서황에게 어이없이 생포되고 말았다.

이날 저녁 조조는 하비성에 입성하자 유비와 함께 백문루(白門樓)에 높이 앉아 군정을 선포한 뒤에 적장들을 모조리 끌어내오게 했다. 맨 먼저 누하에 끌려나온 사람은 여포였다.

여포가 조조를 보고 말했다.

"영웅을 이렇게 욕되게 하는 법이 어디 있소? 결박이 너무 심하니 나를 좀 풀어주오."

조조는 쓴웃음을 지었다.

"호랑이를 묶는데 인정을 둘 수는 없는 일이 아니오."

여포는 좌우에 늘어서 있는 사람들을 살펴보다가 후성, 송헌, 위속이

시립하고 서 있는 것을 보았다.

"내 그대들을 과히 박대하지 않았거늘 어찌하여 나를 배반했는가?"

그러자 후성이 코웃음을 치며 대꾸했다.

"부장의 볼기를 친 것이 후한 대접이었던가?"

여포는 얼굴을 숙인 채 대답을 못했다. 조조는 입가에 웃음을 띠며 진궁을 보고 말했다.

"진궁, 그대와는 참으로 오래간만의 대면일세. 그 동안 별고 없이 지냈는가?"

"지금 나를 조롱하려는가? 너는 예나 지금이나 역시 소인이로다!"

진궁이 분연히 응대했다.

"그대는 예로부터 지모를 자랑하더니 그 결과가 고작 이 꼴인가?"

"모든 것은 여포가 내 말을 듣지 않았기 때문이다. 만약 여포가 내 말을 들어주었다면 오늘날 너와 나는 신세가 뒤바뀌었을 것이다."

"하하하."

조조는 크게 웃었다.

"그러면 그대의 운명은 어찌했으면 좋겠는가?"

"오직 죽음이 있을 뿐이다."

"공이 죽으면 노모와 처자는 어찌하겠는가?"

"내가 듣기로 효(孝)로 천하를 다스리는 자는 남의 부모를 해하지 아니하고, 선(善)으로 천하를 다스리는 자는 남의 후사를 끊는 법이 없다고 했다."

조조는 어떡하든 진궁의 마음을 돌려 수하로 쓰고 싶어 여러모로 달래 보았다. 그러나 진궁은 그런 눈치를 알아채고 분연히 외쳤다.

"부질없이 나를 욕되게 하지 말고 어서 죽여라."

조조는 어쩔 수 없이 눈물을 머금고 진궁을 참형에 처했다. 그 다음은 여포의 차례였다.

계하에 끌려나온 여포가 조조를 보고 말했다.

"조 승상이 만약 나를 살려준다면 내가 크게 도와 공로를 세워보이리다."

조조가 유비를 돌아보며 소곤거렸다.

"현덕 공, 여포를 어찌했으면 좋겠소?"

유비는 오랫동안 심사숙고하다가 혼잣말하듯이 중얼거렸다.

"양부 정건양(丁建陽)을 살해하고 동탁에게 갔다가 그 후에는 동탁을 배반했던 과거를 생각하십시오."

여포는 그 소리를 듣고 사색이 되어 유비에게 욕을 퍼부었다.

"네 이놈, 내가 너를 살려준 은혜를 벌써 잊었느냐?"

그러나 조조는 일언지하에 여포의 목을 베게 했다.

마지막으로 남은 적장은 장요였다. 형리가 그의 목을 베려 하자 유비가 자리에서 벌떡 일어서며 말했다.

"하비성 안에 마음이 바른 사람은 오직 장요뿐이었으니 저 사람만은 반드시 살려서 쓰십시다."

조조는 유비의 청을 들어 장요에게 특사를 내렸다. 그러나 장요가 스스로 칼을 뽑아 죽으려 하자 관우가 부리나케 달려들어 칼을 빼앗으며 외쳤다.

"대장부가 어쩌자고 개죽음을 하려 하오?"

그 모양으로 여포를 완전 토벌하고 난 조조는 진궁의 가족들을 친히 거느리고 허도로 회군했다.

천자의 은밀한 조서

조조가 허도로 돌아온 그 다음날의 일이었다. 조조는 헌제에게 유비의 혁혁한 전공을 아뢰었다. 유비가 천자를 배알하니 헌제는 전공을 칭찬하며 그를 전각 위로 오르게 한 다음 물었다.

"공의 조상은 누구요?"

유비는 감격의 눈물을 지으며 아뢰었다.

"신은 중산정왕의 후예이옵고, 효경황제의 현손으로, 유웅(劉雄)의 손자요, 유홍(劉弘)의 아들이옵니다."

헌제는 그 소리에 크게 놀라며 옆에 시립하고 서 있는 종정(宗正)에게 분부를 내렸다.

"그렇다면 우리 한실의 일족이 아니오? 그러면 종정은 들으시오. 곧 종실 족보를 가져다가 자세한 것을 알아보게 하오."

종정은 곧 족보를 가지고 와 어전에서 큰소리로 읽었다.

"…… 효경황제께서 아들 열네 명을 두시니 제칠자(第七子)가 곧 중산

정왕(中山靖王) 유승(劉勝)이라, 승이 육성정후(陸城亭侯) 유정(劉貞)을 낳고, 정(貞)이 패후(沛侯) 유앙(劉昂)을 낳고, 앙(昂)이 장후(漳侯) 유록(劉祿)을 낳고, 녹(祿)이 기수후(沂水侯) 유연(劉戀)을 낳고, 연(戀)이 흠양후(欽陽侯) 유영(劉英)을 낳고, 영(英)이 안국후(安國侯) 유건(劉建)을 낳고, 건(建)이 광릉후(廣陵侯) 유애(劉哀)를 낳고, 애(哀)가 교수후(膠水侯) 유헌(劉憲)을 낳고, 헌(憲)이 조읍후(祖邑侯) 유서(劉舒)를 낳고, 서(舒)가 기양후(祁陽侯) 유의(劉誼)를 낳고, 의(誼)가 원택후(原澤侯) 유필(劉必)을 낳고, 필(必)이 영천후(穎川侯) 유달(劉達)을 낳고, 달(達)이 풍령후(豊靈侯) 유불의(劉不疑)를 낳고, 불의(不疑)가 제천후(濟川侯) 유혜(劉惠)를 낳고, 혜(惠)가 동군범령(東郡范令) 유웅(劉雄)을 낳고, 웅(雄)이 유홍(劉弘)을 낳고, 홍(弘)이 불사(不仕)하니, 유비(劉備)는 곧 유홍의 아들이라……."

헌제가 세보(世譜)를 따져보니, 유비는 헌제의 숙부 항렬이 되었다.

"짐이 오늘날까지 장군처럼 출중한 황숙이 계신 줄을 미처 몰랐소이다."

헌제는 크게 감격하여 유비를 곧 편전으로 모셔 들여, 숙부에게 대한 예의를 갖추고 궁중에서 잔치를 크게 베풀었다. 그런 뒤에는 유비를 좌장군(左將軍) 의성정후(宜城亭侯)로 삼아 깍듯이 황숙으로 대했다. 그러하니 세상 사람들은 그때부터 유비를 유 황숙이라고 부르게 되었다.

헌제가 유비를 그처럼 극진히 대하게 된 것은 조조의 세력이 날로 강대해지는 것을 은근히 염려해서였다. 유비의 힘을 빌려 조조의 세력을 암암리에 견제하려는 정치적인 배려도 있었다는 뜻이다.

유비의 존재가 그처럼 급작스럽게 부각되자 그것을 매우 못마땅하게 여기는 무리가 생겨나게 되었다. 조조의 심복 모사인 순욱도 그 중 한 사람이었다.

하루는 순욱이 조조를 보고 말했다.

"천자께서 유비를 황숙으로 인정하여 신임을 두텁게 하시니, 이는 장차 승상을 위해 크게 해가 되는 일입니다."

조조가 소리 내어 웃으며 대답했다.

"제가 아무리 황숙으로 존대를 받기로 감히 내 말은 거역하지 못할 것이오. 유비는 내 손바닥 안에 들어 있는 것이나 다름없는데 무엇이 두렵다는 말이오? 다만 내가 두려워하는 자는 태위 양표(楊彪)가 있을 뿐이오. 만약 양표가 원술, 원소 등과 내응을 한다면 우리는 피해가 불소할 것이니, 양표만은 반드시 없애버려야 하겠소."

조조는 양표가 원술과 내통을 하고 있다는 핑계를 대어 그날로 옥에 가두게 한 다음 만총을 시켜 그의 죄를 다스리게 했다. 이때에 북해 태수 공융(孔融)이 허도에 머물러 있다가 그 소식을 듣고는 크게 놀라 조조에게 간했다.

"양표는 적과 내통할 사람도 아니지만 설령 그런 일이 있다 하기로 그의 전공을 생각한다면 죄를 주어서는 아니 됩니다."

조조는 한마디로 대답했다.

"그것은 내가 시킨 일이 아니라 황제의 어명이오."

"그렇다고 승상이 모르는 척하셔야 될 말씀입니까?"

조조는 사세가 불리함을 깨닫자 양표를 죽이지는 아니하고 다만 관직을 박탈하여 낙향시켜버렸다.

의랑(議郞) 조언(趙彥)이 조조의 모함에 분개하여 천자께 그 뜻을 상소했다. 조조가 천자의 이름을 빌려 무고한 대신을 내쫓은 것을 규탄한 것이었다. 조조가 그 소리를 듣고 크게 노하여 곧 조언을 옥에 가둔 뒤에 부하를 시켜 죽여버렸다.

만조백관들은 그 사실을 알고 모두들 조조를 두려워하게 되었다. 그때부터 조조가 하는 일에 감히 입을 여는 사람이 아무도 없었다.

어느 날, 모사 정욱이 조조를 보고 말했다.

"이제 승상의 위명은 사해에 떨쳤는데, 어찌하여 주공은 패도(霸道)의 대업을 단행하려 하지 않으십니까? 천하 만민은 모두 그때를 기대하고 있습니다."

조조가 웃으며 대답했다.

"조정에 아직도 실력 있는 구신(舊臣)들이 많이 남아 있는데, 어찌 경솔하게 큰일을 도모할 수 있겠소. 내가 천자를 모시고 사냥을 나가 여러 사람들의 동정을 살펴보기로 하겠소."

조조는 평소에 생각하는 바가 있었는지라 군사를 성 밖에 모아놓고, 대궐로 들어가 천자께 사냥을 나가자고 청했다. 헌제는 갑작스럽게 사냥을 나가자는 조조의 청원에 처음에는 의아스러운 표정을 지었다. 그러다가 이렇게 대답했다.

"인군으로 사냥을 다니는 것은 정도가 아닐 것이오."

그러나 한번 말을 꺼낸 이상 천자가 거절한다고 순순히 물러설 조조가 아니었다.

조조가 말했다.

"물론 인군께서 사냥을 전업으로 다니면 안 된다는 것은 신도 잘 알고 있사옵니다. 그러나 옛날의 제왕들도 봄이면 비마강병(肥馬强兵)을 보시고, 여름이면 농사 순찰을 나가시고, 가을이면 호수에 배를 띄우시고, 겨울이면 사냥을 나가시어 사시(四時)에 한 번씩은 반드시 교외에 나가 친히 민초를 대하시는 것으로 무위(武威)를 천하에 떨치셨습니다. 그러하오나 천자께서는 항상 궁중에만 칩거해 계시는지라 건강도 적이 염려되오니 이런 기회에 자연의 대기와 직접 접촉도 하실 겸 사냥을 나가보시는 것이 좋을 줄로 아뢰옵니다."

조조가 강력히 주장하니 헌제는 더 이상 거절할 명분이 없었다.

"그렇다면 나가보기로 하겠소. 대신 유 황숙도 짐과 같이 사냥을 나가게 하여주오."

헌제는 마음에도 없는 사냥이었지만 이제는 안 나갈 수 없게 되었다. 그러나 조조의 위압적인 태도에 불안감을 느낀 나머지 유비도 동행했으면 하는 마음에서 그렇게 말했다.

유비는 조조의 군사 이동이 아침부터 심상치 않은 것을 눈치 채고 있었다. 그러던 차에 어명이 있자 곧 관우, 장비와 더불어 무장을 갖추고 천자의 뒤를 따랐다.

이날 비전마(飛電馬)를 탄 조조는 십만 대군과 함께 천자를 모시고 허전(許田)으로 행차를 시작했다. 조조가 겨우 말머리 하나 정도 떨어진 거리에서 천자를 따르고, 그 뒤에는 기라성 같은 조조의 심복 장성들이 줄을 이었다. 그 뒤를 따르는 군사들의 행렬은 무려 이백여 리나 이어졌다.

헌제가 소요마(消遙馬)를 달려 허전에 이르니 유비가 관우, 장비와 더불어 길가에 서서 맞았다.

헌제가 유비를 보고 속삭이듯이 말했다.

"짐은 사냥을 하고 싶어서 나온 게 아니오. 오늘은 황숙이 사냥을 즐기는 모습을 보는 것으로 짐의 낙을 삼을까 하오."

"황공무비하옵니다."

유비는 헌제에게 세 번 절하고 말에 올랐다. 그때 사방에서 몰이꾼들의 아우성이 들리더니 숲속에서 토끼 한 마리가 툭 튀어나왔다. 유비는 나는 듯이 달려가는 토끼를 화살 한 방으로 쏘아 맞혔다. 화살을 맞은 토끼가 대번에 뒹굴어 쓰러지는 모양을 본 헌제가 감탄해 마지않으며 말했다.

"황숙은 참으로 천하의 명궁수요. 오늘은 부디 내 옆을 떠나지 말아주오."

이번에는 헌제가 언덕을 달려 올라가는데 숲속에서 사슴 한 마리가 튀어나왔다. 헌제는 금비전(金鈚箭)을 겨누기 무섭게 화살을 쏘았다. 그러나 화살은 겨우 사슴의 뿔을 스치고 허공으로 날아가버렸다. 그 순간 헌제의 얼굴에는 몹시 당황해 하는 기색이 역력했다. 헌제는 곧 사슴을 황급히 뒤쫓아가며 두 번, 세 번 연거푸 화살을 쏘았다. 그러나 화살은 그때마다 허공으로 날아가버릴 뿐이었다.

자신을 잃어버린 헌제는 옆에서 따르는 조조에게 활과 화살을 내밀며 숨 가쁜 소리로 분부를 내렸다.

"경이 한번 쏘아보오."

조조는 궁전(弓箭)을 물려받기 무섭게 비전마에 박차를 가해 사슴을 나는 듯이 따라가며 화살을 쏘았다.

"쐐액!"

날카로운 소리를 내며 날아간 화살은 사슴의 등줄기에 깊숙이 박혔다. 화살을 맞은 사슴은 얼마간 더 달려가다가 푹 고꾸라졌다. 멀리서 짐승몰이를 하고 있던 신하와 군사들은 천자가 사슴을 쏘아 맞힌 것으로 알고 모두들 환호성을 올렸다.

"황제폐하 만세! 만세!"

칭송의 만세소리가 천지를 진동시키고 있을 때, 문득 조조가 헌제를 뒤로 물리고 앞으로 나서며 외쳤다.

"사슴을 쏘아 맞힌 사람은 바로 나다."

문무백관들은 조조의 너무나 참월(僭越)한 태도에 얼굴이 새파랗게 질렸다. 유비의 뒤에 서 있던 관우가 조조의 오만불손한 거동을 보고는 크게 노했다. 봉의 눈을 부릅뜬 관우가 청룡도를 꼬나 잡으며 그대로 조조를 향하여 달려들려고 할 때였다. 그를 본 유비가 황급히 손을 내저었다. 유비의 만류로 겨우 분노를 삭인 관우는 불만스럽다는 듯 여전히 인상을 찌푸렸다. 그때 문득 조조의 눈이 유비에게로 향했다. 유비는 조조와 시선이 마주치자 빙긋이 미소를 지으며 말했다.

"승상 같은 신사(神射)는 세상에 두 분도 안 계실까 하오."

"하하하."

조조가 무변 창공을 향하여 소리 내어 웃었다.

"아니오. 이는 모두 천자의 홍복(洪福)일 뿐이오."

말은 그렇게 했지만 조조는 천자에게서 빌렸던 보조궁을 돌려줄 생각도 아니하고 자기 허리에 그대로 차버렸다.

이날 사냥이 끝난 뒤 큰 연락이 벌어졌다. 해가 저물어 낙중(洛中)으로 돌아오자 유비가 관우를 불러 말했다.

"운장은 오늘 낮에 어찌하여 조조를 그토록 분노에 찬 눈으로 쏘아보았는가? 본 사람이 아무도 없었으니 다행이지만 평소의 운장답지 않게 오늘은 너무 흥분을 하였어."

관우는 머리를 숙여 잠시 숙고하다가 물었다.

"형님은 조조의 기군망상(欺君罔上)한 태도를 보고 아무것도 못 느끼셨단 말씀입니까?"

"나도 조조의 안하무인 같은 태도를 보고 어찌 못마땅하게 생각하지 않았겠는가?"

"이 아우는 오히려 형님께서 저의 행동을 제지시킨 심정을 이해하기 어렵습니다. 허도에 머무는 동안 저는 눈으로 보고 귀로 들어본 결과 조조의 횡포가 얼마나 극심한지 알게 되었습니다. 조조는 왕도(王道)를 무시하고, 패도(霸道)를 꿈꾸는 천하의 간웅입니다. 십만 대군과 문무백관이 천자에게 올리는 만세를 대신 나서서 가로챈다는 것은 신하된 자로서 도저히 행할 수 없는 오만방자한 짓입니다. 제가 분개한 것은 바로 그 점에 있었습니다."

"음, 지당한 분격이었네."

유비는 몇 번이고 고개를 끄덕여 수긍하는 빛을 보이고 나서 말했다.

"하지만 우리는 이런 때일수록 깊이 생각해서 처신해야 하는 법일세. 예로부터 '독을 보아 쥐를 못 친다'는 격언이 있지 않은가? 그때 천자께서 바로 조조의 옆에 계셨고, 또 좌우를 에워싼 무리들이 모두 조조의 심복 부하들이었는데 운장이 일시적인 분노로 움직였다가 혹시라도 천자께 누를 미친다면 우리의 죄가 얼마나 크겠는가? 내가 아우님의 거동을 제지한 것은 바로 그 때문이었네."

유비가 타이르는 말에 관우는 할 말을 잃었다.

"그래도 조조 같은 희대의 간웅을 진작에 없애버리지 않으면 후일에 반드시 화를 입게 될 것입니다."

"그런 말은 함부로 입 밖에 내는 게 아닐세."

유비는 관우의 손을 정답게 붙잡으며 힘 있게 말했다. 관우는 고개를 천천히 끄덕일 뿐이었다.

사냥에서 돌아온 뒤로 헌제는 언제나 수심에 잠긴 채 웃을 줄을 몰랐다. 조조에게 참기 어려운 수모를 당한 슬픔이 가슴속에 깊이 맺혀 있을 뿐만 아니라 한실(漢室)의 위급존망이 목전에 당도해 있음을 뼈아프게 깨달았기 때문이다.

복 황후(伏皇后)가 우수에 잠겨 있는 황제의 모습을 보다 못해 가만히 물었다.

"폐하께서는 무엇을 그렇게 진념하십니까?"

"가슴 아픈 일이 한두 가지가 아니오. 짐이 즉위한 이후로 간웅들이 들고일어나 앞서는 동탁의 재앙을 받았고, 뒤로는 이각과 곽사의 난을 겪더니 이제는 나라가 제법 안정되나 싶었소. 그런데 이번에는 조조가 국권을 농단하여 묘위(廟威)를 어지럽히니 이 일을 장차 어찌했으면 좋단 말이오?"

헌제는 말과 함께 눈물을 흘렸다. 이에 복 황후도 눈물을 머금으며 말했다.

"만조백관이 모두 한 나라의 국록을 먹는데 국난을 구할 자가 한 사람도 없다면 이런 통탄할 일이 어디 있겠사옵니까?"

"옳은 말이오. 만조백관도 이제는 조조의 일빈일소(一嚬一笑)만을 두려워하게 되었고, 전상(殿上)의 몸인 짐도 바늘방석에 앉은 것처럼 불안하니, 사백 년의 한실이 이제는 종국에 도달한 것만 같구려. 사백 년이나 이어온 왕업에 충신이 한 사람도 없다니 이런 절통한 일이 어디 있겠소."

마침 그때, 병풍 뒤로부터 한 사람의 늙은이가 나왔다.

"폐하는 너무 상심 마소서. 이 늙은 몸이 구국지사를 한 사람 천거하오리다."

천자 내외가 소스라치게 놀라며 바라보니, 그는 복 황후의 친부요, 헌제의 부원군인 복완(伏完)이었다. 헌제는 안도의 숨을 쉬고, 복완의 옷소매를 붙잡으며 물었다.

"황장(皇丈)도 조조의 횡포를 아시오?"

"조조가 허전에서 사슴을 쏘아 맞히고 방자스럽게 굴던 꼴을 본 신하들치고 어느 누구인들 분개하지 아니하겠습니까? 조조가 역의를 품고 있는 것만은 명명백백한 일이니 그 자를 하루빨리 제거해야 할 줄로 아옵니다. 그러나 노신은 권도가 없어 이를 행하기 어렵사오니 거기장군(車騎將軍) 동승(董承)에게 그 일을 맡기시는 편이 좋을 줄로 아뢰옵니다. 폐하께서 밀조(密詔)만 내리시면 동승은 일을 도모하여 반드시 성공할 것이옵니다."

"그러면 황장의 말씀대로 할 테니 동승 장군을 곧 입궐케 해주오."

그러나 복완은 머리를 내저었다.

"폐하의 좌우에 있는 자들이 모두 조조의 부하이니, 이 일이 누설되면 큰일이옵니다."

"그럼 어찌했으면 좋겠소?"

"좋은 계책이 있사옵니다. 폐하께서 금포(錦袍) 일령(一領)과 옥대(玉帶) 일조(一條)를 동승에게 내리시되, 옥대 속에 밀조를 넣어주시면 조조를 감쪽같이 속일 수 있을 것이옵니다."

"좋은 생각이오. 그러면 그대로 하리다."

곧 손가락을 깨문 헌제는 피로 밀조를 써서 옥대 속에 넣었다. 복 황후가 친히 바늘을 들어 감쪽같이 꿰매었다. 다음날 헌제는 몸소 금포를 입고 옥대를 띠신 다음에 동승을 입궐케 했다.

동승이 천자의 부름을 받고 입궐했다.

"폐하, 불러 계시나이까?"

"오오, 짐은 국구(國舅)의 공적이 큰 것에 대해 위로의 말이라도 전하고 싶어 들어오시라 했소."

동승은 머리를 조아리며 말했다.

"성은이 망극하옵니다."

"국구는 짐을 따라오시오."

헌제는 동승을 태묘(太廟)로 데리고 와서 공신각(功臣閣)의 문을 열고 들어서며 말했다.

"국구, 짐의 선조들께서 어느 땅에서 몸을 일으키시어 어떻게 창업을 하셨는지 설명을 들려주오."

"황공하신 말씀이옵니다. 폐하께서는 그것을 모르셔서 신에게 물으시나이까?"

"짐이 모르는 바는 아니로되 오늘은 국구의 설명을 다시 한번 들어보고 싶구려."

"황공하옵니다. 창업주 고황제(高皇帝)께서는 사상정장(泗上亭長)으로 몸을 일으키시어, 삼척검(三尺劍)으로 의병을 지휘하신 지 삼 년 만에 진(秦)을 정벌하시고, 오 년 만에 초(楚)를 멸하시어 드디어 만세의 기업을 세우셨습니다."

헌제는 그 말을 듣고 초연히 탄식했다.

"과연 그러하오. 짐의 조종(祖宗)은 그렇듯 영웅이셨는데, 그 어른의 자손인 짐은 이처럼 나약하니 어찌 한심한 일이 아니겠소."

그러고 나서 헌제는 고조 황제의 화상(畵像) 좌우 편에 서 있는 두 사람을 가리켰다.

"저 두 사람은 누구인지 어서 말해 주오."

"황공하옵니다. 바른편에 서 있는 분은 장량(張良)이옵고, 왼편에 서 있는 분은 소하(蕭何)이옵는데, 모두 다 한실의 창업에 다시없는 공신들이십니다."

헌제는 시종들을 멀리한 뒤에 동승에게 가만히 말했다.

"경은 부디 저 두 사람처럼 짐의 곁을 떠나지 말아주오."

"황공하옵니다."

"짐이 그동안 국구의 공로에 보답한 것이 없었기에 오늘은 짐이 입고 있는 이 금포와 옥대를 내릴까 하오."

헌제는 그렇게 말하며 입고 있던 금포를 벗고 허리에 차고 있던 옥대를 끌러 동승에게 손수 전했다.

"황공무비하옵니다."

"국구는 돌아가거든 그 옥대를 잘 살펴 짐의 뜻을 저버리지 않도록 하오."

동승은 헌제의 뜻을 알아채고 금포를 입고 옥대를 띤 뒤에, 곧 공신각을 나왔다.

헌제가 동승을 불러 단둘이 공신각에서 시간을 보낸 사실을 조조가 모를 리 없었다. 그 놀라운 정보를 입수한 조조는 곧 말을 달려 대궐로 들이닥쳤다. 대궐을 나오던 동승이 궁문 앞에서 조조와 마주쳤다. 조조가 동승의 옆으로 다가오며 물었다.

"국구는 무슨 일로 대궐에 들어오셨소?"

동승이 절하며 대답했다.

"황제께서 부르시기에 입궐했더니, 신에게 금포와 옥대를 내리시더이다."

"허어, 그것 참 기쁜 소식이구려. 천자께서 무슨 공로로 금포와 옥대를 하사하십디까?"

"전일 서도(西都)로 천도하실 때 적도들을 물리친 공로로 내리셨나이다."

"참으로 부럽기 그지없는 명예요. 어디 그 하사품 구경이나 합시다."

"승상께서는 굳이 이런 것을 무엇 때문에 구경하려 하십니까?"

동승은 옥대 속에 반드시 무슨 밀조가 들어 있을 것으로 짐작하고 얼른 벗어 보이려 하지 않았다. 조조는 그 모양을 보고 더욱 의심을 품었다. 그리하여 뒤에 서 있는 종자에게 명했다.

"너, 저 어른의 금포와 옥대를 받아오너라."

동승은 입고 있던 금포와 허리에 차고 있던 옥대를 끌러주는 수밖에 없었다.

"참말로 좋은 도포로구나."

조조는 그렇게 중얼거리며 금포를 양손으로 펴들고 햇빛에 비춰보더니 얼른 자기 몸에 걸치고는 말했다.

"어떠냐? 내 몸에 맞느냐?"

"승상께 꼭 맞으십니다."

좌우가 말하자 조조는 동승을 바라보았다.

"국구, 이 옷은 나를 주오. 그 대신 내가 다른 물건을 후하게 드리리다."

"그 옷은 천자의 하사품인 까닭에 아무에게도 드릴 수가 없습니다."

"안 되겠다구요? 음, 국구가 천자에게 이 금포와 옥대를 받은 데는 무슨 곡절이 있을 게 아니오?"

"무슨 곡절이 있겠나이까? 그렇게 의심을 하신다면 승상께 모두 드리겠나이다."

"하하하, 지금까지는 모두가 농담이었소. 국구가 준다 한들 천자의 하사품을 내가 어찌 가로채겠소."

조조는 웃으면서 금포와 옥대를 돌려주었다. 동승은 그제야 안도의 숨을 내쉬며 금포와 옥대를 돌려받았다.

이날 동승은 집으로 돌아오자 서원으로 들어가 방문을 굳게 잠그고 금포와 옥대를 자세히 검사해 보았다. 그러나 아무리 조사해 보아도 별달리 눈에 띄는 것이 없었다.

'참, 이상한 일이로다. 천자께서 금포와 옥대를 내려주시면서 집에 돌아가거든 자세히 살펴보라는 분부가 계셨는데 아무런 종적도 없으니 웬 일일까?'

동승은 적이 괴이하게 여겼으나 아무리 조사해 보아도 아무런 종적이 없으니 어찌할 수 없었다.

그로부터 며칠이 지난 뒤였다. 동승은 옥대를 책상 위에 끌러놓은 채 밤늦게까지 책을 읽다가 탁자에 기대앉은 그대로 깜빡 잠이 들었다. 그러자 문득 잠결에 무엇인가 타고 있는 냄새가 코를 찔렀다.

깜짝 놀라 눈을 떠 살펴보니, 등잔불이 쓰러져 옥대가 타고 있는 것이 아닌가. 동승은 황급히 불을 비벼 껐다. 그런 다음 불에 탄 자국을 살펴보니 옥대 속에는 흰 헝겊이 들어 있었다. 또 그 헝겊에는 붉은 핏자국이 나타나 보이는 것이 아닌가.

동승은 이상하게 여겨 옥대를 조심스럽게 뜯어보았다. 마침내 옥대 속에서 '피의 밀조'가 나왔다. 동승은 피로 쓴 밀조를 손에 들자 자세를 바로잡고 앉으며 뜨거운 눈물을 흘렸다.

그 조서의 내용은 다음과 같았다.

짐이 듣건대 인륜(人倫)의 위대함은 부자(父子)가 먼저이고, 존비(尊卑)가 다른 점은 군신을 중하게 여기는 점이라 하오. 근일(近日) 조조의 무리가 권세를 농단하며 사당(私黨)을 연결하여 조정의 기강을 어지럽히니, 이로써 국가가 크게 위태롭게 되었소. 국가의 원로인 경은 고조의 위업을 생각하고, 충의의 열사들을 규합하여, 간당(奸黨)을 멸하여 사직을 다시 태평하게 하여주오. 손가락을 깨물어 혈서를 써 경에게 부치는 터이니, 재삼 명심하여 저버림이 없도록 하오.

건안(建安) 사년 삼월 조(詔)

동승은 "손가락을 깨물어 혈서를 써 경에게 부친다"는 대목을 읽고 나서는 사실이 너무도 비통함에 눈물을 금할 길이 없었다.

'나는 어떡하든 이 조서대로 조조의 무리를 없애버려야 한다.'

동승은 새삼스러이 굳은 결심을 했다. 그러나 결심하기는 쉬워도 이미 주권을 완전히 장악하고 있는 조조를 제거하기란 결코 용이한 일이 아니었다.

피로 쓰는 연판장

동승은 그로부터 며칠 동안 거사를 도모해 보려고 혼자서 끙끙 앓았다. 그러나 결코 혼자 힘으로 될 일이 아니었다.

'천자께서도 충의의 열사를 규합해서 일을 도모하라고 하시지 않으셨던가?'

동승은 동지를 규합하려고 연일 그 생각만 골똘히 하다가 하루는 책상머리에 앉은 채 깜빡 잠이 들었다. 마침 그때 동승과는 둘도 없는 친구인 시랑(侍郞) 왕자복(王子服)이 찾아왔다.

"대감께서는 안에 계시는가?"

왕자복은 대문 안으로 들어서며 하인을 보고 물었다.

"네, 서원에 계십니다."

왕자복은 평소에도 맘대로 드나드는 사이인지라 곧 서원으로 들어섰다. 그러나 동승은 잠이 곤히 들어 사람이 들어와도 깨어나지를 않았다.

'뭐가 고단해 낮잠을 이렇게도 곤히 자는고?'

왕자복은 내심 의아스럽게 여겼다.

"동 공, 내가 왔소. 웬 잠을 이렇게 자오?"

왕자복이 동승을 깨우려고 가까이 다가섰을 때였다. 그의 소맷자락 밑에 흰 종이가 보이는데 거기에는 분명 '짐(朕)' 자가 씌어 있는 것이 아닌가. 살며시 꺼내보니 피로 쓴 혈서였다.

왕자복은 그 혈서를 옷소매 속에 감추고 나서 동승의 어깨를 흔들어 깨웠다.

"국구는 무슨 낮잠을 이렇게 깊이 드셨소?"

동승은 놀라 깨며 조서부터 찾아보았다. 그러나 잠이 들 때까지도 분명히 서안(書案)위에 있었던 혈서가 감쪽같이 없어지지 않았는가.

동승은 얼굴이 새파랗게 질리며 왕자복의 얼굴을 주시했다. 그러자 왕자복이 동승을 보고 말했다.

"동 공은 조 승상은 죽일 계획을 세우고 있었구려. 내가 당장 달려가 승상에게 알려야겠소."

동승은 몸을 후들후들 떨며 대답했다.

"공이 만약 이 일을 조조에게 고하는 날이면 한나라의 종사가 당장 망하는 판이오."

왕자복은 그 말을 듣더니 정색을 하며 말했다.

"내가 희롱으로 한 말이오. 나도 한나라의 국록을 먹고 살아온 신하인데 어찌 그런 중대사를 조조에게 고해 바치겠소. 나도 공의 뜻을 받들어 국적(國賊)을 주멸하는 데에 힘을 다하리다."

동승은 그 소리를 듣고 왕자복의 손을 와락 움켜잡았다.

"왕 공이 그래 주신다면 국가를 위해 이런 기쁨이 어디 있겠소."

뜻을 합한 두 사람은 곧 비단 한 폭을 내다가 동승이 의문(義文)을 쓰고, 그 밑에 피로 이름을 적었다. 그러자 왕자복도 손가락을 깨물어 혈서로 이름을 적었다.

"자, 우리 두 사람은 이것으로 굳은 의맹(義盟)을 맺게 되었소. 이제 우리와 뜻을 같이할 사람이 누가 또 있겠소?"

동승의 질문에 왕자복이 대답했다.

"나의 친구가 한 사람 있소. 장군 오자란(吳子蘭)은 나와 막역한 친구일 뿐만이 아니라 의로운 일에는 다시없이 용감한 사람이오."

"그것 참 고마운 말씀이오. 만조백관 중에서는 교위 충집(种輯)과 의랑 오석(吳碩)도 우리와 뜻을 같이하리라 믿소."

두 사람이 그와 같은 밀담을 나누며 시간가는 줄도 모르고 있는데, 문득 청지기가 문 앞에 와서 손님이 왔다고 알렸다.

"손님이 누구시더냐?"

"충 교위님과 오 의랑님입니다."

동승은 왕자복을 보고 크게 기뻐하며 말했다.

"왕 공, 충 교위와 오 의랑이 이 시간에 우리 집에 나타났다는 것은 하늘이 우리를 도와주고 있다는 증거요. 내가 두 사람을 만나 뜻을 말해 볼 테니, 왕 공은 그 동안 병풍 뒤에 숨어 있으시오."

동승은 왕자복을 숨겨놓고, 마루로 나와 두 사람을 반갑게 맞아들였다. 오석은 방안에 들어서기 무섭게 동승을 보고 말했다.

"공은 조조가 허전에서 사냥할 때 취했던 거동을 어떻게 생각하시오?"

동승은 자기가 물어보려던 말을 오석이 먼저 물어오자 적이 흔쾌함을 느끼며 슬쩍 상대방의 의향을 떠보았다.

"매우 괘씸하게 생각하나 어찌할 도리가 없지 않소!"

"내가 조조란 놈을 맹세코 죽이고 싶으나 같이 일할 사람이 없는 것이 한이오."

오석이 안타깝다는 듯이 말하자 충집도 주먹으로 가슴을 치며 덩달아

분개했다.

"나 역시 나라를 위하여 도적을 죽일 수만 있다면 목숨을 아끼지 않겠소."

병풍 뒤에 숨어 있던 왕자복이 그 소리를 듣고는 얼른 좌중에 나타나며 큰소리로 외쳤다.

"그대들이 조 승상을 죽이려 하니 내가 당장 알려드려야겠다. 동 국구는 조 승상을 위해 부디 증인이 되어주시오."

그러나 두 사람은 추호도 놀라지 않았다. 오석은 왕자복을 보고 냉랭하게 웃으면서 거침없이 꾸짖었다.

"충신이 어찌 죽음을 두려워하겠는가. 네가 국적 조조에게 일러바칠 테면 맘대로 하라!"

충집도 왕자복을 노려보며 추상같은 호령을 내렸다.

"이 불충막급한 놈, 네가 국적에게 아부를 해서 얼마나 큰 영화를 누릴 생각이냐?"

동승과 왕자복은 두 사람의 참된 뜻을 알아보고 크게 기뻐하며 새삼스러이 양해와 협력을 구했다.

"실은 우리가 국적을 주살하려고 모의를 하던 중에 두 분이 오셨기에 마음을 한번 떠본 것이오. 모두가 나라를 바로잡으려는 충성에서 나온 것이니 과히 허물하지 말고, 큰일을 함께 도모해 봅시다."

오석과 충집도 동승과 왕자복이 제시해 보이는 의맹의 혈서를 보고 크게 감격하며, 즉석에서 피로 이름을 적어 넣었다. 왕자복이 급히 밖으로 달려나가더니 얼마 후에 장군 오자란을 데리고 왔다. 오자란도 네 사람의 의장(義狀)을 보더니 서슴지 않고 피로 이름을 썼다.

그리하여 다섯 사람이 동생공사(同生共死)의 맹세를 굳게 하며 술잔을 나누고 있는데, 사환이 오더니 손님이 왔다고 알렸다.

"손님이 누구시더냐?"

"서량 태수 마등(馬騰) 대감께서 오셨습니다."

동승은 눈살을 찌푸리며 사환에게 말했다.

"내가 병으로 누워 있어 오늘은 만나지 못하겠다고 전하여라."

사환이 달려나가더니, 잠시 후에 다시 돌아와 고했다.

"어제 대궐에 다녀오시는 것을 보았는데 별안간 무슨 병이냐고 하시면서 기어이 만나 뵙고 돌아가시겠다고 합니다."

"음, 그렇게까지 고집을 부리니 할 수 없구나. 그러면 내가 나가서 잠깐 만나보고 들어오리다."

동승은 좌중에 양해를 구하고 곧 사랑방으로 나와 마등을 맞아들였다.

인사를 마친 마등이 이렇게 나무랐다.

"내가 이번에 폐하를 뵈옵고, 서량으로 돌아가는 길에 공에게 작별 인사나 여쭈려고 왔는데 어찌하여 나를 만나주지 않으려 하셨소?"

동승은 고개를 숙여 미안하다는 뜻을 전달했다.

"내가 몸이 불편하여 곧 나와 영접을 하지 못해 죄송하게 되었소."

"병으로 누워 계신다는 분이 술을 드셔서 얼굴이 붉으니 웬일이시오?"

동승이 대답할 바를 몰라 잠자코 있으려니 마등은 무엇에 분개했는지 자리를 박차고 일어서며 탄식했다.

"아아, 나라를 구할 재목은 못 되는구나!"

동승은 그 소리를 듣고 황망히 쫓아 나와 마등을 다시 방안으로 끌어들였다.

"마 대감, 누가 나라를 구할 재목이 못 된단 말씀이오?"

"나라가 기울어져가는 판국에 국척인 동 공께서는 주색에만 빠져 있으니, 사직을 바로잡을 사람이 대체 누구란 말입니까?"

마등은 의분에 떨며 침이라도 뱉듯이 씹어 던졌다.

동승을 그 말이 과연 진정인지 의심스러워 짐짓 놀라는 기색을 보이며 속을 떠보았다.

"조 승상으로 말씀드리자면 조정의 대신이요, 국가의 주석인데 대감은 어찌 그런 말씀을 하시오?"

"뭐, 조조가 국가의 주석? 정녕 공의 눈에는 조조가 그렇게 보인단 말씀입니까?"

"대감, 고정하오. 누가 들으면 큰일 나겠소!"

"흥, 내가 미쳤지. 내 어찌 살기를 탐내고, 죽기를 두려워하는 무리들과 큰일을 도모해 볼 생각을 했단 말인가."

마등이 그 한마디를 내뱉고는 자리를 박차고 일어서는 바람에 동승은 황급히 옷소매를 움켜잡았다.

"대감, 고정하오. 내가 대감에게 꼭 보여드려야 할 것이 있소이다."

동승은 마등을 동지들이 모여 있는 서원으로 데리고 들어와 피로 쓴 조서와 다섯 사람의 혈판장(血判狀)을 보여주었다.

그제야 마등은 거사의 밀계를 알아채고 크게 기뻐하며 자기도 피로 이름을 적어 넣었다.

"공께서 일을 도모하신다면 마등은 서량의 총병력을 동원하여 도울 것입니다."

"고맙소. 열 사람만 모이면 대사를 능히 이룰 수 있을 것이오. 그러나 충의지사가 어디 많아야 말이지요."

"찾아보면 있을 것이오."

마등은 만조백관의 서열이 적혀 있는 명부를 일일이 읽어보다가 문득 무릎을 치며 깜짝 놀랄 만큼 큰소리로 외쳤다.

"아, 또 한 사람 있소."

"그 사람이 누구요?"

동승의 질문에 마등이 말했다.

"예주목 유현덕이오."

그러나 동승은 고개를 좌우로 흔들었다.

"그 사람은 황숙이라고는 하지만 이즈음 조조와 붙어 다니고 있소. 어찌 그런 사람을 믿는단 말씀이오?"

"그건 모르시는 말씀입니다. 전일 조조가 허전에 사냥을 나가 방약무인하게 굴었을 때, 유현덕의 의제 관운장이 몹시 분개하는 것을 내 눈으로 똑똑히 보았소. 유현덕을 얻는 것은 다른 사람 열 명을 얻는 것보다도 더 큰 도움이 될 터이니, 공은 지금이라도 곧 그 분을 한번 만나보오. 반드시 우리와 행동을 같이할 것이오."

그 말을 들은 사람들은 모두 찬성했다. 그러나 오석 한 사람만은 끝까지 반대했다.

"유현덕은 좀더 두고 지내봅시다."

이리하여 이들을 여섯 사람만으로 일단 의맹을 끝내고 제각기 자기 처소로 돌아갔다.

이튿날, 달도 없는 어두운 밤이었다. 동승은 마침내 뜻을 결한 바 있어 천자의 밀조를 가슴 깊이 지니고 유비를 찾았다. 유비는 황망히 달려나와 동승을 조용한 소각(小閣)으로 영접했다.

"국구께서 밤중에 이렇게 왕림해 주시니 웬일이십니까?"

유비는 조용히 입을 열어 물었다.

"낮에는 이목이 번다할 뿐더러 조조의 의심을 살까 저어하여 이렇게 밤중에 찾아왔소이다."

동승의 대답이 심상치 아니하자 유비는 재빠르게 눈치를 채고 곧 사환을 시켜 술상을 차려오게 했다.

주인과 손님은 한동안 아무 말도 아니하고, 술잔만 나누었다. 술이 몇 순배 돌아가자 동승은 새삼 자리를 바로 하며 유비에게 물었다.

"전일 폐하께서 허전으로 사냥을 나가셨을 때, 관운장이 조조를 죽이려는 것을 장군이 억제하신 것은 어인 까닭이었소?"

유비는 그 소리를 듣고 적이 놀랐다.

"공은 그것을 어찌 아셨소?"

"다른 사람들은 몰라도 나만은 알고 있었소이다."

유비는 내심 더욱 놀라며 솔직하게 말했다.

"내 아우 관운장은 성미가 워낙 강직한 사람이라 조조가 참월한 것을 보고 저도 모르게 분개했던 것이오."

"조정에 관운장과 같은 충신만 있다면 우리가 나라의 태평을 걱정하지 않아도 좋았을 것이오."

그 순간, 유비는 동승을 의심하는 마음이 없지 않았다.

'혹시 조조가 나의 마음을 떠보려고 동승을 보내 이런 얘기를 시키고 있는 것이 아닐까?'

그런 의혹이 떠오르자 유비는 만일에 대비하기 위해 짐짓 이렇게 말했다.

"조정에는 조 승상과 동 공 같은 어른들이 계신데, 어찌 나라가 태평하지 않다 하시오?"

동승은 그 소리를 듣자 얼굴에 분노의 빛을 띠며 유비를 정면으로 쏘아보았다.

"현덕 공은 종친의 몸으로 어찌하여 그런 말씀을 입에 담는단 말이오. 현덕 공이 나를 의심해 그러는 모양인데, 나는 공을 믿기에 모든 것을 이실직고한 것이오. 자, 여기 그 증거를 보여드리리다."

동승은 자리를 바로잡고 앉아 품안에서 황제의 밀조를 꺼내 보였다. 유비는 자세를 바로잡고 앉아 밀조와 혈판장을 한동안 말없이 읽어나가더니 저도 모르게 눈물을 줄줄 흘렸다. 이윽고 그는 눈물을 닦고 혈판장을 돌려주며 말했다.

"공이 이미 밀조를 받들고 도적을 친다 하시니, 유비도 견마(犬馬)의 노(勞)를 다하리다."

동승은 그 말을 듣고 크게 기뻐했다.

"그러면 현덕 공도 이 혈판장에 이름을 올려주기 바라오."

유비는 혈판장을 들고, 이미 기록된 이름들을 다시 한번 훑어보았다.

거기장군 동승

공부시랑 왕자복

장수교위 충집

의랑 오석

소신장군 오자란

서량 태수 마등

유비는 하나하나 이름을 머리에 아로새기려는 듯이 신중히 읽고 나더니, 말없이 손가락을 깨물어 흐르는 피로 다섯 자를 적었다.

좌장군 유비

"오오, 현덕 공을 동지로 얻으니 내 마음은 얼마나 기쁜지 모르겠소."

동승이 혈판장을 들여다보며 감격했다.

"황공하신 말씀이오."

"이제 세 사람만 더 얻어 열 사람을 채우면 우리는 반드시 뜻을 이룰 수 있을 것이오."

"급히 서두르다가 발각되면 큰일이니 서서히 진행시켜나가십시다."

마침 그때, 방문 밖에서 이상한 인기척이 들려왔다. 동승이 깜짝 놀라 문을 열어보니, 관우와 장비가 어린아이들처럼 얼싸안고 감격의 눈물을 흘리고 있었다.

"형님, 이제야 우리의 뜻을 이룰 때가 왔습니다."

그들은 동승의 심야 방문이 어떤 일인지 궁금해 밤을 새워가며 문 밖에서 호위하다가 의거의 맹세가 성립되었음을 알고 감격의 눈물을 흘리고 있는 것이었다.

동승은 관우의 충심을 진작부터 알고 있었는지라 조금도 경계할 것이 없었다. 유비는 두 아우의 감격스러워하는 장면을 보고 빙그레 미소를 지었다.

유비가 동승을 다시 바라보며 충고를 잊지 않았다.

"급히 먹는 밥에 목이 메는 법이니 경거망동을 삼가고, 때를 기다리도록 하십시다."

"알겠소이다. 그럼, 후일에 다시 연락드리리다."

동승이 밀조와 혈판장을 가슴 깊이 간직하고 일어서는데, 어디선가 여명을 알리는 계명일성(鷄鳴一聲)이 들려왔다.

좌장군 유비는 요즈음 새로운 소일거리를 하나 시작했다. 그것은 다름이 아니라 공관 후원에 밭을 만들어 채소를 가꾸는 일이었다. 아침이나 낮이나 저녁이나 유비는 공사만 없으면 허술한 옷을 갈아입고 밭에 나와 채소를 가꾸었다.

씨를 뿌리고, 물을 주고, 김을 매며 틈만 있으면 밭에 붙어 있는데, 그와 같은 농사일이 유비에게는 지극히 즐거운 듯이 보였다. 그러나 유비의 거동이 장비에게는 매우 못마땅하게 여겨졌다. 장비가 관우를 보고 불평을 늘어놓았다.

"큰형님은 요즘 후원에서 채소만 가꾸고 있으니 대체 어쩔 생각이랍니까?"

"나도 잘 모르겠네. 형님도 무슨 생각이 있으시겠지."

"생각이오? 밭에서 채소를 가꾸는 것은 농사꾼이나 할 일인데 좌장군이라는 사람이 그런 일이나 해가지고 어떡한단 말이오? 내가 형님한테 가서 한번 따져봐야겠습니다. 운장 형도 같이 찾아가 만납시다."

장비는 관우를 앞장세우고 유비를 찾아갔다. 때마침 채소에 물을 주고 있던 유비가 두 아우를 반갑게 맞았다.

"형님, 이 아우가 오늘은 불평을 말하러 왔습니다."

장비는 유비를 보자 대뜸 그렇게 말했다.

"무슨 일인가? 불평이 있으면 어디 허심탄회하게 말해 보게."

"이 어지러운 세상에서 천하를 바로잡을 생각은 아니하시고, 밤낮 채소만 가꾸고 계시니 대체 어쩌자는 것입니까? 한심하고 울화가 치밀어 못 보고 있겠습니다."

"운장 아우도 같은 생각인가?"

유비가 관우를 돌아보며 물었다.

"형님께서 어련히 알아서 하시겠지만 저 역시 어딘가 석연치 않은 것은 마찬가지올시다."

"그런가? 어쨌든 때가 되면 알 일이니 그 문제는 너무 간섭 말고 내게 맡겨두게. 우리 삼 형제가 모처럼 만났으니 오늘은 술이나 한잔씩 나눌까?"

장비는 술을 준다는 바람에 감정이 다소 누그러지기는 했지만 여전히 불만이 그득한 눈치였다.

유비는 물론 마음이 편해 채소밭을 가꾸고 있는 것이 아니었다. 동승과 더불어 의맹을 맺고 난 뒤로는 쓸데없는 의심을 사게 될까봐 일부러 그런 거동을 취하고 있는 것이었다. 괜히 조조 일파를 자극할 필요는 없었기 때문이다. 관우와 장비가 불평을 말한 것은 유비의 깊은 뜻을 몰라서였다.

그로부터 며칠이 지난 어느 따뜻한 봄날이었다. 유비가 이날도 혼자서 채원을 가꾸고 있는데, 조조의 심복 장수인 허저와 장요가 수십 명의 부하를 거느리고 찾아왔다.

"아니, 두 분께서 별안간 웬일이시오?"

유비는 내심 크게 놀라면서도, 겉으로는 반갑게 영접했다.

허저가 말했다.

"승상께서 현덕 장군을 모셔오라는 분부이십니다."

"승상께서 나를 무슨 일로 부른답니까?"

"우리는 그것까지는 모르겠소이다. 그냥 가서 모셔오라고만 하셨습니다."

유비는 마음속으로 매우 괴이쩍게 생각했다.

'눈치 빠른 조조가 우리의 밀계를 이미 알아채고, 나를 해하려고 오라는 것은 아닐까. 그런 일이 아니면 느닷없이 부를 턱도 없지만 설사 부를 일이 있다손 치더라도 허저나 장요 같은 장수에게 군사까지 딸려 보낼 이유가 어디 있단 말인가?'

생각이 거기에 미치자 유비는 모골이 송연했다. 그러나 조조가 부른다는데 아무런 이유도 없이 아니 갈 수도 없는 일이었다.

유비는 옷을 갈아입고, 허저와 장요를 따라 나서면서도 겉으론 어디까지나 태연자약한 빛을 보였다. 그러나 두 장군에게 잡혀가듯이 조조를 만나러가는 유비의 심중은 형용하기 어렵도록 불안할 뿐이었다.

유비, 조롱을 벗어나다

유비가 승상부로 들어오는 것을 보고는 조조가 대뜸 말했다.

"유 공은 요즘 집에 들어앉아 좋은 일만 하고 있다고 하더이다?"

유비는 그 소리를 듣고는 가슴이 철렁 내려앉았다. 동승과 내통한 음모 사건을 조조가 알고서 그런 말을 물어보는 것 같았기 때문이다.

그리하여 잠시 머뭇거리다가 대답했다.

"별로 할 일이 없기에 집에 가만히 들어앉아 있을 뿐입니다."

조조가 유비의 손을 후원으로 잡아끌며 말했다.

"듣자하니 유 공은 요새 채원(菜園)에 취미를 붙이셨다면서요?"

유비는 그제야 가슴을 내리쓸었다.

"조 승상의 공로로 나라가 평정되어 나 같은 사람이 채원에서 유유자적할 기회를 가지게 되었소이다."

후원으로 들어오니 매화나무에 열매가 가득히 열려 있었다.

조조가 매실을 가리키며 말했다.

"주렁주렁 열린 매실을 보니 지난날 장수를 정벌하던 때의 일이 생각나서, 오늘 유 공을 오시라고 한 게요. 그 당시 우리 군사가 물은 없는데 목이 말라 행군을 못하기로, 내가 채찍으로 산 너머를 가리키며, 저 산을 넘어가면 매실이 많으니 참고 넘어가자고 했소. 그랬더니 군사들의 입에 침이 가득 고여 가까스로 산을 넘을 수 있었소. 이제 또다시 매실을 보자니 지난날의 일이 연상되어 술이나 한잔 들자고 청하였소."

유비는 그제야 마음을 놓고 매화나무 그늘에 있는 정자에 앉아 조조와 더불어 술을 나누게 되었다.

술이 여러 순배 돌아 거나하게 취했을 무렵이었다. 난데없는 검은 구름이 온 하늘을 뒤덮더니 저 멀리 산기슭에서 시커먼 구름이 하늘높이 뻗쳐올랐다.

종자가 구름을 보고는 떠들어댔다.

"아, 용이다! 용이다! 저기 용이 하늘로 올라가고 있습니다."

조조는 유비와 함께 난간까지 걸어 나와 하늘로 뻗은 구름기둥을 한참 바라보다가 문득 유비를 보고 물었다.

"유 공은 용이라는 것이 있다고 생각하오?"

"옛날부터 용이 있다는 말은 들어왔습니다만 아직 제 눈으로 직접 구경한 적은 한 번도 없습니다."

"음, 나도 용이라는 동물이 실제 있는지는 모르지만 천지간에 풍운조화를 일으키는 것이 용이라면 우리가 말하는 '영웅'을 용이라고 불러도 무방할 것 같은데 어떻게 생각하오?"

"사리에 합당하신 말씀입니다."

"유 공은 오랫동안 천하를 떠돌았으니 당대의 영웅들을 두루 알고 있을 것이오. 어디 누가 영웅인지 어디 한번 말해 보오."

"나 같은 사람이 어찌 영웅을 알아볼 수 있겠나이까?"

"그것은 너무도 겸손한 말씀이오. 너무 겸사 말고 어서 말해 보오."

유비는 마지못해 잠시 생각하다가 말했다.

"회남의 원술은 군사도 많고 양식도 넉넉하니 영웅일 것입니다."

조조가 웃으며 말했다.

"원술은 한낱 총중고골(塚中枯骨)에 불과한 사람이오. 머지않아 내가 사로잡고 말 것이니 두고 보오."

"하북의 원소는 사세삼공(四世三公)인 데다가 문하에 모사 용장이 많으니 가히 영웅이라 하오리다."

"원소는 겉으로는 위엄이 있어 보이나 원래는 담이 작고 결단력이 없어 큰일을 도모할 능력이 없는 사람이오. 그런 위인을 어찌 영웅이라 할 수 있겠소."

"그러면 강하팔준(江夏八俊)으로 위진구주(威鎭九州)하고 있는 유표는 어떠하오리까?"

"유표는 허명무실한 사람이니 영웅이라고 볼 수 없소."

"혈기방강한 강동의 손책은 어찌 보시나이까?"

"손책은 제 아비의 이름을 빌렸으니 진정한 영웅이라고 할 수 없을 것이오."

"그러면 익주 유계옥(劉季玉)은 어떠하오리까?"

"유장(劉璋)은 집을 지키는 개에 불과한 사람으로 영웅은 못 되오."

"그러면 장수, 장로(張魯), 한수(韓遂) 같은 장수는 어떠할까요?"

유비의 말에 조조는 소리를 크게 내어 웃었다.

"하하하, 그런 무리들이야 녹록 소인이니 가히 거론할 바도 못 되오."

"그밖에 제가 아는 사람은 없소이다."

조조가 웃으며 말했다.

"대저 영웅이란 가슴에 큰 뜻을 품고, 뱃속에 경륜을 가지고, 우주의 기틀을 싸고 감추면서 천지의 뜻을 삼키는 자이어야만 하오."

"당대에 그런 사람이 누가 있습니까?"

"지금 천하의 영웅은……."

조조는 거기까지 말하고, 손을 들어 유비를 가리키며 빙그레 웃어 보였다.

"지금 천하의 영웅은 현덕 공과 나, 이렇게 두 사람이 있을 뿐이오."

마침, 이때 천둥이 요란스럽게 울리며 비가 억수로 퍼부었다. 유비는 소스라치게 놀라며, 손에 들고 있던 젓가락을 떨어뜨렸다.

유비는 허리를 굽혀 땅에 떨어뜨린 젓가락을 주우며 혼잣말로 중얼거렸다.

"무슨 천둥이 이렇게도 대단한가!"

그 모양을 보고 조조가 웃었다.

"천하의 영웅이 우레를 무서워한단 말씀이오?"

"성인도 신뢰풍렬(迅雷風烈)에 필변(必變)이라 하셨으니, 천둥이 어찌 무섭지 않겠습니까?"

그 소리를 들은 조조는 고개를 끄덕이며 말이 없었다. 천둥을 무서워할 정도면 유비도 결코 대단한 인물은 아니라고 생각하며 내심 비웃고 있었던 것이다.

과연 유비가 정말로 천둥이 무서워 젓가락을 떨어뜨렸던 것일까. 결코 그런 것은 아니었다. 유비는 지금 자신이 호랑이 굴에 붙들려 와 있다는 것을 너무도 잘 알고 있었다. 조조가 난데없이 영웅을 말하는 것은 유비의 흉중을 파악해 보려는 술책임을 잘 알고 있었던 것이다. 그러기에 유비는 스스로 영웅이 못 된다는 인상을 조조에게 심어주기 위해 의식적으로 그런 수단을 썼던 것이다. 말하자면 유비가 조조보다 훨씬 더 깊은 사려를 가지고 있었던 것이다.

비가 그쳤다. 조조와 유비가 영웅을 논하며 술잔을 기울이고 있는데 문득 대문 밖에서 옥신각신하는 소리가 들려왔다.

"문을 빨리 열어라. 문을 열지 않으면 부숴버리겠다."

"안 됩니다. 감히 여기가 어디라고 이러시오."

웬일인가 싶어 잠시 바라보고 있노라니 대문을 어떻게 통과했는지는 몰라도 두 장수가 손에 칼을 뽑아 들고 정자 앞으로 서슬이 푸르게 달려오고 있는 것이 아닌가.

조조가 눈을 들어보니 관우와 장비였다. 그들은 자기들이 없는 사이에 유비가 조조에게 불려갔다는 소리를 듣고, 마음속에 크게 의심스러운 점이 있어 황급히 달려온 것이었다. 그런데 정작 달려와보니, 유비는 조조와 함께 술을 마시고 있는 것이 아닌가.

"오오 형님, 여기 계셨습니까?"

관우와 장비가 계하에 주저앉으며 안도의 숨을 쉬었다.

조조가 그들을 보고 물었다.

"그대들은 부르지도 않았는데 무슨 일로 왔는가?"

관우가 얼른 대답했다.

"승상께서 저희 형님과 함께 약주를 드신다기에 검무(劍舞)라도 추어 흥을 돋우려고 왔습니다."

조조는 그 소리를 듣고 크게 웃었다.

"하하하, 대답이 왜 그다지도 구구하오? 오늘은 홍문연(鴻門宴)도 아닌데 항장(項莊), 항백(項伯)이 무슨 소용이란 말이오. 안 그러오, 현덕 공?"

유비는 웃으며 고개를 끄덕이는 수밖에 없었다.

조조는 좌우를 돌아다보며 명했다.

"여봐라, 저 두 번쾌에게 술을 갖다주어라."

장비가 술을 받아들고 단숨에 마셨다. 그러나 관우는 술을 입에 물었다가 조조가 보지 않는 사이에 뱉어버렸다.

이윽고 두 사람은 유비를 호위하여 집으로 돌아왔다.

"형님이 조조에게 붙들려갔다는 소리를 듣고, 저희들은 어찌나 놀랐는지 모릅니다."

관우가 그렇게 말하자 유비가 대답했다.

"나도 조조에게는 늘 경계를 게을리하지 않고 있다네. 아우들한테 걱정을 끼쳐 미안하네!"

며칠이 지난 뒤, 유비는 조조가 주연을 베풀어준 데 대한 인사를 하려고 승상부를 방문하기로 했다. 관우와 장비가 그 소리를 듣고는 깜짝 놀랐다.

"조조가 내심 무슨 간계를 쓰고 있는지도 모르는 판에 형님은 어쩌자고 자진해서 그를 만나려 하십니까?"

유비가 웃으며 대답했다.

"내가 어찌 그것을 모르겠는가? 내가 집에서 채원을 가꾸고, 조조가 보는 앞에서 천둥에 놀라 젓가락을 떨어뜨린 것은 모두 괜한 의심을 사지 않기 위한 의도된 행동이었네. 조조는 총명하고 예민한 인물이어서 내가 저를 멀리하면 오히려 의심을 사기에 일부러 그에게 접근하려는 것일세."

관우와 장비는 유비가 부질없이 집에서 채소만 가꾸고 있었던 까닭을 그제야 알고는 그의 심려원모(深慮遠謀)에 새삼스러이 감탄해 마지않았다.

조조는 유비를 반가이 맞았다. 그리하여 또다시 연석을 베풀고 술잔을 나누는데 사신 하나가 들어오더니 조조에게 아뢰었다.

"앞서 하북의 정세를 알아보려고 갔던 만총이 지금 돌아왔습니다."

조조는 곧 만총을 불러들여 물었다.

"하북의 정세가 어떠하오? 원소가 공손찬과 싸운 승패가 어찌 되었소?"

"공손찬은 원소에게 크게 패했을 뿐만 아니라 이미 죽었습니다."

만총의 말에 유비가 소스라치게 놀라며 물었다.

"공손찬 장군이 돌아가시다니 그게 무슨 소리요? 얘기를 좀더 자세히 들려주오."

조조가 그 소리를 듣고는 유비에게 의아스럽게 물었다.

"공손찬이 죽었다는데 현덕 공은 어찌 그리 놀라오?"

"공손찬 장군으로 말하자면 저의 둘도 없는 은인입니다. 제가 미천할 때에 꾸준히 도와주셨고, 황건적을 토벌할 때에도 많은 힘을 빌려주셨던 분입니다. 자, 나에게 공손찬 장군이 돌아가신 사정을 좀더 자세하게 들려주오."

만총이 대답했다.

"공손찬이 원소와 싸워 크게 불리해지자 구원병을 청하기 위해 허도로 사자를 보냈답니다. 그런데 사자가 도중에 원소의 군사들에게 붙잡히고 말았습니다. 공손찬은 다시 장연(張燕)과 연합하여 원소를 협공하려 했으나 그 역시 기밀이 누설되어 크게 패하고 말았습니다. 공손찬은 부득이 농성하여 싸우려 하지 않았으나 원소의 군사가 땅굴을 파고 들어와 성을 뒤흔들어놓는 바람에 마침내 패망을 면치 못하게 되었고, 결국 가족들을 죽인 뒤에 그 자신도 목을 매어 죽었습니다."

조조가 말했다.

"공손찬이 패망했으니, 이제는 원소의 성세가 대단하겠구나."

만총이 대답했다.

"그렇습니다. 하지만 원소는 교기(驕氣)가 대단한 까닭에 백성을 사랑하지 않아 인심을 크게 잃고 있습니다. 그뿐 아니라 원소의 아우 원술은 전국의 옥새를 형에게 보내 형제가 합세하여 천하를 호령하려는 계획을 세우고 있습니다. 만약 그렇게 되는 날이면 물리치기 어려우니 승상께서는 하루빨리 원소를 치는 게 유리할 것입니다."

만총의 보고를 들은 조조는 매우 못마땅한 표정이었다.

만총이 물러가고 주위가 조용해지자 유비가 조조를 보고 말했다.

"승상께 한 가지 부탁드릴 일이 있습니다."

"어서 말해 보오."

"원술이 원소와 결탁하려면 반드시 서주를 통과해야 합니다. 그러하니 저에게 군사를 빌려주시면 중로에서 원술을 사로잡아 승상께 바치오리다."

"허어, 유 공은 어찌 그런 용기가 나셨소?"

"공손찬 장군의 원수를 갚기 위해서라도 제가 원술과 원소를 꼭 패망시켜야겠습니다."

"참 장한 생각이오. 그러면 천자께 품하여 그리하도록 합시다."

이튿날 유비는 조조와 함께 천자를 배알했다. 조조는 유비에게 오만의 군사를 주고, 수하의 장수 주령(朱靈), 노소(路昭) 두 사람을 동행하게 했다. 유비는 장군인(將軍印)을 차고, 오만 군사를 거느리고 곧 허도를 떠났다.

그 소식을 듣고 크게 놀란 사람은 동승이었다. 동승은 십리정(十里亭)까지 말을 달려나와 유비에게 말했다.

"현덕 공이 허도를 떠나시면 우리의 모의는 어찌되는 것이오?"

유비는 동승의 손을 붙잡으며 말했다.

"국구, 안심하십시오. 한번 약속한 일을 잊어버릴 내가 아닙니다. 내가 이번 길을 자진해 나서는 이유는 따로 있소이다."

"공은 부디 천자께서 부탁하신 바를 저버리지 마오."

유비가 후일을 기약하며 동승과 작별하고 군사를 재촉해 나가려니, 관우와 장비가 뒤를 따라오며 물었다.

"형님은 어찌하여 전에 없이 이번 출정을 그렇게도 서두르시오?"

유비는 두 아우를 돌아다보며 말했다.

"나는 허도에 있는 동안 한시도 마음을 놓은 적이 없었네. 허도에 있을 때의 내 신세는 조롱(鳥籠) 안의 새요, 그물 속의 물고기와 다름이 없지 않았는가. 만약 실수를 해 조조에게 의심을 사는 날이면 목숨이 언제 달아날지 모를 일이었어. 이제 위험지대를 벗어났으니 바다에 나온 물고기요, 하늘을 나는 새와 다름없지 않은가!"

관우와 장비는 그 소리를 듣고 나서야 유비의 크나큰 뜻을 알아차렸다.

유비가 오만여 명의 병력을 거느리고 허도를 떠났다는 소식을 들은 곽가와 정욱은 크게 놀라 조조에게로 달려왔다.

"승상은 어찌하여 유비에게 군사를 주어 멀리 떠나게 하셨습니까?"

조조는 심상하게 대답했다.

"원술이 원소와 연합하려고 하북을 바라고 간다기에, 길을 끊게 하려고 보냈소."

정욱이 말했다.

"전일에 승상께서 유비를 예주목으로 삼으실 때에 저희가 죽이라고 말씀드렸건만 기어코 살려두시더니 이제는 군사까지 내주어 도망을 치게 하셨습니다. 이는 용을 바다에 놓아주고, 범을 산으로 놓아보낸 것과 같은 일입니다."

곽가가 뒤따라 말했다.

"설령 유비를 죽이지는 않더라도 자유롭게 놓아보내서는 안 되는 일이었습니다. 솔직하게 말씀드리자면 승상께서는 유비의 계책에 속아 넘어간 것입니다."

"음, 듣고 보니 일리가 있는 말이오. 그렇다면 이 일을 어찌했으면 좋겠소?"

조조가 뉘우치는 빛을 보이자 등 뒤에서 호위하고 있던 장사 허저가 나서서 말했다.

"승상, 무엇을 걱정하십니까? 제가 당장 유비를 사로잡아오겠습니다."

"오, 그것 참 좋겠소. 그러면 지금 곧 필요한 군사를 데리고 가 유비를 잡아오도록 하오."

명령일하 허저는 범처럼 사나운 정병 오백 명을 거느리고, 유비의 뒤를 추격하기 시작했다. 허저는 추격한 지 사흘 만에 유비를 따라잡게 되었다. 유비는 사세가 심상치 않음을 깨닫고 곧 경계를 삼엄히 하며 허저를 맞았다.

"허 장군은 무슨 일로 나를 만나러 오셨소?"

"승상의 분부를 받들고 오는 길입니다. 급히 의논할 일이 생겼으니, 승상께서 급히 돌아오시라는 명령을 내리셨습니다."

유비는 그 말을 듣고 정색하며 말했다.

"그게 무슨 말이오? 나는 황제의 어명과 승상의 분부를 받고 당당하게 출정의 길에 올랐소. 그런데 지금 공을 보내어 회군을 하라는 것은 당치도 않은 말이오. 이제 보니 허 장군도 곽가나 정욱 같은 간신의 일당인가 보구려?"

간신이라는 소리에 허저는 크게 노했다.

"말씀을 삼가오. 간신이라니, 그게 무슨 무례한 말씀이오?"

"사실이 그렇잖소. 내가 허도를 떠날 때에 곽가와 정욱이 뒤에서 뇌물을 요구하는 것을 괘씸하게 여겨 아무것도 안 주었더니 그 자들이 조 승상께 모략을 했는가 보구려. 그렇다면 허 장군은 왜 어리석게도 그런 무리들의 심부름을 다니는 것이오?"

허저는 그 소리를 듣더니 아연실색했다.

"……."

"허 장군은 쓸데없는 고생 말고, 돌아가거든 빨리 그 자들이나 잘 다스려야 할 것이오."

허저는 더 이상 할 말이 없어 허도로 되돌아와 조조에게 사실대로 보고했다. 조조는 보고를 듣고 크게 노하여, 곧 곽가와 정욱을 불러 문책했다.

곽가가 노여움을 띠며 대답했다.

"승상께서는 현덕에게 속은 줄을 모르시고, 이제는 우리조차 의심하려 하십니까?"

그러자 조조도 깨달은 바가 있어 쾌히 웃으며 술상을 차려오게 했다.

"내가 한번 희롱을 해보았던 것이오. 하하하, 이미 지나간 실책은 어찌할 수 없으니 우리 술이나 마시기로 합시다. 내가 주령, 노소 두 장수를 딸려 보냈으니 현덕이 변심을 하고 싶어도 쉽게는 안 될 것이오."

멸망하는 원술

유비가 군사를 거느리고 서주에 이르렀다. 조조의 명령으로 서주를 지키고 있던 차주(車冑)가 나와 유비를 영접했다.

유비가 차주를 보고 말했다.

"승상의 명령을 받들어 오만 병력을 거느리고 원술을 치러 왔소. 황제를 자처하고 있는 원술이 이번에 원소에게 옥새를 주려고 하북으로 간다기에 도중에서 쳐부수려고 온 것이오. 그러니 시급히 사람을 보내어 원술의 정세를 알아오게 하오."

"잘 알겠습니다. 곧 첩자를 보내 적정을 살피게 하겠습니다."

이날 밤, 유비를 위해 성대한 연석이 베풀어졌다. 유비는 그 연회석상에서 전에부터 신임해 오던 미축과 손건 등을 반갑게 만날 수 있었다. 그러나 무엇보다도 반가운 것은 서주 성내에서 외로운 세월을 보내고 있는 늙은 어머니를 다시 만나 뵙게 된 것이었다. 유비의 어머니는 이미 칠십이 넘었는지라 몸이 무척 노쇠했다. 그러나 젊은 날의 기개만은 아직도 그대로 남아 있어 유비를 보자마자 천하 대사만을 염려했다.

"오오, 비가 왔느냐? 그래, 천하가 지금 어찌 돌아가고 있느냐?"

유비는 어린아이처럼 어머니 앞에 엎드려 큰절을 하고 나서 말했다.

"어머님, 소자도 이제 우리 가문을 세상에 널리 알리게 되었습니다. 일전에 천자께서 저를 부르셔서 가계(家系)를 물으시기에 사실대로 말씀드렸더니 크게 놀라시며 저를 황숙으로 불러주고 있사옵니다. 그것도 모두 다 어머님의 덕택이오니 머지않아 우리 가문에 꽃이 필 것입니다."

"오오, 폐하께서 너의 존재를 알아주셨다니 그것 참 기쁜 소식이로구나. 너는 부디 자중자애하여 조금이라도 실수가 없도록 하여라."

"명심하겠습니다."

모자 상봉의 감격적인 장면이었다. 밖에 나가서는 천하의 영웅으로 만인이 우러러보는 유현덕이었지만 늙은 모친 앞에서는 한낱 어린아이나 다름이 없었던 것이다.

이틀이 지나자 원술의 정세를 알아보러 갔던 첩자가 돌아왔다. 첩자의 보고에 의하면 원술은 황제를 자처하며 궁전을 어마어마하게 짓고 사치를 부리는 바람에 민심을 크게 잃었다고 했다. 형편이 그쯤 되자 원술의 수하 장수인 뇌박과 진란은 많은 군사를 이끌고 숭산(崇山)으로 달아나버렸다. 엎친 데 덮친 격으로 수해까지 심하여 국정이 극도로 피폐해지자 원술은 어쩔 수 없이 하남에 있는 형 원소에게 도움을 청하려고 노력하는 중이라는 것이다.

원술이 옥새를 보내준다고 하자 원소는 이미 황제라도 된 듯 크게 기뻐하며 뭐든 도와주겠다는 기별을 보내왔다고 했다. 원술은 많은 금은보화와 군사들을 거느리고 하북을 향해 길을 떠나게 되었는데, 그들 일행이 불일간 서주를 통과하게 된다는 것이었다.

첩자의 보고를 받은 유비는 관우, 장비, 주령, 노소 등의 장수들과 함께 오만 군사를 거느리고 도중에서 원술을 기다렸다.

한낮이 지났을 무렵, 원술의 선봉장 기령이 군사를 거느리고 나타났다. 기령은 진두에서 유비와 마주치자 큰소리로 고함을 지르며 덤벼왔다.

"이 고리장이 놈아! 네가 감히 어디라고 나를 대적하려느냐!"

그러자 장비가 나는 듯이 달려나가 기령의 목을 단번에 찔러 죽였다. 다른 장수들도 좌충우돌로 기령의 군사들을 후려 때리며 산이 쩡쩡 울리도록 고함을 질렀다.

"이놈들, 누구든지 죽고 싶거든 당장 덤벼라!"

그 바람에 남은 군사들은 뒤도 돌아보지 않고 사방으로 뿔뿔이 흩어져 버렸다.

유비는 서전에서 크게 승리를 거두었다. 그러나 정작 적의 대군은 그때부터 모습을 드러내기 시작했다. 원술이 친히 거느리고 오는 십만 대군은 전투태세를 갖추고 유비의 진지로 육박해 왔다.

유비는 군사를 세 패로 나누어 주령과 노소는 좌측을 지키게 하고, 관우와 장비는 우측을 지키게 한 뒤에, 자기 자신은 중앙에서 적군이 접근해 오기를 기다렸다.

마침내 원술이 몸소 군사를 거느리고 진두에 나타났다. 유비는 군기를 높이 들고 원술을 맞아 나오면서 큰소리로 호령했다.

"천하의 역적 원술은 들거라. 나는 황제의 어명을 받들어 너를 치려고 왔으니 이제라도 목숨이 아깝거든 순순히 항복하여라."

원술은 그 소리에 크게 노하여 마주 큰소리로 외치며 군사를 휘몰아 왔다.

"이 고리백장 놈아! 네가 나를 누구로 알고, 주둥이를 함부로 놀리느냐! 이놈, 내 칼을 받아라!"

유비는 의식적으로 군사를 뒤로 물렸다. 그러자 원술은 유비가 쫓기는 줄 알고 군사를 깊이 몰아 들어왔다. 유비는 그 기회를 놓치지 않고 북소리, 징소리를 요란스럽게 울리며 삼면에서 노도와 같이 덤벼들었다. 원술은 불의의 역습에 한번 싸워보지도 못하고 도망을 치기에 급급했다.

유비의 군사들은 도망가는 적들을 이리 갈기고 저리 후려서 무수한 군사가 죽고, 무수한 군사가 항복하고, 무수한 군사가 뿔뿔이 흩어져버렸다. 원술은 혼비백산하여 수하 장병들과 함께 산속으로 급히 패주했다. 그러나 원술을 배반하고 산속에 들어가 있던 뇌박과 진란이 군사들을 휘몰아 나오며 공격을 가해 왔다.

구사일생을 얻은 원술은 강정(江亭)이라는 곳에 도달하여 겨우 숨을 돌렸다. 그러나 부하들을 수습해 보니 겨우 천여 명밖에 안 되었다. 그나마 대부분 늙어빠진 군사들뿐이어서 도저히 싸울 기력이 없었다.

때는 유월 염천이었다. 더위는 찌는 듯이 혹심했고 군량도 깡그리 빼앗겨버려 먹을 것이라고는 보리 몇 섬이 전부였다. 사태가 그렇게 되고 보니 남아 있던 군사들도 모두 도망을 쳐버리고, 마침내 조카 원윤(袁胤) 한 사람만이 남게 되었다.

"윤아, 나는 이제 앞으로 어떡하면 좋겠느냐?"

원술이 조카를 보고 한탄했다.

"저기 농가가 보이니 그리 가셔서 우선 몸이라도 편히 쉬십시오."

원술은 조카의 부축을 받으며 농가에 도착하자 주인을 보고 말했다.

"여봐라, 나에게 밀수(蜜水)를 좀 갖다다오. 목이 말라 못살겠구나."

보리밥은 입에 넘어가지 않고, 속은 타올라 밀수 생각이 간절했던 것이다. 그러자 농부가 코웃음을 치며 조롱했다.

"홍, 저 늙은 것이 아직도 못된 버릇을 버리지 못했구나. 농사꾼의 집에 꿀물이 어디 있단 말이냐? 목이 그렇게도 타거든 말 오줌이나 받아먹어라."

원술은 그 소리를 듣고 분통이 터져 자리에서 벌떡 일어나다가 그대로 피를 토하며 땅에 쓰러져 죽었다. 때는 건안(建安) 사년 유월이었다.

원윤은 원술의 시체를 땅에 묻고, 혼자 피신 길에 오르는 수밖에 없었다. 그는 여강(廬江)으로 피난을 가다가 광릉 지방에서 서구(徐璆)라는 사람에게 사로잡혀 죽었다.

서구가 원윤의 몸을 검사해 보니, 천만뜻밖에도 그의 몸에서 전국의 옥새가 나왔다. 서구는 크게 기뻐하여 옥새를 가지고 허도로 달려와 조조에게 바쳤다. 조조도 옥새를 은근히 탐내고 있던 터인지라 크게 기뻐하며 서구를 광릉 태수로 봉했다.

한편 유비는 원술이 죽었다는 것을 알자 주령, 노소를 허도로 돌려보내면서 조조에게서 빌려온 오만 명의 군사는 서주를 지키는 데 필요하다는 핑계를 대고 그냥 남겨두었다.

주령, 노소가 허도에 돌아와 사실대로 보고하자 조조는 열화와 같이 노했다.

"나의 군사를 내 명령도 없이 서주에 남겨두고 오는 놈들이 어디 있느냐?"

조조가 즉석에서 두 장수를 참하려는 것을 순욱이 말렸다.

"승상께서 유현덕을 총대장으로 삼으셨으니, 저 두 사람이 군사를 이끌고 오지 못했기로 무슨 죄가 있습니까? 괘씸한 자는 유현덕입니다. 승상께서는 죄 없는 두 사람을 나무라실 것이 아니라 거기장군 차주에게 밀서를 보내 유현덕을 제거해야 합니다."

조조도 순욱의 말을 옳게 여겨 차주에게 유비를 없애버리라는 밀령을 내렸다.

진 대부의 아들 진등은 그때까지도 서주에 남아 차주를 돕고 있었다.

하루는 차주가 모사 진등을 불러 물었다.

"오늘 조 승상에게서 유현덕을 제거해 버리라는 밀령이 왔는데 이를 어찌했으면 좋겠소? 섣불리 손을 댔다가 실패하는 날에는 이편이 큰일 날 판이니 명안을 생각해 주오."

"유현덕을 죽이는 것은 아무런 문제도 안 됩니다. 지금 유현덕은 관우, 장비와 더불어 성 밖에 나가 백성들을 위무하고 있습니다. 성문 안에 복병을 매복시켰다가 저들이 돌아올 때쯤 습격을 하면 그들을 능히 제압할 수 있을 것입니다. 그런 다음 후군으로 기습을 가하면 무난히 그들을 항복시킬 수 있을 것입니다."

차주는 그 말을 옳게 여겨 곧 진등의 계책을 실천에 옮기기로 했다. 이날 진등은 집에 돌아오자 아버지 진규에게 모든 일을 사실대로 설명하고 나서 물었다.

"아버님께서는 이 일을 어찌 생각하십니까?"

진규는 오랫동안 묵묵히 궁리하고 나서 말했다.

"우리가 아무리 조조의 녹을 먹으며 살고 있지만 현덕 같은 인자를 죽일 수야 없지 않느냐! 지금 곧 현덕을 찾아가 그 일을 자세히 알려라!"

진등은 부친의 명에 따라 이날 밤 말을 달려 현덕을 만나려고 성 밖으로 나왔다. 그러나 십 리도 채 못 가 성안으로 들어오는 관우, 장비와 마주쳤다. 그리하여 두 사람에게 그 사실을 알리니 장비가 노발대발하며 큰소리로 외쳤다.

"차주란 놈이 우리 형님을 죽이겠다고? 그렇다면 내가 당장 달려가 내 손으로 그놈의 목을 베겠다."

그러자 관우가 장비를 달래며 말했다.

"너무 덤비다간 오히려 낭패를 보기 쉬운 법일세. 이런 일은 형님한테 알릴 것도 없으니 우리 둘이서 해결하세. 내 생각 같아서는 이렇게 하면 좋을 것 같은데, 자네 생각은 어떤가?"

"어떻게 말이오?"

"우리가 성안으로 들어갔다가는 패를 보기 쉬우니 오늘밤 조조의 군사가 왔다는 핑계로 차주를 성 밖으로 불러내어 죽이는 것이 좋지 않을까?"

"그것 참 좋은 계책이오."

이날 밤 관우는 많은 군사를 거느리고 성문 밖에 와서 성문을 열라고 소리를 질렀다.

"어디서 온 군사이기에 성문을 열라는 거요?"

성안에서 파수꾼이 물었다.

"우리는 조 승상의 명령으로 허도에서 급히 달려온 장요의 군사들이오. 빨리 차 장군께 고하시오."

차주가 그 소리를 듣고, 내심 의아해 마지않았다.

"조 승상의 군대가 아무 예고도 없이 밤중에 들이닥치다니 그게 무슨 소리냐? 암만해도 의심스러우니 날이 밝기 전에는 성문을 열어주지 말아라."

진등은 그 말을 듣고 내심 크게 걱정스러워하며 말했다.

"조 승상께서 현덕을 제거하는 데 쓰라고 군사를 보내온 모양인데, 성문을 열어주지 않으면 어떡합니까?"

마침 그때 성 밖에서 관우가 소리를 질렀다.

"우리가 온 것을 현덕이 알면 큰일이니 어서 문을 여시오!"

차주는 마침내 의심을 품고 무장을 갖춘 뒤에, 성문 밖으로 나오며 물었다.

"장요 장군은 어디 계시오?"

그러자 관우가 청룡도를 휘두르며 달려왔다.

"이놈, 너 같은 필부가 감히 우리 형님을 해칠 수 있단 말이냐?"

차주가 그 소리에 소스라치게 놀라 달아나려 하는 것을 관우가 번개같이 달려와 목을 베어버렸다. 그러자 성안에 있던 진등이 차주의 부하들을 보고 소리쳤다.

"차주는 이미 죽었으니 너희들은 순순히 항복하여 개죽음을 면하도록 하라."

그리하여 관우와 장비는 잠깐 사이에 차주를 죽이고 많은 군사를 얻었다. 이튿날 아침, 유비는 간밤에 굉장한 사변이 있었음을 알고 깜짝 놀랐다.

"아우들이 큰일을 저질렀네. 조조가 만약 대군을 거느리고 쳐온다면 이 일을 어떡할 셈인가?"

"우리 둘이서 막아내리다."

관우와 장비가 씩씩하게 대답했지만 유비는 근심스러운 표정을 짓고 있었다.

"조조의 심복인 차주를 죽였으니 도저히 무사할 수 없을 것일세. 내가 알았다면 차주를 죽이지는 않았을 텐데 이미 지난 일이니 어쩌겠는가!"

그러자 진등이 말했다.

"주군께서 염려하시는 것은 당연합니다. 심복지장인 차주가 살해되었다는 소리를 들으면 조조가 크게 노하여 대군을 거느리고 쳐들어올 것입니다. 그러나 대책이 전혀 없는 것은 아닙니다."

"어떤 대책이 있다는 말이오?"

"조조가 두려워하는 사람 중에 원소가 있습니다. 원소는 수하에 많은 명장과 백만대군을 거느리고 있으니 그에게 글을 보내어 구원을 청하면 조조가 쳐들어와도 그리 문제될 게 없을 것입니다."

유비는 그 소리를 듣고 고개를 좌우로 흔들었다.

"원소와 나는 왕래도 없을 뿐더러 그의 아우 원술을 내 손으로 쳐부수었는데 나를 도와줄 까닭이 없지 않소?"

"물론 그러합니다만 이곳 서주에는 원소와 삼세통가(三世通家)하는 선비 한 분이 있습니다. 그 분의 글 한 장만 얻어 보내면 원소는 반드시 군사를 일으켜 도와줄 것입니다."

"그 선비가 누구요?"

"그 분은 바로 강성(康成) 정현(鄭玄) 선생입니다."

정현이라면 유비도 평소 진심으로 존경해 오고 있는 사람이었다. 정현은 환제(桓帝) 때에 궁중에서 상서 벼슬을 지내다가 지금은 세상을 등지고, 시화와 금기(琴棋)로 세월을 보내고 있는 현사였다.

"정현 선생이라면 나 역시 평소부터 존경해 오는 어른이오. 그 분이 원소와 그렇게도 가까우시오?"

"그렇습니다. 정현 선생의 말씀이라면 원소는 결코 거역하지 않을 것입니다. 주공께서 친히 정현 선생을 한번 찾아뵙고 부탁드리면 절대 거절하지 않을 것입니다."

유비는 진등의 말을 옳게 여겨, 산중으로 정현을 찾아갔다. 정현은 유비를 쾌히 맞아주었다. 유비가 국궁배례를 하고 나서 자세한 설명을 하고는 글을 한 장 써주기를 간청했다.

"유 공 같은 인자(仁者)를 위해 도움이 될 수 있다면 내가 무엇을 주저하겠소. 필요하면 지금 당장 원소에게 보내는 편지를 써드리리다."

정현은 즉석에서 붓을 들어 편지를 쓰기 시작했다.

……조그만 사원(私怨)은 잊어버리고 부디 유현덕 공에게 협력해 주기 바라오. 청사(青史)는 소명(昭明)하여 만대에 멸하지 않는 법이고, 시운은 역력(歷歷)하여 언제나 대의대도(大義大道)에 가담하는 법이오. 차제에 유현덕을 돕는 것은 원가(袁家)에 크게 유익한 일이니 부디 협력해 주기를 바라오.

정현은 친히 글월을 써서 유비에게 들려주기까지 했다. 백배 사례하며 글을 받아본 유비는 곧 자신의 친서까지 곁들여 손건을 원소에게 보냈다.

멀리 서주에서 유비의 사자가 왔다는 소리를 듣고 원소는 손건을 만났다. 손건은 원소에게 정중히 인사를 올린 뒤에 유비의 친서를 내놓으며 말했다.

"장군께서 군사를 일으켜 조조를 막아주신다면 크게는 국가 백년대계를 위하여 기쁜 일이고, 적게는 우리 주공을 위하여 크게 도움이 될 것입니다."

원소는 유비의 편지를 읽어보고 코웃음을 쳤다.

"내 아우 원술을 죽인 현덕이 나더러 구원을 청하는 것은 천부당 만부당한 수작이다. 구원병을 보내기는커녕 내 아우의 원수를 갚을 생각이다."

"장군, 그것은 너무도 지나친 생각인 줄로 아옵니다. 우리 주공은 단지 조조의 명을 거역하지 못해 싸웠을 뿐입니다. 그런데 어찌 조조는 나무라지 않으시고 우리 주공에게 허물을 두시나이까? 그것은 근본이 잘못된 판단입니다. 우리 주공께서도 이제는 조조의 잘못을 참다못해 저를 장군께 일부러 보낸 것입니다. 그리고 여기 우리 주군과 막역한 친구이신 고사 정현 선생의 글월도 가지고 왔사오니 받아주십시오."

손건이 그렇게 말하며 정현의 편지를 내주자 원소는 사뭇 의외라는 표정으로 편지를 받았다.

"음, 정 상서께서 편지를 보내셨던가?"

원소는 즉석에서 편지를 펼쳐보더니 생각이 많이 달라졌는지 표정을 누그러뜨리며 말했다.

"어쨌든 이 문제는 막료들과 의논해 결정할 테니 객사에 나가 기다리고 있으시오."

다음날, 원소는 문무백관을 의당(議堂)에 모아놓고 유비의 청원에 대한 대책을 논의했다. 그 자리에서 모사 전풍(田豊)이 말했다.

"해마다 군사를 일으키는 바람에 국고가 피폐하고 백성들의 부역이 매우 심합니다. 차제에 또다시 군사를 일으켜 조조를 치는 것은 무리입니다. 당분간 내정에 힘을 기울여 국력을 축적하면 삼 년 이내에 조조가 맥을 못 쓰게 될 것이오니 때를 기다리시는 편이 좋을 줄로 아옵니다."

그러자 모사 심배(審配)가 고개를 가로 흔들며 말했다.

"저는 그와는 반대로 생각하고 있습니다. 명공(明公)의 위무(威武)는 이미 하북 사주(四州)에 널리 떨쳐 있는데, 이제 조조 따위가 두려워 부질없이 기회를 놓칠 이유가 없지 않습니까? 삼 년 동안 내정에만 힘을 기울이고 있으면 모두가 저절로 해결된다는 말은 치자(痴者)의 백일몽에 불과하나이다. 지금이야말로 중원으로 손을 내뻗어야 할 절호의 기회입니다."

그러자 이번에는 모사 저수(沮授)가 나서며 말했다.

"지금 그 말씀은 사뭇 용감한 계책 같지만 자연의 순리를 무시한 생각입니다. 조조는 지금 중원에서 황제의 이름을 받들어 나라를 다스리고 있는 데다가 그의 군대는 군기가 엄격하고 사기가 왕성해 공손찬 따위와는 비길 바가 못 됩니다. 그런데 우리가 이제 명분 없는 군사를 일으킨다면 부질없이 민원만 사게 될 것입니다. 이 시점에서 출병은 아니하는 것이 좋을 줄로 아뢰옵니다."

그러자 이번에는 또 한 사람의 모사인 곽도(郭圖)가 심배의 의견에 찬동하면서 말했다.

"저수께서는 조조 같은 도적을 치는 것을 어찌하여 명분 없는 싸움이라고 말씀하시오? 그 옛날 무왕(武王)이 주(紂)를 치고, 월왕(越王)이 오(吳)를 친 것은 모두 때를 타서 변화를 일으켰던 것이었소. 부질없이 안일을 취하면서 어찌 백년대계의 기초를 닦을 수가 있겠소. 정 상서의 말씀대로 유비와 함께 대의를 세워 조조를 치면 대업은 절로 이루어질 것이오."

네 사람의 모사가 강경, 온건파로 나뉘어 결말이 나지 않고 있었다. 때마침 허유(許攸)와 순심(荀諶)이 들어오기에 원소가 그들을 향해 물었다.

"심배와 곽도는 유비와 협력하여 조조를 치는 것이 좋을 것으로 말하고, 전풍과 저수는 국력을 저축하기 위해 때를 기다리라고 하는데 두 사람은 어찌 생각하오?"

그러자 허유와 순심이 즉시 이구동성으로 대답했다.

"조조를 치는 것은 한나라를 바로잡는 일이니 군사를 일으키는 것이 옳습니다."

"음, 나도 그렇게 생각하오. 그러면 이제 왈가왈부는 그만하고 군사를 일으키도록 하겠소."

원소는 드디어 최후의 단안을 내렸다.

명령일하, 출전태세가 갖추어졌다. 심배와 봉기를 통군(統軍)으로 삼고 전풍, 순심, 허유를 모사로 삼고 안량과 문추를 장군으로 삼아 마군(馬軍) 십오만에 보군(步軍) 십오만을 더한 삼십만 정병이 여양(黎陽)을 향해 떠나게 되었다.

출군에 앞서 곽도가 원소에게 말했다.

"명공께서 기왕에 군사를 일으켜 조조를 칠 바에는 먼저 조조의 약점을 낱낱이 들어 각 주, 각 군에 격(檄)을 띄워 민심을 우리 편으로 돌리는 것이 크게 유익할 것입니다."

원소는 그 말을 옳게 여겨 서기 진림(陳琳)을 불러 격문을 초하라 명했다. 진림은 희대의 문장가로 붓을 들기 무섭게 일천사백 자의 대문장을 지었다.

> 대개 들으매 현명한 인군은 위태로울 것을 헤아려 변(變)을 미리 다스리고, 충성된 신하는 어려운 것은 걱정하여 권(權)을 세우는 법이다. 그러므로 비상한 사람이 있은 연후에 비상한 일이 있고, 비상한 일이 있은 후에 비상한 공을 세우나니, 대개 비상이란 것은 비상인(非常人)의 헤아리는 바라…….

이상과 같은 논조로 붓을 일으켜 조조의 할아비 중상시 조등(曹騰)의 죄가 십상시(十尙侍)와 같음을 들고, 그의 아비 조숭(曹嵩)은 뇌물을 써서 벼슬이 태위에 이른 것을 밝히고, 조조는 본래 교활하고 간악하여 난을 좋아하고 화를 즐길 뿐만 아니라 항상 역심을 품고 천자를 우습게 여기며 법기(法紀)를 어지럽힌다고 준열히 논한 뒤에, 다음과 같이 끝을 맺었다.

> 이제 원소는 한나라 위령(威靈)을 받들어 정의의 군사를 일으키는 터이니, 모든 정의지사는 나와 합심 협력하여 사직의 광부(匡扶)에 큰 공을 세우도록 하라. 조조의 수급을 얻는 자는 오천호후(五千戶侯)에 봉하며, 오천만 전(錢)을 상주고, 부곡(部曲), 편비(偏裨), 장교제리(將校諸吏)로서 항복하는 자는 그 죄를 묻지 않을 뿐만 아니라 널리 은신을 베풀 터이다. 모든 군사는 이 율령을 깊이 명심하라!

원소는 그 격문을 보고 크게 기뻐하여, 즉시 전국 방방곡곡에 퍼뜨리게 했다.

그 무렵, 조조는 두풍(頭風)으로 병석에 누워 있었다. 그러나 진림의 격문을 읽어보고는 식은땀이 쭉 흐르며 두통이 싹 가셨다.

조조가 벌떡 일어나 앉으며 옆에 있는 조홍을 보고 물었다.

"이 글을 쓴 놈이 누구더냐?"

"진림이 썼다 하옵니다."

"그놈의 문장만은 천하의 명문이로다. 그러나 원소의 무략이 부족하니 모처럼의 명문이 아깝게 되었구나!"

조조는 짐짓 냉소를 지어 보이고는 이내 모사들을 급히 불러 원소에 대한 대책을 논의했다.

모사 공융이 말했다.

"원소는 위세가 강대하니 함부로 대적할 게 아니라 일시 화해책을 쓰시는 것이 좋을 것입니다."

"음, 강세는 피하고 약세는 찌르라는 말이구려? 그러나 교만한 군사를 적은 병력으로 무찌를 수 있는 병법도 있지 않소? 순욱은 어떻게 생각하오?"

순욱이 머리를 들며 대답했다.

"원소는 한낱 무용지사(武勇之士)에 불과하니, 그런 자를 두려워할 까닭이 없습니다."

공융이 다시 말했다.

"천만의 말씀이오. 원소의 휘하에는 심배와 봉기 같은 이름난 용병지장을 비롯하여 전풍과 허유 같은 모장도 있습니다. 거기에 안량, 문추, 저수, 곽도, 고람, 장합, 순우경 등의 용장도 있어 결코 경시하여 대할 수 없는 강적입니다."

그러자 순욱이 웃으면서 반박했다.

"원소의 군사들은 수적으로는 많아도 정강(精强)하지 못합니다. 전풍은 성미가 팽팽하여 남을 우습게 아는 결점이 있고, 허유는 욕심이 많아 약지 못하고, 심배는 고집이 세 생각이 부족하고, 봉기는 과단성은 있으나 능하지 못하니, 그러한 무리가 화목하지 못하는 것은 정한 이치입니다. 그 밖의 장수들은 가히 입에 올려 말할 가치도 없는 자들입니다."

좌우편 말을 조용히 듣고 있던 조조가 문득 고개를 힘 있게 들며 최후의 단안을 내렸다.

"이론은 그만하면 됐소. 나는 이미 싸우기로 결정했으니 이제는 출진 준비를 서두르오."

명령일하에 허도는 크게 술렁거렸다.

유대(劉岱)로 전군을 삼고, 왕충(王忠)으로 후군을 삼은 조조는 오만 군사로 유비를 치게 했다. 그런 다음 조조는 이십만 대군을 친히 거느리고 여양으로 나가 원소를 맞아 싸우기로 했다.

"승상께서는 여양으로 가시면서 어찌하여 승상기를 서주로 보내십니까?"

모사 정욱이 의심스러워하며 묻자 조조는 웃으면서 대답했다.

"유대와 왕충만으로는 유비를 대적할 수 없겠기에 내가 뒤따르는 척하기 위해 깃발을 그리로 보낸 것이오. 유비는 나의 실력을 알고 있어서, 내가 뒤에 있다면 결코 덤벼오지 못할 것이오. 나는 그 사이, 원소를 치고 나서 서주로 쳐들어갈 계획이오."

정욱은 그 소리를 듣고 감탄해 마지않았다. 말하자면 이번 결전의 중점은 여양에 있었다. 여양의 원소만 부수면 서주는 싸우지 않고도 얻을 수 있었다. 그런 까닭에 조조는 승상기를 서주로 보내 유비를 심리적으로 제압하는 전략을 쓴 것이었다.

원소의 삼십만 대군과 조조의 이십만 대군이 여양에서 팔십 리 거리를 두고 서로 대진했다. 그러나 어느 편에서도 먼저 싸우려고 하지 않았다. 서로 간에 허를 찌르기 위해 적이 먼저 움직이는 기회만 노리고 있는 것이었다. 건곤일척의 대운명전(大運命戰)인 만큼 경솔히 공격할 수가 없었던 것이다.

양군은 대진한 채 팔월에서 시월에 이르기까지 한 차례도 싸우지 아니하고 탐색전만 펼치고 있었다. 그 무렵, 원소의 군에서는 대장 봉기가 진중에서 죽었다. 대장 심배와 저수는 뜻이 맞지 않아 원소는 가히 조조를 공격할 생각을 못하고 있었다.

"내가 여기서 오래 이러고 있을 일이 아니니, 그대들이 맡아 싸우시오."

그런 기미를 알아챈 조조는 우금, 이전에게 군사를 맡기고 조인으로 총사령관을 삼은 뒤에 자기 자신은 허도로 돌아와버렸다.

원소의 삼십만 대군과 조조의 이십만 대군은 서로 대진한 채 결전의 시기만을 노리고 있었다.

적장을 살려 보내다

허도로 돌아온 조조는 이내 서주의 전황을 알아보았다. 한 관원이 조조에게 보고했다.

"서주 방면의 군사들은 지금 유현덕과 대진 상태에 있습니다. 유대와 왕충은 승상기를 앞세우고 적과 백 리의 거리를 두고 대치하고 있는 상황입니다."

조조는 그 소리를 듣고 기가 막혔다.

"달포가 넘도록 대진만 하고 싸우지 않았다니 이 무슨 어리석은 짓들인가? 당장 사람을 보내 유현덕을 치라는 명령을 전하라."

사자가 서주로 달려가 조조의 명령을 전하니, 유대와 왕충은 서로 마주 보며 걱정했다.

"왕 장군, 승상께서 유현덕을 빨리 공격하라는 명령을 내리셨으니 이 일을 어찌했으면 좋겠소?"

유대의 말에 왕충이 대답했다.

"승상이 명령을 내렸으니 실천해야지 어쩌겠소. 유 장군이 선봉으로 나가 싸워주시오."

"아니오, 내가 후진을 맡을 테니 왕 장군이 먼저 나가 싸우시오."

두 장수는 유비의 군사를 당해 낼 자신이 없자 서로 꽁무니를 빼려고 했다. 그 모양으로 한참 언쟁을 하였으나 끝내 결말이 나지 않으니 마침내 유대가 말했다.

"우리가 이렇게 언쟁만 하고 있을 것이 아니라 누가 선봉을 서고, 누가 후비(後備)를 맡을지 제비를 뽑아 결정합시다."

왕충도 동의하여 두 장수가 제비를 뽑았다. 그 결과 유대가 후군이 되고, 왕충은 선봉이 되었다. 왕충은 하는 수 없이 이만오천의 군사를 거느리고 서주성을 향하여 진격했다.

유비는 왕충이 쳐들어온다는 정보를 받고 즉시 모사 진등을 불러 물었다.

"왕충이 승상기를 앞세우고 쳐들어온다는데, 조조가 과연 몸소 진중에 있을까요?"

"승상기를 앞세운 것은 일종의 궤계(詭計)가 분명합니다. 조조는 하북을 중히 여겨 그리로 갔을 것이니 이리로 왔을 리 만무합니다. 그러나 만일을 염려해 실정을 한번 알아보는 것이 좋을 것 같습니다."

조조가 친히 나타났다면 경솔하게 싸울 수가 없으니 진등은 만전을 기하기 위해 그렇게 말했다. 그러자 옆에 서 있던 장비가 한 걸음 성큼 나서며 말했다.

"조조가 왔는지 안 왔는지 내가 곧 알아보고 오리다."

그러나 유비가 고개를 가로저으며 말했다.

"장비 아우는 너무 조급해 실수하기 쉬우니 가면 안 된다."

"내가 가서 조조가 있거든 당장 체포해 오면 그만 아니오?"

장비가 버럭 화를 내며 투덜거렸다. 그래도 유비는 여전히 고개를 저었다.

"적을 그렇게 만만하게 보아서는 안 돼. 운장이 간다면 내가 마음을 놓을 수 있을 걸세."

"그럼 제가 갔다 오리다."

관우는 삼천 군마를 거느리고 서주성을 나섰다.

때마침 초겨울이어서 날씨가 음산한 데다가 눈조차 분분히 내리고 있었다. 관우는 청룡도를 높이 들고 적을 향하여 달려나가며 큰소리로 외쳤다.

"왕충아, 용기가 있거든 어서 나와 싸워보자."

왕충이 창을 꼬나들고 말을 몰아 나오며 외쳤다.

"관우야, 승상이 여기 계신데 네가 어디라고 감히 덤비느냐? 두말 말고 빨리 항복하거라."

"과연 승상이 왔거든 나오시라 하여라. 내가 친히 뵙고 여쭐 말씀이 있노라."

"승상께서 어찌 너 따위를 만나주겠느냐?"

관우가 대로하여 왕충에게 덤벼들었다. 왕충도 있는 힘을 다해 관우를 맞아 싸웠다. 관우는 두어 합 싸우다가 일부러 몸을 피해 그대로 달아나는 시늉을 했다. 왕충은 관우가 힘에 부쳐 달아나는 줄 알고 급히 따라왔다. 거리가 가까워졌을 무렵, 관우가 별안간 대갈일성하며 마주 덤벼들었다.

"이놈아, 네가 감히 누구를!"

왕충이 기겁을 하고 놀라 말머리를 막 돌리려는데, 관우가 마치 솔개가 병아리를 덮치듯 왕충을 말 위로 냉큼 잡아 올리더니 나는 듯이 진지로 돌아왔다. 왕충의 부하들은 그 모양을 보자 사방으로 뿔뿔이 흩어져 도망을 쳐버렸다.

관우가 왕충을 옆에 끼고 돌아와 유비에게 바쳤다. 유비는 왕충을 묶어놓고 문초를 시작했다.

“이놈, 네가 감히 어쩌자고 조 승상의 기호를 앞세웠느냐?”

“나는 조 승상의 명령에 의하여 기호를 앞세우고 나왔을 뿐이오.”

“그러면 조 승상은 지금 어디에 있는가?”

“조 승상은 지금쯤 원소를 치고 있을 것이오.”

유비는 무엇을 생각했는지 이내 왕충의 결박을 끄르고 그를 후히 대접하라는 명령을 내렸다. 관우가 그것을 보고 말했다.

“실은 제가 왕충의 목을 잘라버릴까 했지만 형님이 조조와 화해하실 생각이 있으신 것 같아 일부러 죽이지 않고 사로잡아왔습니다.”

유비는 고개를 끄덕이며 말했다.

“죽이지 않고 사로잡아온 것은 잘한 일일세. 만약 장비가 갔으면 그대로 죽여버렸을 것이 아닌가. 내가 장비를 보내지 않은 것은 그 때문이었네. 왕충 따위는 죽여보았자 별로 이로울 것이 없지만 살려두면 화해하는 데는 크게 도움이 될 것이야.”

장비가 그 말을 듣고 또다시 앞으로 나섰다.

“그렇다면 이번에는 내가 나가서 유대를 사로잡아오겠소.”

“장비 아우가 가도 좋지만 유대를 왕충처럼 생각했다가는 큰 코 다칠 수 있네.”

“유대가 뭐 그리 대단하다고 그러시오?”

“유대로 말하자면 지난날 연주 자사로 있을 때 호뢰관 싸움에서 동탁을 크게 괴롭혔던 장수일세.”

“형님은 별 걱정을 다 하시오. 어쨌든 내 손으로 그놈을 형님 눈앞에 붙잡아놓으면 그만 아니오?"

"자칫 잘못해 그 자를 죽여버리는 날에는 대사를 그르칠 판이니 반드시 명심하게."

"만약 그놈을 죽인다면 그 대신 내 목숨을 바칠 테니 염려 마오."

장비는 호언장담하며 군사 삼천을 거느리고 즉시 적진으로 향했다.

유대는 장비가 쳐들어온다는 소식을 듣자 진지를 굳게 닫고 일절 싸우려들지 않았다. 장비는 워낙 성미가 급한지라 적이 상대를 아니하자 매일 적진으로 달려나가 욕설을 퍼부으며 싸움을 청했다. 그래도 유대는 진지를 굳게 지킨 채 응해 오지 않았다.

사흘이 지나도 유대가 응해 오지 않자 장비는 마침내 분통이 터져 이날 밤 이경(二更)에 야습을 가할 계획을 세웠다. 그리하여 이날은 낮부터 장중에 들어앉아 술만 마셨다. 부하들에게도 용기를 돋우어주기 위해 술을 주었다.

저녁 무렵이었다. 그때까지 술을 마시고 있던 장비는 부하 하나가 눈에 거슬리자 불호령을 내렸다.

"저놈을 당장 잡아 가두어라. 그랬다가 오늘밤 출병할 때 저놈을 죽여 그 피로 기제(旗祭)를 지내야겠다."

"장군, 죽을죄를 지었으니 한번만 살려주십시오."

"안 된다. 너 같은 놈은 반드시 죽여버려야 한다."

장비는 그 병사를 기어코 나무에 비끄러매게 했다. 그러고 나서 심복 부하를 아무도 모르게 불러 무엇인가 한참 소곤거렸다. 심복 부하는 장비의 속삭임을 듣고 나서 고개를 끄덕이더니 비밀리에 나무에 매어둔 병사를 찾아가 결박을 끌러주며 귀띔을 했다.

"자네가 그대로 있다가는 오늘밤 장비의 손에 죽을 판이니 지금 곧 도망을 쳐버리게!"

겨우 풀려난 병사는 살길을 찾아 적진으로 달려갔다.

이날 밤 장비는 군사를 삼 대로 나누어 적을 기습하기로 했다. 앞서 구사일생을 얻은 병사가 적진으로 달려가 밀고를 한 것은 말할 것도 없었다.

"오늘밤 이경에 장비가 군사를 이끌고 올 것입니다."

유대는 항복해 온 병사로부터 놀라운 사실을 듣고 곧 그에 대비하느라 진지를 완전히 비워두고 군사를 밖에다 매복시켰다.

장비는 내심 회심의 미소를 지으며 적진으로 향했다. 그리하여 중로군(中路軍) 삼십 명만을 적진 속으로 들여보내 불을 지르게 하고, 자기는 정병을 거느리고 유대가 나타날 길목을 지키고 있었다.

진중에서 불이 일어나자 유대의 복병이 사면에서 아우성을 치며 쳐들어왔다. 유대는 장비가 진중에 들어가 있는 줄만 알고 그 기회를 타 덤벼들었던 것이다.

"이놈아, 어디를 가느냐!"

그러자 장비가 등 뒤에서 비호같이 달려들어 유대를 땅바닥에 떨어뜨려놓고 부하들에게 명령했다.

"이놈을 단단히 묶어라!"

천하의 장수 유대도 눈 깜짝할 사이에 장비에게 사로잡히는 몸이 되고 말았다. 그 바람에 수많은 병사들이 투항해 왔다.

유비는 그 보고를 받고 나서 크게 기뻐했다.

"장비가 우악스러운 줄만 알았더니 이번에는 사뭇 교묘한 계책을 써서 큰 전공을 세웠구나. 아아, 나도 이제는 마음을 놓게 되었다."

관우가 옆에서 말했다.

"이것도 모두 형님의 훈육이 좋으신 덕택입니다."

유비는 관우와 함께 몸소 장비를 맞으러 성 밖으로 나왔다. 장비가 군사를 거느리고 돌아오며 유비를 보고는 큰소리를 쳤다.

"형님은 언제나 나더러 성미가 조급하고 팔팔하다고 책망하셨는데, 오늘은 어떻소?"

"하하하, 그러나 내가 미리 주의를 주지 않았다면 네가 그만한 머리를 썼겠느냐? 아무튼 장비도 이제는 천하의 명장이 분명하다."

유비는 유대가 군사들에게 묶여오는 것을 보자 황망히 말에서 뛰어 내려 결박을 끌러주며 정중하게 사과의 말을 했다.

"아우 장비가 장군의 위엄을 손상하게 했으니 용서하십시오."

유대는 너무도 송구스러워 어찌할 바를 몰랐다. 유비는 유대와 함께 성안으로 들어오자 왕충도 한자리로 불러내어 연락을 크게 베풀어주며 말했다.

"차주가 나를 모살하려 하기로 내가 부득이 그를 죽였더니 승상께서는 내가 모반하는 줄 아시고 두 장군을 보내어 나를 치게 하셨나 봅니다. 내가 승상에게 항상 깊은 총애를 받아 은혜 갚을 일을 늘 생각하는 터에 어찌 모반을 할 수 있겠소. 두 분 장군은 허도에 돌아가시거든 그 뜻을 승상께 잘 전해 주기 바라오."

두 장수는 그 소리를 듣고 크게 감격했다.

"유 장군의 성심은 잘 알겠소이다. 그러나 포로의 신세인 우리가 어찌 허도에 돌아갈 자유가 있겠습니까?"

"포로라니, 천부당만부당하신 말씀이오! 두 분은 오늘로 허도에 돌아가셔서 조 승상을 반갑게 만나 뵐 수 있을 것이오."

"그래 주신다면 우리는 승상께 말씀을 올려 오늘의 은혜를 갚도록 하겠습니다."

유대와 왕충은 그날로 자유의 몸이 되어, 유비에게 작별을 고하고 허도로 떠났다. 그러나 그들이 십 리쯤 갔을 무렵 별안간 장비가 맹렬히 추격해 오더니 두 사람의 앞을 막아서며 외쳤다.

"우리 형님이 생각이 없어도 유만부동이지, 모처럼 사로잡은 네 놈들을 살려 보내다니 안 될 말이다. 형님은 용서했는지 몰라도 내가 용서 못 하겠다."

유대와 왕충은 어찌할 바를 몰라 벌벌 떨기만 했다. 바로 그때에 저만치서 관우가 비호같이 말을 달려오며 뇌성벽력 같은 호령을 질렀다.

"장비, 이게 무슨 무례한 짓인가?"

유대와 왕충은 관우를 보고 안도의 숨을 내쉬었다. 장비는 관우를 보자 얼굴이 실쭉해졌다.

"형님은 왜 이 야단이오?"

"야단이라니? 이미 형님께서 두 분을 돌려보내셨는데 장비 아우는 어쩌자고 이런 짓을 하려 드는가?"

관우의 꾸지람이 추상같았다.

"이 자들을 놓아 보내면 나중에 우리한테 또 덤벼올 게 아니오?"

관우는 무심중에 실소를 터뜨렸다.

"그러면 그때에 가서 또 사로잡으면 그만 아닌가?"

두 형제가 실랑이를 하는 소리를 듣고, 유대와 왕충이 앞으로 나서며 말했다.

"장군, 일후에 어떤 일이 있더라도 우리 두 사람만은 장군들을 적대시하는 일이 없을 터이니 안심하소서."

"그렇습니다. 승상이 우리의 삼족을 멸한다 해도 오늘의 은혜만은 배반하지 않으리다."

장비는 그제야 두 사람을 놓아 보내고 관우와 함께 성중으로 돌아왔다. 유비는 조조 군이 다시 쳐들어오지 않으리라는 것을 보장할 길이 없어 그에 대한 대책을 강구하지 않을 수 없었다. 그리하여 서주는 손건, 간옹, 미축, 미방 등으로 지키게 하고, 감 부인과 미 부인은 관우와 함께 하비성에 머무르게 한 뒤에 자신은 장비와 함께 소패성으로 근거지를 옮겼다.

독설가 예형

허도로 돌아온 유대와 왕충이 조조를 찾아와 말했다.

"소장들이 보건대 유비는 승상께 조금도 역심을 품고 있지 않았습니다. 차주를 죽인 것은 부득이한 일이었을 뿐입니다. 유비는 선정을 베풀어 백성들로부터 크게 인심을 얻고 있고, 적장인 우리에게까지 관용을 베풀어준 천하의 덕장이었습니다."

조조가 그 소리를 듣고 불같이 노했다.

"승상기를 앞세우고 현덕을 치러 갔던 놈들이 적장에 대한 칭송만 늘어놓고 있으니 그게 될 말인가? 여봐라, 이놈들을 당장 끌어내어 참수하라!"

그러자 옆에 있던 공융이 간했다.

"본디 유대와 왕충은 유비의 적수가 못 됩니다. 저런 자들을 보낸 것은 애초부터 작전에 문제가 있었던 것입니다. 작전에 실패한 지도부의 실책은 덮어두고 두 사람을 처벌하면 도리어 병사들의 사기가 저하되지 않을까 두렵습니다."

조조는 그 말을 옳게 여겨, 참형만은 면해 주고 일체의 관직을 박탈해 버렸다.

그로부터 얼마 후, 조조는 친히 대군을 거느리고 유비를 치러 나갈 준비를 했다. 공융이 그 사실을 알고 다시 간했다.

"이 엄동설한에 군사를 일으켜서는 안 됩니다. 조금만 더 참으셨다가 봄이 되어 출동하시더라도 결코 늦지 않습니다. 그리고 먼저 사람을 보내 장수와 유표를 달래놓고 나서 서주를 치는 것이 순서입니다."

"좋은 생각이오. 그러면 장수와 유표에게 사람을 보내도록 하오."

조조는 먼저 유엽(劉曄)을 양성(襄城)으로 보내어 장수를 만나게 했다.

장수가 조조의 글월을 받아보고, 모사 가후에게 물었다.

"조조가 나를 만나자고 하는데 어찌했으면 좋겠소?"

"조조가 그렇게 나온다면 응해 주는 것이 장래를 위해 최선일 것입니다."

가후가 그렇게 대답하자 장수도 동의하여 고개를 끄덕였다.

바로 그때 공교롭게도 하북에 있는 원소에게서도 똑같은 목적으로 사자가 글월을 가지고 왔다. 장수가 원소의 밀서를 보고 가후에게 전했다.

"이 글월을 좀 읽어보오."

가후가 밀서를 읽어보고, 원소의 특사에게 물었다.

"원소 장군은 근자에 군사를 일으켜 조조와 싸운다더니 그 승패가 어찌 되었는가?"

특사가 대답했다.

"지금은 동절기이기 때문에 대진만 하고 있소이다. 명춘을 기해 승부를 결할 계획입니다. 우리 주군께서는 국사(國士)의 기풍이 있는 장수 장군과 유표 장군을 산하로 모셔 들여 천하를 통일하시고자 소신을 보내셨습니다."

가후가 그 소리를 듣고 크게 웃으며 말했다.

"돌아가거든 너의 주인에게 이르거라. 자기 아우 원술조차도 제대로 거두지 못한 위인이 무슨 재주로 천하를 통일할 수 있을지 매우 궁금하게 여기더라고."

가후는 그 자리에서 원소의 편지를 북북 찢어버리고, 특사를 당장 쫓아버렸다. 장수는 내심 크게 불안하여 가후에게 물었다.

"지금 형세로 보면 원소가 조조보다 훨씬 강하지 않소? 한데 원소를 그렇게 취급해서 어쩌려고 그러오?"

"이왕 남을 따르려면 원소보다는 조조를 따르는 편이 훨씬 유리할 것입니다."

"그러나 조조보다 원소의 전력이 강한 것은 사실이 아니오?"

"저는 당장 눈앞만 보고 이런 말씀을 여쭙는 것이 아닙니다."

"내가 조조와 앞서 원수를 졌는데 그 문제는 어떡하오?"

"조조는 사소한 과거에 구애받는 인물은 아닙니다. 주군께서 조조를 따르는 것이 세 가지 점에서 옳습니다. 첫째로 조조는 천자의 명조를 받고 있으니 대의명분이 뚜렷하고, 둘째로 원소는 강하지만 조조는 약하기 때문에 우리가 가담하면 중하게 써줄 것이니 좋고, 셋째로 조조는 덕으로 세상을 다스리려고 하는 까닭에 사사로운 원한에 구애되지 않을 것이니 주군께서는 조금도 의심치 말고 제휴하소서."

유엽도 장수에게 조조의 덕망을 칭찬하여 말했다.

"조 승상께서 만약 옛 원한을 잊지 않고 계신다면 어찌 오늘날 저를 이곳에 보내셨겠습니까? 승상께서는 도량이 무한대로 크신 어른이십니다."

장수는 마음이 움직여, 곧 유엽을 따라 허도로 길을 떠났다.

장수가 허도에 도착하자 조조는 몸소 문 밖까지 마중을 나와 반갑게 맞아주었다.

"이렇게 와주어 고맙소이다. 지난날의 조그만 과실은 다 잊어버리도록 하오."

"그저 황공할 따름입니다."

조조는 환영연을 크게 베푼 뒤에, 장수를 양무장군(揚武將軍)에 봉하고, 가후의 공로를 인정해 그에게 집금오사(執金吾使)라는 벼슬을 내려주었다.

장수는 외교적 노력만으로 회유할 수 있었지만 형주의 유표는 결코 녹록하지 않았다. 조조는 장수를 보고, 유표를 회유하도록 종용했다. 두 사람의 친분이 두텁기 때문이었다. 장수는 유표에게 간곡한 편지를 써서 조조에게 보였다. 그러자 가후가 말했다.

"유표 장군을 설득하려면 변설이 능한 사람을 사신으로 보내야 합니다."

"그러면 누구를 보내는 것이 좋겠소?"

조조의 질문에 공융이 대답했다.

"제 생각으로는 예형(禰衡)이라는 사람이 가장 적임자일 것 같습니다."

"예형이라니? 그 사람은 어떤 인물이오?"

"예형은 소생의 집 근처에 숨어사는 인물인데 재주가 비상하고 언변이 능숙할 뿐만 아니라 유표와는 평소부터 교분이 두터워 지금도 서신 왕래가 잦은 사이입니다."

"그렇다면 그 사람을 곧 만나게 해주오."

조조는 예형을 불러 만났다.

예형의 자는 정평(正平)으로 나이가 이제 겨우 스물넷밖에 안 되는 청년이었다. 그러나 재주가 비상하여 그의 이름은 이미 세상에 널리 알려져 있었다.

예형이 조조의 부름을 받고 승상부로 들어왔다. 조조는 수인사가 끝나도 그에게 자리를 권하지 않았다. 예형은 조조의 좌우에 시립하고 서 있는 인물들을 둘러보더니 별안간 큰소리로 탄식했다.

"아아, 세상은 넓어도 인물은 없구나!"

조조가 눈을 크게 뜨며 물었다.

"지금 내 앞에 서 있는 이 사람들은 모두 당대의 영웅들인데 인물이 없다니 그게 무슨 소리인가?"

예형이 조조에게 물었다.

"대체 누가 영웅이란 말씀이오?"

조조가 설명했다.

"순욱, 순유, 곽가, 정욱 등은 모두 지모가 깊고 용병에 능하여 옛날의 소하나 진평도 미치지 못할 지략가이다. 장요, 허저, 이전, 악진으로 말하자면 용불가당(勇不可當)하여 잠팽과 마무 같은 명장들도 따르지 못할 불세출의 장수들이 아닌가? 여건과 만총은 종사(從事)로 출중하고, 우금과 서황은 선봉장으로 천하의 명장이고, 하후돈은 천하의 기재요, 조자효는 치책(治策)에 능하여 부장으로서는 다시없는 인물인데, 어찌 인물이 없다는 말인고?"

조조의 설명을 듣고 난 예형이 껄껄껄 웃었다.

"조 승상의 안목은 나와는 매우 다르시구려. 순욱은 조상(吊喪)이나 다니고, 순유는 무덤이나 지키고, 정욱은 관문이나 여닫고, 곽가는 글귀나 읊조리고, 장요는 북이나 치고, 허저는 마소나 먹이고, 악진은 조칙(詔勅)이나 읽고, 이전은 격문이나 띄우고, 여건은 칼이나 갈고, 만총은 술이나 마시고, 우금은 담이나 쌓고, 서황은 개나 잡을 사람이오. 하후돈은 애꾸눈이니 의원의 약가방이나 들고 다녔으면 좋을 사람이오. 그 나머지 인물들은 모두가 바지저고리에 불과하니 가히 거론할 바도 못 되오. 그런데 승상의 안목에는 모두가 영웅으로 보인다니, 어찌 웃지 않을 수 있겠소."

만좌는 예형의 너무도 방자스러운 호언에 분노했다.

조조도 노하여 말했다.

"그러면 그대에게는 무슨 재주가 있는가?"

"나로 말하자면 천문지리에 무불통달하고, 삼교구류(三敎九流)를 무소불효(無所不曉)하오. 그리하여 나의 말을 따르면 인군이 요순(堯舜)도 될 수 있고, 아래로는 공안(孔顔)의 덕(德)을 쌓을 수도 있으니 어찌 식충(食蟲)들과 한날에 논하리오."

그러자 아까부터 분노를 참고 있던 장요가 별안간 칼을 뽑아 들고 덤비며 큰소리로 고함을 질렀다.

"이놈아, 참고 들으려니 방자스러운 수작을 그치질 않는구나. 너 같은 놈은 아예 없애버려야 한다."

그러나 조조가 손을 들어 만류하며 말했다.

"저놈의 허명(虛名)이 세상에 널리 알려져 있어, 지금 내가 저놈을 죽이면 세상은 나를 가리켜 도량이 좁다 할 것이다. 그러니 그대로 살려서 고수(鼓手)로나 써야겠다."

그런 다음 조조는 예형을 의식적으로 모욕하기 위해 다져 물었다.

"지금 승상부에 북을 치는 자리가 하나 비어 있으니 너는 오늘부터 그 일이나 맡아보도록 하라. 너는 뭐든지 잘하니 북도 잘 칠 것이 아닌가?"

그러자 예형이 즉석에서 쾌히 대답했다.

"나더러 고수가 되란 말이오? 좋소이다. 고수로 써준다면 사양치 않으리다."

그 다음날, 조정에서는 큰 하연(賀宴)이 있었다. 그 자리에는 조조를 비롯하여 문무백관들과 승상부의 대장들도 모두 참석했다. 연락이 한창 무르익어가자 악료(樂寮)의 영인(伶人)들이 몰려나와 풍악을 울렸다. 그 중에는 약속한 대로 예형도 끼어 있었다.

예형은 헌옷을 입은 채로 북을 치는데, '어양삼과(漁陽三撾)' 라는 음악을 북으로 치는 솜씨가 거의 신경(神境)에 도달할 정도로 신묘했다. 모든 사람들은 그의 솜씨에 재삼 탄복했다. 그러나 음률이 끝났을 때에는, 어제의 무례하던 짓이 새삼스레 머리에 떠올라 대장들은 예형을 보고 욕설을 퍼부었다.

"이놈, 여기가 어디라고 그런 더러운 옷을 입고 나왔느냐? 다른 사람들은 모두 새 옷을 입고 나왔는데, 너만이 비렁뱅이 같구나."

그러나 예형은 부끄러워하는 기색이라고는 추호도 없을 뿐만 아니라 오히려 의아스러운 시선으로 마주 보더니 즉석에서 옷을 훌훌 벗어 던지고 알몸뚱이가 되는 것이었다.

"이 옷이 그렇게도 더럽다니 벗으면 그만 아닌가?"

장소가 장소인 만큼 만당의 인사들은 모두들 기겁을 하고 놀랐다. 그러나 예형은 벌거벗은 채로 부끄러움도 없이 여전히 북을 치고 있었다.

조조가 보다 못해 벼락같이 고함을 질렀다.

"무엄하게도 조정의 하연에서 옷을 벗다니, 그게 무슨 짓인가?"

그러자 예형은 그 자리에 우뚝 멈춰 서더니 조조에게 배꼽을 내보이며 큰소리로 고함을 질렀다.

"하늘을 속이고, 인군을 속이는 무례와 부모에게서 물려받은 몸뚱이를 그대로 드러내놓은 무례와 어느 편이 더 무례하단 말인가? 나는 이처럼 표리(表裏)가 없는 사람이라는 것을 보였을 뿐이다. 승상은 유감이 있거든 나처럼 옷을 벗고 청백한 모습을 보이면 어떻겠는가?"

"이놈아, 네 놈이 청백하다면 누구는 오탁(汚濁)하단 말이냐?"

예형은 조조를 보고 소리를 가다듬어 꾸짖었다.

"승상은 자기 자신의 오탁을 모르신단 말이오?"

"뭐, 내가 오탁하다구?"

"물론이오. 승상은 사뭇 현명한 듯하지만 현우(賢愚)를 가려내지 못할 만큼 눈이 흐린 사람이오."

"뭐, 내 눈이 흐리다구?"

"그렇소. 입이 탁한 것은 시서(詩書)를 읽지 않은 탓이오. 충언을 듣지 않으니 이는 귀가 탁한 증거요, 고금에 통하지 못하니 이는 몸이 탁한 증거요, 제후를 용납하지 못하니 이는 배가 탁한 증거요, 매양 찬역(簒逆)할 뜻을 품으니 이는 마음이 탁한 증거가 아니고 무엇이오? 나는 천하의 명사인데 나를 예의로 대우할 줄을 모르고 고수로 써서 욕을 보이려고 하니, 그야말로 소인배의 짓이 아니고 무엇이란 말이오? 이는 곧 양화(陽貨)가 공자를 업신여기고 장창(臧倉)이 맹자를 욕한 것과 무엇이 다르리오. 왕패(王霸)의 뜻을 품고 있으면서 한다는 짓이 그렇게도 경솔하더란 말이오?"

조조의 낯빛이 새파랗게 질렸다.

"승상, 저런 놈은 마땅히 죽여버려야 합니다."

여러 장수들이 조조에게 간했다. 그러나 조조는 무엇을 생각하는지 얼굴빛이 붉으락푸르락해지면서도 한동안 명상에 잠겨 있더니, 문득 예형을 보고 말했다.

"너는 주둥이를 그만 놀리고 형주로 가서 유표를 잘 달래어 내게 항복시켜라. 그러면 너를 높이 써주겠다."

그것은 부탁이 아니라 명령이었다. 예형은 대번에 머리를 흔들었다.

"못한다. 나는 안 간다."

그러나 조조는 좌우를 돌아보고 분부했다.

"말 세 필에 안장을 얹어오너라."

곧 말 세 필이 준비되자 조조는 역사(力士) 두 사람을 시켜 좌우에서 예형을 끼고 억지로 형주까지 데려가도록 명했다. 조조가 예형을 형주까지 보내는 데는 남모르는 계획이 있었다. 그는 예형을 죽여버리고 싶었지만 자기 손으로 죽였다가는 세상의 평판이 나빠질 것이 뻔한지라 유표에게 보내어 그가 죽이도록 하기 위해서였다.

예형이 문 밖으로 끌려나가자 조조는 문무백관들에게 명하여 예의를 갖추어 특사를 환송하도록 명했다. 그러나 순욱 등은 조조의 명에 따라 동문 밖까지 나오긴 했지만 예형이 와도 자리에 앉은 채 일어나지 않았다. 예형이 그 꼴을 보고 별안간 목을 놓아 크게 통곡했다.

순욱이 예형에게 물었다.

"너는 무엇이 슬퍼서 목을 놓아 우느냐?"

예형이 대답했다.

"보아하니 너희들은 일어설 줄을 모르니 송장과 다를 것이 무엇이냐? 송장 속을 걸어가면서 내 어찌 통곡하지 않을 수 있겠는가?"

"이놈아, 우리가 송장이라면 너는 대가리 없는 귀신이다."

"나는 한조(漢朝)의 당당한 신자(臣子)인데 어찌 내게 머리가 없겠는가? 나는 너희들과는 종류가 다른 인간이다."

장요, 허저 등이 크게 분개하여 칼을 뽑아 예형을 죽이려 들었다. 순욱이 손을 들어 만류했다.

"쥐새끼 같은 자를 죽이면 칼만 더러워질 뿐이오."

그러자 예형이 다시 대를 놓았다.

"나는 쥐새끼라도 사람의 천성을 갖추었으나 네 놈들은 똥통 속에서 득실거리는 구더기에 불과하구나."

모든 장수는 그 이상 상대를 아니하고 외면을 해버렸다.

며칠 후, 예형은 형주에 도착했다. 그는 유표를 만나자마자 처음부터 그의 덕을 칭송했다. 그러나 자세히 듣고 보면, 그것은 칭찬이 아니라 모두가 조롱이었다.

유표는 내심 매우 불쾌하여 예형을 곧 강하(江夏)로 보내어 부하 황조(黃祖)를 만나게 했다. 말하자면 귀찮은 손님인 까닭에 점잖게 쫓아버린 것이었다.

어떤 이가 유표에게 물었다.

"예형처럼 무례한 자를 어찌하여 죽이지 않고 그냥 살려두시오?"

유표가 대답했다.

"조조가 예형에게 여러 차례 욕을 보았으나 죽이지 못한 것은 세상의 인망을 잃을까 두려웠기 때문일 것이오. 그리고 조조가 예형을 특사의 자격으로 내게 보내어 나를 욕보이게 한 것은 나의 손을 빌려 예형을 죽이고 싶었기 때문일 것이오. 그런데 내가 어찌 그 수단에 넘어가 예형을 내 손으로 죽이겠소."

유표도 지략에 있어서는 보통의 장수가 아니었던 것이다.

예형이 강하에 가 있는 동안 이번에는 원소에게서 사신이 왔다. 유표는 어느 쪽이든 이로운 데로 골라잡을 수 있는 형편이었다.

그가 모사들을 불러 모아 물었다.

"조조가 예형을 보내왔고, 원소가 또 사자를 보내왔으니 우리는 어느 편에 가담하는 것이 이롭겠소?"

종사중랑장 한숭(韓嵩)이 대답했다.

"요컨대 주군의 경륜에 달렸습니다. 주군께서 장차 천하를 도모하실 생각이시라면 조조에게 가담하는 편이 유리할 것입니다. 목전의 이익만을 도모하자면 원소에게 가담하는 것이 유리합니다."

"이 문제는 너무도 중대하니 잠깐 결정을 보류하겠소. 그동안 공이 우선 허도에 가서 동정을 살펴보고 오는 게 어떻겠소?"

한숭이 고개를 내저었다.

"가지 않는 편이 좋을 것 같습니다. 제가 허도에 갔을 때 만약 천자께서 저에게 벼슬이라도 내려주신다면 어찌 어명을 거역하고 다시 돌아올 수 있겠습니까? 조조는 본시 지략이 깊습니다. 족히 천자의 이름을 빌려 그런 지략을 쓸 수 있는 사람입니다."

그러자 유표가 말했다.

"나도 생각하는 바가 있어 그러니 어쨌든 한번 가보오."

한숭은 마지못해 유표에게 하직인사를 하고 허도를 향하여 길을 떠났다.

조조는 한숭이 찾아오자 즉시 그를 시중(侍中)으로 삼아 영릉(零陵) 태수로 봉했다. 이에 순욱이 마땅치 못하게 여겨 조조에게 물었다.

"한숭은 우리의 동정을 살피러 왔는데, 그런 자에게 어찌 중직을 내리십니까? 그리고 예형에게서 아직 아무런 기별이 없는데 어찌하여 그대로 내버려두십니까?"

조조가 간단히 대답했다.

"예형은 유표의 손으로 죽이게 하려고 보낸 사람인데 내가 그후의 소식을 들을 필요가 어디 있단 말이오?"

조조는 한숭에게 곧 형주로 돌아가 유표에게 귀순을 권하라는 분부를 내렸다.

한숭이 형주로 돌아와 유표를 보고 조정의 성덕을 칭송하며 말했다.

"조조의 군사는 사기가 매우 왕성합니다. 주공께서도 조조의 의심을 사지 않으려면 아드님 한 분을 인질로 삼아 허도로 보내어 조정에 사관(仕官)하게 하는 것이 장래를 위해 좋을 것입니다."

그 말을 들은 유표가 크게 노했다.

"이놈, 네가 조조를 만나고 오더니 다른 생각을 품었구나! 여봐라, 이 놈을 당장 끌어내어 목을 베어라."

한숭은 기가 막혀 탄식했다.

"주공께서 저를 버린 것일 뿐, 제가 주공을 버린 것은 아닙니다."

"듣기 싫다. 내 아들을 조조에게 볼모로 보내라니 그게 바로 변심이 아니고 무엇이냐? 당장 이놈의 목을 베어라!"

모사 괴량(蒯良)이 간했다.

"한숭이 허도로 떠나기 전에 이미 주공께 여쭌 말씀이 있는데 어찌 변심했다고 생각하십니까?"

"그러면 참형만은 면하게 해줄 테니 당장 옥에 가두어라!"

유표는 마침내 그렇게 말했다.

마침 그때 황조가 예형을 죽였다는 전갈이 왔다. 예형이 황조의 손에 죽게 된 까닭은 이러했다.

황조가 예형을 맞아들여 함께 술을 마시다가 다같이 취했을 때였다. 황조가 예형을 보고 물었다.

"그대가 보기에 허도에는 어떤 인물이 있던가?"

예형이 대답했다.

"허도에는 공융과 양수(楊修)를 제하고는 인물다운 인물이 한 사람도 없었소."

"음, 허도에 인물이 그렇게도 없던가? 그렇다면 그대가 보기에 나라는 사람은 어떠한가?"

황조가 자신의 분수를 모르고 거만하게 묻는 바람에 예형은 비위가 잔뜩 상해 욕을 쏟아부었다.

"자네로 말하자면 묘중지신(廟中之臣)이라 제사는 받아먹을 수 있을지 몰라도 아무 영험도 없는 존재일 뿐이다."

"이놈아, 뭐가 어째? 망령된 주둥이를 다시 한번 놀려보아라."

"너는 잡귀나 하등 다름없는 존재란 말이다."

예형의 입에서 그 말이 떨어지자 황조는 분노를 참지 못해 즉석에서 칼을 빼어 예형의 목을 베어버리고 말았다.

"그놈이 입을 방정맞게 놀리기는 해도 제법 쓸 만한 소리를 하더니 기어코 제 입방정 때문에 죽고 말았구나!"

유표는 즉시 예형의 시체를 거두어오게 하여 앵무주(鸚鵡州)라는 곳에다 묻고 후히 장사를 지내주었다.

태의 길평

"그대는 치세(治世)의 능신(能臣)이요, 난세(亂世)의 간웅(奸雄)이 될 인물이오."

그 옛날 조조가 궁중의 일개 관리에 불과했을 무렵 그의 관상을 보고 그렇게 예언한 사람은 낙양의 유명한 상학가(相學家) 허소(許劭)였다. 그의 자는 자장(子將)으로 그 당시 백면서생이었던 조조는 그 소리를 듣고 노하기는커녕 내심 크게 기뻐했다.

그 예언은 그대로 들어맞아 그로부터 십여 년이 지나는 동안에 조조는 승상의 지위에 올라 한나라의 권세를 완전히 장악했다. 그러나 나이는 아직 패기만만한 사십 대의 장년이었다.

조조가 짧은 세월에 그처럼 대성할 수 있었던 것은 그 자신의 탁월한 능력 때문이기도 하지만 그의 주변에 즐비하게 있던 모사양장(謀士良將)들의 도움이 컸던 것도 부인할 수 없는 사실이다. 그 중에서도 가장 많은 공을 세운 사람은 단연 순욱일 것이다.

순욱은 조조보다도 일곱 살이나 아래인 삼십 대 청년이었다. 그는 명문가의 자제로 어려서부터 '왕좌지재(王佐之才)'로 일러온 청년인데, 조조를 한번 만나본 뒤로는 인물 됨됨이에 반하여 충성을 다하게 되었다. 조조도 순욱의 말이라면 무조건 들어주는 편이었다.

"그대는 나의 장량(張良)이로다."

조조 자신도 순욱에게 그렇게 말할 정도였으니 얼마나 신임이 높은지 가히 짐작할 수 있을 것이다. 그러하니 독설가 예형 따위가 유표의 부하인 황조에게 살해당했기로 조조에게는 조금도 아쉬울 것이 없었다. 그러나 조조 자신의 특사 신분으로 파견된 예형이 유표의 부하에게 무참하게 죽었다는 것은 위신상 중대시하지 않을 수 없는 일이었다.

"그 사건을 그대로 내버려둘 수는 없으니 차제에 그를 구실로 유표를 치는 것이 어떻겠소?"

조조가 순욱을 보고 물었다. 그러나 순욱은 고개를 저었다.

"아직 원소와의 싸움이 계속 중인 데다가 서주에는 유비가 버티고 있는 이 판국에 또다시 군사를 일으키는 것은 크게 불리합니다. 우선 원소를 도모하고 나서 유비를 쳐부수고, 그런 연후에 유표를 공격해야 합니다."

조조는 그 말을 옳게 여겨 유표를 칠 생각을 포기하고, 순욱의 말대로 서서히 시운(時運)을 기다리기로 했다. 그러나 조조의 권세가 아무리 강성하여도 모두가 그에게 심복하고 있는 것은 아니었다.

일찍이 조조를 제거하고 대권을 천자에게로 돌리려는 모의를 계획한 바 있는 거기장군 동승을 비롯하여 공부시랑 왕자복, 장수교위 충집, 의랑 오석, 소신장군 오자란 등은 아직도 조조를 제거할 기회만을 노리고 있었다. 그러나 그들은 조조를 제거하기에는 힘이 너무도 미약했다. 게다가 국구 동승은 병이 들어 오래 전부터 자리에 누워 있었다.

헌제는 동승이 병석에 누워 있다는 소식을 듣고 크게 근심하며, 하루는 태의(太醫) 길평(吉平)을 보내 병을 돌보게 했다. 태의 길평으로 말하면 당대에 둘도 없는 명의였다.

길평은 정성을 다해 동승을 치료해 주었다. 그러는 중에 길평은 동승의 마음속에 깊은 근심이 자리하고 있음을 알게 되었다. 그러나 감히 물어보지는 못하고 날마다 치료만 해주었다. 하루는 길평이 치료를 마치고 집으로 돌아가려는데 동승이 손을 붙잡으며 말했다.

"태의, 오늘이 정월 대보름이니 우리 박주(薄酒)나 한잔씩 나눕시다."

과연 그날이 바로 정월 대보름날인 원소가절(元宵佳節)이었다. 길평은 몇 차례 사양하다가 마침내 동승과 더불어 술잔을 나누게 되었다.

동승은 술을 몇 잔 연거푸 들이켜더니 이내 자리에 누워 잠이 들었다. 그런데 꿈속에 문득 가동이 들어와 왕자복과 일행 네 사람이 찾아왔음을 알려주었다. 동승이 황급히 일행을 서원으로 맞아들이니, 왕자복은 미처 자리에 앉기도 전에 급히 말했다.

"국구, 마침내 우리의 목적을 성취할 때가 왔습니다."

동승이 물었다.

"우리의 목적을 성취할 때가 오다니 그게 무슨 말씀이오? 자세한 설명을 들려주오."

왕자복은 얼굴에 기쁜 빛이 충만하여 자세히 설명했다.

"유표가 원소와 결탁하여 오십만 대군을 거느리고 쳐들어오고 있고, 병주의 한수와 합세한 서량의 마등도 칠십만 대군을 이끌고 진격해 오고 있습니다. 조조 휘하의 장수들이 허도에 있는 군사를 모조리 이끌고 나가 막게 되어 성중은 지금 텅 비어 있는 형편입니다. 게다가 조조는 원소가절이라 술에 취해 있으니, 우리가 심복 군사들을 이끌고 승상부를 급습하면 조조를 죽이기는 식은 죽 먹기보다도 쉬울 것입니다."

동승은 크게 기뻐하며 보검을 꺼내 들고 승상부로 달려갔다. 때마침 조조는 후당에서 수하의 무리들과 더불어 술을 마시고 있는 중이었다. 동승은 부리나케 연석으로 뛰어들었다.

"이놈, 천하의 역적 조조야! 오늘은 정의의 칼을 받아라."

그렇게 외치며 칼을 휘두르니 조조가 비명을 지르며 그대로 쓰러졌다.

동승이 고함소리에 깜짝 놀라 깨어보니 꿈이었다. 게다가 태의 길평이 아직도 옆에 앉아 술을 마시고 있는 것이 아닌가.

"태의, 내가 지금 꿈을 꾸면서 잠꼬대를 한 듯싶은데, 무슨 소리를 했소?"

동승은 태의 길평에게 심중의 비밀이 탄로된 것 같아 겁을 집어먹으며 물었다. 그러자 길평이 조용한 어조로 대답했다.

"저는 지금 대감의 잠꼬대를 듣고 병이 발병하게 된 원인이 어디에 있는지 알게 되었습니다. 대감 저를 조금도 겁내지 마십시오. 저는 한낱 시의에 불과하지만 한나라의 국운을 걱정하지 않은 날이 없었습니다. 대감께서 저를 쓰실 데가 있으면 언제든 써주십시오. 대의를 위해서는 목숨을 아끼지 않겠습니다."

동승은 뜻하지 않은 말에 하도 감격하여 울면서 말했다.

"태의, 내가 태의의 말을 그대로 믿어도 좋겠소?"

"제가 어찌 거짓말을 할 수 있으리까? 저를 아직도 못 믿으신다면 이 자리에서 증거를 보여드리겠습니다."

태의 길평은 그렇게 말하더니 즉석에서 손가락 하나를 아드득 깨물어 피를 내어 보였다.

동승은 그제야 길평의 참뜻을 알아채고 너무 감격스러워 태의라는 말을 연발할 뿐이었다.

"태의! 태의!"

그리고 잠시 후에는 선원으로 들어가 천자께서 내려주신 밀조를 내보이니 길평도 감격한 나머지 소리 없이 흐느꼈다.

동승이 말했다.

"유비와 마등이 멀리 가버렸지만 그들도 역시 우리의 동지들이오. 우리 남은 사람들의 힘으로는 어찌할 수가 없어서 내가 심화병(心火病)이 났던 것이오."

이번에는 길평이 말했다.

"너무 염려하실 것 없습니다. 실상인즉 조조의 목숨은 제 손에 달려 있습니다. 군사 한 명 쓰지 않고도 조조를 없애버릴 묘책이 저의 수중에 있습니다."

"아니, 무슨 묘책이 있단 말이오?"

동승이 의아하여 물으니 길평이 다시 말했다.

"저는 태의가 아닙니까? 의원은 살아 있는 사람의 목숨을 다루고 있습니다."

"앗, 참! 그렇군요. 그러나 조조는 몸이 건강해서……."

길평이 말했다.

"과연 조조는 몸이 건강해서 의원이 필요치 않은 사람입니다. 그러나 그놈이 두풍(頭風)을 앓는 고질(痼疾)이 있어서 그 병이 일어나면 반드시 저를 부릅니다. 그때에 독약 한 봉만 쓰면 그 자리에서 죽어버릴 것이니, 구태여 군사가 무슨 필요 있겠습니까?"

"앗, 독약을?"

듣고 난 동승이 별안간 큰소리로 외치다가 다음 순간 자기 고함소리에 소스라치게 놀라 손으로 입을 막았다. 두 사람은 입을 굳게 다문 채, 서로 얼굴을 마주 보며 오랫동안 무거운 침묵에 잠겨 있었다.

이미 밀약은 굳게 맺어졌다. 조조의 운명은 이미 멸망에 직면한 듯이 보였다. 그러나 "낮말은 새가 듣고, 밤말은 쥐가 듣는다"는 속담이 있듯 이날 밤 두 사람의 밀담은 과연 비밀에 부쳐졌을까?

결과를 보기 전에는 속단을 불허하는 것이 인간사인지 모른다.

잔인한 보복

한나라의 노충신 동승은 길평을 돌려보내고, 깊은 밤 혼자서 정원을 배회하고 있었다. 때마침 보름달이 휘영청 밝았다. 동승은 혼자 뜰을 거닐며 입 속으로 중얼거렸다.

"옳은 말이야. 길평이 조조에게 독을 먹이기만 하면 단번에 죽일 수 있지."

조조를 힘으로 제거한다는 것은 꿈에서도 안 될 일이지만 태의 길평의 힘을 빌려 독약을 먹이면 문제는 간단하게 해결될 것이었다. 내심 동승은 길평에게 커다란 기대를 걸고 있었다.

동승이 수목이 우거진 뜰을 조용히 거닐다보니 문득 저만치 숲속에서 난데없는 인기척이 들려왔다.

'이 깊은 밤에 웬 사람이 우리 정원 안에 있는 건가?

동승은 적이 놀라 발소리를 죽여가며 인기척이 나는 곳으로 접근해갔다. 그리하여 유심히 살펴보니, 나무 그늘 아래에서 한 쌍의 남녀가 정신없이 통정을 나누고 있는 것이 아닌가.

'저런, 웬 남녀가?'

동승은 너무도 뜻밖의 일이라 또 한번 놀라며, 그들의 얼굴을 자세히 바라보았다. 사내는 종놈 진경동(秦慶童)이었고, 계집은 다른 사람도 아닌 동승 자신의 시첩(侍妾) 운영(雲英)이 아닌가.

"이 죽일 연놈들!"

분노가 머리끝까지 치밀어 오른 동승은 호통을 치며 달려나와 남녀를 붙잡았다. 그리하여 각각 태형을 내린 뒤에 진경동은 나무에 비끄러매고, 운영은 후당에 감금했다.

한을 품은 진경동이 밤이 깊기를 기다렸다가 결박을 끊고 도망하여 조조의 승상부로 달려갔다.

"이 밤중에 누구냐?"

문지기의 호통에 진경동이 숨을 헐떡거리며 말했다.

"조 승상을 살해하려는 자가 있어 급히 고하러 왔습니다."

조조의 부하들이 크게 놀라 곧 내실로 알렸다. 조조가 자다 말고 진경동을 밀실로 불러들여 물었다.

"도대체 너는 누구냐?"

"거기장군 동승 대감 댁 종놈이올시다."

"그래, 네가 밤중에 내게 급히 알리겠다는 사연은 무엇이냐?"

"우리 집 대감께서 조 승상을 살해하려는 음모를 꾸미고 계십니다."

진경동은 동승과 태의 길평이 조조를 독살하기 위해 나눈 밀담의 내용을 샅샅이 일러바쳤다. 그는 정부 운영을 문 밖에서 기다리고 있다가 주인과 길평이 나눈 밀담을 죄다 엿들었던 것이다.

"네가 그처럼 중대한 일을 내게 와서 알리는 까닭은 무엇이냐?"

"조 승상 같은 어른을 해하면 나라가 크게 어지러워질 것 같아 알려드리려는 것입니다."

"음, 잘 알았다. 그것이 사실로 밝혀지면 크게 상을 내릴 터이니 그리 알아라."

조조는 곧 부하를 불러 진경동을 아무도 모르게 숨겨두도록 일렀다.

그 무렵, 동승의 집에서는 진경동이 결박을 끊고 도망쳐버린 것이 발각되었다. 그러나 그가 조조를 살해하려는 기밀을 알고 있으리라고는 꿈에도 생각할 수 없었기에 애써 찾으려고 하지 않았다.

바로 그 다음날의 일이었다. 조조는 별안간 두풍이 일어났다는 핑계로 태의 길평을 부중으로 불러들였다.

'흥, 네가 오늘에야 죽게 되는구나.'

길평은 속으로 그렇게 생각하며 독약을 품에 지니고 부중으로 달려 들어왔다. 조조는 평상에 누워 있다가 태의 길평을 보자 머리를 두드리며 말했다.

"두풍이 심하니 빨리 낫게 약을 지어주오."

"그러잖아도 약을 지어가지고 왔습니다. 이 약 한 첩만 쓰시면 곧 나으실 것입니다."

태의 길평은 곧 약을 달여 조조에게 주었다.

"어서 드십시오."

조조는 병상에서 몸을 일으켜 약 그릇을 받았다. 그러나 그는 약을 마실 생각은 아니하고 길평에게 물었다.

"이 약은 내가 전에 먹던 약과 빛깔이 다르니 웬일인가?"

"이번에는 특효를 내기 위해 신약(神藥) 한 가지를 더 구해 넣었습니다."

"신약이라? 거짓말 마라! 신약이 아니라 독약이겠지?"

조조의 얼굴이 별안간 험악해졌다.

"천만의 말씀입니다. 제가 어찌 승상께 독약을 드리겠나이까?"

"그렇다면, 네가 이 약을 먼저 마셔보아라."

"……."

길평은 대답도 못하고 얼굴이 새파랗게 질렸다. 조조는 그 모양을 보고는 벌떡 일어나 약사발을 걷어차며 호통을 쳤다.

"여봐라, 이놈을 당장 묶어라!"

길평은 즉시 후원으로 끌려나와 옥졸들에게 참혹한 고문을 당했다.

조조는 몸소 정자 위에서 초사(招詞)를 들었다.

"네가 누구의 부추김을 받고, 승상을 해하려 하였느냐?"

"내가 죽이고 싶어 그랬을 뿐이다."

"이 죽일 놈! 네가 누구의 부탁을 받았는지 그 이름을 대란 말이다."

"나는 아무한테도 부탁 받은 일이 없으니 죽이려거든 빨리 죽이거라."

아무리 고문을 가해도 길평은 끝끝내 실토를 하지 않았다.

조조가 보다 못해 말했다.

"너는 한낱 의원에 불과한데 네가 어찌 나를 죽이려 하였겠느냐? 부탁을 받은 사람의 이름만 대면 너는 살려주리라."

그러자 길평은 별안간 소리를 크게 내 웃었다.

"하하하."

"이놈아, 웃기는 왜 웃느냐!"

"그대의 말이 하도 어리석어서 웃는 것이다. 너를 죽이고 싶어하는 사람이 어찌 나 하나뿐이겠는가! 천자를 업신여기는 너 같은 역적을 어느 누구인들 죽이고 싶지 않겠는가!"

"이 죽일 놈! 네가 아직 매가 부족한가 보구나. 여봐라! 저놈을 매우 쳐라!"

옥졸 십여 명이 번갈아가며 태형을 내리는 바람에 길평은 살이 터지고 가죽이 문드러져 온통 피투성이가 되었다. 그러나 길평은 비굴하거나 혼란된 기색을 조금도 보이지 않았다. 조조는 길평을 그냥 죽여버리면 나중에 대증(對證)할 길이 없으므로 옥에 가두라는 명령을 내렸다.

다음날, 조조는 무슨 생각에서인지 갑자기 연석을 마련해 조정의 모든 고관들을 한자리에 청했다. 이 자리에 참석하지 않은 사람은 국구 동승한 사람뿐으로, 왕자복 등 네 사람도 모두 참석했다.

연락이 한창 무르익자 조조가 좌중을 돌아다보며 말했다.

"오늘밤의 연락을 한층 즐겁게 하기 위해 내가 이제 여러분에게 좋은 구경거리를 하나 보여드리리다."

좌중은 무슨 신기한 여흥이라도 있는 줄만 알았다.

"그놈을 이리 끌어내라!"

조조가 좌우를 돌아보며 분부를 내리자 잠시 후 이십여 명의 옥졸들이 칼을 쓰고 결박을 진 참혹하기 그지없는 길평을 연석 한복판으로 끌어내는 것이 아닌가.

좌중은 너무도 참혹한 광경에 몸서리를 쳤다. 특히 왕자복, 오자란, 충집, 오석 등은 마음속에 직감되는 바가 있는지라 모골이 송연했다.

조조는 태연히 좌중을 돌아다보며 말했다.

"아마 여러 대신들은 몇 놈의 악당들이 결탁해 나를 해하기 위한 음모를 꾸몄다는 사실을 모를 것이오. 오늘에서야 이 일이 탄로되었으니 공모한 악당이 누구인지 저놈의 입으로 직접 들어보십시다. 여봐라, 저놈이 이실직고할 때까지 매우 쳐라."

추상같은 호령을 내리자 옥졸들은 길평에게 사정없이 태형을 퍼부었다. 가죽이 터져 피가 철철 흐르고, 뼈가 으스러지는 소리에 구경하는 사람들조차 고막이 터질 지경이었다. 그래도 길평은 이를 악문 채 대답이 없더니 그대로 혼절해 정신을 잃었다.

"그놈을 죽여서는 안 된다. 냉수를 끼얹어 다시 살려라!"

얼마 있다가 길평이 깨어나자 또다시 혹독한 고문이 시작되었다.

조조가 목소리를 가다듬어 물었다.

"이놈아, 네 놈과 공모한 악당이 누군지 어서 이름을 대지 못할까?"

"이 도둑놈, 너 같은 역적을 죽이는데 내가 누구와 공모한단 말이냐?"

길평은 정신을 못 차리는 중에도 악을 쓰다시피 욕설을 퍼부었다.

"네 놈과 공모한 무리를 다 알고 있는데 그래도 이름을 말하지 않겠단 말이냐?"

조조의 그 말에 왕자복 등은 얼굴이 백짓장이 되어 사지를 부들부들 떨었다. 조조가 그 모양을 못 보았을 리가 없었다. 그러나 그는 좌우를 돌아다보며 또다시 명했다.

"저놈의 입에서 실토가 나올 때까지 매우 쳐라."

옥졸들은 한편으로는 매질을 하고, 한편으로는 찬물을 끼얹으며 문초를 계속했다.

길평은 그래도 막무가내였다.

"이놈, 하늘이 무섭거든 나를 빨리 죽여라."

"그놈 참 독하도다. 저놈을 그만 끌어내라!"

길평을 옥으로 끌고 간 뒤에 연석은 이내 파했다.

모든 사람들은 다 돌아갔는데 조조는 유독 왕자복 등 네 사람만 불러놓고 말했다.

"우리끼리 한잔 더 마십시다."

네 사람은 무언중에 와들와들 떨었다. 조조는 네 사람에게 물었다.

"당신들에게 묻고 싶은 말이 있소. 당신들이 동승과 상의했다는 것이 무엇이오?"

왕자복이 대답했다.

"저희들은 동승 대감과 상의한 일이 없소이다."

"흰 비단조각에 씌어 있는 것이 무엇이었소?"

"흰 비단조각이 무엇입니까?"

"다른 사람들도 다들 모르겠다고 대답하겠소?"

조조의 언성이 노기를 띠었다. 그러자 오자란, 충집, 오석도 한결같이 머리를 조아리며 대답했다.

"무슨 말씀인지 저희들은 전혀 모르는 일입니다."

"그래? 음모 사실을 끝끝내 부인하겠단 말이지?"

조조는 매우 못마땅한 듯이 입을 굳게 다물었다가 이내 눈을 확연히 뜨며 좌우에 명했다.

"여봐라, 그놈을 불러오너라!"

이윽고 네 사람 앞에 끌려 들어온 젊은이는 동승의 시종 진경동이었다.

"그대들이 모의하는 사실을 저 사람이 직접 보았다는데 그래도 부인하겠소?"

네 사람은 또 한번 가슴이 철렁 내려앉았다. 그러나 왕자복은 진경동을 큰소리로 나무랐다.

"이놈, 네가 대체 어디서 무엇을 보고 그런 모함을 하느냐?"

진경동은 몹시 난처한 모양이었다. 그러나 이제는 어쩔 수 없는지 외면을 하며 말했다.

"대감들께서 안방에 모여앉아 무엇인가 소곤거리며 흰 비단에 글씨를 쓴 것을 보았습니다."

왕자복이 조조를 보고 말했다.

"저놈이 동승 대감의 시첩과 간통을 하다가 매를 맞고 주인을 무고한 것인데, 승상은 어찌 저런 놈의 말을 믿으려 하십니까?"

"길평이 나를 독살하려 한 것이 동승이 시킨 일이 아니면 누구란 말이오?"

"그건 저희들로서는 알 수 없는 일입니다."

"끝끝내 부인하겠다는 말이구려? 한마디만 말해 두겠소. 만약 지금 이 자리에서 자백을 하면 용서를 해주겠지만 일이 드러난다면 추호도 용서를 안 하겠소. 그래도 부인할 생각이오?"

"전혀 모르는 일인데 어찌 부인한다 하십니까?"

"그래도 자백을 안 하겠단 말인가? 그럼 좋다! 여봐라, 이것들을 끌어내어 옥에 가두고 엄중히 감시하라!"

조조는 마침내 분노가 폭발하여 네 사람을 모조리 옥에 가두라는 명령을 내렸다.

바로 그 다음날의 일이었다. 조조는 육십여 명의 부하를 거느리고 동승을 친히 찾아왔다. 동승이 몸소 나와 조조를 맞았다. 조조는 자리에 앉기가 무섭게 입을 열었다.

"대감께서는 어찌하여 어제의 연락에 나오시지 아니하였소?"

"내가 오래 전부터 몸이 불편하여 참례하지 못하였소이다."

"대감께서는 국가에 대한 걱정이 너무도 많으셔서 병이 나셨나 보구려?"

조조의 말에는 뼈가 있었다.

"……."

동승이 대답할 바를 몰라 머뭇거리자 조조가 다시 말했다.

"대감께서는 길평의 일을 아시오?"

"길평의 일이라니요?"

"대감께서 길평의 일을 모르신다는 게 말이 되오? 그렇다면 그놈을 대감 눈앞에 끌어다가 보여드릴까요?"

조조는 곧 수하의 병사들에게 명하여 길평을 데려오게 했다.

잠시 후에 길평이 처참한 모습으로 동승의 눈앞에 나타났다. 조조가 손을 들어 길평을 가리키며 동승에게 말했다.

"저놈이 왕자복 등과 부화뇌동하여 나를 해하려 했소. 왕자복 등 네 사람은 이미 체포하여 옥에 가두었소. 그러나 아직도 원흉 한 사람은 잡지 못하였소."

동승은 그 소리를 듣고 등골이 오싹해졌다. 조조는 동승의 안색을 민첩하게 살피며 길평을 향해 외쳤다.

"나를 죽이라고 지시한 원흉이 누구냐? 속히 실토하여라."

길평은 여전히 눈알을 부라리며 조조를 꾸짖었다.

"이 역적 놈! 내 양심의 명령으로 너를 죽이려 했을 뿐이다."

"여봐라, 저놈이 아직도 정신을 못 차리고 있구나. 정신이 들 때까지 매우 쳐라!"

조조의 명령이 떨어지자 조조 수하의 병사들이 사정없이 태형을 퍼부었다.

이윽고 조조가 다시 물었다.

"네 본시 열 손가락이던 것이 한 개는 어디 가고 아홉 개밖에 남지 않았느냐?"

"손가락 한 개를 깨물어 국적 조조를 죽이겠다고 천지신명께 맹세했다."

"여봐라, 저놈의 아홉 손가락을 모두 다 잘라버려라."

옥리들은 무참하게도 길평의 손가락을 모조리 잘라버렸다. 그래도 길평은 조금도 굴하지 않고 외쳤다.

"이 역적 놈아! 아직도 내게는 입이 있으니 너를 삼킬 수 있고, 혀가 있으니 얼마든지 너에게 욕할 수 있다."

"여봐라, 숫제 저놈의 혀를 뽑아버려라!"

조조의 입에서 그 말이 나오자 길평은 웬일인지 창황한 빛을 보이며 말했다.

"잠깐만! 내가 최후로 할 말이 있으니 이 결박을 좀 풀어다오."

"음, 네가 이제야 개심할 생각이 드는가보구나. 어서 결박을 풀어주어라."

길평은 결박이 풀리자 간신히 몸을 일으키더니, 대궐을 향하여 절을 했다.

"신이 국가를 위해 역적을 없애고자 하였으나 이제 뜻을 이루지 못하고 죽사오니 이도 천운인가 하옵니다. 천자께서는 부디 만수무강하옵소서."

말을 마치기 무섭게 길평은 그대로 섬돌에 머리를 부딪쳐 죽어버렸다. 충신 길평의 장엄하고도 비장한 최후였다.

조조는 그럴수록 격분하여 이번에는 진경동을 끌어오게 했다. 진경동이 끌려 들어오자 조조가 동승을 쏘아보며 물었다.

"대감, 설마 저 자를 모른다고 하지는 않으시겠지요?"

동승이 진경동을 보고 크게 노하여 소리쳤다.

"이놈, 어디로 도망갔나 했더니 이제야 나타났구나! 승상, 저놈은 바로 우리 집에서 패륜의 죄를 범하고 도망을 쳤던 종놈이오!"

"쓸데없는 수작 그만하오. 저 사람이 바로 대감의 역적모의를 내게 알려준 공로자요."

"승상은 어찌하여 저런 놈의 무고를 듣고 나를 의심하시오?"

"내가 이미 왕자복 등을 잡아다가 문초를 받았는데, 그래도 아니라고 고집을 부릴 거요?"

조조는 그 말이 끝나자마자 좌우를 돌아보고 명했다.

"이 늙은 놈을 당장 묶어라!"

조조는 동승에게 결박을 지운 뒤에 방안을 샅샅이 뒤지게 했다. 마침내 서안 밑바닥에서 밀조와 혈서로 쓴 의장이 나왔다. 조조는 밀조와 의장을 일일이 보고 나서 서릿발 같은 명령을 내렸다.

"쥐새끼 같은 놈들! 여봐라, 이 늙은 놈의 혈족을 모조리 붙잡아 옥에 가두어라! 이 일을 지체 말고 거행하라!"

그날 하루는 동승의 일가족이 조조의 부하들에게 끌려가며 통곡하는 소리를 도처에서 들을 수 있었다.

조조는 부중으로 돌아오자 모사 순욱을 불러 물었다.

"일이 이왕 이렇게 된 바에는 아예 황제를 폐하고 새 인군을 세우는 게 어떻겠소?"

순욱이 대답했다.

"그것은 옳지 않습니다. 명공의 위엄이 사방에 떨쳐 있는 것은 사실이오나 그것은 어디까지나 위로 천자를 모시고 있기 때문입니다. 아직 제후들을 완전히 평정하지 못한 이때에 천자를 폐하고 새 인군을 세우면 사방에서 군사를 일으킬 것이니 이 일만은 삼가셔야 합니다."

"음, 그럴까?"

"그렇습니다. 명공께서 조정을 파괴하시면 이제 앞으로 무엇을 대의명분으로 내세우고 천하를 수습할 수 있겠습니까?"

"딴은 그렇구려. 그렇다면 역적의 무리나 깨끗하게 없애도록 하겠소."

조조는 동승을 위시하여 왕자복, 오자란, 충집, 오석 등을 참형에 처한 것은 물론이고, 그들의 삼족도 모조리 죽이니 죽은 자가 모두 합하여 팔백여 명이나 되었다. 그 일로 인해 성내의 관원이나 백성을 막론하고 눈물을 흘리지 않은 사람이 없었다.

이날, 동승의 혈족으로 죽음을 면한 사람이 오직 한 사람이 있었다. 그는 천자의 애비인 동 귀비였다. 동 귀비는 천자의 애총을 받아 귀비가 되었는데 그 당시 임신 육 개월의 몸이었다. 그러나 극도로 격분한 조조가 귀비라고 해서 그냥 살려둘 리 만무했다. 조조는 동 귀비를 죽이기 위해 몸소 칼을 차고 궁중으로 들어갔다.

때마침 천자는 밖에서 일대 살인극이 일어난 줄도 모르고, 후궁에서 동 귀비와 마주 앉아 세상을 걱정하고 있었다.

"귀비, 국구께서 조조를 제거할 의거를 거행하신다고 했는데, 그 후에 아무 소식이 없으니 웬일인지 모르겠구려."

"글쎄 말입니다. 어젯밤 꿈자리가 사나웠는데, 그 일이 탄로 나지나 않았는지 모르겠습니다."

동 귀비가 그렇게 대답하는데, 문득 문 밖이 소란하더니 칼을 찬 조조가 노기충천한 기세로 나타났다.

"폐하는 동승의 역적모의 사건을 아시나이까?"

"동탁은 이미 죽었거늘 무슨 역적모의를 한단 말이오?"

천자는 '동승'과 '동탁'을 혼동하며 되물었다.

"동탁이 아니라 동승 말입니다."

천자는 너무도 놀라 사지를 벌벌 떨었다.

"국구가 모반을 하다니 그게 무슨 말씀이오?"

조조가 다시 외쳤다.

"폐하는 동승에게 혈조까지 보내놓고, 이제 와서 시치미를 뗄 작정이십니까?"

천자는 대답을 못하고 와들와들 떨기만 했다. 조조가 부하를 보고 다시 외쳤다.

"동승의 딸을 그냥 살려둘 수 없으니 동 귀비도 죽여라."

천자가 몸을 와들와들 떨며 애원했다.

"승상, 귀비는 지금 홑몸이 아니니 제발 살려주오."

"그건 안 될 말씀입니다. 만약 역모가 드러나지 않았다면 나는 이미 죽은 목숨일 것입니다. 내가 어찌 저런 계집을 살려두어 후환을 삼겠나이까?"

동 귀비가 조조의 발밑에 쓰러지며 눈물로 호소했다.

"저 한 몸 죽는 것은 당연하오나 폐하의 후사를 거둔 다음 죽여주소서."

"그것도 안 됩니다. 역종(逆種)을 남겨두었다가 후일에 원수를 갚으면 어떡하오."

"그러면 죽어도 고이나 죽게 해주오."

"그건 그러오."

조조는 부하를 시켜 무명 한 필을 동 귀비에게 갖다주게 했다. 그 무명으로 목을 매어 죽으라는 뜻이었다.

천자는 동 귀비의 손을 잡고 눈물을 지었다.

"귀비, 부디 구천에서 다시 만납시다."

조조는 동 귀비를 밖으로 끌어내어 목을 매어 죽게 한 다음, 곧 감궁관(監宮官)을 불러 아래와 같은 엄명을 내렸다.

금후에는 누구를 막론하고 궁중에 드나드는 자는 나의 허락을 받도록 하라.

조조는 그것으로도 마음이 놓이지 않아 심복 부하 삼천 명을 어림군(御林軍)으로 궁중에 배치하고, 조카 조홍으로 그들을 통솔하게 했다. 그리하여 사실상 천자는 유명무실한 한낱 연금(軟禁)의 목숨이 되고 말았다.

약조삼장

동승의 일족을 주살하는 것으로 피의 숙청은 모두 끝났다. 그러나 조조의 가슴속에는 아직도 두 사람의 적이 남아 있었다.

조조가 모사 순욱을 불러 물었다.

"아직도 처분하지 못한 인물이 있는데, 그 일을 어찌했으면 좋겠소?"

"서량의 마등과 서주의 유비 말씀입니까?"

"그렇소. 그들은 동승과 의결하여 나를 없애려는 반심을 품은 자들이오."

"물론 그 자들을 그대로 내버려둘 수는 없는 일입니다."

"그러니까 좋은 계책이 없느냔 말이오?"

"서량의 마등이 거느리고 있는 정병은 간단히 취하기 어려운 군사들입니다. 그러하니 사람을 보내 그의 환심을 사두었다가 나중에 허도로 불러들여 잡아 죽이는 것이 상책입니다. 반면 유비의 군사력은 대단할 바 없지만 사기가 왕성하여 우습게 볼 수 없습니다. 따라서 당분간 은인자중하며 기회를 엿보는 것이 상책입니다."

"그렇게 겁을 내서야 어찌 큰일을 도모할 수 있겠소?"

"하북의 원소만 없다면 별로 걱정할 일이 아닙니다. 하지만 원소가 지금 국경인 관도(官渡)에 대군을 포진시키고 호시탐탐 기회를 노리고 있으니 어찌 경솔하게 움직일 수 있겠나이까?"

"나는 반드시 그렇게 생각지는 않소. 유비는 워낙 인걸이어서 지금 없애버리지 않으면 훗날 더욱 어려운 일을 맞이하게 될 거요. 원소의 군사가 강하다고는 하지만 정작 싸워보면 그리 대단하지 않을 것으로 생각하고 있소."

조조는 유비가 동승과 결탁하여 자신을 죽이려 한 것에 원한을 품고, 유비부터 먼저 치자고 고집을 피웠다. 마침 의견이 대립된 자리에 곽가가 들어왔다. 조조가 곽가에게 물었다.

"내가 지금 유비를 칠 생각이나 원소가 그 틈에 허도를 공격해 오지 않을까 걱정인데, 공은 그 일을 어찌 생각하오?"

"원소의 군사는 대장들의 내분이 극심하여 남을 공격할 수 있는 형편이 아닙니다. 유비의 군사 또한 힘이 미미할 뿐이니 승상께서 거병만 하신다면 승산은 불을 보듯 명확한 일입니다."

조조는 그 말을 듣고 크게 용기를 얻어 이십만 대군에게 곧 출전 명령을 내렸다. 모두 다섯 부대로 나뉜 조조의 군사들은 서주로 향했다.

조조가 이십만 대군을 이끌고 정벌의 길에 올랐다는 정보가 서주에도 날아들었다. 대장 손건은 그 사실을 하비성에 있는 관우에게 알리고, 곧 소패성으로 달려가 유비에게도 알렸다.

유비가 크게 놀라며 손건에게 물었다.

"이 일을 어찌했으면 좋겠소?"

"원소에게 구원병을 청하는 수밖에는 방법이 없을 것 같습니다."

"그러면 손 장군이 직접 수고를 해주셔야겠소."

손건은 유비의 친서를 받아들고 급히 하북으로 달려가 모사 전풍의 알선으로 원소를 만났다. 그러나 원소는 무엇인가 근심에 휩싸인 채 경황이 없어 보였다.

"주공께서 안색이 좋지 않아 보이시니 웬일이십니까?"

전풍이 원소를 보고 물었다.

"그 애가 곧 죽을 것만 같구려."

"죽다니, 누가 죽을 것 같다는 말씀입니까?"

"내 다섯째 아들놈 말이오. 나에게 아들은 많으나 다섯째 놈 하나만이 총명해 많은 기대를 걸고 있었소. 그 애가 전날에 옴이 올라 생명이 위태로운 지경이니 내가 무슨 경황이 있겠소."

"주공, 옴으로 죽는 일은 없사오니 안심하십시오. 지금 조조가 대군을 거느리고 서주를 향해 쳐들어오고 있다는 급보가 날아들었습니다. 주공께서 이 기회를 이용해 허도를 공격하면 쉽게 천하를 얻을 수 있을 것입니다."

그러나 원소는 그런 일에는 아무런 관심도 없는 사람처럼 보였다.

"좋은 기회이기는 하지만 마음이 이렇게 심란해서야 어디 싸움인들 제대로 할 수 있겠소."

"무엇 때문에 마음이 그처럼 심란하십니까?"

"방금 전에 아들놈 때문에 그렇다고 말하지 않았소?"

"아드님의 병환은 의원에게 맡길 일입니다. 이런 기회가 두 번 다시 오기는 어려우니 기어이 군사를 일으키셔야 합니다."

전풍이 재삼 권고했으나 원소는 끝끝내 마음이 동하지 않는지 손건을 보고 말했다.

"돌아가거든 유비 장군에게 만약 조조를 당해 내지 못할 경우 내게로 오면 기꺼이 도와드리겠다고 전해 주오."

전풍은 그 소리를 듣고 발을 구르며 탄식했다.

"천재일우(千載一遇)인가 보구나!"

손건은 하는 수 없이 말을 급히 달려 서주로 돌아왔다.

유비는 손건의 보고를 듣고 크게 실망했다.

"원소의 응원이 없다면 조조의 공격을 무엇으로 막아낼 수 있겠소?"

그러자 장비가 불쑥 나서며 큰소리로 외쳤다.

"형님, 염려 마오. 조조의 군사가 장거리를 행군해 오느라 몹시 피로해 있을 텐데 이십만이면 어떻고 백만인들 어떻단 말이오?"

"그래도 이십만이면 소패성을 겹겹이 포위하고 공격을 가해 올 것이 아닌가?"

"군사들이 몹시 지쳐 있을 테니 사오 일은 쉬고 나서야 공격해 올 거요. 우리가 그 동안 먼저 손을 쓰면 되지 않겠소?"

"장비 아우의 말을 들으니 그나마 용기가 나는구먼!"

유비는 장비의 말을 듣고, 먼저 공격을 개시하기로 마음먹었다.

조조가 이십만 대군을 거느리고 소패성을 향하여 오는 도중에 하루는 갑자기 광풍이 일어나더니 중군의 아기(牙旗)가 부러졌다. 조조는 이상한 생각이 들어 모사를 불러 길흉을 물었다. 순욱이 앞으로 나서며 조조에게 되물었다.

"바람이 어느 방향에서 불어왔습니까?"

"바람은 동남풍이었소."

"부러진 기는 무슨 색 깃발이었습니까?"

"진홍 깃발이었소."

"붉은 기가 동남풍 때문에 부러졌다면 조금도 염려하실 것이 없습니다. 병법(兵法) 천상편(天象篇)의 점풍결(占風訣)에 따르자면 그것은 적이 밤에 기습해 올 것을 알려주는 징조입니다."

"그러면 하늘이 내게 적의 기습을 알려준 것이니, 곧 그에 대한 방비를 해야겠구려."

조조는 곧 적의 기습에 대비하기 위해 군사를 아홉 부대로 나누어, 한 부대만을 앞세우고 나머지 여덟 부대는 주위에 매복시켰다. 유비는 그러한 정세를 모르고 밤이 되자 기습 공격에 나섰다. 이날 밤은 달빛이 희미했다. 유비는 좌편으로 나가고, 장비는 우편으로 나가고, 소패성은 손건 혼자 지키게 했다.

이윽고 얼마 되지 않는 군사를 휘몰아 적진으로 뛰어드니 뜻밖에도 적진은 텅텅 비어 있었다. 문득 사면팔방에서 횃불이 크게 밝혀지더니 이십만 대군이 천지가 진동하는 환성을 올리며 노도와 같이 밀려드는 것이 아닌가.

그야말로 사면팔방에서 여덟 패의 군사가 질풍신뢰와 같이 휩쓸려 오는데 정동(正東)은 장요요, 정서(正西)는 허저요, 정남(正南)은 우금이요, 정북(正北)은 이전이요, 동남(東南)은 서황이요, 서남(西南)은 악진이요, 동북(東北)은 하후돈이요, 서북(西北)은 하후연이었다.

이십만 대군이 여덟 방향에서 일시에 휘몰아쳐 오니 유비와 장비는 막아낼 재간이 없었다.

어느새 적들은 유비 군을 겹겹이 둘러싸며 아우성을 쳤다.

"유비와 장비를 사로잡아라!"

"한 놈도 놓치지 말고, 모조리 무찔러라!"

장비가 서황과 한참 어지러이 싸우는 중에 뒤로부터 악진이 덤벼들었다. 어쩔 수 없어 혈로를 뚫고 포위망을 벗어나니 적은 기세를 올리며 맹렬히 추격해 왔다.

소패로 돌아가자니 길이 막혔고, 하비성으로 돌아가자니 대적이 앞을 가로막고 있었다. 장비는 어쩔 수 없이 불과 수십 기의 부하를 거느리고 망탕산으로 말을 달렸다.

형세가 급박하기는 유비도 마찬가지였다. 유비는 정세가 불리함을 깨닫자 즉시 군사를 돌이키려 했다. 그러나 적들이 어느새 사방으로 포위해 오고 있는 것이 아닌가. 유비는 필사적으로 포위망을 헤치고 소패성으로 달아나기 시작했다. 그러나 소패성은 이미 적의 수중에 들어가 화광이 충천했다. 다시 하비성으로 달아나다보니 거기에도 적의 무리가 개미 떼처럼 엉켜 돌아가고 있었다. 도망을 치려고 해도 갈 데가 없는 형편이었다.

이제는 원소에게 피신하는 길밖에 없어 유비는 청주(靑州)를 향해 달리는 말에 채찍을 가했다. 밤으로 삼백여 리를 달려 날이 밝아올 무렵에 청주성에 도달했다.

유비가 성문을 두드리며 이름을 밝히니 다행히 성주가 반가이 맞아주었다. 청주 자사 원담(袁譚)은 원소의 맏아들로 그는 평소 유비의 인격을 존경하고 있던 사람이었다.

유비가 조조와 싸우다 대패하여 청주로 찾아오게 된 연유를 말하니, 원담은 곧 많은 군사로 호위하여 유비를 원소에게 보내주었다. 원소는 유비가 찾아온다는 소식을 듣자 친히 삼십 리 밖에까지 영접을 나왔다.

유비는 황망히 말에서 내려 원소의 손을 붙잡으며 말했다.

"유랑의 패장을 이처럼 융숭히 맞아주시니 감격스러운 기분이 다할 길이 없나이다."

"내 자식놈의 병 때문에 응원군을 보내지 못해 얼마나 미안한 마음이 드는지 모르오. 앞으로 몇 해라도 좋으니 시운이 돌아올 때까지 이곳에 머무르도록 하오."

"과분한 우대에 그저 백골난망일 따름입니다."

유비는 생사조차 모르는 가족들 생각에 눈물을 지으며 원소에게 수없이 감사의 말을 올렸다.

그날 밤 조조는 소패를 점령하자 그 길로 서주를 쳤다. 미축, 간옹 등이 성을 지킬 도리가 없어 도망을 쳐버리자 성안에는 진 대부와 그의 아들 진등만이 남게 되었다.

진 대부가 성문을 열어젖히고 조조를 맞았다. 조조가 진등 부자를 보고 말했다.

"그대들은 전에 나에게서 은작(恩爵)을 받은 일이 있는데 그간 유비를 따르더니 오늘은 성문을 열어놓고 나를 영접하는구려? 내 마땅히 처벌할 것이로되 금후에 나를 위해 힘을 다해 주면 전과를 묻지 않겠소."

"황공무비하옵니다. 조 승상의 은총을 높이 받들어 민심 수습에 진력을 다하도록 하겠나이다."

진 대부 부자는 그렇게 대답하고 그날부터 민심을 수습하기에 애썼다.

조조의 서주 공략은 승리로 끝났다. 조조는 마음속으로 생각했다.

'이제 유비의 영토 중에서 남은 것이라고는 오직 하비성뿐이구나.'

그러나 하비성은 관우가 유비의 처자를 보호하며 사수하고 있어 쉽게 함락시키기는 어려울 것 같았다.

조조가 순욱을 불러 물었다.

"내가 하비성을 공략하여 관운장을 수하로 거두어 쓰고 싶은데 묘책이 없겠소?"

조조는 오래 전부터 관우를 천하에 드문 인재로 생각해 왔다.

순욱이 대답했다.

"관운장이 천하의 인걸임은 세상이 다 아는 일이오나 워낙 신의를 중히 여기는 사람이니 결코 변심하지 않을 것입니다."

그러자 옆에 있던 장요가 말했다.

"제가 관운장과는 친교가 있으니 저를 보내주시면 항복을 권해 보겠나이다."

그러나 순욱이 고개를 흔들었다.

"지금 가서 항복을 권해 보았자 관운장의 인물 됨됨이로 봐서 절대로 듣지 않을 것이오. 우리가 관운장을 궁지에 몰아넣고 나서 최후의 순간에 항복을 권해야만 비로소 효과가 있으리라 보오. 그래도 관운장에게 항복을 받아내기는 어려운 일일 것이오."

조조가 고개를 끄덕이며 순욱에게 물었다.

"관운장과 싸워 이길 계책을 말해 보오."

"우리에게 투항해 온 유비의 군사가 많으니 그들을 이용하면 효과가 있을 것입니다."

"그들을 어떻게 이용한단 말이오?"

"일단 항복한 자들을 관운장에게 보내어 도망을 왔노라 거짓말을 하게 만들어 성안으로 들여보냅니다. 그런 다음 관운장을 성 밖으로 꾀어내어 정병으로 포위해 버리는 것입니다. 관운장이 성을 비우고 나왔을 때 우리는 미리 들여보낸 자들과 연락을 취해 하비성을 점령하면 천하의 관운장도 어쩔 수 없을 것입니다."

조조는 그 말을 옳게 여겨, 즉시 투항해 온 군사 수십 명을 하비성으로 들여보냈다. 관우가 보기에 모두가 유비 휘하의 군사들이어서 조금도 의심하지 않고 그들을 성안으로 받아들였다.

바로 그 다음날, 하후돈이 선봉이 되어 오천여 명밖에 안 되는 병력을 거느리고 하비성에 다가가 싸움을 청했다. 관우는 처음에는 성문을 굳게 닫고 싸우려 하지 않았다.

그러자 하후돈이 성 바로 아래까지 다가와 차마 듣지 못할 욕설을 퍼부었다.

"이 텁석부리 관우 놈아! 유비도 이미 삼십육계 줄행랑을 놓았고, 장비도 이미 손을 들었거늘 어찌 너 같은 촌부 혼자 버티고 있느냐? 이제라도 빨리 나와 항복하면 목숨만은 살려주겠다."

관우가 크게 노하여 삼천 인마를 거느리고 성 밖으로 달려나왔다. 관우가 하후돈과 서로 어울려 싸우기를 십여 합, 문득 하후돈이 말머리를 돌려 달아나기 시작했다.

관우는 하후돈의 뒤를 맹렬히 뒤쫓았다. 하후돈은 쫓기다가 싸우고, 싸우다가는 쫓기기를 삼십여 리나 계속했다. 문득 의심이 든 관우가 돌아서려 할 때, 돌연 여기저기서 고함이 터져 나오더니 왼편으로 서황, 오른편으로는 허저가 맹렬히 덤벼왔다. 관우는 혈투를 계속하며 혈로를 뚫고 달렸다. 그러나 미처 오 리를 못 가 정예의 복병들이 앞을 가로막으며 화살을 빗발처럼 쏘아댔다.

관우가 말머리를 다시 돌리니 서황과 허저가 다시 덤벼들었다. 한바탕 싸워 그들을 물리치고 나니 이번에는 하후돈이 앞길을 막았다. 관우는 하후돈마저 가까스로 물리치고 나서 날이 어두울 무렵 어느 토산에 이르렀다. 산상에서 숨을 돌리는 사이에 조조의 군사가 산 밑을 이중 삼중으로 에워싸기 시작했다.

이윽고 밤이 되었다. 토산 위에 앉아 바라보니 하비성은 이미 적의 수중에 들어가 횃불이 휘황하게 밝았다.

'아아, 내가 이러고서 무슨 면목으로 형님을 뵙는단 말인가?'

관우의 눈에서는 한줄기 눈물이 흘러내렸다.

비통한 밤을 산상에서 보내고, 날이 밝기를 기다렸다가 죽음을 각오하고 최후의 일전을 벌이기 위해 산을 내려오는데, 문득 장수 한 사람이 말을 몰아 산 위로 올라오고 있었다.

눈을 들어보니 장요였다. 관우는 청룡도를 비껴 잡으며 소리쳤다.

"그대는 나와 싸우러 오는가?"

"아닙니다. 옛날 정의를 생각해 특별히 관운장을 뵈러 왔소."

장요는 손에 들었던 창을 던지고 말에서 내려 걸어왔다. 이에 관운장도 청룡도를 거두고 장요를 맞았다.

"그렇다면 내게 항복을 권하러 왔소?"

"그도 아닙니다. 전일에 장군께서 저를 구해 주셨으니, 오늘은 제가 장군을 구해 드려야겠습니다."

"그러면 그대가 나를 도와 조조와 싸우러 왔단 말이오?"

"그도 아닙니다."

"그럼 도대체 무슨 일로 나를 찾아온 것이오?"

"이번 싸움으로 현덕 공의 존망을 알 수 없게 되었고, 장비 또한 생사를 알 수 없게 되었습니다. 간밤에 조 승상이 이미 하비성을 취해 현덕 공의 가족들을 보호하고 있으니 장군에게 그 소식을 알려드리려고 왔습니다."

관우는 그 소리를 듣고 크게 노했다.

"그대가 그런 감언으로 나에게 항복을 권하러 온 것이 아니고 무엇이란 말인가? 내 비록 절지(絶地)에 빠져 있으나 조조와 한바탕 싸우다가 죽을 생각이니 잔말 말고 빨리 돌아가라!"

장요는 하늘을 우러러 크게 웃고 나서 말했다.

"하하하, 운장은 무슨 말씀을 그리 섭섭하게 하십니까? 남이 들으면 천하가 다 웃으리다."

"내가 의리와 충성을 위해 목숨을 버리려는데, 천하가 웃다니 그게 무슨 소리인가?"

"장군이 여기서 목숨을 버리면 세 가지 죄를 면하기 어려울 것입니다."

"그게 무슨 소리인가?"

"도원에서 생사를 같이하겠다고 맹세하고 혼자 죽으면 그 죄가 하나요, 부탁 받은 현덕 공의 처자를 내버리고 혼자 죽으면 그 죄가 둘이요, 한실에 충성을 다하겠다고 맹세해 놓고 혼자 죽으면 그 죄가 셋이오."

관우는 그 소리를 듣고 한동안 비통한 침묵에 잠겨 있다가 다시 말했다.

"그러면 내가 어떡했으면 좋겠단 말이오?"

장요가 대답했다.

"이미 조 승상의 군사들이 사면을 에워싸고 있으니 장군은 항복을 하되 현덕 공의 행방을 알면 그리로 돌아간다는 조건을 내세우면 좋을 것이오."

"음, 굳이 조건을 내세우자면 나도 세 가지 조건이 있소."

"무슨 조건인지 말씀해 보오."

"첫째는 포로는 될지언정 항복은 아니하겠소. 일찍이 유현덕 형님과 도원의 결의를 맺을 때 한나라의 중흥을 첫째 조건으로 삼았는데, 목숨을 도모하기 위해 어찌 도원의 결의를 배반할 수 있겠소."

"그 다음 조건은 뭡니까?"

"또 하나는 형님의 두 부인과 아드님 그리고 시종들을 융숭하게 접대하여 추호도 예의를 잃지 않게 하는 것이오."

"알겠소. 또 하나는?"

"유현덕 형님의 행방이 알려지면 나는 그날로 그 분을 찾아갈 것이오. 그 세 가지 조건을 들어준다면 포로가 되어 굴욕을 참을 생각이오. 그러나 그 중의 어느 하나라도 용납이 안 되면 나는 조조와 끝까지 싸우다가 최후를 마칠 것이오."

"알겠소이다. 내가 조 승상께 여쭈어보고 곧 대답을 알려드릴 테니 잠시 기다려주오."

장요는 말을 급히 달려 조조를 찾았다. 조조는 세 가지 조건을 다 듣고 나더니 고개를 갸웃거렸다.

"항복을 아니한다지만 포로는 항복이나 다름없으니 첫째 조건은 문제도 아니오. 둘째 조건도 어렵지 않은 말이나 유현덕의 행방이 알려지면 그날로 떠난다는 조건은 못 들어주겠소. 그렇다면 내가 무엇 때문에 운장을 길러둔단 말이오?"

그러나 장요가 고개를 흔들었다.

"승상께서 앞으로 관운장을 후하게 대접하면 어찌 그 은총을 저버릴 수 있겠나이까? 관운장은 결코 의리를 모르는 사람이 아닙니다."

"음, 그도 그렇군! 그러면 세 가지 조건을 다 들어줄 테니, 관운장을 데려오오."

장요는 곧 산으로 올라와 관우를 하비성으로 데리고 내려왔다. 관우는 하비성으로 돌아오자 곧 감 부인, 미 부인을 찾아뵈었다. 관우는 두 형수에게 계하에서 절하며 고했다.

"두 분 형수님들을 놀라시게 하여 죄당백사하옵니다."

두 부인은 눈물을 지으며 물었다.

"황숙은 지금 어디 계시오?"

"계신 곳을 저도 모르옵니다."

"관운장께서는 이제 앞으로 어찌하실 생각이오?"

관우는 계하에 엎드린 채 자기가 항복하게 된 세 가지 조건을 낱낱이 고한 뒤에 말했다.

"형님이 계신 곳을 알기만 하면 그날로 찾아갈 생각입니다."

두 부인은 그제야 안도의 숨을 내쉬었다.

이윽고 관우는 조조를 찾아보았다. 조조가 몸소 원문(轅門) 밖으로 나와 영접했다.

"패장을 죽이지 않은 은혜에 대해 거듭 감사를 표합니다."

조조가 관우의 손을 잡으며 말했다.

"내 일찍부터 운장의 충의를 사모해 오던 차에 오늘 이렇게 만나니 이것도 전생의 인연인가 하오."

"황송합니다. 장요를 통해 말씀드린 세 가지 조건만은 부디 잊지 말아 주시기를 간곡히 부탁드립니다."

"내 한번 언약한 일을 어찌 실신(失信)할 리 있겠소."

"형님이 계신 곳을 알면 수화(水火)를 가리지 않고 찾아갈 것입니다. 그때에는 승상께 작별인사를 못 올리고 떠나더라도 과히 나무라지 말아 주십시오."

"현덕이 살아 있다면 가게 할 것이로되 지금은 난중에 생사를 알기 어려우니 마음 놓고 유하기 바라오."

조조는 그날 밤, 관우를 위하여 연석을 호화롭게 베풀었다.

이튿날 조조는 대군을 거느리고 허도를 바라고 길을 떠났다. 감 부인과 미 부인도 허도로 데리고 가기로 했다. 관우는 형수들의 수레를 호위하여 일시도 보호를 소홀히 하지 않았다.

조조는 그 광경을 보고 관우를 더욱 존경하게 되었다.

안량 · 문추를 베다

조조는 허도로 돌아오자 관우에게 커다란 저택 하나를 주어 유비의 가족들과 한 집에 기거하게 했다.

관우는 한 집을 안팎으로 나누어 내문 안에는 두 형수를 모시되 늙은 군사 십여 명으로 그들을 지키게 하고, 자신은 바깥채에서 기거했다.

조조가 관우를 대궐로 데리고 들어가 천자를 알현했다. 천자는 관우를 편장군(偏將軍)에 봉했다.

다음날, 조조는 관우의 환심을 사고자 연락을 크게 베풀었다. 문무백관을 한자리에 모아놓았는데 관우만은 특별히 상좌에 앉혔다. 연락이 파하자 조조는 많은 비단과 금은기명(金銀器皿)을 보내주었으나 관우는 그것을 하나도 쓰지 아니하고 두 형수에게 바쳤다.

그 모양으로 조조는 관우의 마음을 돌리려고 사흘에 한 번씩 소연(小宴)을 베풀고, 닷새에 한 번씩 대연(大宴)을 베풀었다. 또한 조조는 미녀를 열 명이나 뽑아 관우에게 보냈다. 그러나 관우는 그들도 모조리 내댁

(內宅)으로 들여보내 두 형수의 시중을 들게 했다.

조조는 그 말을 전해 듣고 마음속으로 더욱 거북해 마지않았다. 하루는 관우가 입고 있는 전포가 낡은 것을 보고 비단 전포 한 벌을 새로 지어 주었다. 다음날 보니 관우는 새 전포를 속에 입고, 겉에는 낡은 전포를 그대로 입고 있었다.

조조가 웃으며 물었다.

"운장은 어찌하여 새 옷 위에 낡은 옷을 입고 있소?"

운장이 정중히 대답했다.

"이 낡은 전포는 형님께서 내려주셨습니다. 항상 형님을 뵈는 심정으로 입고 있습니다. 승상께서 주신 새 전포가 좋다고 어찌 형님이 내려주신 옷을 버리겠습니까?"

"과연 운장은 신의가 굳은 사람이오."

조조는 진심으로 칭송하면서도 내심 즐겁지 않았다.

하루는 관우가 부중에 있는데 늙은 시종이 달려와 아뢰었다.

"두 부인께서 마주 붙들고 섧게 우시니, 무슨 연고인지 모르겠습니다."

관우는 즉시 옷을 갖춰 입고 내댁으로 들어가 물었다.

"두 분 형수님께서는 어인 일이십니까?"

감 부인이 눈물을 닦으며 대답했다.

"간밤 꿈에 황숙이 흙구덩이 속에 빠져 계신 것을 보았는데, 이는 필시 그 어른이 돌아가신 징조가 아닌가 하여 우는 것입니다."

"꿈을 어찌 믿을 수 있겠나이까? 형수님께서 형님을 간곡히 생각하시어 그런 꿈을 꾸셨을 것입니다."

관우가 두 형수를 좋은 말로 위로하는데 조조가 사람을 보내어 연석으로 청했다. 관우는 곧 연석으로 달려갔다. 그러나 그의 얼굴에 눈물 흔적이 그대로 있음을 보고 조조가 물었다.

"운장은 눈물을 흘린 모양이니 어인 일이오?"

"두 분 형수님께서 형님 생각에 통곡을 하시니, 저도 눈물을 참을 길이 없었습니다."

조조는 그 말을 듣고 술을 연거푸 권했다.

관우는 술이 거나하게 취하자 수염을 내리쓸며 혼자 개탄했다.

"내가 살아서 나라에 보답하지 못하고 형님을 배반한 꼴이 되었으니 실로 한심하기 그지없는 신세로다!"

조조는 그 말을 들은 체도 아니하고 관우의 수염만 칭찬했다.

"운장의 수염은 장히 아름답구려!"

"제가 아무것도 자랑할 것이 없지만 수염 하나만은 자랑할 만합니다. 그러나 겨울이면 간간이 수염이 빠져 반드시 검은 주머니로 싸두고 있습니다."

조조는 그 말을 듣고, 곧 비단으로 수염주머니를 만들어 관우에게 주게 했다.

천자가 이튿날 조회 때 보니 관우의 목에 비단주머니 한 개가 걸려 있는 것이 아닌가. 그런데 그 주머니의 길이가 가슴 아래까지 내려와 있었다.

"그게 무슨 주머니인가?"

천자의 하문에 관우가 국궁배례를 하며 아뢰었다.

"신의 수염이 길어 승상께서 비단주머니를 내려 감추게 하였나이다."

"금낭을 풀고 짐에게 구경을 한번 시켜주오."

관우가 금낭을 벗기니, 아름다운 수염이 가슴에까지 이르렀다.

"허어, 과연 미염(美髥)이오. 운장은 그야말로 미염공(美髥公)이구려!"

천자가 수염을 그렇게 칭찬하시니, 그때부터 관우는 '미염공' 이라는 별명으로 불리게 되었다.

어느 날, 관우가 승상부를 나와 말을 타고 돌아가는데, 그 말이 몹시 초라해 보여 조조가 말했다.

"운장의 말이 어찌 그리 수척하오?"

"천한 몸이 무겁기만 해서 그렇습니다. 무거운 주인을 태우고 다니려니 말의 고생이 심해 살이 찌지 않나 봅니다."

조조는 곧 말 한 필을 끌어오게 하여 관우에게 보이며 물었다.

"운장은 이 말을 기억하오?"

관우는 말을 보고는 감개무량해 하며 대답했다.

"전에 여포가 타던 적토마가 아닙니까?"

"그렇소. 오늘부터 운장이 이 말을 타도록 하오."

관우가 크게 기뻐하며 조조에게 두 번 절하여 감사의 뜻을 올렸다. 조조가 의아스러워 물었다.

"전일에 미녀와 금백을 보냈을 때에는 공이 기뻐할 줄을 모르더니, 오늘은 말 한 필에 이처럼 기꺼워하니 웬일이오?"

"이 말은 하루에 능히 천리를 간다고 들었습니다. 이제 승상께서 이 말을 저에게 내려주셨으니 형님이 계신 곳을 알기만 하면 그날로 달려갈 수 있지 않습니까. 그 어찌 기쁜 일이 아니겠나이까?"

조조는 그 말을 듣고 적토마를 준 것을 후회하기까지 했다. 관우가 물러가자 조조가 장요를 불러 한탄했다.

"내가 운장을 누구보다도 융숭하게 대접해 주고 있건만, 그 사람은 매양 떠나갈 생각만 하고 있으니 이를 어찌했으면 좋겠소?"

"제가 친구로서 운장의 본심을 한번 알아보도록 하겠습니다."

그로부터 수일 후, 장요는 관우와 단둘이 만나 물었다.

"관 공을 승상에게 추천한 사람은 나였는데, 이제는 마음이 좀 안정되셨소?"

관우는 그 말을 듣고 고개를 가로저었다.

"장 공의 우정과 조 승상의 후대는 고맙게 생각하는 바이오. 그러나 마음은 한시도 현덕 형님을 잊을 수가 없구려."

"하하하. 그것은 너무나 지나친 감상이오. 대장부는 모름지기 대승적 견지에서 처신을 해야 할 것이오. 조 승상으로 말하자면 조정의 최고의 공신인데 관 공은 어찌하여 현덕 공에게만 연연해 하시오? 만약에 현덕 공이 세상을 떠나셨다면 관 공은 어찌하시려오?"

"그때에는 형님을 따라가는 길밖에 없겠지요."

장요는 관우가 뜻을 굽히지 않을 것을 깨닫고, 곧 조조에게 돌아와 사실대로 고했다.

조조가 그 말을 듣고, 한숨을 쉬며 탄식했다.

"주인을 섬기되 그 근본을 잊지 않으니 운장은 참으로 천하의 의사로구려!"

그러자 장요가 말했다.

"그러나 운장은 승상의 은총을 생각해 떠나기 전에 반드시 큰 공을 세우고서야 떠나겠다고 했습니다."

모사 순욱이 그 말을 듣고 조조에게 말했다.

"운장은 반드시 그럴 사람입니다. 그렇다면 오래 눌러두기 위해서는 공을 세울 기회를 주지 말아야 합니다."

"음, 좋은 생각이오."

조조는 고개를 끄덕였다. 그러나 마음은 한없이 외롭기만 했다.

한편, 유비는 원소에게 몸을 의탁하고 있으면서도 마음은 항상 우울했다. 그것을 보고 원소가 물었다.

"현덕 공은 어찌하여 항상 수심에 잠겨 있소?"

유비가 쓸쓸히 대답했다.

"제가 두 아우의 소식을 모르고, 처자 또한 조조에게 잡혀갔습니다. 위로는 나라에 보답하지 못하고, 아래로는 집안을 제대로 보존하지 못했으니 어찌 근심이 떠날 때가 있겠습니까."

"내가 군사를 일으켜 허도를 치려고 생각한 지 이미 오래되었소. 이제 봄도 돌아왔으니 군사를 일으킬 생각이오."

모사 전풍이 그 말을 듣고 원소에게 간했다.

"허도가 텅 비어 있을 때에는 치지 아니하다가 군사가 정비되어 있는 지금에 거병을 하는 것은 무리입니다."

"알겠소. 그대는 물러가 있으오."

원소가 전풍을 내보내고, 유비를 향하여 물었다.

"현덕 공은 어떻게 생각하시오?"

"조조가 전일 동승을 비롯한 많은 중신과 그들의 일족을 살해한 까닭에 몹시 인심을 잃고 있습니다. 따라서 지금 군사를 일으키면 크게 이로울 것입니다."

원소는 그 말에 용기를 얻어 곧 군사를 일으켰다. 전풍이 크게 놀라 원소 앞에 머리를 조아리며 아뢰었다.

"지금 군사를 일으키면 절대로 불리합니다. 부디 제 말을 들어주옵소서."

그러자 원소가 대로하여 놀라운 명령을 내렸다.

"그대는 적과 내통이 있어 군사를 못 일으키게 하는 것이 분명하구나. 여봐라, 전풍을 당장 끌어다 옥에 가두어라."

모사 저수가 그 광경을 보고는 크게 놀라 일가친척들을 한자리에 모아 놓고 가재(家財)를 나누어주며 말했다.

"내 이제 싸움터에 나가면 다시는 돌아오지 못하게 될 테니 그렇게 알라!"

원소는 대장 안량을 선봉장으로 삼아 백마성(白馬城)을 먼저 치게 했다. 저수가 원소에게 간했다.

"안량은 용맹하지만 지략이 부족하니, 다른 대장을 한 사람 더 딸려 보내는 게 좋습니다."

"안량은 천하의 명장인데 공은 어찌하여 그런 쓸데없는 말을 하오!"

원소는 끝끝내 자기 고집만 부렸다.

원소가 군사를 일으켜온다는 급보가 전해지자 조조도 곧 전군에 출동 명령을 내렸다. 관우가 그 소식을 듣고 승상부로 달려왔다.

"승상께서 거병하신다는 소식을 듣고 왔습니다. 제가 반드시 공을 세울 터이오니 선봉으로 써주옵소서."

그러나 조조는 고개를 흔들었다.

"아니오. 장군의 힘을 빌릴 것도 없을 것이오. 앞으로 장군의 도움이 필요하게 되면 수고를 빌리기로 하리다."

조조는 관우를 그냥 돌려보낸 뒤 몸소 십오만의 군사를 인솔해 백마 땅으로 적을 맞아 나섰다. 안량은 조조의 군사를 보자 맹렬한 기세로 공격을 개시해 왔다. 조조는 여포의 부하였던 용장 송헌을 불러 말했다.

"내 들어본즉 네가 여포의 수하로 있을 때 용장으로 이름을 날렸다던데 사실이냐? 지금 당장 달려나가 안량과 일전을 겨뤄보라!"

송헌은 의기양양하게 창을 꼬나 잡고 말을 달려나갔다. 그러나 그는 변변히 싸워보지도 못하고 안량의 창에 맞아 머리가 떨어졌다.

"허어, 안량은 과연 용장이로구나! 그러면 위속이 나가 송헌의 원수를 갚아라!"

위속도 역시 여포의 수하 용장이었다. 위속이 명을 받고 번개같이 달려나갔다. 그러나 역시 안량의 창에 찔려 대번에 피를 뿜으며 고꾸라졌다.

"저런! 안량을 당할 자 뉘 없느냐?"

"소장이 나가 싸우겠습니다."

이번에는 서황이 대부(大斧)를 휘두르며 달려나갔다. 그러나 그 역시 칠팔 합 싸우다가 세궁역진하여 본진으로 쫓겨 들어오고 말았다. 그 광경을 보고 모든 장수들이 겁에 질려 감히 싸우려 나서지 못했다.

"안량을 그냥 내버려둘 수는 없는데 이를 어찌했으면 좋겠는가?"

조조가 크게 근심하자 정욱이 말했다.

"안량을 당해 낼 장수가 꼭 한 사람 있습니다."

"그가 누구요?"

"관운장입니다."

"그건 나도 알고 있소. 그러나 운장에게 공을 세우게 하면 당장 떠나갈 것이니 그게 걱정이오."

"유비가 죽지 않았다면 원소에게 몸을 의탁하고 있을 확률이 높습니다. 이제 운장을 시켜 원소의 군사를 치게 하면 원소는 유비를 의심해 죽일 것입니다. 그렇게 되면 운장은 갈 곳이 없어지게 됩니다."

"그것 참 좋은 생각이오. 그러면 운장을 곧 싸우게 하오."

관우는 조조의 명령을 받자 즉시 두 형수를 찾아갔다.

"제가 이번에 조 승상의 명을 받고 싸움터로 나가게 되었나이다."

"몸조심해서 무사히 돌아오세요. 그리고 싸움터에 나가시거든 황숙이 어디 계신지도 알아보세요."

"제가 어찌 그것을 잊을 수 있겠습니까? 머지않아 형님을 만나 뵐 날이 있을 것이니 안심하십시오."

관우는 두 형수에게 작별인사를 고하고 이내 싸움터로 달려갔다. 조조가 친히 달려나와 관우를 맞았다. 사기가 몹시 떨어져 있던 조조의 군사들이 관우가 나타나자 환호성을 올렸다.

마침 그때, 안량이 또 싸움을 청하고 있다는 전갈이 날아들었다.

"그럼 제가 나가 싸우겠습니다."

"안량의 기세가 대단하니 부디 몸조심하오."

"제 눈에 적병들은 모두 오합지졸일 뿐입니다."

"운장이 평소에는 몹시 겸손하더니 오늘은 호언장담이 대단하니 웬일이오?"

"호언장담이 아니라 승상께서 두려워하는 안량의 머리를 곧 베어오도록 하오리다."

관우는 그 한마디를 남기더니 청룡도를 휘두르며 적토마를 나는 듯이 몰아나갔다. 그리하여 그대로 적진으로 뛰어드니 적의 군사들이 맹렬한 기세에 눌려 물결처럼 갈라졌다.

안량이 창검을 휘두르며 마주 달려나왔다. 그러나 안량은 한번 싸워보지도 못하고 청룡도가 번쩍 하기 무섭게 땅으로 쓰러지고 말았다. 관우는 안량의 머리를 베어 말목에 매달고 유유히 본진으로 돌아왔다. 그야말로 거짓말 같은 전공이었다.

안량의 수급을 바치자 조조가 손을 잡고 감탄했다.

"장군은 과연 신장(神將)이시오."

그러자 관우가 대답했다.

"제 아우 장비에 비기면 저의 재주는 아무것도 아닙니다. 장비는 적장의 목을 베기를 마치 주머니 속에 들어 있는 물건을 꺼내놓듯 하는 장수입니다."

조조는 그 소리에 크게 놀라 수하 장수들을 돌아보며 말했다.

"그대들은 일후에 장비를 만나거든 아예 싸울 생각을 마오."

대장 안량이 관우에게 어이없이 패해 목이 떨어지는 바람에 원소의 군사는 지리멸렬해졌다.

원소가 그 소식을 듣고 크게 놀랐다.

"안량을 죽였다는 적장이 누구더냐?"

"얼굴이 붉고 수염이 길며, 청룡도를 쓰는 장수였습니다."

그러자 모사 저수가 말했다.

"그 장수는 유현덕의 의제 관운장이었습니다."

"그럴 리 있는가? 현덕이 지금 나의 보호를 받고 있는데 관운장이 우리를 적대시할 리 없지 않은가?"

그리하여 일선에서 돌아온 장병들에게 다시 알아보았으나 안량을 죽인 적장은 분명 관운장이라고 하지 않는가. 원소는 크게 노하여 곧 유비를 중군으로 불러오게 했다.

"그대의 아우 관운장이 내 애장(愛將)을 죽였다. 현덕은 필시 관운장과 통모(通謀)하려고 나한테 와 있는 것이 분명하구나! 여봐라, 저 자를 당장 끌어내 참하여라."

유비로서는 청천벽력이나 다름없는 일이었다. 유비는 양심에 꺼리는 일이 추호도 없어 조용히 대답했다.

"명공께서는 어찌하여 일방적인 보고만 듣고 그리 노하십니까? 저는 서주에서 운장과 헤어진 이후로 아직 그의 존망도 모르고 지내왔습니다. 이 넓은 천하에 얼굴이 붉고 수염이 긴 장수가 어찌 관운장 한 사람뿐이겠습니까? 조조가 우리의 내홍(內訌)을 도모하려고 일부러 장수를 그처럼 분장시켜 내보냈을지 누가 알겠습니까. 일선에서 돌아온 병사들의 말만 듣고 저를 참수하시는 것은 너무나 조급한 처사이십니다."

듣고 보니 과연 그럴듯한 말이었다.

"듣고 보니 과연 그렇기도 하오. 내가 그만 저수의 말만 믿었던 것이 잘못이오."

원소는 유비를 당상으로 올라오라 하여 안량의 원수를 갚을 계획을 상의했다. 그러자 당하에 서 있던 장수들 중에서 대장 문추가 나서며 말했다.

"소장이 나가 안량 장군의 원수를 갚고 오겠습니다."

문추는 안량과 의형제로 신장이 팔 척이요, 얼굴이 해태같이 사납게 생긴 맹장이었다.

"음, 그대가 안량의 원수를 갚으려는가? 그러면 십만의 병력을 줄 테니 곧 나가서 조적(曹賊)을 모조리 주살하라."

저수가 그 말을 듣고 간했다.

"현재 적의 사기가 충천해 있으니 지금 곧바로 공격하는 것은 매우 불리합니다. 선불리 황하를 건넜다가 전세가 불리해지면 퇴각하기가 매우 곤란해질 것입니다."

"후퇴를 생각하고 겁을 내는 전법이 어디 있는가? 그대는 쓸데없는 소리는 집어치우고 어서 썩 물러가거라."

저수는 그 말을 듣고 장탄식을 하며 물러간 뒤로 병을 칭하여 진중에는 일체 나오지 않았다.

유비가 원소에게 말했다.

"제가 명공의 대은을 갚을 길이 없으니, 이번에 문추와 같이 나가 공을 세우게 해주십시오. 그러면 이번 기회에 관운장의 소식도 알아보겠나이다."

"좋은 생각이오. 그럼, 그리 하오."

원소가 곧 문추를 불러 유비와 함께 나가 싸우도록 일렀다. 문추가 심히 불쾌한 기색으로 말했다.

“현덕은 패장인데 무슨 필요가 있다고 저에게 딸려주시는 것입니까?”
“현덕이 저토록 간청하니 같이 나가보오.”
“그러면 현덕에게 군사 삼만을 내주어 뒤를 따라오게 하겠습니다.”
그리하여 문추는 칠만 군을 거느리고 선봉으로 나가고, 유비는 삼만 군을 거느리고 뒤를 따랐다.

안량을 간단히 베어버린 관우의 용맹에 조조는 더욱 감탄을 하게 되었다. 그리하여 어떡하든지 관우를 놓아주고 싶지 않아 곧 조정에 상주하여 한수정후(漢壽亭侯)에 봉하게 했다.
마침 그때, 원소의 대장 문추가 칠만 대군을 거느리고 공격해 온다는 정보가 날아들었다. 원소의 군사는 이미 황하를 건너 연진(延津)에 도달했다는 소식이었다.
조조는 먼저 사람을 시켜 백성들을 피난하게 했다. 그런 다음 대군을 거느리고 적을 맞아나가며 명령을 하달했다.
“양초(糧草) 부대를 앞세우고 군사들은 뒤를 따라가도록 하라.”
“어찌하여 양초 부대를 앞세우고, 군사들을 뒤따라가라 하십니까?”
대장 여건이 물었다.
“양초 부대를 뒤에 두면 노략을 당할까봐 그러오.”
“만약 적을 만나 양초를 빼앗기면 어찌합니까?”
“그건 그때 가서 생각해 봅시다.”
여건은 조조의 행군법에 의혹을 제기했다. 그렇게 행군해 가던 중에 앞서가던 치중대가 적의 공격을 받아 크게 흩어졌다.
조조가 그 모양을 보고는 군령을 내렸다.
“모두 산 위로 올라가 피하라.”
치중 부대는 양초를 내버린 채 산상으로 쫓겨 올라갔다. 그러자 함성이 크게 일어나며 문추의 군사가 들을 덮으며 몰려왔다.

"적군이 저렇듯 몰려오니 빨리 공격을 가해야만 합니다."

수하 장수들이 조조를 보고 재촉하자 모사 순유가 말했다.

"이게 바로 이적(餌敵)의 전법이라는 것이오."

조조가 그 소리를 듣고 순유를 돌아다보며 눈을 흘겼다. 순유는 그 뜻을 알아보고 다시는 아무 말도 아니했다.

문추가 많은 양초를 얻고, 다시 마필(馬匹)을 얻으려 달려드니 군사들이 대오를 떠나 수습이 안 될 정도로 혼란에 빠졌다.

그때 조조는 산상에 있던 군사들에게 명령을 내려 일제히 달려나가 적을 엄살(掩殺)하게 했다. 제각기 흩어져 말을 쫓아다니던 적병들이 불의의 공격에 크게 놀라 서로 밀고 밟히며 창을 맞고 쓰러졌다.

문추가 대오를 정비하기 위해 소리를 질러 호령했으나 군령이 전혀 통하지 않았다. 문추가 마지못해 도망을 치자 조조가 채찍을 들어 가리키며 외쳤다.

"문추는 하북의 대장이다. 뉘 가서 사로잡아오라."

말이 떨어지자 장요와 서황이 일제히 말을 몰아 내달았다.

"문추야, 네가 어디로 가느냐!"

문추가 돌아다보더니 마상에서 활을 쏘아 갈겼다. 기세 좋게 날아온 화살이 장요의 투구에 꽂혔다. 장요가 대로하여 맹렬히 쫓아가자 두 번째 화살이 말을 거꾸러뜨렸다. 그 바람에 장요가 땅으로 곤두박질치니 문추가 재빠르게 말을 돌려 덤벼들었다.

서황이 크게 놀라 대부(大斧)를 휘날리며 앞을 막아 싸웠다. 그러자 요란한 함성과 함께 문추를 도우려는 적의 군마가 무수히 달려들었다. 서황은 마지못해 말을 돌려 달아났다.

문추가 그 뒤를 급히 추격하여 강가에 이르니, 홀연 십여 기의 군마가 기호(旗號)를 바람에 휘날리며 달려나왔다. 그 장수는 관우였다.

"이놈, 네가 여기가 어디라고 쫓아왔느냐? 행여 달아나지는 말아라."

관우가 대갈일성하며 청룡도를 꼬나 잡고 달려나오니, 문추는 미처 달아날 겨를이 없어 그대로 맞서 싸웠다. 그러나 적토마는 빠르고 청룡도는 날래기 그지없었다. 미처 삼 합을 싸워보기도 전에 문추의 머리는 땅으로 떨어졌다.

산상에서 그 모양을 보고 있던 조조가 적진 속으로 휘몰아쳐 들어갔다. 그 바람에 하북의 수많은 군사들이 물에 빠져 죽었다. 나머지 군사들이 제각기 삼십육계를 놓는 바람에 앞서 빼앗겼던 양초도 고스란히 되찾을 수 있었다.

금석 같은 충의

대장 문추가 관우의 손에 어이없게 전사하는 바람에 원소의 군사는 크게 패배했다. 그들은 진지를 향해 쫓겨오면서 제각기 외쳐댔다.

"우리의 대장을 죽인 적장은 수염이 길고 얼굴이 붉은 장수였다."

그리고 그 얼굴이 붉고, 수염이 긴 장수가 지금 인마를 거느리고 강을 건너오고 있다는 것이었다. 유비가 그 말을 듣고 얼른 강가로 달려나와 보니, 저 멀리 휘날리는 깃발에 씌어 있는 글자는 분명 한수정후(漢壽亭侯) 관운장(關雲長)의 일곱 글자가 분명했다.

'아아, 내 아우가 죽지 않고 조조에게 잡혀 있었구나! 이것은 하늘이 나를 도와주심이로다!'

유비는 아무도 모르게 속으로 기뻐하며 곧 군사를 수습하여 진지로 돌아왔다.

원소는 대장 문추도 관우의 손에 죽었다는 보고를 받고 크게 노하여 유비를 보기 무섭게 불호령을 내렸다.

"네가 이럴 수 있느냐? 저놈을 당장 끌어내 목을 잘라라."

"황공하옵니다. 저에게 무슨 죄가 있나이까?"

"네가 관운장을 시켜 나의 대장 문추를 죽였으니, 그러고도 죄를 모르겠단 말인가?"

유비는 목소리를 더욱 부드럽게 하여 말했다.

"이제 그만 노여움을 거두시고 한 말씀만 들어보소서. 조조가 저를 해하려고 일부러 관운장을 시켜 대장들을 죽이게 했나 봅니다. 이제 명공이 저를 죽인다면 이는 곧 조조의 계책에 속는 셈이니 부디 명찰하십시오."

"음, 듣고 보니 그렇기도 하오."

"제가 밀서를 써보내면 운장은 반드시 저를 찾아올 것입니다. 그때는 운장에게 조조를 치게 하겠습니다. 명공의 생각은 어떠십니까?"

원소가 그 말을 듣고 무릎을 치며 기뻐했다.

"내가 관운장만 얻을 수 있다면 안량, 문추가 살아 돌아온 것보다도 더 기쁘겠소. 그러면 곧 글을 써보내도록 하오."

유비는 곧 글을 초하였다. 그러나 보낼 사람이 마땅치 않아 당분간은 보낼 수 없게 되었다.

조조와 원소의 싸움은 장기전에 돌입했다. 황하에 봄이 무르익을 무렵 원소의 하북군은 무양(武陽)에 진을 친 채 적을 방비할 계책을 세웠다.

그리하여 조조는 군사를 일단 허도로 거느리고 돌아와 다음 기회를 노리게 되었다. 허도로 돌아온 조조는 연락을 베풀었다. 그 자리에서 조조가 신이 나 말했다.

"전일에 내가 양초 부대를 앞장세운 것은 이적지계(餌敵之計)였는데 그것을 눈치 챈 사람은 오직 순유 한 사람뿐이었네."

여러 장성들은 그제야 감탄해 마지않았다.

주연이 한창 벌어지고 있을 때 문득 탐마가 들어와 고했다.

"여남에 있는 황건적 잔당 유벽(劉辟)과 공도(龔都)가 힘이 무척 강하다고 합니다. 조홍이 벌써 여러 차례 싸웠지만 그때마다 패했으니 급히 응원군을 보내야겠습니다."

그 말을 듣고, 관우가 나섰다.

"소장을 보내주시면, 곧 여남의 적도들을 토벌하고 돌아오겠습니다."

"고마운 말씀이오. 운장이 이미 여러 번 공을 세웠어도 아직 아무런 보상도 해주지 않고 있는데 이제 또 수고를 하면 어찌하오?"

조조가 감격하여 말했다.

"아닙니다. 소장은 한가하게 앉아 있으면 오히려 병이 생깁니다."

조조는 그 말을 장하게 여겨 곧 관우에게 오만 군사를 내주며 우금, 악진을 부장으로 삼아 토벌의 길에 오르게 했다.

관우가 토벌의 길에 오르자 순욱이 조조에게 말했다.

"운장이 아직도 유현덕을 사모하는 모양이니 승상께서는 그 점을 특히 유념하십시오. 운장을 멀리 보내면 다시는 돌아오지 아니할지도 모르는 일입니다."

"이번에 공을 세우고 돌아오면 다시는 내보내지 않을 것이오."

한편, 여남에 도착한 관우는 산중에 진을 치고 전투태세를 갖추었다. 그날 밤, 군사가 세작(細作) 두 명을 잡아끌고 들어왔다. 관우가 두 명을 앞에 앉혀놓고 복면을 벗겨보니, 그 중 한 사람은 손건이었다.

관우는 깜짝 놀라 즉시 좌우를 물리치고 손건에게 말했다.

"서주 싸움에서 패한 이후로 공의 소식을 몰라 궁금했는데, 오늘 여기서 만나게 되니 웬일이오?"

손건이 감격스러운 어조로 대답했다.

"서주에서 패하여 이리저리 떠돌아다니다가 유벽이 거두어주어 오늘날까지 여남에 있었습니다. 장군은 어찌하여 조조의 진영에 계시게 되었습니까? 주공의 두 부인은 별고 없으십니까?"

관우는 그간의 사정을 낱낱이 말해 주고 나서 물었다.

"그대는 형님께서 지금 어디에 계신지 모르오?"

"주공께서 근자에 원소에게 가 계신다는 소식을 듣고 찾아가 뵈려 했으나 아직 길을 얻지 못하던 차였습니다. 이번에 유벽과 공도가 원소에게 귀순하여 조조를 함께 치기로 했나이다. 그런데 관운장께서 우리를 토벌하러 오셨다기에 제가 장군을 찾아뵙고 그 소식을 전하러 왔나이다. 내일 싸움에서 우리가 거짓 패하여 달아날 터이니 장군께서는 두 부인을 모시고 원소에게 가셔서 주공을 찾아뵙도록 하소서."

"형님이 원소에게 가 계신 것을 안 바에야 당장 이 밤으로 찾아뵐 생각이 간절하오. 그러나 내가 원소 휘하의 장수를 두 사람이나 죽였으니 그 때문에 혹시 무슨 변고나 당하지 않았을까 염려될 뿐이오."

"그러면 제가 먼저 원소의 진영으로 달려가 사정을 알아보고 장군께 연락을 드리겠습니다."

"형님을 뵐 수만 있다면 나는 백 번 죽어도 두려울 것이 없소. 그러나 혹시 형님한테 누가 되지 않을까 걱정이오. 아무튼 이번에 허도에 돌아가거든 조조에게 하직 인사를 해야겠소."

이날 밤, 관우는 손건을 뒷문으로 돌려보내주었다.

이튿날 관우는 군사를 거느리고 싸움터로 나왔다. 공도가 창을 휘두르며 말을 달려나왔다. 관우가 청룡도를 휘두르며 소리쳤다.

"네 놈들은 어찌하여 백성들을 괴롭히고, 나라를 어지럽히는가?"

"너는 주인을 배반한 주제에 어찌하여 우리를 욕하느냐?"

"내가 언제 주인을 배반했단 말이냐?"

"유현덕이 원소에게 몸을 의탁하고 있는 것을 뻔히 알면서 조조를 섬기고 있으니 배반이 아니고 무엇이냐?"

관우는 대답할 말이 없어 창을 휘두르며 달려나가니 공도가 급히 달아났다. 관우가 급히 쫓아가니 공도가 문득 고개를 돌리며 말했다.

"장군이 급히 진격해 오시면 우리가 여남 땅을 양보해 드리오리다."

관우가 그 뜻을 알아듣고 군사를 몰아가니, 유벽과 공도의 군사가 짐짓 패하여 사방으로 뿔뿔이 흩어졌다.

관우는 마침내 여남을 수중에 거둔 다음, 민심을 수습하고 나서 허도로 돌아왔다. 그것으로 조조에게 또 하나의 커다란 공을 더한 셈이었다.

관우가 허도로 돌아오자 조조는 그 공로를 크게 치하하여 축하 잔치를 성대하게 베풀었다. 관우는 술에 대취했으나 집에 돌아오는 길로 곧 두 형수를 찾아뵈었다.

"지금 여남에서 돌아오는 길입니다. 두 형수님께서는 그 동안 별고 없으셨습니까?"

두 부인은 관우를 보자 눈물을 감추지 못하며 물었다.

"시숙께서는 이번 싸움에 나가셔서 황숙의 소식을 못 들으셨소?"

관우는 비밀이 누설될까 두려워 유비의 소식을 일부러 못 들었노라고 대답하니, 감 부인과 미 부인은 손을 마주 잡고 목을 놓아 통곡했다.

"형수님들께서는 어찌하여 통곡을 하시나이까?"

"시숙께서는 황숙이 이미 세상을 떠난 것을 알면서도 우리가 슬퍼할까봐 일부러 숨기시는 게 아니오?"

관우는 두 형수를 더 이상 속일 수가 없었다.

"두 형수님께서 그처럼 비통해 하시니 말씀드리겠습니다. 실은 형님이 지금 원소에게 몸을 의탁해 계십니다. 제가 형수님들께 진작 말씀드리지 못한 것은 이 소식이 혹시 조조의 귀에 들어갈까 두려워서였습니다. 제가 이제 두 형수님을 모시고 조조에게서 떠날 계책을 꾸미고 있으니 며칠만 더 참고 기다리십시오."

두 부인은 그 말을 듣고 나더니 관우의 손을 와락 붙잡으며 애걸하듯이 호소했다.

"시숙님만 믿고 있겠소. 죽어도 황숙의 곁에서 죽게 해주오."

관우가 유비를 찾아갈 계책을 궁리하고 있던 중에, 하루는 장요가 찾아왔다. 관우를 따라 여남에 갔던 우금이 유비의 소식을 듣고 조조에게 고했기 때문이다. 조조는 관우가 떠날까 두려워 장요를 보내 동정을 살피게 한 것이었다.

장요가 관우에게 말했다.

"장군이 이번에 황숙의 소식을 듣고 오셨다니 무척이나 기쁘시겠습니다."

그러자 관우가 추연히 대답했다.

"형님이 생존해 계신다는 소식만 들었을 뿐, 아직 만나 뵙지 못했는데 무엇이 기쁘단 말이오?"

"장군께서는 기어이 조 승상의 은총을 저버리고 하북으로 현덕 공을 찾아가실 생각이오?"

"내 어찌 형님을 배신할 수 있겠소. 장 장군은 부디 내 뜻을 승상께 전해 주오."

장요는 관우를 붙들어둘 수 없음을 깨닫고, 곧 조조에게 사실대로 고했다.

조조는 그 말을 듣고 탄식했다.

"운장을 붙잡아둘 좋은 계책이 그리 없는가?"

장요가 다녀간 뒤에도 관우는 유비를 찾아갈 방도를 강구하고 있었다. 그러던 중에 하루는 생면부지의 사람이 찾아왔다.

"공은 누구시오?"

"저는 원소의 부하인 남양(南陽)의 진진(陳震)입니다."

"공은 무슨 용무로 나를 찾아오셨소?"

진진은 아무 말도 아니하고 품안에서 편지 한 장을 꺼내 내밀었다. 그것은 유비의 친서였다.

> 비(備)가 그대와 더불어 도원에서 의를 맺은 뒤로 생사를 같이하기로 맹세하였더니, 이제 도중에 이렇듯 은의(恩義)가 끊길 줄이야 누가 알았으리오. 그대가 공명을 취하고 부귀를 도모할 생각이라면 나의 수급을 보내어 공을 세우도록 하겠소. 말을 다하지 못하고 오직 죽음을 기다릴 뿐이오.

유비의 친서는 대략 이상과 같았다. 관우는 편지를 읽고 나자 그대로 목을 놓아 울며 진진에게 말했다.

"내가 형님을 잊은 것이 아니라 다만 어디에 계신지 몰라 찾아뵙지 못했을 뿐이오. 어찌 부귀를 도모하여 신의를 저버릴 수 있겠소."

"현덕 공이 관 공을 생각하시는 정이 심히 간절하시니 지금이라도 빨리 찾아가보시는 게 좋을 것 같소이다."

"옳은 말씀이오. 나의 뜻은 이미 오래 전에 결정되었소. 그러나 사람은 거취를 분명히 해야 하니 머지않아 조조에게 하직을 고한 뒤에 두 형수님을 모시고 형님을 찾아가겠소."

"조조가 만약 듣지 않으면 어떡하시려오?"

"내가 목숨을 잃을지언정 이곳에 이대로 머물러 있을 생각은 없소이다."

관우는 곧 붓을 들어 답장을 쓰는데 그 뜻은 대략 다음과 같았다.

의리는 마음을 저버리지 아니하고, 충성은 죽음을 돌보지 않는다 하는데 제가 어찌 형님과의 결의를 꿈엔들 저버릴 수 있겠습니까? 전날에 하비성이 함락될 때, 안으로는 양식이 떨어지고, 밖으로는 원병이 없어 일시는 죽음을 각오했으나 두 분 형수님께서 계심으로 목숨을 버리지 못하고 잠시 조 공에게 몸을 의탁했던 것입니다. 이제 형님이 여남에 생존해 계시는 것을 알았으니 불일간 조 공에게 하직 인사를 하고 두 분 형수님과 함께 형님을 찾아가겠습니다. 제가 만의 하나라도 딴마음을 품었다면 신령과 사람이 죽음을 내리실지니 그윽한 심정을 이루 아뢰지 못함이 안타까울 따름입니다. 형님께서는 깊이 통찰해 주십시오.

관우는 답장을 진진에게 주어 보내고, 그 길로 곧장 조조에게 하직인사를 고하려고 승상부를 찾아갔다. 그러나 조조는 관우가 찾아올 것을 미리 짐작하고 문에다 짐짓 피객패(避客牌)를 걸어놓았다. 피객패는 주인이 손님을 만나고 싶지 않을 때에 문에 걸어놓는 면회 사절의 패쪽이었다. 그것이 걸려 있을 때에는 손님도 주인을 찾지 않는 것이 예의였다.

관우는 어쩔 수 없이 집으로 돌아와 하인들에게 일렀다.

"내일은 길을 떠날 터이니 그간에 승상께서 내려주신 물건은 하나도 건드리지 말고 우리가 가지고 온 짐만 꾸리도록 하라."

다음날 관우는 다시 승상부를 찾아갔다. 그러나 이날도 피객패가 걸려 있었다. 조조가 관우를 떠나지 못하게 하려고 일부러 피하고 있는 것이었다.

관우는 생각다 못해 장요를 찾아갔다. 그러나 장요의 집 대문간에도 피객패가 걸려 있는 것이 아닌가. 관우는 그들의 본심을 깨닫고, 붓을 들어 조조에게 하직하는 글월을 쓸 수밖에 없었다.

우(羽)가 일찍이 황숙을 섬기어 생사를 같이하기로 하였는데, 이는 황천후토(皇天后土)가 다 들은 일입니다. 전자에 승상을 찾아올 때에 말씀드린 세 가지는 이미 응낙하신 일이거니와 이제 형님께서 원소의 군중에 계신다는 것을 알았기에 길을 떠나려 합니다. 비록 승상의 새로운 은혜가 두텁사오나 의를 저버릴 길이 없어 이제 붓을 들어 하직 인사를 고하니 부디 살펴주소서. 아직 갚지 못한 은혜는 후일을 기약하려 하나이다.

관우는 사람을 시켜 하직문을 조조에게 전하게 했다. 조조에게서 받은 모든 보물은 하나도 빠짐없이 그대로 남겨두었다.

두 형수를 수레에 태운 관우는 하북을 향하여 길을 떠났다. 성문에 이르니 문지기 병사가 길을 막았다. 관우가 눈알을 부라리며 언월도를 가로세워 들었다.

"아무도 나의 앞길을 막지 못할지니 어서 길을 비켜라."

수문장은 추상같은 호령에 겁에 질려 길을 비켜섰다. 관우는 두 형수가 타고 있는 수레를 호위하며 길을 재촉했다.

한편, 조조는 관우를 보내지 않으려고 승상부에 문무백관을 모아놓고 대책을 논의하던 중이었다. 그러던 중에 문득 사자가 달려와 관우의 고별 친서를 전했다. 조조는 편지를 받아보고 소스라치게 놀랐다.

"운장이 기어코 떠나고 말았소!"

마침 그때 성문을 지키고 있던 장수가 말을 급히 달려와 고했다.

"관운장이 성을 지키는 군사를 물리치고, 두 부인과 함께 성 밖으로 나가 하북을 향해 길을 떠났습니다."

그와 때를 같이하여 관우의 처소에서 근무하던 군사가 달려와 아뢰었다.

“관운장이 승상께서 내리신 금은보화를 고스란히 봉해 놓으시고, 미녀 열 명도 안방에 그냥 내버려둔 채, 당신이 데리고 오신 종자와 몸에 지닐 행리만 수습해 북문으로 나가셨습니다.”

조조는 한숨만 쉴 뿐 어찌할 바를 몰랐다. 그러자 조조의 옆에 있던 장수가 큰소리로 외쳤다.

“소장에게 철기 삼천만 내주시면 당장 달려가 운장을 사로잡아오겠습니다.”

그렇게 말한 사람은 장군 채양(蔡陽)이었다. 채양은 평소부터 관우를 매우 못마땅하게 여기고 있던 사람이었다. 그러나 조조는 고개를 좌우로 흔들었다.

“운장이 의리를 저버리지 않을 뿐만 아니라 오고 가는 태도가 그리도 분명한데 내 어찌 그를 탓하겠소.”

그러자 이번에는 모사 정욱이 말했다.

“승상께서 그리 후대했는데도 기어코 떠나는 것은 배은망덕한 행위입니다. 게다가 운장이 원소에게 가면 우리에게 크게 해로울 것이니 차제에 아예 없애버리는 것이 상책입니다.”

조조는 이번에도 고개를 흔들었다.

“내 이미 언약한 일이거늘 어찌 실신을 한단 말인가? 관운장이 가형을 찾아가는 신의가 가히 대장부다우니 차라리 노자와 금포(錦袍)를 내려 후일을 기약할까 하오.”

조조는 그렇게 말한 뒤에 장요를 보내 관우를 붙잡아두라 하고, 자신도 수십 기를 거느리고 뒤를 좇아갔다.

이윽고 장요가 말을 급히 달려오며 큰소리로 관우를 불러 세웠다. 관우는 두 형수가 타고 있는 수레를 그냥 행차하게 하고, 자신은 말을 멈추고 장요에게 물었다.

"장 공은 나를 붙잡으러 오시는 게요?"

"아닙니다. 장군께서 먼 길을 떠나신다기에 승상께서 전송을 오시겠답니다. 잠깐만 기다려주십시오."

"승상이 철기를 거느리고 나를 붙잡으러 오시는가보구려? 그렇다면 나는 죽기를 각오하고 싸울 수밖에 없소이다."

관우가 다리목에 버티고 서서 싸울 각오를 하는데 조조가 허저, 서황, 우금, 이전 등의 장수들을 거느리고 나타났다. 그러나 그들은 손에 무기를 들고 있지 않았다. 조조가 대장들을 좌우로 벌려 세우더니 매우 섭섭하다는 듯이 말했다.

"운장은 어이하여 이렇듯 급히 떠나시오?"

관우가 마상에게 깊이 머리를 숙여 보이며 대답했다.

"소장의 가형이 하북에 계신다는 소식을 듣고 승상께 누차 하직을 고하러 갔으나 매양 피객패가 걸려 있어 하직문을 올리고 떠나게 되었습니다."

"기어코 떠나야 한다면 굳이 붙잡지는 않겠소. 그러나 섭섭한 마음은 금할 길이 없구려. 이것은 얼마 안 되는 은자(銀子)이니 노자로 써주기 바라오."

조조는 그렇게 말하며 황금 일봉을 친히 내주었다. 그러나 관우는 조조가 내미는 황금을 받으려 하지 않았다.

"전에 승상께서 주신 은자가 아직도 넉넉하게 남아 있으니 그 황금은 잘 갈무리해 두셨다가 공을 세운 장병들에게 주소서."

"내가 복이 없어 운장 같은 맹장을 곁에 두지 못하는구려! 그러면 금포를 한 벌 드릴 테니 이것만은 받아주기 바라오."

한 장수가 말에서 내려 두 손으로 금포를 받들어 관우에게 바쳤다.

승상이 내리는 물건인지라 마땅히 말에서 내려서 받아야 옳은 일이었다. 그러나 관우는 말을 탄 채 청룡도를 내밀어 창끝으로 받아 올렸다.

그 모양을 보고 허저가 노해 소리쳤다.

"저런 무례한 짓이 있는가? 승상께서는 저런 무례한 놈을 어찌 그냥 두신단 말씀입니까?"

그러자 조조가 허저를 돌아다보며 나무랐다.

"저는 한 사람이요, 우리는 수십 명이니 경계하는 것이야 당연한 일 아닌가?"

그러고 나서 조조는 관우 앞으로 걸어 나오며 또다시 탄식했다.

"나는 운장이 언제든 돌아와주기를 바라오. 운장을 보내는 슬픔이 천하를 잃는 슬픔보다도 크구려."

"그럼 뒷날 기회가 되면 다시 뵙겠나이다."

관우는 다시 한번 몸을 굽혀 예를 갖춘 뒤에 말을 몰아 다리를 건넜다.

조조는 좌우에 기라성 같은 장성들을 무수히 거느리고 있음에도 멀어져가는 관우의 뒷모습을 추연히 바라보며 아무도 모르게 한숨을 지었다. 조조에게는 관우를 보내는 일이 그토록 슬펐던 것이다.

난관을 돌파하여

관우는 조조와 작별하자마자 적토마를 급히 달려 두 형수를 쫓아갔다. 그러나 어찌된 일인지 삼십 리를 달려가도 형수들이 타고 가는 수레가 보이지 않았다.

관우가 걱정스러워하며 사방을 두루 살피니 산 위에서 장사 하나가 백여 명의 수하를 거느리고 내려오며 외치는 것이었다.

"관우 장군, 잠깐만 기다리십시오."

머리에 누런 수건을 질끈 동여매고 있는 것으로 보아 황건적의 잔당이 분명해 보였다.

"넌 대체 누구냐?"

관우가 큰소리로 물었다.

"저는 본래 양양(襄陽) 태생으로, 이름은 요화(廖化)라 합니다."

"너는 무슨 용무로 나를 불렀느냐?"

"저는 본디 이 고장에서 오백여 명의 수하를 거느리고 노략질을 해온 황건적 잔당입니다. 저와 한 패인 두목 중에 두원(杜遠)이라는 놈이 있는데 조금 전 한길에서 두 부인이 타고 가시는 수레를 산속으로 끌고 왔더이다."

관우는 그 소리를 듣고 소스라치게 놀랐다.

"나의 형수님들이 네 놈들한테 납치를 당했단 말이냐?"

"장군, 부인들께서는 아무 일 없으니 걱정 마십시오. 두원이 붙들어 온 두 부인의 행색이 암만해도 범상치 않기에 자세한 사연을 물었더니 역시나 유 황숙의 부인들이더이다. 저는 크게 놀라 곧 보내드리라고 했더니 두원이 끝끝내 안 된다고 고집을 부리기에 하는 수 없이 그놈을 죽였습니다. 놈은 두 부인을 욕보이려는 흉심을 품고 있었습니다."

요화의 말을 듣고 나서 보니, 그의 말 안장에 두원이라는 자의 머리인 듯싶은 수급이 매달려 있었다.

관우는 어쩐지 미심쩍어 물었다.

"노략질을 해먹는 네가 무슨 까닭으로 동료를 죽이고 나를 도울 마음이 생겼단 말이냐?"

"장군께서 저를 의심하시는 것도 무리는 아닐 것입니다. 제가 비록 노략질을 해먹을망정 어려서부터 장군을 존경해 왔습니다. 여기에 가만히 계십시오. 제가 당장 달려가 두 부인을 모셔오겠나이다."

요화가 그렇게 말하더니 산속으로 달려가 두 부인이 타고 있는 수레를 끌고 왔다.

관우는 그제야 요화에게 진심으로 감사를 표하고 수레 앞으로 달려가 두 형수에게 사죄의 말을 올렸다.

"형수님들께서는 얼마나 심려가 크셨습니까? 모두 제가 불민한 탓이오니 용서하십시오."

두 부인이 수레의 포장을 들어 내다보며 말했다.

"요화가 도와주지 않았던들 큰 욕을 볼 뻔했습니다. 요화에게 진심으로 감사해야 하오."

관우는 요화를 다시 한번 치하했다. 요화는 어쩔 줄 모르도록 황송해하면서 자신의 희망을 말했다.

"당연한 일을 했을 뿐인데 어찌 과분한 치하를 해주십니까. 다만 장군께 한 가지 바라는 것이 있습니다. 저는 진작부터 좋은 일을 하면서 살고 싶었습니다. 장군께서 저를 거두어주신다면 제 수하의 백여 명을 데리고 일행을 호위하고 싶습니다."

그러나 관우는 그 소원만은 들어줄 수 없었다. 비적의 무리를 부하로 거느리는 것은 명주(明主) 유현덕의 명예를 더럽히는 일로 생각되었기 때문이다. 요화는 많은 금백(金帛)을 노자로 쓰라고 내주었으나 관우는 그것도 받지 않았다.

"그대들이 베푼 인정은 잊지 않겠소. 언젠가는 다시 만날 때가 있을 것이오. 유 황숙을 만나 자리가 잡히거든 그때 한번 찾아오시오."

일행은 다시 나그네의 길에 올랐다. 길은 멀고 가을 해는 덧없었다. 이날 저녁, 일행은 날이 저물어 어느 촌가로 찾아 들어가 하룻밤 쉬어가기로 결정하고 주인을 청했다.

초당에서 노인이 나오며 물었다.

"뉘시오?"

"저는 유현덕의 아우 관운장이라 합니다."

"관운장? 그럼 안량과 문추를 베었다는 그 어른이 맞습니까?"

"그렇습니다."

"반갑습니다. 어서 사랑방으로 들어가십시다. 그런데 저 수레에 타고 계신 두 분은 누구십니까?"

"유 황숙의 부인들이십니다."

"허허, 우리 집에 이런 귀객들이 찾아오실 줄은 미처 몰랐습니다. 두 부인을 안방으로 모시겠습니다."

노인이 황급히 안으로 들어갔다가 나와보니 관우는 여전히 수레 앞에 두 손을 모으고 서 있었다. 노인은 그 모습을 보고 내심 의아해 하며 물었다.

"제가 듣기로 관 공과 유 황숙은 의형제 사이라던데 형수 앞에서 어찌 그리 두 손을 모으고 계십니까?"

관우가 노인의 질문에 답했다.

"나와 유 황숙, 장비 이렇게 세 사람이 의형제를 맺은 것은 사실입니다. 우리는 비록 형제의 연을 맺었지만 의와 예에 있어서만큼은 군신이 될 것을 맹세했습니다. 그런 까닭에 두 부인도 마땅히 군신의 예를 다해 모시는 것이오."

"이 어지러운 세상에 참으로 놀라운 충의이십니다. 이 늙은이는 호화(胡華)라는 사람으로 환제(桓帝) 때에는 의랑(議郞) 벼슬을 지내다가 지금은 늙어 은거 생활을 하고 있습니다. 제 자식 호반(胡班)은 지금 형양(滎陽) 태수 왕식(王植)의 밑에서 종사관으로 있습니다. 가시는 길에 꼭 들러주십시오."

노인은 관우의 말을 듣고 크게 감탄하여 그렇게 말하더니, 이튿날 일행이 떠날 때에 소개 편지를 써주었다.

이튿날 일행은 다시 길을 재촉하여 동령관(東嶺關)에 이르렀다. 그곳의 파관장(把關將)은 조조의 심복 부하인 공수(孔秀)였다. 공수가 오백여 명의 수하를 몸소 거느리고 나와 길을 막으며 물었다.

"장군은 어디로 가는 길이오?"

"나는 승상께 하직을 고하고 하북으로 형님을 찾아가는 길이오."

"하북의 원소는 조 승상의 적입니다. 관문을 통과하려면 통과증이 있어야 하오."

"갈 길이 바빠 미처 통과증을 챙기지 못하고 떠났소."

"그러면 우리가 승상께 사람을 보내어 알아볼 때까지 이곳에서 기다리셔야 하오."

"갈 길이 바쁜데 언제까지 기다려야 한다는 말이오?"

"내가 맡은 소임이 그런 걸 어찌합니까?"

"그럼 이대로는 나를 못 보내주겠단 말이오?"

관우의 목소리가 점점 높아졌다. 그러자 공수가 비웃는 어조로 말했다.

"장군이 그렇게도 가고 싶거든 두 부인을 인질로 두고 가오."

관우는 모욕적인 말에 크게 노하여, 청룡도를 번쩍 들기 무섭게 공수의 머리를 단칼에 베어버렸다. 그러고 나서 어지러이 도망치는 군사들을 향하여 큰소리로 외쳤다.

"내 부득이 공수를 죽였으나 너희들은 아무 죄도 없다. 공수가 심히 무례하게 굴어 죽일 수밖에 없었다는 것을 조 승상께 고하라!"

군사들이 멀리 달아나다 말고 모두들 관우를 우러러보았다. 관우는 두 부인을 앞에 모시고 다시 길을 떠났다.

관우가 동령관의 파관장 공수를 베고 낙양으로 향하고 있다는 소식을 들은 낙양 태수 한복(韓福)은 크게 놀랐다. 그리하여 수하 장수들을 불러 대책을 상의하니 아장(牙將) 맹탄(孟坦)이 말했다.

"관운장이 통과증도 없이 떠난 것을 보면 필시 도망을 치는 게 분명합니다. 관운장을 그냥 통과시켰다가는 크게 문책을 받게 될 것입니다."

"그렇지만 우리가 무슨 재주로 관운장을 당해 낸단 말이오?"

"힘으로 싸우면 안 될 테니 계책을 써야 합니다."

"어떤 계책이 있는지 말해 보오."

“제가 먼저 관운장을 맞아 싸우다가 못 견디는 척하고 성안으로 쫓겨 들어오겠습니다. 관운장은 반드시 성안으로 따라 들어올 것이니 장군께서는 미리 대기하고 있다가 화살을 쏘아 관운장을 말에서 낙상하게 하십시오. 그러면 죽이지 아니하고도 관운장을 사로잡을 수 있을 것입니다.”

“그것 참 좋은 생각이오.”

작전이 결정되었을 때, 수하 한 명이 달려오더니 관운장 일행이 이미 관에 당도했다고 말했다. 한복은 곧 군사 일천 명을 거느리고 나와 마상에 높이 올라앉은 채 큰소리로 물었다.

“관을 통과하려는 자는 누구인가?”

“나는 한수정후 관운장이오. 하북으로 형님을 뵈러가는 길이오.”

“승상의 통과증을 보이시오.”

“갈 길이 바빠 미처 통과증을 못 가지고 떠났소.”

“승상의 허락도 없이 떠나왔다면 도망을 치는 것이나 마찬가지이니 나의 책임상 통과를 못 시키겠소.”

관우는 얼굴에 노기를 띠었다.

“동령관의 공수도 그러다가 내 손에 죽었소. 목숨이 아깝거든 잔말 말고 무사히 보내주오.”

한복은 좌우를 돌아보며 말했다.

“뉘 나가서 저놈을 사로잡아올 자 없는가?”

그 말이 떨어지기 무섭게 맹탄이 쌍도를 휘두르며 달려나왔다. 관우가 수레를 뒤로 물리고 마주 달려나와 싸웠다.

맹탄은 두어 합 싸우다가 관우를 꾀려고 짐짓 도망을 치기 시작했다. 그러나 군사를 매복시켜놓은 곳에 미처 다다르기도 전에 관우가 맹호같이 달려들어 맹탄의 머리를 베어버렸다.

관문 안에서 화살을 매겨 들고 있던 한복이 그 모양을 보고 관우를 향하여 힘껏 활시위를 당겼다. 힘차게 날아간 화살은 관우의 왼팔에 꽂혔다.

"이놈들, 어디 보자!"

관우가 화살을 뽑아 던지더니 한복을 향하여 적토마를 나는 듯이 달렸다. 한복은 기겁을 하고 놀라 도망을 치려 했으나 어느새 청룡도가 번쩍하는 것과 동시에 머리가 땅으로 떨어졌다.

맹탄, 한복이 한꺼번에 죽어버리는 바람에 남은 군사들은 벌 떼처럼 흩어져 도망을 치기에 바빴다.

"자, 적들을 물리쳤으니 어서 수레를 모셔 나오라!"

화살을 맞은 자리에서 피가 줄줄 흘러내리고 있었지만 관우는 아랑곳하지 않고 두 형수만을 무사히 모시기에 바빴다.

일행이 산을 넘고 들을 건너기를 며칠 만에 이번에는 기수관(沂水關)에 도달했다. 기수관을 지키고 있던 장수는 변희(卞喜)였다. 변희는 본시 황건적의 대장이었던 자로 유성추(流星鎚)를 잘 쓰기로 유명한 조조의 심복이었다.

기수관에는 한나라의 명제(明帝)가 세운 진국사(鎭國寺)라는 유명한 절이 있었다. 변희는 관우가 동령관과 낙양관에서 파관장을 모조리 죽이고 기수관으로 접근해 오고 있다는 정보를 듣고, 곧 진국사에 수하들을 모아놓고 대책을 강구했다. 일단 관우를 절간으로 모셔 들여 술을 대접하는 척하다가 변희가 술잔을 떨어뜨리거든 여러 장사들이 일시에 덤벼들어 죽여버리기로 했다.

변희가 진국사 주변에 장사 이백여 명을 매복시켜놓았을 때, 관우 일행이 당도했다. 변희는 몸소 관우를 반갑게 맞으며 말했다.

"장군의 위명(威名)은 진작부터 경모해 오고 있었습니다. 이제 황숙에게로 돌아가신다니 장군의 충의가 더욱 감격스럽나이다."

관우는 변희의 환대를 매우 고맙게 생각하며, 그가 인도하는 대로 진국사에 이르렀다. 진국사의 주지 보정대사를 위시하여, 모든 중들이 영접을 나왔다. 보정대사는 변희가 관우를 해치려는 것을 알고 있었던 까닭에 앞으로 나서며 물었다.

"듣자옵건대 장군은 고향이 포동(蒲東)이라고 하던데, 몇 살에 떠나셨습니까?"

"어언 이십여 년이오."

"소승도 포동 태생으로 어려서는 장군 댁과 개천 하나를 사이에 두고 살았는데 알아보시겠는지요?"

"허어, 대사도 고향이 포동이신가요? 나는 전연 몰라보겠소이다."

변희가 그 모양을 보고 매우 못마땅하게 여기며 보정대사를 나무랐다.

"장군을 어서 연석으로 모시지 아니하고 고향타령만 하는가?"

보정대사는 그 기회를 타서 관우에게 변희를 경계하라는 눈짓을 보였다. 관우도 무언중에 알아채고 고개를 끄덕였다. 이윽고 법당에서 연락이 벌어졌다. 변희의 환대는 이만저만 융숭한 것이 아니었다.

관우가 술을 마시며 변희에게 물었다.

"변 공은 진심으로 나를 반기는 것이오?"

변희가 겁에 질려 미처 대답을 못하는데, 때마침 바람이 휘익 불어오며 주위에 쳐놓은 포장이 펄럭였다. 그 포장 뒤에 장사들이 창을 들고 숨어 있는 것이 보였다.

관우는 그 모양을 보고 노기가 충천해 소리쳤다.

"너처럼 면종복배(面從腹背)하는 놈은 살려둘 수 없다!"

청룡도를 빼어 변희를 단칼에 벤 관우는 다시 청룡도를 꼬나 잡으며 호령을 질렀다.

"장막 뒤에 숨어 있는 놈들아! 죽고 싶거든 누구든지 덤벼라!"

매복했던 장사들이 기겁하고 놀라 모두들 달아나버렸다.

관우는 곧 별당으로 달려와 두 분 형수의 안부를 알아보았다. 종들이 두 부인을 둘러싸고 몸을 벌벌 떨고 있었다.

“변희를 처치해 버렸으니 두 분 형수님들은 안심하고 길을 떠나십시다.”

관우는 보정대사를 찾아가 간곡하게 감사의 인사를 올렸다.

“스님이 아니었으면 제가 도적들의 손에 죽을 뻔했습니다.”

“황공하신 말씀입니다. 소승도 이미 이곳에는 못 있게 되었으니, 멀리 길을 떠날까 하나이다. 후일에 다시 만날 때가 있을 것이니, 장군께서는 부디 보중(保重)하소서.”

관우는 보정대사에게 작별인사를 고하고 다시 수레를 호위하며 길을 떠났다.

그 다음의 난관은 형양관(滎陽關)이었다. 형양 태수 왕식은 낙양 태수 한복과 사돈간이었다. 왕식은 사돈 한복이 살해당한 원한을 갚기 위해 관우를 암살할 계획을 세웠다. 그리하여 종사 호반을 불러 명했다.

“관우가 조 승상을 배반하고 하북으로 가면서 파관장들을 세 명이나 죽였으니 우리는 어떤 수단을 쓰든지 그를 없애버려야 한다. 내가 관우를 거짓 환영하여 숙소로 인도하겠다. 그대는 오늘밤 일천 군사로 객사를 에워싸고 있다가 관우가 잠이 들거든 병사 한 사람 당 횃불 하나씩을 던져 불바다로 만들어버려라!”

호반은 명을 받고 물러 나와, 관우를 횃불로 태워 죽일 준비에 착수했다.

이날 밤의 일이었다. 호반은 관우의 이름을 일찍부터 많이 들어왔는지라 그를 불에 태워 죽이기 전에 먼빛으로나마 한번 얼굴이라도 보고 싶은 생각이 들었다. 밤이 이슥해져 아무도 모르게 객사 마당에 숨어 들어와 보니 관우는 때마침 등잔 밑에 홀로 앉아 책을 읽고 있었다. 그 얼굴 모습과 탐스러운 삼각수염에 신선처럼 풍채가 좋아 저절로 감탄을 아니할 수 없었다. 그리하여 저도 모르게 혼잣말로 감탄했다.

"아아! 과연 신선 같은 인물이로다."

책을 읽고 있던 관우는 그 소리에 고개를 들며 큰소리로 물었다.

"밖에 웬 사람인가?"

호반은 피할 길이 없어 관우 앞으로 나오며 대답했다.

"이 고을 태수의 종사로 있는 호반이라는 사람입니다."

"호반? 이제야 생각이 나는군! 그러면 그대는 은사(隱士) 호화의 자제가 아닌가?"

"장군께서 어찌 저의 부친을 아십니까?"

"내가 이번에 길을 오는 중에 자네 부친에게 신세를 많이 졌네. 그러잖아도 자네에게 전하라는 부친의 편지도 가지고 왔다네."

관우는 잊어버리고 있던 편지를 호반에게 내주었다. 호반은 아버지의 편지를 읽어보고 잠시 주저하는 빛을 보이더니, 이내 목소리를 낮추어 말했다.

"지금 제가 부친의 편지를 받아보지 못했던들 장군께서는 돌아가셨을 것입니다. 오늘밤 삼경에 일천 군사가 이 객사를 불바다로 만들기로 되어 있으니 장군께서는 급히 행장을 꾸리시어 곧 길을 떠나소서."

관우는 그 소리를 듣고 크게 놀라 곧 무장을 갖춘 뒤에 두 분 형수를 모시고 길을 떠났다.

일행이 관문 밖으로 두어 마장 나갔을 무렵이었다. 별안간 객사에 화광이 충천해지더니 뒤미처 수백 군사가 횃불을 밝혀 들고 관우를 추격해 왔다.

"이놈, 관우야! 네가 어디로 도망을 가느냐!"

앞장서서 창검을 꼬나 잡고 달려오는 장수는 태수 왕식이었다.

"이 쥐새끼 같은 놈아! 내가 너와 원수진 일이 없거늘 어찌하여 나를 불태워 죽이려 하느냐!"

관우는 맞받아 고함을 지르며 한칼에 왕식의 허리를 베어버렸다. 대장 왕식이 어이없게 죽는 바람에 수하 장사들이 앞을 다투어 달아난 것은 말할 것도 없었다.

일행은 며칠 뒤에 활주관(滑州關)에 이르렀다. 태수 유연(劉延)이 군사 수십 기를 거느리고 친히 나와 영접하며 말했다.

"장군께서 하북으로 가시려면 황하를 건너야 하는데, 강을 어찌 건너시려고 오셨습니까?"

"강을 건너는 데는 배가 있으면 그만 아니오?"

"황하는 하후돈의 부하 진기가 지키고 있는데, 그 사람은 장군을 절대로 건네주지 않을 것입니다."

"그러면 유 장군이 배를 한 척만 빌려주시구려!"

"빌려드리고 싶지만 뒷날 조 승상의 문책이 무서워 빌려줄 수 없습니다."

"음, 유 장군은 정말 쓸모없는 사람이구려!"

관우는 유연에게는 더 이상 기대할 것이 없어 진기가 지키고 있는 나루터로 나왔다. 나루터에는 이미 무사 하나가 수십 명의 군사를 좌우에 거느리고 있었는데, 그 사람이 바로 진기였다.

진기는 관우 앞으로 말을 몰아 나오며 큰소리로 물었다.

"거기 섰거라! 너는 누구냐?"

"그대가 황하 도구(渡口)를 지키는 진기 공인가?"

"그렇다. 그대는 누구인가?"

"나는 한수정후 관운장이다."

"음, 관운장? 장군은 어디로 가시오?"

"하북으로 가는 길이오."

"승상의 통과증을 가지고 오셨소?"

"길이 바빠 미처 못 가지고 떠났소."

"그러면 이 강을 건너갈 수 없소. 이제라도 승상의 허락을 받아오시오."

진기는 큰소리로 외치며 앞을 막아섰다. 관우는 진기의 오만불손한 태도에 크게 노했다.

"나의 길을 막는 자들이 모두 죽었다는 소식을 못 들었는가?"

"네가 죽인 자들은 모두가 조무래기 장수들이었다. 내가 설마 너한테 죽을 줄 아는가?"

진기가 고함소리와 함께 창을 휘두르며 덤벼들었다.

"아아. 소인은 아무리 타일러도 어쩔 수 없구나!"

관우는 그렇게 탄식하며 마주 달려나가 진기의 목을 단칼에 베어버렸다. 그리고 나서 강을 건너고 보니 그곳은 이미 원소의 영토였다. 이제는 목적하는 하북 땅에 들어선 것이었다.

관우는 강을 건너와 유유히 흐르는 강물을 바라보며 한숨을 지었다.

"허도를 떠나 이곳에 이르기까지 나는 다섯 개의 관문을 돌파했고, 여섯 명의 장수를 죽였구나. 그러나 그들을 죽인 것이 어찌 나의 본심이었겠는가. 조조가 나를 배은망덕하다고 욕한다면 뭐라고 변명해야 옳은 것인가?"

그렇게 탄식하는 관우의 눈에는 눈물이 고여 있었다.

다시 만나는 삼 형제

일행은 다시 산을 넘고 들을 건너 길을 재촉했다. 어느 날, 일행이 넓은 들을 건너가고 있는데 문득 저편으로부터 한 사람이 말을 달려오며 외쳐 부르는 소리가 들렸다.

"관운장! 관운장!"

말을 멈추고 바라다보니 달려오는 장수는 천만뜻밖에도 손건이었다.

"아, 손 공! 여남에서 작별한 이후로 소식을 몰라 답답하더니 이게 웬 일이오?"

손건이 반갑게 웃으며 대답했다.

"그 동안 저는 유 황숙을 모시고 원소에게 몸을 의탁하고 있었소. 원소의 휘하에는 내분이 많아 만사가 뜻대로 안 되었소이다. 암만해도 원소의 진영에 머물러 있어서는 안 되겠기에 유 황숙께서는 몸을 피해 여남으로 유벽을 만나러 가셨습니다. 장군께서 그 사실을 모르고 원소에게 가셨다가는 반드시 해를 입으시겠기에 제가 일부러 마중을 나왔습니다. 어서 여남으로 가십니다."

손건은 두 부인을 뵙고는 유 황숙이 그간 원소에게 두 번이나 참형을 당할 뻔했던 사정을 말했다. 이야기를 듣는 동안 두 부인은 소리 없이 눈물을 흘렸다.

관우가 손건의 말을 듣고 여남으로 가는데, 문득 뒤에서 말발굽소리가 요란하게 나더니 뒤이어 고함소리가 들려왔다.

"운장은 도망 말고 거기 섰거라!"

돌아다보니 하후돈이 삼백여 기의 군마를 몰고 쫓아오고 있었다.

"무슨 일인지 심상치 않으니 손 공은 두 분 형수님을 모시고 먼저 가오. 뒷일은 내가 알아서 처리하리다."

관우는 손건에게 그렇게 당부하고 하후돈을 맞아 나왔다.

"하후(夏侯) 장군은 무슨 일로 나를 부르오?"

하후돈이 대로한 목소리로 소리쳤다.

"이놈, 정녕 네가 죄를 모르는구나. 너는 조 승상의 허락도 없이 허도를 떠났을 뿐만 아니라 도중에 장수를 여섯 명이나 죽였으니 너 같은 배신자를 어떻게 살려둔단 말인가?"

"그것은 너무 지나친 말씀이오. 나는 그들을 죽이고 싶어 죽인 게 아니라 길을 막기에 어쩔 수 없이 죽인 거요."

"그러니까 너 같은 놈은 살려둘 수 없다는 말이다!"

하후돈은 그렇게 외치며 창을 꼬나 잡고 덤벼들었다. 죽지 않으려면 관우로서도 응수할 수밖에 없었다.

용호상박! 그야말로 무서운 싸움이었다. 창검을 휘두를 때마다 날카로운 쇳소리가 산골에 메아리쳤고, 두 장수의 모습은 번개처럼 동과 서에서 번쩍거렸다.

일 합, 오 합, 십 합…….

승부는 언제까지 끝날 줄을 모르는데, 홀연 장수 하나가 말을 번개같이 달려오며 소리쳤다.

"하후 장군, 싸우지 마십시오. 승상께서 관 장군을 무사히 보내드리라는 분부를 내리셨습니다."

하후돈은 싸움을 멈추며 물었다.

"승상께서는 관운장이 파관장을 여섯 명이나 죽인 것을 알고도 그런 말씀을 하시던가?"

"아직 그것은 모르십니다."

"그것 봐라! 승상께서 그 사실을 아셨다면 그런 분부는 내리지 않으셨을 게다."

하후돈이 그렇게 말하며 다시 싸우려는데 급사(急使)가 또 한 사람 말을 달려왔다.

"하후 장군은 싸움을 거두소서."

"승상께서 관우를 사로잡아오라는 분부시더냐?"

"아닙니다. 그대로 보내드리라는 분부입니다."

"무슨 소리? 저런 놈을 그냥 살려 보내다니 말이 되는 소리인가? 내가 저놈을 사로잡아가면 승상께서는 크게 기뻐하실 게다."

마침 그때 또다시 한 필의 인마가 급히 달려오는데, 그 사람은 장요였다.

"하후 장군은 싸움을 멈추시오! 승상께서는 운장이 파관장을 죽였더라도 맘대로 가게 내버려두라는 분부시오."

"관우가 나의 심복 진기를 죽였는데 어찌 저런 놈을 그냥 내버려두란 말이오?"

"승상의 분부이니 여하튼 분부대로 거행해야 할 게 아니오!"

하후돈은 그제야 마지못해 창을 거두었다.

관우는 장요를 보고 기쁨을 금치 못하며 말했다.

"나 때문에 장군께서 직접 오셨구려!"

장요가 관우를 보고 물었다.

"이제부터 운장은 어디로 가시려오?"

"형님이 여남에 계신다기에 그리로 가는 길이오."

"여남에서 현덕 공을 만나 뵐 수 없거든 다시 승상을 찾아주오."

"형님이 여남에 안 계신다면 천하를 두루 헤매어서라도 뵙고야 말겠소."

"운장의 충절에는 다시 할 말이 없소이다."

장요는 감탄의 고개를 끄덕이며 작별을 고하는 수밖에 없었다.

어느 날, 일행은 길을 가다가 비를 맞아 모두들 흠뻑 젖었다. 사방을 두루 살피니 산기슭에 장원(莊園) 하나가 있었다. 관우는 수레를 재촉하여 두 형수를 장원으로 모셨다.

주인을 찾으니 한 노인이 나왔다. 노인은 관우를 대뜸 알아보고, 허리를 굽혀 정중히 인사를 올렸다.

"관우 장군이 아닙니까?"

"그렇소. 노인장은 내가 관우라는 것을 어떻게 아셨소?"

"장군님의 위명을 들어온 지 이미 오래인데 이처럼 친히 대하게 되니 무상의 영광입니다. 저는 곽상(郭常)이라는 늙은이로 대대로 이곳에서 살고 있습니다. 비에 흠뻑 젖으셨으니 어서들 들어오셔서 옷을 말리십시오."

노인은 곧 불을 피우고는 양을 잡아 저녁을 차렸다. 마침 그때 소년 하나가 대문 안으로 들어서며 관우 일행을 마땅찮은 시선으로 쳐다보더니 혼잣말처럼 중얼거렸다.

"웬 것들이 남의 집에 와서 시끄럽게 구는 것인가!"

곽 노인이 소년을 보고 말했다.

"이리 들어와 장군께 인사드려라."

소년은 마지못해 넙죽 절을 하더니 그대로 나가버렸다. 곽 노인은 아들의 뒷모습을 지그시 바라보다가 한숨을 쉬며 말했다.

"저놈은 제 자식이올시다. 우리 가문은 본래 선비 집안이었는데 저 애 하나만은 밤낮 사냥에만 미쳐 있으니 큰 골칫덩이입니다."

"난세에는 무예에 능통해도 큰 인물이 될 수 있으니 과히 염려 마십시오."

"아닙니다. 무예라도 제대로 숭상하면 그나마 쓸모가 있겠지만 저 아이는 생활이 방탕한 데다가 나쁜 짓만 일삼고 있으니 어찌 걱정을 아니할 수 있겠습니까?"

관우는 더는 위로할 말이 없어 잠자코 있었다.

이날 밤의 일이었다. 자정이 지나 잠이 들려는데 바깥에서 왁자지껄하게 떠드는 소리가 들려왔다. 관우가 무슨 일인가 궁금해 나가보니 주인의 아들이 동료 대여섯 명과 함께 적토마를 훔쳐가려다가 말에 채여 죽는다고 야단법석을 떨고 있었다.

손건이 곧 달려나와 말 도둑들을 모조리 묶었다. 그러고 나서 종들에게 추상같은 호령을 내렸다.

"당장 저들의 목을 베어라."

곽 노인이 관우를 찾아와 눈물을 지으며 애걸했다.

"제 자식놈이 죽을죄를 범하였으나 이 늙은 것을 봐서 한 번만 용서해 주십시오."

"음, 노인장의 심정을 가히 짐작할 수 있겠소. 내가 자제를 놓아주리다."

관우는 도둑의 무리를 곧 놓아주게 했다.

곽 노인 부부는 다음날 아침 관우를 다시 찾아와 백배 사례를 했다.

"부모들은 이렇게 어진 분들인데 자식은 어찌 말썽만 피우는지 정말 모를 일이오. 내가 한번쯤 아이를 타이르고 싶으니 이리 불러주시오."

노인은 관우의 말을 매우 고맙게 여겨 아들을 찾았다. 그러나 새벽녘에 무뢰배 몇 놈과 함께 어디론가 나가버렸다는 것이었다.

일행은 이날 조반 후 다시 산속으로 길을 떠났다. 얼마를 가노라니 산중에서 백여 명의 부하를 거느린 산적이 일행을 향하여 덤벼왔다. 두목인 듯싶은 자가 앞길을 막아서며 고함을 질렀다.

"나는 황건적의 두목으로 천공장군 장각의 부장이었던 대방 배원소(裵元紹)다. 네가 죽지 않고 무사하고 싶거든 적토마를 내놓아라."

그제야 깨닫고 보니, 그의 옆에는 곽 노인의 아들이 말을 타고 있었다.

관우는 배원소를 보고 웃으며 말했다.

"네 이놈! 네가 진정으로 장각의 부하였다면 나를 몰라본단 말이냐? 나는 너의 대장을 토벌한 관운장이다!"

"관운장?"

배원소는 '관운장' 이라는 말을 듣더니 부리나케 말에서 뛰어내려 땅에 넙죽 엎드리며 용서를 빌었다.

"소인이 장군님을 몰라 뵙고 죽을죄를 지었습니다."

그러고 나서 옆에 있는 곽 소년을 별안간 말에서 끌어내리더니 땅에 엎드리게 해놓고 금방 죽여버릴 것 같은 태도를 보였다.

"웬일이냐? 왜 그 아이를 죽이려 하는가?"

관우가 묻자 배원소가 즉각 대답했다.

"제가 장군님께 무엄한 행동을 하게 된 것은 모두 이놈 때문입니다. 이놈이 오늘 새벽에 저를 찾아와 적토마를 타고 온 손님이 자기 집에 머물고 있으니 말을 빼앗아버리자고 했습니다. 천하의 관우 장군님을 몰라 뵙는 이런 놈은 죽어 마땅합니다."

"그놈은 어젯밤부터 내 말을 노리고 있었다. 그러나 그놈한테는 늙은 부모가 계시니 죽이지는 말아라."

"장군님은 역시 자비심이 많은 어른이십니다."

"그런데 네가 나를 언제 보았다고 말끝마다 장군님이냐?"

"뵈옵기는 오늘이 처음이지만 선성(先聲)은 일찍이 들어 알고 있습니다. 여기서 이십 리쯤 들어가면 와우산이 있습니다. 그 산속에는 주창(周倉)이라는 호걸이 한 분 살고 있습니다. 그 분이 관 장군을 존경하는 정성이 이만저만이 아니어서 소인도 오래 전부터 만나 뵙고 싶었습니다."

"주창이라는 사람은 무엇을 하고 지내는가?"

"본시는 황건적의 지공장군(地公將軍)이었던 장보의 수하였는데 지금은 산림 속에 숨어 살면서 오로지 관 장군님을 만나 뵐 날만 기다리고 있습니다."

"그런 사람이 있었던가? 그대들도 이제부터는 주창을 본받아 나쁜 짓은 그만하고 올바르게 살도록 하라."

"명심하겠습니다."

관우와 배원소가 그와 같은 이야기를 주고받는 동안 숲속으로부터 한 떼의 인마가 몰려 나왔다.

"아, 지금 말씀 올린 주창이 장군님을 뵈려고 오나보옵니다."

관우는 그 말을 듣고 몸소 그 편으로 말을 몰아나갔다. 과연 주창이라는 사람은 얼굴이 검고 몸이 장대해 첫눈에 보기에도 호걸 남아가 분명했다. 주창은 관우와 얼굴이 마주치자 황급히 말에서 내려 정중하게 절을 하면서 말했다.

"관우 장군님이 아니십니까? 주창이 장군님을 뵈옵나이다."

관우도 말에서 내리며 말했다.

"장사는 나를 어떻게 아오?"

"전에 장보를 따라다닐 때 장군님의 존안을 여러 차례 뵈었사오나 도적이 된 몸이 부끄러워 인사를 올리지 못했습니다. 개과천선한 오늘날 여기에서나마 장군님을 뵈었사오니 부디 소인을 버리지 마시고 거두어 주십시오. 보졸(步卒)이라도 좋으니 장군님의 수하로 거두어주신다면 죽어도 여한이 없겠나이다."

관우는 주창의 뜻을 가상히 여기며 다시 물었다.

"그대가 만약 나를 따라온다면 수하의 부하들은 어떻게 하려오?"

"따라오겠다는 사람은 데리고 갈 것이고, 남겠다는 사람은 그냥 두고 가겠나이다."

수하의 무리들이 그 소리를 듣고 이구동성으로 소리쳤다.

"저희들을 반드시 데리고 가주소서."

관우는 곧 수레 앞으로 가서 두 형수에게 그 사정을 품했다.

감 부인이 대답했다.

"장군께서는 전에 요화가 따라오겠다고 했을 때에는 산적의 무리를 수하로 거느리면 황숙에게 명예롭지 못한 일이라고 하면서 거절하시더니, 어찌하여 주창의 청은 들어주시려 하십니까?"

"과연 옳은 말씀이십니다."

관우는 곧 주창에게 다가와 말했다.

"그대들에게는 박정한 일이지만 부인께서 허락을 아니하시니 산속에 그대로 남아 있으라. 그러면 내가 언젠가는 데려가도록 하겠다."

주창은 그 말을 듣고 머리를 조아리며 다시 애원했다.

"제가 이제야 장군을 뵈었는데 어찌 다시 산으로 들어갈 수 있겠나이까? 만약 여러 사람이 따르는 것이 못마땅하시면 저 혼자만이라도 따라가는 것을 허락해 주십시오."

관우가 그 사연을 다시 부인에게 품하니, 감 부인이 말했다.

"한두 사람쯤 따라오는 것이야 어찌 박절하게 내칠 수 있겠습니까?"

관우가 주창에게 그 뜻을 전하니 크게 기뻐했다.

"저도 관 장군을 따라가겠나이다."

배원소도 그 말을 듣고는 따라가겠다고 나섰다. 그러자 주창이 배원소를 타일렀다.

"자네가 따라나서면 수하 사람들은 누가 거느리겠는가? 내가 장군님을 모시고 가서 있을 자리가 마련되는 대로 반드시 부를 테니 그리 알고 산속에서 참고 지내고 있으라."

배원소는 마지못해 수하를 거느리고 산속으로 들어갔다.

일행은 다시 길을 떠났다. 다시 길을 가기 시작한 지 수일이 지나 한 곳에 이르니 산속에 커다란 산성이 보였다.

"저게 웬 산성인가?"

관우가 그 지방 사람을 불러 물었다.

"오래 전부터 내려오는 산성으로 얼마 전까지 현관(縣官)이 점거하고 있었습니다. 한데 두어 달 전에 장비라는 장수가 사오십 기의 수하를 거느리고 들이닥쳐 현관을 내치고 산성을 점령해 버렸습니다. 그 장수가 근래에 군사를 뽑고 말을 사들이고 양초를 넉넉히 준비하여, 지금 산성 안에는 삼사천 명의 인마가 있습니다."

관우는 그 소리를 듣고 크게 기뻐하며 손건을 돌아다보고 말했다.

"서주 함락 이후 우리 삼 형제가 뿔뿔이 흩어진 채 소식조차 몰랐더니 이제야 장비를 만나게 되었구려. 손 공이 먼저 산성으로 달려가 우리 일행이 온다는 것을 알리고 장비 아우더러 두 형수님을 직접 영접하도록 이르시오."

손건은 부리나케 산성으로 달려가 장비를 반갑게 만나 관우의 소식을 전했다.

장비는 관우가 온다는 소식을 듣더니 별안간 크게 노해 소리쳤다.

"뭐, 관우가 와? 그 배신자가 무슨 면목으로 날 찾아오겠다는 거냐? 가만, 그런 놈은 내 손으로 처단을 해버려야지."

장비는 갑옷에 투구를 갖추고 장팔사모를 꼬나 잡고 말을 몰아 산성 밖으로 달려나왔다. 손건이 부랴부랴 장비의 뒤를 따라나왔다. 관우는 장비가 달려오는 모양을 보고 너무나 기뻐 마주 달려가며 소리쳤다.

"오, 장비인가? 나, 운장일세. 우리가 죽지 않고 오늘 이렇게 만나게 되니 얼마나 반가운지 모르겠네."

그러나 장비는 가까이 달려오기 무섭게 장팔사모를 찌르며 벽력같은 고함을 내질렀다.

"이 배신자야, 네가 무슨 낯으로 나를 찾아온 것이냐?"

관우는 깜짝 놀라 불시에 찔러오는 장비의 창을 간신히 피했다.

"장비, 이게 무슨 짓인가? 나더러 배신자라니 그게 무슨 소린가?"

"이 의리 없는 놈! 너는 형님을 배반하고 조조에게 항복하여 부귀영화를 마음껏 누렸으면서 어찌 배신자가 아니란 말이냐?"

관우는 그 소리를 듣고 나더니 소리를 크게 내어 웃었다.

"하하하, 장비 자네는 아직도 그 급한 성미를 버리지 못했네그려. 내가 배신을 했는지 안 했는지는 저기 계신 두 분 형수님께 물어보면 알 일이 아닌가?"

"이놈아, 배신자 주제에 무슨 낯짝으로 큰소리로 웃기까지 하느냐?"

장비는 그렇게 외치며 또다시 관우에게 덤벼들었다.

두 부인이 그 모양을 보고 기겁하여 달려나오며 소리쳤다.

"시숙, 이게 무슨 짓이오? 운장에게 무슨 잘못이 있다고 그러오?"

"형수님은 가만 계십시오. 저놈을 죽여 없애고 나서 두 형수님을 산성으로 모시겠나이다. 충신이라면 차라리 죽을지언정 어찌 두 주인을 섬길 수 있겠습니까?"

그러자 곁에 있던 손건이 은근히 화가 동하여 장비를 나무랐다.

"운장이 장군을 믿고 찾아오셨거늘 이게 무슨 망발이오? 사리를 몰라도 분수가 있지, 어찌 운장을 이리도 욕보일 수 있단 말이오?"

그래도 장비는 말을 듣지 않았다.

"오호라, 이제야 알겠다. 손건, 너도 저놈과 한통속이 되어 나를 잡으러 왔나보구나?"

"하하하, 이제 어이없는 소리는 그만해라. 내가 너를 잡으러 왔다면 어찌 군사를 안 거느리고 왔겠느냐?"

관우는 하도 어이가 없어 또 한번 크게 웃었다. 그러자 장비는 번쩍 손을 들어 관우의 뒤를 가리켰다.

"저기 오는 저것이 군사가 아니고 무엇이냐?"

그제야 돌아다보니 저 멀리 한 떼의 군마가 먼지구름을 일으키며 맹렬히 달려오는데 바람에 펄럭이는 깃발은 조조군의 기호(旗號)가 분명했다. 장비가 대로하여 다시 장팔사모를 꼬나 잡았다.

"이래도 할 말이 있느냐?"

"저 군사는 나를 추격해 오는 군사들이다. 그래도 나를 의심한다면 내가 나가 대장의 목을 베어오마. 그러면 의심을 풀 수 있겠는가?"

"좋다. 그 말이 과연 진정이라면 내가 세 번 북을 치는 동안에 적장의 목을 베어오라. 그렇지 않으면 너는 내 손에 죽을 것이다."

관우는 쾌히 승낙하고, 곧 청룡언월도를 휘어잡으며 나는 듯이 달려나갔다.

저편에서 마주 달려오는 군사는 채양의 군사였다. 채양이 달려오며 관우를 보고 외쳤다.

"이놈아, 네가 나의 생질 진기를 죽이고 여기까지 도망을 왔구나. 나는 승상의 명을 받들어 너를 잡으러 왔다!"

그 말이 채 끝나기도 전에 등 뒤에서는 최초의 진고가 크게 울렸는데, 관우는 어느새 채양의 목을 베어들고 적의 무리를 좌우로 갈라 헤치며 장비 앞으로 달려왔다.

관우가 채양의 머리를 장비에게 높이 들어 보이며 외쳤다.

"장비야, 이래도 나를 의심하겠느냐?"

장비는 그제야 말에서 내리더니 땅에 엎드려 관우에게 절을 했다.

"형님, 내가 잘못했소. 나도 의리를 중히 여겨 그런 것이니 용서하오!"

"나도 아우의 심정을 모르는 바 아닐세. 이런 일을 기화로 우리 형제의 의리가 더욱 두터워졌으니 이 또한 기쁜 일이 아닌가? 하하하."

관우는 유쾌하게 웃으며 장비의 손을 정답게 잡아 일으켰다. 장비는 그제야 두 부인을 친히 산성 안으로 모셨다.

이날 밤 산상의 성에서는 등불을 대낮같이 밝히고 연락을 크게 베풀었다. 장비는 두 부인을 위로했다.

"여기서 산 하나를 넘으면 여남 땅입니다. 이제는 현덕 형님을 곧 뵈올 수 있으니 안심하십시오."

그 다음날의 일이었다. 남문을 지키고 있던 군사가 급히 달려와 보고했다.

"남문 밖에 장수 두 사람이 찾아와 장군을 뵙겠다 합니다."

장비가 장팔사모를 손에 들고 남문으로 나와보니, 찾아온 손님은 서주 함락 이후에 소식을 몰랐던 모사 미축과 그의 아우 미방이었다.

"두 분은 어떻게 알고 찾아오셨소? 마침 운장 형님이 두 형수님을 모시고 이리로 오셨으니 어서 들어갑시다."

미축 형제는 크게 기뻐하며 산성 안으로 들어와 말했다.

"우리 형제는 서주가 함락되자 기러기 떼처럼 떠돌아다니며 여러분들의 소식을 알기 위해 백방으로 애를 썼소. 듣자하니 현덕 맹주께서는 화북으로 가셨다 하고, 운장은 조조에게 항복을 했다 하기로 낙심천만이었는데, 마침 이 성에 장비 장군이 계신다기에 찾아왔소."

미축 형제는 산성 안으로 들어오자 두 부인을 비롯하여 관우, 손건을 한자리에서 반갑게 만났다. 두 부인은 그 자리에서 관우가 허도에 체류하는 동안 충성스럽게 보살펴주었던 사실들을 낱낱이 설명하니 장비는 얼굴을 못 들고 부끄러워했다.

그러나 관우는 아직도 한숨을 내쉬며 말했다.

"이 자리에 형님이 계시면 얼마나 좋을 것인가?"

그러자 손건이 말했다.

"여기에서 여남 땅은 가까우니, 내일은 길을 떠나 황숙을 속히 뵙도록 하십시다."

다음날 아침 관우는 손건만을 데리고 여남으로 떠나려고 했다.

"형님, 나도 같이 갑시다."

장비도 같이 따라가려고 나섰다. 그러나 관우는 고개를 흔들었다.

"내가 먼저 가서 형님이 여남 땅에 계신지 알아보고 올 테니, 장비 아우는 여기서 형수님들을 잘 모시고 기다리게!"

관우는 손건과 함께 여남성으로 달려가 유벽을 만났다.

"황숙이 지금 여기 계시오?

"황숙은 그 동안 여기 계시다가 우리의 군사가 너무 적은 것을 보고 새로운 계책을 강구하시기 위해 하북으로 다시 돌아가셨습니다."

관우는 그 소리를 듣고 크게 낙망했다. 그러자 손건이 말했다.

"너무 근심하실 건 없습니다. 제가 당장 하북으로 가보겠습니다."

두 사람이 산성으로 돌아와 하북에 다녀올 뜻을 전하니, 장비가 또다시 따라나서겠다고 했다.

관우가 말했다.

"우리의 근거라고는 지금 이 산성 하나뿐일세. 자네까지 이 성을 버리고 떠나면 어떡하겠는가? 내가 하북에 가서 형님을 모시고 올 테니, 수고스럽겠지만 산성을 지키고 있게."

"운장 형님이 안량과 문추를 벤 까닭에 큰형님도 원소에게 잔뜩 오해를 받고 있을 터인데 혼자 가시면 어떡하겠다는 것이오?"

"그 문제는 내가 알아서 처리하겠네."

그런 다음 관우는 주창을 불러 물었다.

"와우산의 배원소한테 지금 인마가 얼마나 되오?"

"아마 사오백은 될 것입니다."

"그러면 나는 유 황숙을 찾아뵈러 하북으로 갈 테니, 주 공은 와우산으로 가서 그들을 데리고 나와 우리가 돌아오는 길에 도중에서 만나기로 하십시다."

관우는 주창을 와우산으로 보내고, 손건과 함께 곧 하북으로 길을 떠났다.

이윽고 하북 경계선에 이르자 손건이 말했다.

"제가 혼자 가서 황숙을 뵙고 올 테니, 장군은 이곳에 잠시 머물러 계시는 것이 좋을 듯합니다."

"손 공 생각대로 합시다."

관우는 손건을 보내고, 유숙할 처소를 찾느라고 종자들과 함께 마을에 있는 장원을 찾아 들어갔다. 관우가 주인 노인에게 인사를 청했다. 그러자 주인은 손님이 관운장인 것을 알아보고 크게 기뻐하며 두 아들까지 소개했다.

"장군님을 이렇게 뵙게 되다니 천만뜻밖입니다. 이 사람도 성은 관(關)이요, 이름은 정(定)이라 합니다. 잠깐만 계십시오. 저에게 미거한 두 아들이 있는데 장군님께 인사를 여쭙도록 하겠나이다."

나중에 알고 보니 큰아들 관녕(關寧)은 학문이 도저한 청년이었고, 둘째 아들 관평(關平)은 무예가 출중한 젊은이였다.

한편, 손건은 단신으로 기주에 들어와 유비를 만나보고 자초지종을 말했다. 그러자 유비는 크게 기뻐했다.

"운장과 장비가 근거를 잡고 있다면 나도 속히 그리로 가야지. 그러나 함부로 떠났다가는 원소에게 무슨 의심을 살지 모르니 간옹(簡雍)을 불러 의논해 보세."

간옹은 오래 전부터 유비의 수하로 있던 모사였다.

"간옹도 여기에 와 있습니까?"

"간옹은 이즈음 원소에게 신임을 받고 있소. 나와 간옹의 관계가 탄로될까 두려워 우리는 일부러 만나지 않고 있었소."

비밀리에 간옹이 와서 세 사람은 반갑게 만났다. 자리에 앉자 간옹이 무사히 도망갈 수 있는 계책을 말했다.

"주공께서 형주로 가서 유표와 함께 조조를 칠 계획을 세우겠다고 하시면 원소도 두말없이 보내줄 것입니다."

유비는 그 말을 따르기로 하고 원소를 찾아가 말했다.

"조조와의 싸움은 아무리 해도 오랜 시일이 걸릴 것 같습니다. 지금이라도 유표와 협력하여 조조를 치는 것이 좋겠습니다."

"나도 그렇게 생각하고 유표에게 사람을 보냈지만 그 자가 말을 들어주지 않는구려!"

"유표는 저와는 동종(同宗)이니 제가 가서 권하면 거절하지 못할 것입니다."

"그러면 현덕이 한번 가보오."

원소는 거기까지 말하다가 문득 생각난 듯이 말했다.

"참, 근자에 들으니 관운장이 조조를 떠나 하북으로 온다는 소리를 들었소. 그 자가 오거든 당장 죽여 안량과 문추의 원수를 갚아야겠소."

유비는 그 소리를 듣고 깜짝 놀랐다.

"명공이 관운장을 수하로 쓰시겠다고 하여 제가 사람을 보내어 불러오려는데 죽이시면 어찌합니까?"

"안량, 문추의 원수를 갚아주려고 그러오."

"관운장이 호랑이라면 안량과 문추는 사슴 정도밖에 안 되는 무장입니다. 사슴의 원수를 갚기 위해 어찌 호랑이를 죽일 수 있겠습니까?"

원소는 그제야 껄껄껄 웃었다.

"하하하, 운장이 온다기에 하도 기뻐 내가 실언을 했나보오. 현덕이 유표를 설득하고, 운장까지 데려오면 그 이상의 공로는 없을 것이오. 그럼 속히 다녀오도록 하오."

"그럼 곧 다녀오겠습니다."

유비는 손건을 데리고 그날로 길을 떠났다.

유비가 길을 떠난 지 얼마 안 되어 간옹이 원소를 찾아와 말했다.

"현덕이 이번에 가면 다시는 돌아오지 않을 수도 있는데 어찌하여 혼자 보내셨습니까? 이왕 길을 떠났으니 제가 뒤를 따라가 감시를 하는 것이 좋겠습니다."

"그도 그렇구려. 그러면 그대가 따라가서 감시를 하오."

원소는 본디 의심이 많은 사람인지라 간옹을 감시원으로 따라가도록 허락했다.

모사 곽도가 그 소식을 듣고 원소를 급히 찾아와 간했다.

"현덕과 간옹을 함께 보내면 반드시 돌아오지 않을 것이니, 지금이라도 사람을 급히 보내어 다시 불러와야 합니다."

그러나 원소는 그 말을 듣지 않았다.

"사람을 의심해서는 큰일을 못하는 법이야."

곽도는 한숨을 지으며 물러날 수밖에 없었다.

유비는 손건, 간옹과 함께 길을 재촉하여 하북 국경을 무사히 넘었다.

손건이 먼저 달려가 유비가 온다는 소식을 전하니, 관우를 비롯하여 관정과 그의 아들 관녕, 관평이 열을 지어 나오며 반갑게 맞이했다. 관우는 땅에 엎드려 절하며 울었고, 유비는 아우의 손을 잡아 일으키며 함께 눈물지었다.

이윽고 유비가 방으로 들어와 주인 삼부자의 인사를 받고 나서 말했다.

"운장이 아직 아들이 없는데 마침 이 댁 성이 관(關)이라니 둘째 아드님을 양자로 삼으면 어떻겠소?"

주인은 그 소리를 듣고 크게 기뻐했다.

"우리 집 아이를 관 장군께서 양자로 거두어주신다면 다시없는 영광으로 알겠나이다."

관우는 주인집 둘째 아들 관평의 무예가 비범한 것에 내심 감탄을 보내고 있었는지라 주저 없이 양자로 삼았다.

유비와 관우 일행은 다음날 관평을 데리고, 장비와 두 부인이 기다리고 있는 산성을 향하여 길을 떠났다. 일행이 와우산 가까이 도달했을 때였다. 와우산 기슭에서 배원소의 무리를 거느리고 일행을 영접하기로 되어 있던 주창이 온몸에 피를 흘리며 마중을 나왔다.

관우가 깜짝 놀라며 물었다.

"어찌하여 몸에 상처를 입었소?"

"말씀 마소서. 수하를 거느리고 장군님을 영접하러 나오는 길에 난데없이 장수 한 사람이 나타나더니 배원소를 한칼에 찔러 죽였습니다. 저까지 해치려는 통에 맞서 싸웠지만 무예가 워낙 출중해 상처를 입고 간신히 도망을 쳐오는 길입니다."

"그런 죽일 놈이 있나? 그래, 그놈은 지금 어디에 있소? 내가 가서 버릇을 고쳐놔야겠소."

관우가 앞장서고, 유비가 뒤를 따라갔다. 얼마만큼 가다보니 이편으로 비호같이 달려오는 장수 하나가 있었다.

"아, 저 사람은 조자룡이 아닌가?"

유비가 깜짝 놀라 말을 멈추었다. 말을 달려오던 장수도 유비를 알아보고는 말에서 뛰어내려 엎드리며 말했다.

"현덕 장군께서 여기에는 웬일이십니까?"

그는 과연 상산(常山) 조자룡이었다. 유비와 관우도 말에서 내려 조자룡을 반갑게 맞았다. 조자룡의 본명은 조운(趙雲)으로 본디 공손찬 휘하의 장수였다. 공손찬이 패망한 뒤에 원소가 여러 차례 사람을 보내어 수하로 와주기를 간청했다. 그러나 조자룡은 원소가 사람을 쓸 줄 모르는 인물임을 간파하고 끝내 가지 않았다.

조자룡은 진작부터 유현덕을 섬기려는 마음을 품고 있었다. 그러나 유비의 행방을 몰라 낭인(浪人)으로 떠돌아다니다가 우연히 마주치게 된 것이었다.

유비가 조자룡의 손을 덥석 붙잡으며 말했다.

"진작부터 조 장군을 마음에 품고 있었소. 여기에서 우리가 이렇게 해후하게 된 것은 결코 우연이 아니니 앞으로 생사를 같이해 대사를 도모합시다."

조자룡이 감격하여 대답했다.

"그러잖아도 소장은 현덕 공을 주군으로 모시려고 장비 장군을 찾아가던 길입니다."

일행은 천하의 명장 조자룡을 새로이 얻어 발걸음도 가볍게 장비가 있는 산성을 향하여 길을 떠났다.

장비가 미축, 미방과 함께 멀리까지 마중을 나왔다. 유, 관, 장 삼 형제는 소식조차 모르고 흩어진 지 여러 달 만에 감격 어린 재회를 맞이하게 되었다. 더구나 두 부인은 이미 죽은 줄 알았던 부군을 만나 얼굴을 감싸 쥐며 흐느껴 울었다.

이날 산성에서는 오랜만에 소와 양을 잡아 크게 연락을 베풀었다. 유비, 관우, 장비, 조자룡, 손건, 간옹, 미축, 미방, 관평, 주창의 장수에 수하의 군사를 모두 모으자 오천 명이나 되었다. 수일 후, 다시 기쁜 소식이 날아들었다. 유벽과 공도가 자신들이 점령하고 있던 여남 땅을 고스란히 유비에게 바치고자 찾아온 것이다.

산성은 큰일을 도모하기에는 너무 좁아, 유비는 장수 한 사람으로 지키게 한 뒤 본거지를 여남으로 옮기게 되었다. 천하 대사를 새롭게 도모해 보려는 것이었다.

손책의 최후

유비는 유표를 만나러 간다는 핑계를 대고 원소의 곁을 떠난 이후 하북에는 다시 돌아가지 않았다. 원소는 유비가 돌아오지 않자 크게 노했다. 그리하여 군사를 일으켜 유비을 치려 하니 곽도가 나서 간했다.

"현덕은 대단한 존재가 아니니 당분간 내버려두고, 조조를 먼저 쳐 없애야만 합니다."

"나도 조조를 먼저 쳐부수고 싶지만 어디 뜻대로 되는 일인가? 유표의 힘을 빌리면 좋겠는데 현덕이 배반하여 돌아오지 않고 있으니 갑갑한 노릇이로다."

"제가 생각하기에는 강동의 손책과 교분을 맺어 조조를 치는 것이 가장 유리할 것입니다. 강동의 손책으로 말하자면 세력이 삼강(三江)을 위압하고, 땅이 육군(六郡)에 연한 데다가 정병을 수십만이나 보유하고 있습니다."

"음, 그렇다면 손책한테 사람을 보내기로 할까?"

원소는 곽도의 말대로 중신 진진에게 사찰을 써주며 손책을 만나고 오게 했다.

손책의 세력은 날이 갈수록 강대해져가고 있었다. 혜성처럼 나타난 이십육 세의 풍운아 손책은 절강(浙江) 일대의 비옥한 토지를 점유한 덕택에 천연 재물이 풍요하고 문화가 발달되어 인심이 매우 진취적이었다. 게다가 건안(建安) 사년에는 유훈(劉勳)을 쳐서 여강을 점령하고, 우번을 시켜 예장(豫章) 태수 화흠(華歆)에게 격문을 띄웠다. 그러자 화흠은 스스로 걸어와 항복했다.

손책은 심복 장굉을 허도에 보내 조정에 많은 선물을 올리고 대사마(大司馬)의 벼슬을 내려주기를 원했다. 손책에게는 한(漢)나라의 조정은 있어도, 조조 따위는 안중에 없었던 것이다.

손책의 처사를 매우 불쾌하게 생각한 조조는 천자에게 압력을 가해 대사마의 벼슬을 내려주지 못하게 했다. 그러나 조조 또한 사자 새끼 같은 손책의 실력만은 알고 있는지라 함부로 건드릴 생각은 하지 못했다.

조조는 손책을 적당히 무마해 두는 것이 상책이라 생각하고 조인의 딸을 손책의 아우인 손광(孫匡)과 혼인시켰다. 그러나 인척정책(姻戚政策)으로 만족할 손책이 아니었다. 손책은 조조가 자신을 견제하려는 뜻을 아는 까닭에 내심 기회만 있으면 허도를 기습할 뜻을 품고 있었다.

오군(吳郡) 태수를 지내고 있는 허공(許貢)이라는 자가 있었다. 허공의 부하가 어느 날 강을 건너다가 손책의 장강 순찰병에게 붙들려 끌려왔다. 몸을 수색해 보니 의외로 놀라운 밀서가 들어 있었다. 태수 허공이 조조에게 보내는 밀서였다. 밀서의 내용은 다음과 같았다.

……손책은 조정에서 대사마의 벼슬을 내리시지 않은 데 대해 승상에게 원한을 품고 대역을 도모하는 징후가 보이옵니다. 그러하니 승상께서는 손책을 외

진(外鎭)에 두지 마시고 허도로 불러들여 후환을 미연에 방지하소서.

손책은 그 밀서를 보고 크게 노하여, 곧 군사를 이끌고 오군으로 달려가 허공을 즉석에서 베어버렸다. 그런 다음 그의 일가친척들도 모두 죽이게 했다. 그때 허공의 사랑방에는 식객 세 사람이 머물고 있었다. 그들은 평소 허공의 은혜를 많이 입고 있었는지라 산중에 모여앉아 원수를 갚을 것을 맹세하고 은밀히 기회를 노리고 있었다.

얼마 후, 드디어 기회가 찾아왔다. 손책이 군사를 거느리고 서산에서 사냥하는 기회를 틈타 세 사람은 창과 활을 준비해 숲속에 숨은 채 기회를 노리고 있었다.

마침 손책은 사슴 한 마리를 보고 말을 휘몰아 숲속으로 달려들었다가 무기를 들고 있는 세 사람을 발견했다.

"그대들은 누구인가?"

손책이 말을 급히 멈추며 물었다.

"한당의 수하 군사로 사냥을 하고 있는 중입니다."

손책이 더는 의심하지 아니하고 다시 사슴을 쫓아가려는데 문득 그 중 한 사내가 창을 들어 왼쪽 허벅다리를 찔렀다. 깜짝 놀란 손책이 반사적으로 허리에 찼던 검을 뽑아 사내를 내리찍었다. 그러나 이상하게도 칼날이 빠져 달아나고 손아귀에는 칼자루만 잡혀 있을 뿐이었다.

그때에 또 한 사내가 손책을 향해 활을 쏘았다. 그 화살이 손책의 뺨에 깊숙이 박혔다. 손책은 뺨에 꽂힌 화살을 뽑아서 들고 있던 활에 매겨 사내를 향해 쏘았다. 화살의 임자는 손책의 화살을 맞고 즉석에서 쓰러졌다. 그러나 남은 두 사람이 좌우로 번개같이 달려들더니 창을 들어 손책을 사정없이 찌르며 큰소리로 외쳤다.

"우리는 허 태수 댁 문객들이다. 주인을 대신해 우리가 원수를 갚는 것이다."

손책이 피투성이가 된 채 그들의 공격을 가까스로 막아내던 중에 정보가 군사 대여섯 명을 거느리고 나타났다. 손책은 필사적으로 공격을 막아내며 외쳤다.

"어서 이놈들을 죽여라!"

정보가 급히 달려들어 두 사람을 죽였다. 그러나 손책은 전신에 수없이 많은 상처를 입어 생명이 위독했다. 정보는 전포 자락으로 손책의 상처를 싸맨 다음 말에 태워 급히 본성(本城)으로 돌아왔다.

피투성이가 된 손책을 성안으로 데려온 정보는 명의 화타를 급히 불렀다. 그러나 화타는 때마침 중원으로 떠나고 없었고, 그의 제자만이 남아 있었다.

화타의 제자는 진찰을 한 다음 근심스럽게 말했다.

"화살촉과 창끝에 독이 묻어 있었습니다. 그 독이 뼛속에까지 스며들었으니 앞으로 백일 간은 치료에 전념해야 합니다. 그 동안은 절대적으로 안정을 취하는 게 우선입니다."

이십여 일이 지나는 동안 상처는 서서히 아물어갔다.

어느 날, 허도의 조조에게 붙잡혀 있던 장굉에게서 사람이 왔다. 손책이 병석에 누운 채 장림(蔣林)을 만났다.

"조 승상은 주공을 몹시 두려워하십니다. 그러나 곽가 한 사람만은 주공을 조금도 두렵게 생각지 않습니다."

"뭐, 곽가 그놈이? 그래, 그놈이 내 얘기를 뭐라고 하던가?"

"주공을 보고 위인이 경망하고 성질이 조급한 필부여서 후일에 반드시 자기 손에 죽게 될 것이라 악담했습니다."

손책은 그 소리를 듣고 크게 노했다.

"곽가란 놈이 뭔데 나를 그처럼 깔본단 말이냐? 내 맹세코 지금 곧 허도를 토벌해야겠다."

손책은 그렇게 말하고는 자리에서 벌떡 일어나 앉더니 전포와 갑옷을 당장 가져오라고 소리쳤다.

옆에 있던 장소가 크게 놀라며 만류했다.

"주공의 몸은 백일이 경과해야 완치된다고 했습니다. 한때의 분노를 참지 못해 이러시면 아니 되옵니다. 부디 진정하소서."

마침 그때 원소가 보낸 진진이 사자로 왔다는 보고가 들어왔다. 손책은 곧 진진을 불러들였다.

진진이 원소의 친서를 손책에게 전하며 말했다.

"지금 조조를 쳐부술 수 있는 사람은 손 장군과 우리 주공밖에 없습니다."

손책은 크게 기뻐하며 원소와 힘을 합쳐 조조를 치기로 작정하고 진진을 융숭히 대접했다.

이날 밤 연락이 크게 벌어졌는데, 술이 몇 순배 돌았을 무렵 장수들이 무엇인가 소곤거리더니 모두들 누대(樓臺)에서 내려갔다.

손책이 의아스럽게 여기며 측근에게 물었다.

"웬일들인가?"

측근 한 사람이 손책에게 사연을 말했다.

"우길(于吉) 선인(仙人)이 누대 아래를 지나시고 계시니 모두들 경의를 표하러 내려간 것입니다."

손책이 자리에서 일어나 누대 아래를 내려다보니 백발이 성성한 도인 한 사람이 손에 지팡이를 짚고 길 한가운데 서 있는데, 백성들이 모두 그 앞에 엎드려 절을 올리고 있었다. 그 중에는 금방 누대에서 내려간 장수들도 섞여 있었다.

손책은 매우 못마땅하여 큰소리로 외쳤다.

"저 요망한 늙은이는 누구인가? 누가 어서 내려가 저 요망한 늙은이를 잡아오라."

그러자 좌우가 크게 놀라며 간했다.

"저 어른은 우길 선인이라는 분으로 동방(東方)에 사시는데, 때때로 이곳에 나타나셔서 백성들에게 부수(符水)를 주어 만병을 고쳐주고 있습니다. 백성들은 우길 선인을 신선처럼 숭배하고 있어 함부로 잡아왔다가는 크게 민심을 잃게 될 것입니다."

손책은 그 말을 듣고 더욱 노했다.

"어리석은 수작 말아라! 만약 내 영을 어기면 네 놈들부터 당장 잡아 죽이겠다."

수하의 장수들이 마지못해 우길 선인을 누대로 잡아 올렸다.

손책이 노인을 보고 크게 꾸짖었다.

"이 늙은이가 감히 여기가 어디라고 사도(邪道)를 퍼뜨려 민심을 현혹시키려 드는가?"

우길 선인이 조용히 웃으며 대답했다.

"빈도(貧道)가 세인의 행복을 도와주려고 애쓰는데 무엇이 그리 나쁘단 말이오? 내가 백성들을 도와주기는 했을지언정 털끝만치도 해친 일이 없거늘 어찌하여 민심을 현혹시켰다는 게요?"

"주둥아리를 닥치지 못하겠느냐! 네가 남의 것을 취하지 않았다면 무엇을 먹고 살았으며, 무엇을 입고 살았단 말이냐? 당장 이 늙은이의 목을 벨 자가 없는가?"

손책이 큰소리로 외쳤다. 그러나 우길 선인의 목을 베겠다고 나서는 사람은 아무도 없었다.

참다 못한 장소가 한 걸음 나서며 말했다.

"주공, 우길 선인이 강동에서 살아온 지 수십 년이 지났지만 아무런 죄를 지은 적이 없습니다. 어찌하여 저 어른을 참수해 민원(民怨)을 사려고 하십니까?"

"저런 요인(妖人)을 죽이기로 강아지 하나 죽인 것만도 못하거늘 뭐가 그리 두렵단 말인가? 저 요망한 늙은이를 죽일 사람이 아무도 없으면 내 손으로 죽일 테니 오늘은 일단 옥에 가두어라!"

연석에서 난데없이 그런 소동이 일어나는 바람에 모두들 흥이 깨져 진진도 역관(驛館)으로 돌아갔다.

손책의 어머니가 나중에 그 소식을 듣고 크게 놀라 아들을 후당으로 불러들여 말했다.

"내 듣건대 오늘 우길 선인을 옥에 가두었다는구나. 그 어른이 백성들의 병을 많이 고쳐주어 누구에게나 경앙(敬仰)을 받고 있는 터이니 절대로 해쳐서는 아니 된다."

손책이 대답했다.

"그 늙은이가 요술로 인심을 현혹시켰으니 없애버려야 마땅합니다. 어머님께서는 어리석은 자들의 말을 듣고 미혹되지 마십시오. 제가 알아서 처리하겠습니다."

손책은 부중으로 나오자 곧 우길 선인을 끌어내라 명했다. 그런데 우길 선인이 끌려 나오는 것을 보니 칼을 쓰고 있지 않았다. 옥리들이 그를 존경한 까닭에 칼을 씌우지 못했던 것이다.

"저 늙은이는 어찌하여 칼을 쓰고 있지 않느냐?"

손책은 크게 노하여 전옥(典獄)의 목을 베어버리고 우길 선인을 존경하는 옥리들도 모두 볼기를 쳐서 크게 벌했다. 그런 다음 우길 선인에게 칼을 씌워 다시 옥에 가두었다. 그러자 장소 이하 수십 명의 수하 장수들이 우길 선인을 구출하고자 손책에게 탄원서를 올렸다.

손책은 탄원서를 보고 그들을 불러 꾸짖었다.

"그대들은 사서를 읽었을 터인데 역사를 그리도 모르는가? 그 옛날 장진(張津)이 교주(交州) 태수로 있으면서 한조(漢朝)의 법도를 지키지 않고 항상 사교만을 믿어, 매양 붉은 수건으로 머리를 싸매고 분향이나 올리는 것을 사업으로 삼아왔다. 그러면서 군사를 일으키면 무슨 묘술이라도 부릴 수 있는 것처럼 떠들어댔기 때문에 일시는 도사로 추앙받았다. 하지만 훗날 남방 오랑캐들의 침략을 받고 어이없이 죽지 않았는가? 내가 보건대 우길이라는 자도 그런 사이비 도인에 불과하니, 국가의 해독을 미연에 방지하기 위해서라도 마땅히 죽여 없애야 할 것이다."

과연 손책의 결심은 확고부동했다.

여범이 나서서 말했다.

"그러면 우길 선인의 도력을 한번 시험해 보고 나서 죽이는 게 어떻겠습니까? 우길 선인은 기풍도우(祈風禱雨)하는 법을 펼칠 수 있다고 들었습니다. 마침 날이 몹시 가문 터이니 우길 선인에게 비를 뿌리게 하여 정말로 가뭄이 해갈되거든 용서해 주옵소서."

"음, 그렇다면 한번 시험해 보자."

손책은 즉시 우길 선인을 불러내어 비를 오게 하라고 명했다. 거리의 광장에 기우(祈雨)의 제단을 모시고, 소를 잡고 말을 잡아 제사를 지낸 다음 우길 선인은 제단 앞으로 경건히 나섰다. 그 광경을 구경하러 모여든 사람이 수천 명이나 되었다.

우길 선인은 그들을 둘러보며 말했다.

"내가 감우(甘雨)를 빌어 만백성을 구하더라도 필경 나의 죽음만은 면하지 못할 것이오."

모든 사람들이 그를 동정하며 말했다.

"만약 비가 오게 하시면 주공께서 반드시 경복(敬服)하실 것입니다."

그러나 우길 선인은 고개를 좌우로 흔들었다.

"이미 죽음에 직면한 나의 명수(命數)만은 피할 도리가 없음을 어떡하오."

마침 그때 손책이 제단 앞에 나타나 영을 내렸다.

"만일 오시(午時)까지 비를 내리지 못하면 이 늙은이를 제단 앞에서 불태워 죽일 것이다."

우길 선인은 아무 말도 못 들은 사람처럼 눈을 무겁게 감고 제당 앞에 서 있었다. 그의 백설 같은 머리 위로 햇볕이 쨍쨍 내리쬐고 있었다.

제단에서는 향로의 연기가 끊임없이 타올랐다. 시간은 시시각각 흘러 오시가 되었다. 늙은 관속이 종루에 올라가 오시를 알리는 종을 쳤다. 수천 군중은 그 소리를 듣자 모두들 가슴을 졸이며 눈물을 지었다.

"보라! 도사니 신선이니 하는 것이 멀쩡한 거짓말이 아니고 무엇이냐? 아무 말 말고 저 늙은이를 불살라 죽이라!"

손책이 성루에서 굽어보며 영을 내렸다.

형리들이 제단 앞에 통나무를 산더미처럼 쌓아올렸다. 우길이 그 위에 올라서자 형리들이 통나무에 불을 질렀다. 불길이 일어나자 바람이 거세게 불기 시작했다. 불은 붉은 혀를 날름거리며 점점 기세를 올렸다. 검은 연기가 사방으로 퍼져나가며 하늘을 뒤덮었다.

우길 선인은 장작더미 위에 표연히 서 있었다. 그런데 이게 웬일인가. 조금 전까지만 해도 햇볕이 쨍쨍 내리쬐던 하늘에 별안간 먹장구름이 뒤덮이기 시작했다. 마침내 우길 선인의 몸에 불길이 붙어갈 무렵이었다. 난데없는 뇌성벽력이 일어나더니 비가 억수처럼 쏟아지기 시작했다. 하늘을 찌를 듯한 기세로 타오르던 불길이 억수로 퍼붓는 비에 젖어 순식간에 꺼져버리고 말았다. 그러고도 비는 계속 내려 삽시간에 개천이 메어질 정도로 물이 넘쳐흘렀다.

잠시 후, 비에 젖은 장작더미 위에 서 있던 우길 선인이 별안간 뭐라고 큰소리를 외치자 신기하게도 사납게 퍼붓던 비가 금세 그쳐버렸다. 그와 동시에 또다시 강렬한 햇살이 내리쬐기 시작했다.

이제 문무백관과 군중들은 크게 감탄하며 저마다 우길 선인 앞으로 달려와 경건하게 배례를 하기 시작했다. 합장 배례를 하는 사람이 있는가 하면 옷이 더러워지는 것도 모르고 땅바닥에 엎드려 머리를 땅에 대고 조아리는 사람도 있었다.

손책은 그 모양을 보고 더욱 노했다.

"비가 오고 날이 개는 것은 대자연의 필연적 현상이지, 요술로 가능한 일이 아니다. 요사스러운 늙은이가 공교롭게도 때를 만나 비가 내렸기로 뭐 그리 대견스럽단 말인가? 저 요망한 언술(言術)로 혹세무민하는 늙은이는 마땅히 죽어야 한다."

손책은 보검을 뽑아 들며 우길을 곧 참수하라는 추상같은 영을 내렸다. 그러나 아무도 그 영을 거행하려는 사람이 없었다.

손책은 머리끝까지 분노가 치밀어 올랐다.

"이 쓸개 빠진 놈들! 네 놈들이 못 죽인다면 내가 직접 죽여주마!"

그 소리를 외치기 무섭게 손책이 번개같이 달려들어 우길 선인의 목을 후려갈겼다. 마침내 우길 선인은 손책의 손에 죽음을 당하고야 말았다. 만조백관과 수천 군중은 무언중에 가슴이 서늘해 오는 불길함에 사로잡혔다.

이날 밤의 일이었다. 난데없는 비바람이 일기 시작하여 밤새껏 계속되더니 날이 밝아올 무렵, 제단 앞 장작더미 위에 그대로 내버려둔 우길 선인의 시체가 간 데를 모르게 없어져버렸다. 시체를 지키던 병사가 깜짝 놀라 그 사실을 손책에게 급히 보고했다.

"이 얼빠진 놈아! 시체가 도망을 가다니 말이 되는가?"

손책이 벌컥 화를 내며 그 병사를 죽여버리려는데 홀연 어디선가 늙은

이 하나가 나타나더니 가까이 다가왔다. 눈을 치켜떠보니 그는 다름 아닌 우길 선인이었다.

크게 놀란 손책이 곧장 검을 빼들고 우길 선인을 죽이려 했다. 그러나 미처 검을 찌를 새도 없이 그는 그대로 기절해 버렸다. 야간 경계를 맡고 있던 병사들이 급히 달려와 손책을 내실로 들어다 눕히고 응급치료를 했다. 손책은 반나절이 지나서야 간신히 깨어났다. 그러나 그의 눈에는 광채가 없었다. 그는 마치 얼빠진 사람처럼 혼잣말로 중얼거렸다.

"그 요망한 늙은이가 대체 어디로 갔단 말인가?"

늙은 어머니가 그 광경을 보며 탄식했다.

"네가 죄 없는 우길 선인을 죽여 기어코 이런 화를 입는구나! 이제부터라도 목욕재계하고 제단으로 나아가 참회의 기도를 올리거라!"

그러나 손책은 웃으며 고개를 흔들었다.

"어머님, 제가 어려서부터 싸움터로 아버님을 따라다니며 사람을 수없이 죽였으나 화를 입은 일은 한 번도 없었습니다. 이제 요사스러운 늙은이를 죽여 나라의 화근을 없앴는데 화를 입다니 그게 무슨 말씀입니까?"

노모는 고개를 세차게 흔들었다.

"우길 선인은 요망한 늙은이가 아니고 신선이시다. 네가 무사하려면 기도를 드려야만 한다."

"나는 강동의 주인입니다. 감히 나를 해칠 자가 누구라고 기도를 올립니까?"

손책이 말을 듣지 아니하자 노모는 마지못해 아들을 대신해 칠일기도를 드리기 시작했다. 그러나 효험은 없었다. 손책의 방에는 밤만 깊으면 음풍(陰風)이 일어나다가 우길 선인이 나타나곤 했다. 손책이 검을 뽑아 들고 발광하는 소리를 지르며 죽이려고 하면 우길 선인은 온 데 간 데 없이 사라져버리곤 했다.

그처럼 괴상한 일이 밤마다 계속되는 바람에 손책은 나날이 수척해졌다. 노모가 아들의 병상에 다가앉으며 애원했다.

"어미가 너를 위해 재(齋)를 올리도록 마련했으니, 네가 옥청관(玉淸觀)에 나가 부처님에게 한 번만이라도 참배를 해다오. 네가 한 번만 참배를 하면 다시는 아무 일도 없을 것이다."

"아버님의 제삿날도 아닌데 내가 무슨 죄가 있다고 부처님에게 참배를 합니까?"

"이 늙은 어미의 부탁을 네가 그렇게도 순종하지 않는 법이 어디 있단 말이냐? 나를 어미로 알거든 제발 한 번만 다녀와다오."

늙은 어머니가 눈물을 흘리며 애걸하는 바람에 손책은 마지못해 가마를 타고 옥청관으로 나갔다.

도사가 손책을 맞아 부처님에게 분향재배하기를 청했다. 손책이 분향만 하고 재배를 아니하니, 향로에서 타오르는 연기가 공중에서 사라지지 아니하고 한 덩어리로 뭉치는 것이었다. 그 연기 위에 우길 선인이 단정히 앉아 있었다.

손책이 기겁을 하고 놀라 허리에서 검을 뽑아 던졌다. 그러자 옆에 있던 시신(侍臣)이 검에 찔려 비명을 올리며 쓰러졌을 뿐, 우길 선인은 여전히 연기 위에 초연히 앉아 있었다. 이에 손책이 비명을 올리며 전각을 뛰쳐나오려니까 이번에는 우길 선인이 전문(殿門)앞에 우뚝 버티고 서서 눈을 부릅떠 보였다. 손책은 기가 질려 좌우를 돌아보며 물었다.

"저 요귀(妖鬼)가 그대들의 눈에도 보이는가?"

그러나 요귀가 눈에 보인다는 부하는 아무도 없었다.

"이놈들아, 저 요귀가 보이지 않는다니 무슨 소리냐?"

손책이 그렇게 외치며 검을 뽑아 던지니 애매한 사람이 그 검에 찔려 땅에 거꾸러질 뿐이었다. 부하들이 깜짝 놀라 바라보니 손책의 칼에 찔려 죽은 사람은 전일에 우길 노인을 불태워 죽이려고 장작더미에 불을 질렀던 사람이었다.

"이 옥청관이라는 전각 자체가 도깨비 집이로다. 숫제 이 전각을 헐어버려라!"

손책은 부하 오백 명을 동원하여 옥청관을 당장 부서버리게 했다. 무사들이 지붕에 올라가 옥청관을 헐어버렸다. 손책의 눈에는 지붕 위에서 머리를 풀어헤치고 노려보는 우길 선인의 모습이 뚜렷이 보였다.

"저놈이 저기 있다. 여봐라, 숫제 옥청관 전각을 불태워버려라."

군사들이 옥청관에 불을 지르니 불길이 하늘로 솟아올랐다. 화광이 충천하는 속에서도 우길 선인의 우뚝 서 있는 모습이 역력히 드러나 보였다. 손책은 견디다 못해 도망이라도 치듯 부중으로 허겁지겁 돌아왔다. 그는 부중으로 돌아와서도 우길 선인의 모습이 자꾸만 눈에 떠올라 가만히 앉아 있을 수 없었다. 이미 손책은 제정신이 아니었다.

손책은 그날부터 밤만 되면 우길 노인의 머리를 풀어헤친 모습이 눈앞에 떠올라 저도 모르게 소리를 지르곤 했다.

"사방에 불을 밝히고, 군사 오백 명을 풀어 부중을 엄중히 지키게 하라!"

손책은 너무나 불안해 그런 명령을 내렸다. 그러나 제아무리 불빛을 대낮처럼 밝히고, 여러 병사들이 부중을 경비해도 우길 선인의 모습은 여전히 허공에 떠올라 손책을 위협했다. 손책은 그때마다 괴상한 고함을 지르며 공포에 휩싸였다.

어느 날 아침 손책은 거울을 들여다보다가 자신의 모습이 너무도 초췌해진 데 소스라치게 놀랐다.

"내가 요 며칠 사이에 이렇게도 야위었던가?"

손책은 좌우를 돌아다보며 그렇게 한탄하고 나서, 거울을 다시 한번 들여다보다가 별안간 비단 폭을 찢는 듯한 비명을 지르며 그대로 쓰러졌다.

"으악!"

손책을 노려보는 우길 선인의 모습이 거울 속에도 보였기 때문이다.

좌우가 크게 놀라 화타의 제자를 급히 불러왔다. 그러나 이제는 상처가 모두 터져 명의의 힘으로도 손책을 고칠 수 없었다.

"나는 이제 죽음을 면할 수 없게 되었다."

손책도 이제는 자신의 명수(命數)를 깨달은 듯 장소와 아우 손권을 불러 말했다.

"천하가 크게 어지러운 이때, 나는 삼강(三江)의 험요(險要)를 점거하여 능히 대사(大事)를 도모할 만했소. 하지만 이것도 천운인지 나는 대업을 완수하지 못하고 죽게 되었소. 그대들은 나의 사후에 부디 내 아우 권(權)을 도와 대업을 완수해 주기 바라오."

손책은 인수(印綬)를 가져오게 하여 아우 손권에게 내주며 간곡히 뒷일을 부탁했다.

"권아, 내가 네게 일러둘 말이 있다. 군사를 일으켜 건곤일척의 대사를 경륜하는 데는 네가 나만 못하다. 그러나 어진 일을 해서 나라를 잘 보존하는 점에 있어서는 내가 감히 너를 따르지 못하리라. 그러하니 너는 부디 돌아가신 부친이 창업하시던 때의 간난을 항상 생각하여 스스로 도모하는 바가 있게 하라!"

손권은 눈물을 흘리며 인수를 받았다. 손책은 다시 어머니의 손을 붙잡고 말했다.

"어머님, 이 불효막심한 자식은 더 살지를 못하겠기에 인수를 아우에게 전해 주었습니다. 모친께서는 저에게 하시듯이 아우에게도 조석으로 훈계를 해주셔서, 부친과 제가 쓰던 사람들에게 소홀함이 없도록 편달해 주소서."

어머니는 울며 말했다.

"네 아우가 너무 어려 큰일을 감당하기 어려울 것 같으니 이 일을 어찌 하느냐?"

"그것은 어머님이 모르시는 말씀입니다. 권은 저보다도 열 배나 뛰어난 사람입니다. 그러나 앞으로 혼자 결단하기 어려운 일이 있거든 내사(內事)는 장소에게 묻게 하시고, 외사(外事)는 주유(周瑜)에게 물어보게 하십시오."

그리고 그는 여러 아우들을 한자리에 불러놓고 말했다.

"너희들은 이제부터 권을 우리 가문의 어른으로 알고, 어머님의 지시를 받으며 화목하게 살아가거라. 가명(家名)을 더럽히거나 형제간에 의리를 배반하는 사람이 있으면 내가 지하에서 용서를 아니하겠다."

그리고 이번에는 아내 교(喬) 부인을 불러 당부했다.

"여보, 당신과 백년해로를 못하고 죽게 되어 정말 미안하오. 당신은 부디 어머니에게 효도하면서 일가친척을 잘 거느려주기 바라오. 그리고 일간 처제가 오거든 동서(同壻)인 주유에게 내 아우를 잘 받들어 큰일을 도모하도록 유언을 남겼다고 전해 주오."

손책은 골고루 돌아가며 유언을 남기더니 마침내 눈을 감고 최후의 숨을 거두었다.

그때 손책의 나이 스물여섯이었고, 인수를 물려받아 강동의 새 주인이 된 손권의 나이는 겨우 열아홉이었다.

〈제2권 끝〉

삼국지 2

1판 1쇄 1985년 2월 5일
1판 34쇄 1993년 7월 20일
2판 1쇄 1993년 10월 20일
3판 1쇄 1995년 7월 1일
4판 1쇄 1996년 5월 1일
5판 1쇄 1997년 4월 10일
6판 1쇄 2004년 6월 18일
6판 12쇄 2023년 10월 18일

옮긴이 · 정비석
펴낸이 · 주연선

(주)은행나무

04035 서울특별시 마포구 양화로11길 54
전화 · 02)3143-0651~3 | 팩스 · 02)3143-0654
신고번호 · 제 1997—000168호(1997. 12. 12)
www.ehbook.co.kr
ehbook@ehbook.co.kr

값 9,000원
ISBN 978-89-5660-062-8 04810
978-89-5660-067-8 (세트)

• 이 책의 판권은 지은이와 은행나무에 있습니다. 이 책 내용의 일부 또는 전부를 재사용하려면 반드시 양측의 서면 동의를 받아야 합니다.

• 잘못된 책은 구입처에서 바꿔드립니다.